有爱的青春陪伴者

听闻远方有你 ②

张不一 /著

江苏凤凰文艺出版社
JIANGSU PHOENIX LITERATURE AND ART PUBLISHING

图书在版编目（CIP）数据

听闻远方有你. 2 / 张不一著. -- 南京：江苏凤凰文艺出版社, 2024.2
ISBN 978-7-5594-8050-7

Ⅰ.①听… Ⅱ.①张… Ⅲ.①长篇小说 - 中国 - 当代 Ⅳ.①I247.5

中国国家版本馆CIP数据核字(2023)第195811号

听闻远方有你. 2
张不一 著

责任编辑	王昕宁
特约编辑	年　年
出版发行	江苏凤凰文艺出版社
	南京市中央路165号，邮编：210009
网　址	http://www.jswenyi.com
印　刷	长沙鸿发印务实业有限公司
开　本	880mm×1230mm　1/32
印　张	11
字　数	360千字
版　次	2024年2月第1版
印　次	2024年2月第1次印刷
书　号	ISBN 978-7-5594-8050-7
定　价	42.80元

江苏凤凰文艺版图书凡印刷、装订错误，可向出版社调换，联系电话025-83280257

Contents

目录

第一章
/ 听闻远方有你 001

第二章
/ 两处相思同淋雪 028

第三章
/ 蓦然回首，
那人还在灯火阑珊处 039

第四章
/ 重圆 055

第五章
/ 两情相悦 121

第六章
/ 从此花开不败，
水墨相逢 154

Contents
目录

第七章
/ 此乃人间笑傲 189

第八章
/ 新婚宴尔 231

第九章
/ 又被书生拿捏了 261

第十章
/ 小团圆 295

番外一
/ 龙凤捣蛋日常 336

番外二
/ 辅导作业，鸡飞狗跳 341

第一章
/ 听闻远方有你

陆云檀目送着自己喜欢的男孩走进了安检口,之后,她一直没有离开,像失了灵魂一样呆若木鸡地站在机场大厅里,眼泪不停地流,泣不成声。

她从未像此刻一样迫切地希望时间可以静止,这样她就不会失去梁云笺了。可是,时间这种东西既温柔又残酷,不会为了任何人停滞自己的脚步,它携刀带刃,如同峡谷之风,在无形间穿越世间万物,披荆斩棘的同时也斩出了许多不甘心与意难平。

她没有能力抵挡时间之刃,只能绝望又无助地感受着时间的流逝,眼睁睁地看着梁云笺离自己越来越远,从此之后天涯海角,各在一方,别时容易相见难。

十点二十分,是梁云笺所搭乘的那一架航班起飞的时间。她也看不到飞机是否起飞了,坚信飞机没有起飞、梁云笺还没有走,所以她一直没有离开,还给了自己一个强而有力的理由:飞机都会晚点的,他所搭乘的这班飞机肯定也不例外。

然而,她所用来自我安慰的理由也是有时效的,随着时间的推移,效果越来越差,到了十一点二十分,她再也无法欺骗自己,不得不接受现实——

他已经走了,飞往了大洋彼岸。

自我麻痹的药效过后,她终于感受到了离别的痛苦,心口处传来一阵被撕裂的疼痛感,伤口至深,血肉模糊,恐怕这辈子都好不了了。

她忽然不想当女侠了,书生离开后,她再也做不到潇潇洒洒。

可是,臭书生临走前叮嘱了她,让她不要牵挂他,让她继续心无旁骛地浪迹江湖。

她要听书生的话，当一名合格的女侠。

陆云檀深吸一口气，又长长地呼了出来，然后咬着牙关，拼尽全力调整情绪，用手背擦了擦眼泪，转身离开了机场，努力地变得潇洒。

上了地铁之后，她才拿出手机看了一眼。

整整一上午没看手机，未读消息几乎要把屏幕给挤爆，她先点开了青云帮的小群。毕业后，为了方便起见，"青云直上"学习帮改名成了"青云帮"。

左副帮主下西洋：@帮主 @梁护法 毕业典礼快开始了，你们俩怎么还没到！

右副帮主李航：帮主，昨晚聚会您也是和梁护法一起缺席了，这其中是何缘由？

军师李月瑶：嘻嘻，不会是去约会了吧？

左副帮主下西洋：@李军师 您这话意欲何为啊？暗示我们圣明无私的帮主和梁护法之间有奸情吗？

右副帮主李航：真是这样的话，梁护法多少是有点想通过不正当途径上位了。

军师李月瑶：我要是你们两个，我就从现在开始对梁护法保持尊敬，说不定等哪天他就变成帮主夫人了。

左副帮主下西洋：啊，这……

右副帮主李航：最恨不过枕边风！

左副帮主下西洋：我附议！绝不可提拔梁护法为帮主夫人！

右副帮主李航：不然容易祸乱帮中！

这两位奸佞，总能找到陷害忠良的切入点。

军师李月瑶：我觉得你们俩能出一本书，名字就叫作《奸臣的自我修养》。

群里一派欢天喜地的气氛，陆云檀不由得勾起了嘴角，但很快，她的笑容就消失了……他们都还不知道梁云笺已经去美国的事情，等会儿要是知道了，一定会被影响好心情吧？

其实，她应该提前通知他们的，让大家一起去机场送梁云笺，但是，她和梁云笺都有私心，不想在离别的时候有第三者在场，所以，他们两个谁都没有提前通知他们。

也不知道他们三个会不会生气。

陆云檀轻叹口气，退出小群，开始看其他未读消息，大部分都是私聊——

下西洋：帮主，毕业典礼已经开始了呀！您和梁护法什么时候到？

李航：帮主！您和梁护法怎么还没来！

李月瑶：你们两个是去约会了吗？[羞涩一笑.jpg]

显而易见，李军师嗑 CP（情侣）的心还没有死。

陆云檀很想告诉她，你嗑的 CP 是真的，让她高兴一下，却只能高兴一瞬间而已，瞬间过后便是遗憾，所以，还不如不说，徒增难过罢了。

继续往下翻聊天记录，李月瑶又给她发了一张照片，照片中心的人物是周洛尘，他穿着白衬衫与西服裤，身姿挺拔地站在主席台上演讲。

李月瑶：真讨厌，毕业演讲竟然又是他当学生代表。

李月瑶：梁护法要是不出国，哪轮得到他？他只会跟在梁护法屁股后面捡漏！

李月瑶：啊啊啊烦死了！看到他就烦！

李军师是真的烦周洛尘，陆云檀现在也是，不对，不应该说是烦他，而是怨恨他。

她怨恨周洛尘冒充梁云笺，怨恨他在梁云笺移民这件事上挑拨离间，怨恨他骗自己删了梁云笺的微信，怨恨他顶替着梁云笺的身份接近她、与她相处……她不是个傻子，在确认了梁云笺就是折纸艺人的那一刻，她想明白了很多事情，那个每天晚上陪她聊天，不厌其烦地给她讲题的人，一直是梁云笺。

弹钢琴的少年从来没有消失过，他默默地为她做了许多事，她却一直没有发现。

她也无法想象梁云笺是以一种怎样的心情目睹她删掉了他的微信，更不明白他为什么一直不告诉她真相，放任周洛尘冒名顶替？但是，她不相信梁云笺会心甘情愿地把她推向周洛尘，一定是发生了什么令他有口难言，才会让周洛尘乘虚而入。

是周洛尘背叛了梁云笺。

但她最无法原谅周洛尘的一点是，他伤害了梁云笺。

他一直在伤害梁云笺，或许这种伤害从三年前就开始了。她可以理解代替梁云笺上台演出的行为，很有可能是梁云笺临时有事无法演出，所以请求他上台帮忙，但她无法理解的是，他为什么要误导她，让她误以为他就是那个与自己折纸传书的少年呢？

她不相信是梁云笺要求他这么做的，如果梁云笺当初真的想拒绝她，完全可以直接对她说，而不是另外找一个人，冒充自己的身份，再去拒绝她——这种多此一举的脑残行为，她都干不出来，更别说是梁云笺了。

所以，一定是周洛尘在其中搞鬼，他让梁云笺身处被动，让梁云笺无可奈何。

她陆云檀不是一个大方的人，或许可以不计较周洛尘对她的欺骗，却永远无法释怀他对梁云笺的伤害。

她爱梁云笺，不允许任何人伤害他。

可笑的是，周洛尘竟然也给她发了几条消息。

周洛尘：在哪儿呢？还没来？

周洛尘：毕业典礼马上开始了。

周洛尘：我要上台演讲了。

周洛尘：毕业典礼快结束了，你还没来？

周洛尘：你们班下午聚会吗？

陆云檀看着屏幕上的消息，不住地在心里冷笑：看这语气，你好像还挺开心的呀？是真的不知道梁云笺今天离开吗？还是因为知道他走了，所以这么开心？

梁云笺到底有哪里对不起你呀，你为什么要这么对待他？

陆云檀心潮起伏，满腔怒火。

愤怒之后，便是厌恶，厌恶冒名顶替的周洛尘，厌恶曾经那个把他当成折纸少年的自己。

她本想直接把周洛尘的微信删了，但是在点击删除的那一刻，忽然改变了主意。直接删了也太不爽快了，她就是要锱铢必较。

她深吸一口气，退出了与周洛尘的聊天框，又点开了与下西洋的聊天框：咱们班下午聚会吗？

下西洋：帮主！您终于活过来了！

陆云檀：……我没有死过。

下西洋：您一直没回复属下的消息，属下牵挂万分啊！

陆云檀：我的不对，让你担忧了。

然后，她又问了一遍：咱们班下午聚会吗？

下西洋：聚！去王朝KTV，班长包了个大厢。

陆云檀：去唱歌？之前不是说去轰趴吗？

下西洋：嗐，这就说来话长了。

陆云檀：那就请副帮主长话短说。

下西洋：李军师现在是九班的人了，班长小徐身在二班，心系九班，人家班在哪儿聚会，他就把咱们班的聚会地点也定在哪儿，一点主见都没有。

陆云檀再一次地羡慕起了李月瑶和徐沛然。虽然，他们两个现在还没有在一起，但彼此心之所向，未来还有大把的好时光。

陆云檀打字回复：你懂个屁！人家小徐这叫体贴入微！

下西洋：好吧，属下妄言了。

他又回了一句：我们现在在万达吃饭，老金也在，您来不来？

陆云檀算了算时间：我来不及了，等会儿直接去KTV吧。

下西洋：梁护法跟您一起吗？

陆云檀的呼吸一滞，心口再次传来了一阵刺痛感。

他不会和我一起去了，再也不会了。

站在拥挤的地铁车厢内，陆云檀很没出息地红了眼眶，迅速用食指把眼泪揩掉后，从帆布包中拿出墨镜和口罩，戴到了脸上，顿时感觉安全了许多，怎么哭都不丢人了，反正别人也看不到她的脸，哪怕是熟人见到了也认不出她来。

也不知道是不是因为哭太多的原因，水分流失导致她的双唇干涩，如同缺了水的土地，都起干皮了。

在口罩下，她伸出舌头，舔了舔嘴唇，思考着该怎么回复下西洋消息的同时，下意识地咬住了下唇——该怎么告诉他们几个梁云笺已经飞往美国的消息呢？

认真考量许久，陆云檀先给下西洋回复了一条：看在你是开国功臣的份上，我给你透露个秘密消息。

国之重臣下西洋：帮主，您讲！

陆云檀：是个悲伤的消息，你要做好心理准备。

下西洋：啊？

不等陆云檀回复，下西洋又发了一条消息过来：不会是和梁护法有关吧？

看来，左副帮主比她想象中要聪明得多。

下西洋：梁护法走了？

陆云檀再次咬紧了下唇,舌尖已经舔到了血腥味:嗯,我今天上午去送他了。

下西洋:为什么不告诉我们几个呢?把我们三个当外人呢!

陆云檀感觉到下西洋好像有些生气,不过这也在她的预料之中,而且生气才是正常反应,说明他也把梁云笺当成了朋友,不然才不会在乎这么多。

陆云檀长叹一口气,低头打字:对不起,应该告诉你们的,但是我想单独去送他。

下西洋:啊,这……

他好像忽然明白了什么:您和梁护法……

陆云檀的眼眶再次一热,墨镜后方,水汽氤氲:我喜欢他呀。

喜欢极了。

在没见过面的情况下,心动过一次;在不知道他身份的情况下,又心动了第二次。

一次又一次地为同一个人心动,实在是无趣至极,却还是情不自禁。

她还可以毫不避讳地向全世界承认自己对他的喜欢,他却听不到了。

下西洋半天没回复消息,八成是被震惊到了,需要缓缓。

好几分钟之后,他才回了一句:那您……现在还好吗?

陆云檀哭得更凶了,墨镜和口罩都遮挡不住悲伤,她哭得浑身发颤,连字都打不了了,发了语音,呜咽着说:"一点都不好,我想他了。"

可能是太着急,嫌打字回复太慢,下西洋这回也发来了一条语音:"帮主您挺住呀!挺住!您还有我们呢!您现在在哪儿呀?我们现在就去找您!"

陆云檀觉得自己好像有点挺不住了,崩溃就在一瞬间。

地铁停下后,她也没看是哪个站,迅速下了车。

走出地铁口后,她蹲在路边,抱着腿哭了起来。

她还是没办法做到潇潇洒洒,还是接受不了现实。

她想要见梁云笺。

手机振动了许久她都没接,后来哭累了,她直接朝后一扬,一屁股坐在了地上,手机也"啪嗒"一下掉在了地上。

新换的屏幕又被摔碎了。

亮起来的屏幕上,正闪烁着李月瑶的来电提醒。

陆云檀从地上捡起手机,接通了电话。李月瑶很着急地询问她在哪儿,她说她不知道,是真的不知道,只好用微信给李月瑶发了个定位。

四十多分钟后,李月瑶他们仨赶来了,一走出地铁口就看到了坐在路边流眼泪的陆云檀。

随后,他们三人一起陪着陆云檀坐在了路边,以车轮战术的方式不停地安慰深陷感情旋涡的陆云檀,李军师是动之以情、晓之以理;左副帮主郑大人是语重心长、细心开导;右副帮主李大人则是为檀帮主规划美好未来,劝她不要过度悲观,说不定梁护法在那边上完大学后就回来了。

虽然以陆云檀此时此刻的糟糕状态来说,并不怎么能听得进去劝,但有三位好友的陪伴与安慰,情绪也逐渐稳定了下来。

该去的聚会还是要去,毕竟是班级最后一次聚会了,错过了这次,就再也没有下次了。

地铁站就在身后,四人搭乘地铁去了王朝KTV。

去的路上,为了让陆云檀开心,几人又插科打诨了起来,以下西洋为首,先行调动气氛:"徐领导说了,今天他请客,咱们去了之后可以随便点东西。"

李月瑶瞟了他一眼:"你还想点多少呀?"

下西洋:"哟呵!我还没点呢军师大人就开始心疼了?"他又看向了陆云檀,"帮主,您来评评理,军师的胳膊肘是不是已经拐向外人了?"

李航夸张地叹了口气:"我看呀,军师的心,早已不在咱们青云帮了。"

李月瑶的脸红了,气呼呼地瞪了他们俩一眼:"闭嘴吧你们俩!"

陆云檀倒是被逗笑了,羡慕又好奇地问了句:"都毕业了,徐领导也没点表示?"

这话倒是勾起了左右副帮主的八卦之心,并打开了这两人的爱情脑洞——

下西洋:"徐领导不会是想在今天下午表示表示吧?"

李航:"不然为何要将包厢定在九班隔壁呢?"

陆云檀的脑洞也被打开了:"公开表白?"

下西洋:"哇哦!"

李航:"领导可以啊!"

李月瑶满脸都是抗拒:"我讨厌公开表白,好丢人呀。"

陆云檀想起来了,李月瑶是"社恐",公开表白对她来说相当于"社死"了。于是,陆云檀立即安慰了一句:"我瞎说的。"

下西洋:"你不喜欢的话,可以直接拒绝。"

李航还替徐领导尴尬了起来："当众拒绝，是不是有些绝情？"

下西洋："当众拒绝，私下同意！"

李月瑶：……我何必多此一举呢？

如果徐沛然真的会公开表白，她也会答应的，只是难为情了一点而已。

不过她还是要对公开表白这种行为做出批判和谴责："我觉得这样做有点道德绑架。"

陆云檀："那就绑架回去，看谁更无情了。"

下西洋："不想搞太僵的话，也可以装死。"

李航："两眼一翻往后一仰，万事大吉。"

人生如戏，全靠演技。

差不多一个小时后，四人下了地铁。前往王朝 KTV 之前，他们先去找了个饭店，吃饱喝足后，才前往聚会地点。

老金也在包厢里，见到陆云檀后，先问了她一句上午怎么没来参加毕业典礼？陆云檀说家里忽然发生了点急事，把这个问题糊弄了过去。

随后，她找了个角落的位置坐下来，默不作声地看着别的同学唱歌玩闹，第一次深切地感受到了一句网络流行语：人类的悲喜并不相通。

其实她也很想融入其中，但无论如何都无法将情绪调动起来。

她满脑子想的都是梁云笺，想他现在正在飞机上做什么，想他到了美国之后会干什么，想他打开盒子之后的表情和反应，是震惊还是感动？还是呆滞？有没有后悔没早点告诉她真相呢？白白浪费了三年的时间……

她还在盒子里放了一张红色云笺纸，上面写了两句话，希望他能看到。

包厢的门忽然被推开，房间内先是陷入了瞬间的安静，紧接着，爆发出了一阵刺耳的尖叫与起哄声。

陆云檀目瞪口呆地看向捧着一束玫瑰花朝自己走来的周洛尘。

包厢内光线昏暗，周洛尘棱角分明的五官上覆盖着一层淡淡的暗影，他的笑容中还带着几分紧张与腼腆，给英俊的脸庞上增添了几分孩子气。

他手捧玫瑰花，走到陆云檀面前，然后，单膝跪了下来，在众人的尖叫声中，将玫瑰花举了起来，笑着对她说："当我女朋友呀？"

陆云檀望着他，突然觉得他虽然可恨，但也有点可怜，她自己也是一样，可怜又可恨。

他们都对不起梁云笺。

她一直把周洛尘当成自己喜欢的人,喜欢了他整整三年,并且毫不避讳梁云笺——她也伤害了他——如果没有发现真相,她现在应该会有些激动的吧?她会觉得自己如愿以偿地得到了折纸艺人的回应。

但她现在已经知道了那个少年是梁云笺,所以她的第一反应不是激动,而是想到了梁云笺:

"檀女侠,我要是一去不回了,你会想我吗?"

她当时赌气,回答的是:"我才不会想你呢,等到明天我就把你忘了!"

但真实的情况是:会。

会想一辈子的。

她也不确定自己这辈子能有多长,但可以确定的是,她这辈子都不可能忘了他,毕竟,他是能够让她连续心动两次的人呀。

她不能再伤害梁云笺了,也无法原谅周洛尘之前的所作所为。

包厢内的所有人都在用一种激动中夹杂着期待的目光看着他们两人,除了下西洋和李航。

他们俩站在周洛尘身后,一个不停地翻白眼,一个用力地朝后仰脑袋,似乎是在暗示她:不好意思直接拒绝的话可以装死!

陆云檀深吸一口气,不动声色地从自己的包中拿出一张云笺纸,递给周洛尘:"给我叠只狐狸。"

周洛尘一愣,不明就里地看着她。

陆云檀笑着说:"不会吗?那叠玫瑰花也行。"

周洛尘无奈一笑:"我回去学行吗?"

陆云檀盯着他的眼睛,一字一顿:"可是梁云笺会。"

周洛尘浑身一僵,瞳孔骤缩,像是忽然明白了什么。

陆云檀冷笑着站起来,居高临下地盯着周洛尘:"你替得了他吗?十个你都比不上一个梁云笺!"

难堪与尴尬的气氛在包厢内蔓延,在场所有人,一个比一个不知所措,唯独陆云檀这个始作俑者处变不惊,面无表情地与周洛尘对视着,内心深处甚至还升腾出了几分报复的快感。

周洛尘面色苍白,缓缓垂下了手中的玫瑰。

深吸一口气后,他从地上站了起来,张了张嘴,想对她说些什么,却欲言又止。

最终，他还是什么都没有说，转身离开了包厢。

陆云檀像个没事人一样，重新坐回了沙发上，但是尴尬和难堪还在继续蔓延，同学们还没从刚才的那场"惊悚爱情片"中缓过神呢。

下西洋一边挥手，一边调动气氛："愣着干什么，继续唱啊，玩啊，领导请客呀今天，别不给咱们徐领导面子！"

李航的嗓音都快捏成"九千岁"了："就是，各位爷，来呀，继续快活呀。"

徐沛然也笑着说了句："给咱们郑爷和李爷点首《死了都要爱》，等会儿让他们俩好好快活快活！"

全班哄笑。

这么一闹腾，包厢内的气氛再次被烘托了起来，大家继续玩乐歌唱。

下西洋和李航迅速朝着他们帮主跑了过去，一左一右地坐在了她身旁。下西洋率先朝着陆云檀竖了个大拇指："帮主，您刚才的表现，实属英勇，女中豪杰当之无愧！"

李航也不禁感慨："别说这辈子了，就是下辈子、下下辈子我都不敢这么拒绝人，我总爱替别人尴尬，刚才我已经快为周洛尘尴尬死了，他脸没红，我脸红了！"

下西洋认真点评："他刚才确实是有一些'社死'了，但我觉得他好像没有很尴尬，而是无奈、伤心、悲怆，还有几分不易察觉的小委屈。"

李航补充："以及几分有苦难言的孩子气。"

下西洋："总而言之，很伤，如同白天不知夜的黑。"

李航："还如同红酒不知玫瑰花香。"

下西洋："眼前飘扬着的全是明艳的忧伤。"

陆云檀：这遣词，这造句，我都要跟着伤痛起来了。

她没好气地说了句："你俩不去写青春伤痛文学，真的是屈才了。"

下西洋还谦虚上了："哪里哪里，帮主您真会说笑，属下不过是随口诌两句罢了。"

李航也很谦虚，还摆了摆手："酸腐之言，不足挂齿。"

陆云檀有点心累："你俩管周洛尘干什么？都是他活该！再说了，他还委屈上了？他有什么好委屈的？"

下西洋："可能是因为被拒绝了吧。"

李航："爱情的创伤总是令人委屈。"

陆云檀直接爆了粗口："他那是矫情！"她还在心里愤愤不平地想：一个害人精，还好意思委屈呢？"大姨妈"都没你矫情。

这时，徐沛然也凑了过来，挤在下西洋身边坐了下来，心有余悸地看着陆云檀："檀姐，刚才多亏了你，不然死的人就是我了。"

以陆云檀为首的青云帮三人齐刷刷扭头，同时看向了徐领导，异口同声，字句关心："我尊敬的领导，您怎么了？"

徐沛然：你们青云帮，真的很谄媚，尤其是你们仨。

他叹了口气，然后用一种仅能让他们四个听到的声音说道："我本来也订了束花，然后吧、嗯、那个、嗯，就是那个嘛，你们都懂……"他忽然有点不好意思了，不停地揉鼻尖。

然而以陆云檀为首的三位青云帮成员，并不是很懂，或者说，揣着明白装糊涂。

陆云檀："那个是什么呀？"

下西洋："我们真不懂。"

李航："领导，有话直说嘛，咱们都不是外人！"

徐沛然无奈道："哎呀，就是那个……"他用一种蚊子哼哼似的声音说，"表白。"

陆云檀："跟谁呀？"

下西洋："说清楚。"

李航："说明白点。"

徐沛然："你们三个，是真不懂还是在装傻？"

陆云檀、下西洋、李航异口同声："真不懂呀，我们真不懂！"

徐沛然被逼无奈，索性破罐破摔了："你们军师！"

青云帮三人同时张大了嘴巴，正欲尖叫的时候，徐沛然忙用双手比了个暂停："别喊！计划还在保密！"

好吧，不尖叫了。

青云帮收放自如，瞬间闭嘴。

徐沛然终于可以大胆放心地娓娓道来："我本来是想公开表白的，但是周洛尘抢先了我一步，有前车之鉴，我也不敢这么干了，万一……"他没忍住瞟了陆云檀一眼，然后两手一摊，"是吧？多可怕！"

下西洋好心安慰："没事，我们军师温柔得很，绝对不会像帮主那样简单粗暴地拒绝你。"

李航："我们帮主行事向来彪悍，一百个女人里面也出不了一个，你不必多虑。"

陆云檀：夸我还是骂我呢？

徐沛然还是一脸忧愁："也不只这一个原因吧，后来我也仔细想了想，她可能也不喜欢这种公开表白的形式。"

陆云檀："所以呢？"

下西洋："计划取消？"

李航："不表白了？"

陆云檀急了："那可不行！我不同意！"

她可不想因为自己的破事影响人家的感情进程，不然她会对李月瑶愧疚一辈子的！

徐沛然赶忙解释："不不不，不是不表白了，是想换种方式，但我自己也没什么好主意，才来找你们商量了。"

三人了然，紧接着，争先恐后地为徐领导贡献锦囊妙计。

经过一番热烈的谈论过后，大家成功地为徐领导制定了一个完美的表白计划，然后，下西洋和李航再次打开了爱情的脑洞，开始替徐领导和李军师畅想美好幸福的未来。徐领导面带微笑认真聆听，时不时还满含赞同地点点头。陆云檀却没有加入其中，她只是短暂地听了一会儿，然后就低下了脑袋，开始摆弄手机，因为实在太羡慕了，羡慕到心里泛酸，酸到不敢再听下去，生怕自己变成柠檬精。

她也想和梁云笺有未来，但是，谁知道还有没有机会呢？美国与中国之间相隔那么远，虽然可以用手机保持联络，可是手机也缩短不了距离上的差距呀。常言道"远水解不了近火"，无论是微信、电话还是视频，都无法解决距离造成的思念，再说了，万一，他去了美国之后，遇到了更喜欢的女孩呢？那个女孩能够天天在身边陪着他，但是她却不可以……

陆云檀忽然陷入了担忧与惊慌之中：他会不会喜欢上别的女孩呢？

紧接着，她又想到了他在机场说的那番话：如果我没有回来，就说明我已经在美国结婚生子，成家立业，不用想我，更不用去找我，继续潇潇洒洒地当你的女侠，如果哪天不想再浪迹江湖了，就找一个爱你的、对你好的人结婚生子，幸福美满地走完这一生。

这是为以后的移情别恋作铺垫吗？

不行！她不同意！

她立即点开了微信，迅速给梁云笺发消息。

陆云檀：你不能喜欢别的女孩！

陆云檀：最起码在我不喜欢你之前不可以！

对，没错，她就是这么霸道不讲理！

许多国际航班上都自带 Wi-Fi，她觉得梁云笺应该能及时回她的消息，但是他一直没回复。

或许，是因为他所乘坐的这趟航班上没有 Wi-Fi 吧，不然早在飞机起飞后就会给她发消息了，不过也有可能是他在睡觉，反正肯定不会毫无原因不搭理她。

陆云檀一边做着心理安慰，一边打开了浏览器，开始搜索从中国到美国的飞机时长，差不多是十三个小时。其实她早就问过了梁云笺，大约什么时候会到美国，但还是想亲自查一遍，特意查的是他所乘坐的那趟航班。

随后，她一分一秒地计算着时间，估摸着，梁云笺差不多在凌晨十二点左右下飞机，到时候他一定会给她报平安的！

然而到了凌晨，她却没有收到他的消息。

或许是飞机晚点了？

她决定今晚不睡觉了，强打起精神，攥着手机等他的消息，然而一直从十二点等到一点，又从一点等到夜间两点，梁云笺一直没有给她发消息，于是，她又主动给他发了一条消息：你到了吗？

信息如石沉大海，依旧杳无音信。

陆云檀有些着急了，甚至开始胡思乱想，不会是他坐的那趟航班在飞行途中出问题了吧？然后，她立即上网搜索航空新闻，万幸的是，没有搜到飞机失事的噩耗消息。

她在心里长舒一口气后，继续自我安慰：没事的，航班晚点三四个小时也很常见。

于是，她就这么一直等着，可是，直到天光大亮，都没有收到他的消息。

陆云檀十分纳闷，还有些不安，便在青云帮的小群中发了条消息：**你们有谁收到梁护法的微信消息了吗？**

等了一会儿,没人回,她猜测应该是因为时间太早了,大家都还在睡觉,于是她也眯上了眼睛,趁此机会休息一会儿,结果脑袋刚一挨着枕头,她就深深地睡着了。

连续两天熬夜,精神层次上实在是难以维持。

再次睁开眼睛的时候,时间竟然已经过了中午十二点,手机屏幕上显示着许多条未读消息,陆云檀一下子从床上弹了起来,迅速打开了微信。

但这些未读消息中,没有一条是梁云笺发来的。

陆云檀满心茫然,只好先点开了青云帮的小群。

左副帮主下西洋：没有,我昨晚睡前特意给梁护法发了条微信,问他到了没,他到现在也没回复我。

右副帮主李航：我也是,昨晚发了一条,今天早上又发了一条,都没有回复。

军师李月瑶：我也给梁护法发消息了,他也没回复我。

陆云檀彻底慌了神,直接给梁云笺打了个电话,然而却只听到了关机提醒。

到底怎么回事?

怎么突然失联了?

微信上还有未读消息,是梁云笺刚发过来的吗?陆云檀再次点开了微信,然后蹙紧了眉头——是周洛尘发来的消息。

她昨天忘记把他拉黑了。

她本打算立即把他拉黑,但在看到消息内容的那一刻,她突然迟疑了。

周洛尘：你能联系到梁云笺吗?

周洛尘：我联系不到他了。

这两句话,忽然把她和周洛尘之间的距离拉近了,有那么几秒钟,她甚至没那么讨厌他了,因为他让她感觉到了一股同病相怜的感觉。

陆云檀犹豫了一下,回了消息：我也联系不到他。

过了一会儿,周洛尘回复了：可能是因为刚到美国忙吧,手机没办国际业务。

陆云檀：嗯,我也这么觉得。

周洛尘：应该安顿下来之后就会回消息了。

陆云檀：一定是这样的。

两个同病相怜的人,就这样自我安慰着。

几分钟后，周洛尘又发了条消息：如果他联系你了，跟我说一声，他不一定会搭理我。

陆云檀本来想回一句"你活该"，但即将把这几个字发出去的时候，忽然迟疑了，于是又把这三个字删除，换成了：你也是。

周洛尘：好。

之后，他没再发来任何消息。

陆云檀也没有拉黑删除他。

在一定程度上来说，他们两个是同类人：共同在焦灼中，牵挂着梁云笺。

他们自我安慰着，等到梁云笺在美国安顿好了，一定会回复消息的，然而接连三天，他们都没有收到有关梁云笺的任何消息。

第四天的中午，李月瑶在青云帮的小群中发了一段视频，是一段手机录屏，录屏内容是一段群聊天记录，群备注是：东辅二中高三（9）班。

录屏开始，是一个名为王铎的男生在群中发言：你们有谁能联系上梁云笺吗？高考前他借给我一本化学笔记，我忘还给他了。

另一个名叫张鸣的男生回复：人家都去美国了，你怎么还？国际快递？

王铎：他家人应该还有在本地的吧？

张鸣：你联系不上他？

王铎：微信一直不回，QQ也不上线，电话……国际长途太贵，我打不起。

这时，一个名叫黎东昭的男生加入群聊：他在医院治病吧，可能不方便看手机。

此言一出，群里炸了锅。

王铎：治病？

张鸣：他有病？

杨青青：梁云笺有病？

李月瑶：什么病？

黎东昭：好像是脑瘤。

张鸣：什么？

杨青青：天呀！

李月瑶：你怎么知道的？ @黎东昭

黎东昭：听老班说的呀，昨天我回学校照相，遇到老班了，我俩聊了一会儿，他说梁云笺是他带过的最遗憾的一个学生，如果他身体健康的话，一

015

定前途无量。

　　李月瑶：所以他去美国不是为了上学？

　　黎东昭：老班说是为了去治病，国内治不好。

　　李月瑶：之前老班为什么不说？

　　黎东昭：梁云笈要求的，他爸妈也担心造成影响，才不让老班说。

　　杨青青：那他这病，到国外能治好吗？

　　王铎：应该不是很严重吧？

　　张鸣：他平时看起来挺正常的呀。

　　杨青青：不过他从来不参加课间操……

　　张鸣：上次篮球赛，是不是也是突然犯病了？

　　黎东昭：还挺严重的。我听咱们老班说，他前天给梁云笈他爸妈发过消息，慰问梁云笈的情况，梁云笈他妈说情况不太好，飞机刚一落地忽然犯病了，下飞机后直接拉医院抢救，现在什么情况还不知道呢，老班也联系不上他爸妈了。

　　张鸣：现在所有人都联系不上他……

　　杨青青：他不会是……

　　她的话没说完，但所有人都明白她的意思：他不会是，死了吧？

　　李月瑶：别乱猜了！

　　黎东昭：不知道啊，但估计情况不太乐观。

　　群里彻底炸了锅，七嘴八舌地讨论着梁云笈。

　　忽然，周洛尘的头像弹了出来，他没有发文字消息，而是发了两条语音。

　　第一条怒不可遏，暴跳如雷："黎东昭就你嘴快是吧？"

　　第二条呼吸沉重，咬牙切齿："谁敢再诅咒他一句，我就跟谁不客气！"

　　看完这段聊天记录，陆云檀的脑子里已经变成了一片空白，窒息感渐次强烈，她沉重地喘着气，却无济于事，眼前还是一阵阵眩晕泛黑，如同不会游泳的人溺了水。

　　生病、绝症、出国、治病、抢救……这些字眼如同一根根钉子似的不断砸进胸膛，她真切地感觉到了一股钝痛感，疼得她难以忍受，额头上甚至还冒出了一层细密的冷汗，下意识地用手捂住了心口。

　　冰凉的手掌心触碰着温暖的皮肤，她清楚地感觉到了自己快而急切的心跳节奏。

许久之后，她才后知后觉明白了许多事情——

他不承认自己就是那个与她折纸传书的少年，是因为得了不治之症。

他在临走前叮嘱她，不要去美国找他，如果他没回来，只当他是在美国遇到了心爱的人，成家立业了，不要牵挂……是因为，他知道自己命不久矣，所以才如同交代后事一般不放心地叮嘱她。

他一直没有回复她的消息，是因为忽然发病，下飞机后就被送往医院抢救，至今生死未卜……

她才刚刚确定了他是自己喜欢的人，他就要消失了吗？

不会的！

一定不会的！

那个黎东昭在群里说的话一定是假的！骗人的！

陆云檀猛然从凳子上站起来，如同一头莽撞的小鹿似的冲出西厢房，径直朝着对面的东厢房跑了过去，用力拍着房门，扯着嗓子大喊：" 哥！哥！陆云枫你出来！"

房门很快就被打开了。

看到妹妹正在哭，陆云枫一下子蹙起了眉头，诧异而担忧："怎么了？"

陆云檀自己都没意识到，她的脸上已经挂满了泪痕，嗓音嘶哑呜咽，哭得上气不接下气："又、又有人、有人造谣梁云笺有病，还、还、还说他出国是为了去治病。"

她竭力压制着自己的哽咽，却无法停止哭泣，纤细的身体还在不停地抽搐着。

陆云枫抿紧薄唇，束手无策地看着她。

正因不想让妹妹难过，所以他才会千方百计地帮助梁云笺隐瞒病情，才会不断地用刻薄之言要求她远离梁云笺，但纸终究包不住火，她还是知道了。

伤心与难过是注定的，但他不知道该如何去安慰她，也不能再继续编织谎言欺骗她，因为他很清楚那个少年的身体状况，除非奇迹发生，不然痊愈的希望渺茫，可这个世界上哪儿来的那么多奇迹。

他的结局似乎已经注定了。

哥哥的沉默如同压垮陆云檀的最后一根稻草，她瞬间崩溃了，变得歇斯底里："你说话呀！陆云枫你说话呀！"

陆云枫长叹一声："云檀，人各有命。"

陆云檀哭着大骂："什么狗屁命不命！我才不信命！我就要梁云笺！"

陆云枫无可奈何，努力去安抚她："人生路漫漫，没有人能陪你走完所有路，他能够陪你走完一程山水已经是尽力，也是万幸，你要珍惜，也要知足，他肯定也不希望你这样伤心难过。"

陆云檀："我不知足！我凭什么知足？你们联手骗我！瞒着我！你明明早就知道了他有病，为什么不早点告诉我？"

她现在已经明白了梁云笺为什么会在那场篮球赛后消失两个月，因为他发病了，剧烈运动导致他的病情恶化，他被送去了医院——那段时间学校里的传闻是真的——陆云枫撞见了他发病，然后将他送去了医院，但陆云枫却撒了个弥天大谎，隐瞒真相。

她越说越愤怒，哭喊道："为什么你们一个个都骗我？你们都知道，只有我不知道，把我当傻子！"

陆云枫心疼不已："我们都不想骗你，只是担心你会难过。"

"我用不着你们来担心！"陆云檀不接受这个说法，越发怒不可遏，"骗子！你和梁云笺都是大骗子！我讨厌你们！"

她抬手抹了一把眼泪，哭着回了房间。

梁云笺不回她的消息，她就自己去打听。

她知道梁云笺住在哪里——五月份的时候，她曾送梁云笺回过家——准备找上门去碰碰运气，万一家中还有长辈呢？

四十分钟后，她将车停在了梁云笺家所在小区的正门前，然后才意识到，那天自己只是把他送到了小区门口，却不知道他住在几单元几户，于是又给李月瑶发了条消息，让她帮忙在九班打听打听。

拿到具体地址后，陆云檀跟在一对母女身后进了小区，来到单元楼下，又犯了难：单元门和电梯都需要密码。

在楼下等了一会儿，有一个老太太从单元楼里走了出来，她趁此机会溜进了楼内，爬楼梯上楼。

梁云笺家住在六楼，才刚走到五楼与六楼之间的缓台，她便意外地看到了周洛尘。

周洛尘穿着牛仔裤和黑色短袖，抱着膝盖坐在六楼的防火门后，神色略有些呆滞，眼眶微微泛红。

陆云檀走上来后，两人无声地对视了几秒钟，皆在彼此的眼神中读出了同情与怜悯，然后双双别开了自己的目光。

其实看到周洛尘的那一刻，陆云檀就明白了一点：梁云笺家里没人，他消失得彻底。

但她还是不死心，伸手拉开了防火门，快步走进电梯间，怀揣着微渺的希望敲响了房门。

房内无人回应。

锲而不舍地敲了许久，她才逐渐死心，无力地垂下了手臂，却舍不得离开，绝望地将额头抵在了防盗门上，低低抽泣着，一声又一声地喊着"臭书生"。

女侠离不开书生，不然，她哪儿来的自信和勇气去潇洒江湖呢？书生是她的倚仗呀。

她不想潇洒江湖了，只想要她的书生活着回来。

她的书生一定还活着！

她不相信他们的话，不相信他会死，不相信他真的再也不回来了。

他一定会痊愈，一定会回国的。

她会等他，多久都等。

女侠和书生，要一起潇洒江湖。

陆云檀再次回到楼梯间时，周洛尘依旧呆坐在那里。

听到脚步声后，周洛尘缓缓抬起了脑袋，看向陆云檀，微红的眼眶深了一个度，启唇艰难："我不想让他死，从没想过。"声音中带着难以抑制的哽咽。

他是讨厌梁云笺，但也是真的不想让梁云笺死，一点都不想。

即便往后余生老死不相往来，即便互相恨之入骨，即便他们这辈子都无法释怀过去互相原谅，他也迫切地希望能够得到他平安无事的消息。

因为，他是梁云笺呀，是和自己从小一起长大的兄弟，他要是死了，这个世界上就没有与自己肝胆相照的人了。

陆云檀也不确定自己是不是幻听了，竟然在周洛尘的语气中听出了无助与后悔。

他在后悔什么呢？后悔曾经伤害过梁云笺吗？既然后悔，当初为什么要那么做呢？

陆云檀不明白。

她有些同情周洛尘，就像是同情她自己，但也无法原谅周洛尘之前的所作所为，就像是无法原谅自己。

与此同时，她又觉得他们两个特别可笑，为什么非要等到他离开后才知道他的好？

"我也不想让他死。"陆云檀语气笃定地对周洛尘说，"他不会死的，他一定会回来，我会等他。"

说完，她转身走下了楼梯，步伐极其坚定。

她说到做到，一定会等他回来。

其实她能做到如此坚定，是因为心中还尚存着几分渺茫的希望：他一定会被抢救回来的，说不定一个星期后他就给自己回消息了。

然而一个星期之后，他依旧杳无音信，于是她又开始自我安慰：一个星期也太短了，应该不够，上次他消失了两个月呢，再等等吧，他一定会来找她的。

等待的过程极其漫长，对于陆云檀来说，高三毕业的这个暑假，可谓是度日如年，即便是金榜题名，也没能让她感到喜悦。

前途似锦，金榜题名——这句话是他在高考前对她的祝福，但现在看来，更像是临终寄语，她不喜欢。

6月25日凌晨出成绩，她考了564分，高出本省理科一本线近五十分，这分数差强人意，虽然可能上不了什么拔尖的大学和专业，但也足够报名一所"211"。

她从没想过去外地读书，不然等梁云笺回来了，找不到她了怎么办？所以她只在本省内选择大学。

于是，她报考了东辅师范大学的中文系。

七月中旬左右，她的录取通知书下来了，全家一派喜气，老街上还有不少街坊邻居特意上门道喜。

在陆云檀高考前，纪女士曾去三环外的城隍庙烧过一次香，录取通知书顺利下来之后，纪女士立即带着陆云檀还愿去了。

城隍庙的大门口坐着一位戴墨镜的算命先生，看起来像是个瞎子，卦摊旁边还插着一面小白旗，上书"瞎子算命"。

纪雪杉领着陆云檀经过时，这位算命先生突然说了句："紫气东来，吉星高照，此女有福。"

纪女士被吸引了,拉着陆云檀去算了一卦。

六爻,一卦三十。

据那个瞎子算命的说,卦象上显示,陆云檀能够长命百岁,并且一生顺遂:青年平步青云,中年无病无灾,老年儿孙满堂。

这几句话,把纪女士哄得开开心心,转手就从豹纹钱包里抽出了一百块钱,拍到了瞎子的算命摊上,还大方豪爽地说了句:"不用找了!"

陆云檀嗤之以鼻,感觉她妈是在交智商税,那算命的还知道对着太阳辨别人民币真假呢,瞎了才怪!

不过,她已经是一个聪明伶俐的成年人了,所以看破没说破,不然纪女士这钱就花得不开心了,会找她的事情的。

但是当她和她妈一同跪在庙宇中的神像前时,她又忽然对刚才那个算命先生的话深信不疑,坚信自己能活到一百岁,这样的话她就能分给梁云笺一半了,至少能分四十年呢。

她合十双手,抬眸仰望着面前的高大神像,无比虔诚地在心中祈祷:

求求各位神明,保佑梁云笺能够平安活下来,我愿意把剩下的寿命分给他一半,哪怕是余生再不相见了都行,只求他今生平安喜乐、无病无灾。

如果需要付出代价的话,那我就不要儿孙满堂了,我可以无儿无女,可以孤独终老,只求他能够活下来,哪怕他和别人结婚生子都行,但是一定要让他找一个与他互相深爱的女人结婚才可以,不然他不会开心的。

总之,我愿意付出一切代价,换取我的臭书生一生顺遂。

天下没有不散的筵席,各高校陆续开学后,青云帮的小伙伴们也要各奔东西。

陆云檀被东辅师范大学的汉语言专业录取,本地就读;下西洋被东辅大学的播音主持专业录取,虽然也是本地就读,但这个专业的开设地点并不在东辅大学主校区,而是在东四环外的新校区;李航被东辅航空航天大学飞行专业录取,也是本地就读,但学校很偏,在东辅市南边,哪怕是坐地铁到市中心也需要至少两个小时的车程。

唯独李月瑶,报考了外地的大学,顺利地被西辅大学的临床医学专业录取了。她的男朋友徐沛然——早在七月份的时候,李月瑶过生日那天,徐班长在小伙伴们的帮助下,顺利向李军师表白——则报考了东辅大学的心理学专业。也就是说，他们俩才刚确定关系没多久，就要开始痛苦的异地恋了。

八月底，李月瑶前往西辅的那天，青云帮的小伙伴们都去机场送她了，徐沛然自然也去了，但由于李月瑶的父母在场，他们也不敢太过张扬，只能像是普通同学一样再见告别。在她走进安检前，青云帮的小伙伴们还约定好了，往后每逢寒暑假，必定要团建一次，帮魂不能散！

九月份，正式开学，新生们背着沉甸甸的行囊，踏入了新的校园，开启了一段新的人生旅程。

老街距离东辅师范大学不算近，但也不算远，骑电动车的话，满打满算也就四十分钟的车程，所以开学第一天，陆云檀是骑着电动车去的，还和上高中的时候一样，没让家人送，把铺盖卷和行李箱往前面的脚踏板上一放，头盔一戴就走了。

但和高中不一样的地方是，大学新生报到处会有学长和学姐帮忙搬行李，不过大部分都是学姐，学长可谓是凤毛麟角。

对于综合类大学来说，男女生的数量基本大差不差，但对于师范大学来说，男女生的存在比例，可谓是天壤之别，举个例子，一个专业里面如果有三十个人，那么这个专业的男生数量绝对不会超过十个，五个以上都算是多的了，还有可能一个专业里面一个男生都没有，但体院除外。

陆云檀所在的这个汉语言专业，整个专业一共三十六人，仅有三个男生，可谓是硕果仅存。她上面的那几届也好不到哪儿去，开学这天，来帮学弟学妹们搬行李的几乎全是女孩子，有几个学姐的个头儿还不到陆云檀的下巴，看起来白白嫩嫩、柔柔弱弱，搞得陆云檀都不好意思让她们帮忙，索性自己扛着行李去了寝室。

军训是按学院站位，一个学院的人一起训。陆云檀这才发现，整个学院一共一百九十八名新生，男生才二十来个，一个比一个斯文内敛，聚在一起凑在女生堆里，看起来还有点可怜巴巴的。

训练休息期间，教官鼓励大家表演节目，然后陆云檀又震惊地发现，中文专业的女孩子，一个比一个身怀绝技，有会唱歌的，有会跳舞的，合起来就是一个"莺歌燕舞"。

最先上台表演的，是一个学民族舞的漂亮女孩子，身形纤细，舞姿曼妙，别说男生们了，就连女生们都看得目不转睛。后来又陆续上场了两个唱戏曲和跳流行舞的女孩子，把女孩子们"环肥燕瘦"的花样美表达到了极致。

最后，陆云檀也自告奋勇地上了场，表演了一段形意十二形拳，细腰柔韧拳风迅猛，吸引了旁边好几个专业的学生来围观。

等她表演结束后，那位带他们的教官还非要让她跟自己比画比画，陆云檀先谦虚地推辞了几番，然后才勉为其难地答应了，再然后，一个崩拳捶到了教官的肋骨上，差点儿帮助文学院提前结束本次军训。

围观的新生们无一不震惊，皆向陆云檀投去了惊恐中夹杂着敬佩的目光。

教官面色狰狞地弯下了腰，痛苦地捂着肋骨："你这丫头不简单啊。"

陆云檀也是没想到这教官这么不经揍："您怎么也不躲一下呢？"

教官艰难地直起了腰："谁知道你真会呀，我还以为你只会表演呢。"

陆云檀不乐意了："我可是全国武术冠军，连拿了三届呢！"

教官开玩笑地感叹了一句："这么厉害，不好找男朋友呀。"

陆云檀哼了一声："我有男朋友！"

教官相当意外："哟，比你还厉害？"

陆云檀摇头："没有，他是个臭书生。"

教官："那你看上他什么了？"

陆云檀："他长得可帅了，还可聪明了！"

教官："哪个大学的？"

她不知道他是哪个大学的。

她甚至不确定他现在还在不在这个世上。

但陆云檀还是很坚定地回答："去国外留学了，大学毕业后就回来啦。"

教官没有多言，仅仅是"哦"了一声，似乎是不太看好这段异地恋：异地的结局，大部分都是分手，更何况还是跨国。

为期十天的军训结束后，大学生涯正式开启，与高中截然不同的课程模式令人感到陌生，同时又给人带来了新鲜感。

校园很大，寝室与教学区之间的距离甚远，上课的教室也不固定，所以陆云檀基本每天都是骑着电动车去上课。

大一上学期，她也没参加社团和其他乱七八糟的活动，生活平平无奇，每天除了上课学习就是去操场跑步，固定形成了"寝室、食堂、教室、图书馆、操场"五点一线的生活模式，无趣至极。

同寝的另外三名女生都有男朋友，和她关系最好的那个女孩的男朋友还是本校的，两人天天腻在一起如胶似漆，看得陆云檀心里直泛酸。

其实她也不乏追求者，但无一例外全被她拒绝了，理由很简单：我有男朋友，在国外留学呢。

一直到了大一下学期，她的大学生活才逐渐丰富了一些，因为学校要举办一年一度的球赛了。

赛事有三种，足球、篮球和排球。

在师范大学里面，实力更强悍也更有看点的比赛是女足、女篮和女排的比赛，尤其是女篮——据说，前几年学校有一届的女篮冠军队和男篮冠军队打过一场比赛，结果是女篮赢了。

这三支球队，每年春季都会纳新，陆云檀听说后，报名参加了本学院的篮球队，因为她想名正言顺地拥有一件印着号码"25"的球服，还想当控球后卫。

然而控球后卫可没那么好当，更何况她还是一个什么都不懂的篮球小白，起早贪黑地训练两个月，最后只在选拔赛上出场了两分钟，连球都没摸到比赛就结束了，再然后，文学院就被淘汰了。

按照其他学院的话来说就是：文学院今年，一如既往的菜，就算新加一个武术冠军都没用。

最后拿到女篮冠军的学院是外语学院。

决赛那天，陆云檀还特意去围观了，学习人家实力强悍的队伍是怎么打球的。

比赛结束后，陆云檀内心的篮球之火却没熄灭，她去校外报了个篮球班，每周上课三次，争取能够在来年的比赛中带领文学院走入新征程，成为东辅师范大学的大姐大，等臭书生回来之后闪瞎他的眼！哼！

从大一下学期开始，她持续打了大半年的篮球，到了大二上学期，她惊喜地发现自己的净身高竟然从一米六八变成了一米六九，突破一米七指日可待！

为了庆祝自己长高了，那天晚上从图书馆回来后，她还特意去超市买了两兜零食，一推开寝室的大门，就听到她们寝室的一位名叫王胜男的女孩说："现在的文圈也太卷了，网络诗词都写得这么有意境。"

陆云檀把零食放到了自己的书桌上，顺口问了句："什么诗词啊？"

和她关系最好的那位名叫何晶晶的女生插了一句嘴："你怎么买了这么

多零食？"

陆云檀十分骄傲："庆祝我马上长到一米七了！"

一米五八的何晶晶："气人呢是吧？"

陆云檀："没有。"她解释了一句，"我长得越高，就越方便揍人，一拳捶到脸上。"

王胜男也不读诗了，勾着头问了句："檀姐，您要揍谁？"

陆云檀面无表情："一个姓梁的臭书生。"

何晶晶："你男朋友？"

陆云檀点头："嗯！"

王胜男震惊："神秘男子竟然有姓氏了！"

陆云檀："这是什么意思？"

另外一位名叫杨星彤的女孩追问一句："有名字吗？"

陆云檀一头雾水："有啊，云笺，他叫梁云笺。"

王胜男："他竟然有名有姓！"

杨星彤："真实存在！"

几个意思呀？

陆云檀不明就里："那我还能瞎编出来一个人吗？喜欢自己意淫出来的虚拟人物？"

何晶晶解释了一句："平时也没见过你和他打电话聊视频，合照都拿不出来一张，我们真以为他是你胡编乱造出来的，为了拒绝那些追你的人。"

陆云檀："怎么会是编的呢？他真的存在呀！"她举起自己的左手，向大家展示自己手腕上的手表，"这块表就是他送给我的，情侣表呢，他戴的那块是蓝黑色的。"她又说，"还有呀，他的篮球服上印着的号码是'17'，我的生日就是6月17日。"

何晶晶："你的球服上印着的也是他的生日吗？25号？"

陆云檀点头："对啊，他的生日是2月25日。"

王胜男星星眼："哇哦，你俩还挺浪漫。"

陆云檀："还有更浪漫的呢！"

杨星彤："可以透露一下吗？"

陆云檀："他送给了我一罐亲手折的小星星，里面藏了一朵纸叠的红玫瑰，打开玫瑰花后，纸上写着一句表白的话。"

王胜男:"什么话?"

陆云檀:"You had me at hello,我对你一见钟情。"

三位女孩的少女心顿时被激发出来了,同时发出了激动又雀跃的尖叫声。

何晶晶还谴责了陆云檀一句:"人家那么浪漫,你还要揍人家?没天理了!"

王胜男也说:"就是,我男朋友要是这样,我才舍不得揍他呢,一天亲一百遍!"

杨星彤:"还是个书生,也不怕把人家揍坏。"

陆云檀哼了一声:"谁让他一直不回来呢。"

已经快两年了,杳无音信,揍他都是轻的!

再说了,你们以为我不想亲他吗?我可太想了!一天亲一百遍都不够呢!

王胜男:"他在哪个国家留学,你可以去找他吗?"

陆云檀怔住了:"他在……美国。"又补充道,"休斯顿。"

她也只知道这么多了。

王胜男:"他让你去找他吗?"

他不让。

他说过,如果他没有回来,就当他是在美国遇到了心爱的人,成家立业了,不要牵挂,更不要去找。

最后找到的结果,不一定是好结果。

有句老话说得好:没有消息才是最好的消息,这样才可以永存希望。

有时候,杳无音信或许会比真相大白强得多。

但陆云檀没有如实回答这个问题,鬼使神差地回了个:"让。"

王胜男:"那你可以去找他呀。留学的话可能有点贵,但是出国旅游几天应该可以吧?"

对啊,为什么不可以呢?

留学会给家庭增加负担,毕竟她家不是什么大富大贵的人家,一年拿出几十万让她去留学,父母的压力实在是太大,但是,她可以自己攒钱去美国呀,办旅游签证,哪怕只是去几天呢,也比束手无策地等待强。

"对!你说得对!"陆云檀看着王胜男,眼睛闪亮,"我可以去找他!"

王胜男笑着说:"这就叫作'听闻远方有你,动身跋涉千里'!"

何晶晶:"哟呵,咱们小王老师的文学创造能力很强啊。"

杨星彤:"有意境又有诗意!"

"什么呀,这不是我原创,是我在网上看到的,就是我刚才跟你们说的那首诗。"王胜男重新拿起手机,饱含深情地朗读了起来,"听闻远方有你,动身跋涉千里。我吹过你吹过的风,我们算不算相拥;我走过你走过的路,这算不算相逢。我还是喜欢你,认真且炽,从一而终。"

读完,她还点评了一句:"这首诗最早的出处不详,但传闻是出自一位匿名网友的情话集,叫作《嚣张》,其实最惊艳的还是前两句,不过后面的几句虽然遣词造句简单,但后劲儿很大,尤其是那句'认真且炽,从一而终',像是喝了一口烈酒,初尝醇厚,越品越浓。"

何晶晶:"小王老师,出书吧。"

杨星彤:"无书砸店。"

王胜男笑得不行。

她们三个嬉笑玩闹的时候,陆云檀并没有加入,一直在回味那首诗,即便是寝室熄了灯,躺进被窝里之后,她满脑子想的还是那句"听闻远方有你,动身跋涉千里"。

越想,她就越像是着了魔一样,恨不得立即飞去休斯顿,去找她的臭书生。

也是在这天晚上,她彻底下定了决心,一定要去美国找梁云笺。

她就是这么地喜欢他,认真,但是不炽,两次心动,从一而终。

第二章
/ 两处相思同淋雪

　　为了去美国找梁云笺，陆云檀首先给自己算了笔账：按照旅游签证的流程，吃喝住宿往返机票这些费用加在一起，至少需要三万五千块钱。

　　对于一个刚上大二的学生来说，这么多钱，相当于天文数字了，她不想也不能伸手问父母要这笔钱，所以只能自己挣钱。于是乎，她只好暂时放弃了篮球，开启了一段疯狂打工的苦逼生涯。

　　从大二上学期到大三上学期，整整一年的时间，她去饭店当过服务员，去后厨洗过盘子，去教育机构当过任课老师，还给小学生当过家教，甚至在寒暑假的时候自己开过武术班，光明正大地和她老子抢生意，还占用她老子的教室，这样就可以节省一大笔房租了。

　　但是，忙忙碌碌一整年，年底一看银行卡，攒了不到八千块钱，距离三万的目标还差得远，只能再接再厉。

　　不过在疯狂打工的同时，她也没忽略自己的学业，尤其是英语这一科。

　　她明白，只有交流无障碍才能更有效地找人。为了找到梁云笺，她硬生生地把自己最差的一科学成了最好的一科，到了大三下学期的时候，她都能顺利流畅地和校门口咖啡馆里的老外交流了。

　　大三下学期，也是她整个大学生涯中最具转折点的一个学期。

　　首先是赚钱的渠道变了——

　　一个偶然的机会，她得到了一份在某个不知名网站当写手的工作，写冲量文，以"卖断"的形式，千字十五元。

　　为了多挣钱，她的闲暇时间全都用来码字了，键盘都快被敲碎了，一个月才赚了三千块钱。

后来，经过室友的点拨，她猛然觉悟了过来：干吗要当廉价劳动力？既然有写文的能力和才华，为什么不去当一个正儿八经的作者呢？

于是乎，她抛弃了写冲量文的工作，在某个国内知名的女频文学网站上注册了作者账号。填写笔名的时候，她思量片刻，用键盘敲出了三个字：梁的陆。

账号申请成功，她开始在网上连载小说，写了一本古言武侠小说，女主角是一位身背长剑，喜穿红黑色束腰长袍与黑靴的潇洒女侠；男主角是一位身穿蓝白色长衫与白色布鞋的俊逸书生。

女侠混迹江湖、行侠仗义，但在某些情况下也非常蛮横不讲理，就比如说对待书生的方式与态度：书生是她在前往武林大会的途中遇到的，她看人家长相俊俏好欺负，于是就打劫了人家，还劫人家的色，还用绳子把人家的双手捆了起来，绳子的另一头攥在她的手里，不给书生任何反抗的机会，后来又强行逼着书生和自己一起混迹江湖，还威胁书生不要试图逃跑，不然就打断他的腿。

她还给这本文起了一个非常符合主题的名字：《书生你插翅难飞》。

或许那个当年在城隍庙门口摆摊儿的算命先生多少是有点能耐在身上的，她的文学之路，还真的是平步青云，第一本书就成功签约了实体书版，虽然价钱不怎么高，但是对于大部分新手作者而言，她已经很幸运了。

这本书连载了近三个月，网络订阅和实体出版的费用加起来，她挣了两万多块钱，再加上之前存的一万多块钱，基本攒够了去美国的费用，但是当她去办签证的时候才发现，办理美国的旅游签证还要出示银行卡存款证明，并且存款不能少于五万块钱。

哼！

可恶！

无奈，她只好继续存钱。

她本打算在大三下学期的期末考试结束后再开一本新文，但谁知道在考试前的复习周，她忽然收到了左副帮主下西洋发来的微信消息——三年以来，他们青云帮的人一直都保持着联系，并且每逢寒暑假必定团建，帮魂长存！

这次，下西洋发的不是群消息，而是私聊。

下西洋：*帮主！大事不好！*

当时陆云檀正在图书馆，刚巧在休息，及时地看到了消息：*副帮主，这*

么多年了，你也该沉着冷静一些了。

她对于下西洋这种一惊一乍的汇报方式很是无奈。

下西洋：属下真的淡定不了！您看照片！

紧接着，他发了张照片过来。

陆云檀点开照片之后，蒙了。

照片拍摄角度像是偷拍，照片的背景是大学自习室，在阶梯教室的最后一排，最角落处，坐着一对小情侣，之所以能够判断出来是小情侣，是因为男生和女生用的是情侣水杯。女生穿着一件白色短袖，披肩发，肤色白皙，长相清秀，不过陆云檀不认识她，但是陆云檀认识坐在她旁边的那个男生，是徐沛然。

刚才还批评下西洋不淡定的陆云檀瞬间也变得不淡定了，她直接冲出了自习室，然后给他打了个电话。

电话很快就被接通了，陆云檀开门见山地询问："是徐沛然吗？你在哪儿拍的照片？"

下西洋："我们学校自习室啊。"大二过后，他们专业就从东四环外的新校区搬回了市内的主校区，"百分之百是徐沛然！"

陆云檀已经蒙到连话都说不利索了："这这这……这什么情况啊？他和那女生到底什么关系啊？"

下西洋也一头雾水："我也很困惑！"

陆云檀忽然想到了什么："你没给李月瑶发吧？"

下西洋："我没有呀，我不敢，万一有误会呢？"他又假设了一种可能性，"军师和徐领导会不会已经分手了？但是没有跟咱们说？"

陆云檀觉得不太可能："五一的时候咱们不是还一起出去玩了吗？这才过了几天，就分手了？"

西辅那边的大学有春假，五一休七天，所以五一的时候李月瑶回来了一趟，然后他们几个就约着去玩密室逃脱，徐沛然也去了，那个时候他们俩的感情看起来还挺好，玩密室的过程中他们三只单身狗被吓得四散奔逃，塑料友情尽显，人家这对小情侣情比金坚，自始至终没有抛弃过对方。

下西洋："那、那如果没分手的话，就只剩下一种可能性了……"

不言而喻：徐沛然出轨了。

陆云檀又急又气，却又有些不知所措，毫无头绪。

她稳了稳心神，叮嘱了下西洋一句："先别跟李月瑶说，咱们先想办法把事情弄清楚。"

下西洋："好！"

随后，他们两个仔细商量了一下具体计划，然后才挂断电话。之后，陆云檀又给李航打了个电话，跟他通了一下气。

等到一切都安排妥当后，陆云檀才重新回到自习室，再然后，她绝望地发现，因为自己太久没回来，座位上的东西已经被管理员老师收走了，并且这个座位也已经属于别人了。

期末复习周期间，图书馆里面的位置紧俏得很，过了这村就没了这店，陆云檀不得不转战教学楼。

周五下午，陆云檀没有复习计划，或者说，放弃了原有的复习计划，按照约定前往东辅大学主校区。

下西洋早就站在学校西门外等她了，随后两人又一起站在门外等李航。

等待的过程中，陆云檀忽然发现了一件事情，惊讶道："中科院竟然在你们学校旁边？"

她看着马路对面、正对着东辅大学的中科院东门。

下西洋："对啊。东辅分院很强的，听说有十几个国家重点实验室，几十个院重点实验室，一共十六个科研所，其中最牛逼的一个所就是物理研究所。"

陆云檀："十几个科研所全在这里面？这学校看着也不大啊。"

甚至有些沧桑，一看就很有年头了。

下西洋："这儿是研究生站点，科研所都在别的地方，全是神仙聚集地，我等凡人也进不去。"

陆云檀点头："副帮主言之有理。"

两人说话间，等来了长途跋涉而来的李航，随后，三人一起进了校门，前往自习室。

下西洋已经预先踩好了点，陆云檀和李航跟着他一起去了心理学院所在的教学楼，直奔三楼自习室。

313是一间大教室，但由于位置比较偏，在走廊尽头，所以来这里复习功课的学生并不是很多，偌大一间教室里面，仅有七八个人。

从前门看去，徐沛然和那个女孩并肩坐在教室最后一排的最右侧。

虽然他们两人此时此刻都在埋头学习，没有任何交流，但是从身体的贴近程度以及身上穿着的情侣衫来看，不难推断出两人的关系。

李航缩回了打探的小脑袋，叹了口气："情况不妙啊。"为避免打草惊蛇，他特意压低了嗓门。

下西洋："何止是不妙，我昨天中午还在三食堂撞见他们俩了，徐沛然那厮竟然一点都不慌张，可谓是明目张胆！"

李航猜测道："会不会是已经分手了，所以才这么无所畏惧？"

下西洋："那他为什么不给我打招呼？明明已经看到了我，还故意绕着我走，"他用手背拍手心，"这不是心虚是什么？"

陆云檀思索片刻："直接把他抓来质问。下西洋，你守在前门，李航和我从后门进去抓人。"

下西洋 & 李航："属下听令！"

徐沛然正在埋头做题，右边的肩膀忽然被拍了一下，抬头一看，愣住了。

陆云檀面无表情地抱着胳膊，语调冷冷："走吧，徐领导，出门叙叙旧。"

李航站在陆云檀身后，面色也是相当不善。

徐沛然微微蹙眉，神色中浮现出了几分无奈与烦躁。

那女生也察觉到了什么，满目警惕地瞪着陆云檀："你们俩是谁呀？想干吗呀？"

她的声音很大，语气凌厉。坐在前排的几个同学纷纷向后扭头，向他们几人投来了奇怪的目光。

陆云檀压根儿就没看这个女生一眼，直勾勾地盯着徐沛然："徐领导，我猜你也不想把事情闹大吧？"

徐沛然咬了咬牙，转头开始收拾东西，还对旁边的女孩说了一句："别理他们，咱们走。"

他似乎是在用这种方式向陆云檀表明：我惹不起你，但我躲得起。

陆云檀嗤笑一声："你觉得自己走得了吗？"

李航："看清局势吧，你已经被包围了，尽早束手就擒，咱们还能给你留几分薄面。"

徐沛然下意识地抬头，这才看到了堵在教室前门的下西洋。

下西洋还从门后挑了一把扫把举在手里，还是尾部朝上，看起来像极了拿着钉耙的天蓬元帅。

徐沛然无奈，叹了口气，对他身边的女孩说了句："你别出去，我等会儿就回来了。"然后放下了书包，从凳子上站起来，跟着陆云檀他们俩走出了教室。

走廊尽头有一扇防盗窗，陆云檀他们三个把徐沛然堵在了窗前。

陆云檀站在徐沛然面前，开门见山地质问："你跟李月瑶分手了吗？"

徐沛然咬着牙关，不言不语。

下西洋站在陆云檀左边："没分你就找其他人？这不就是渣男出轨吗？"

李航站在陆云檀右边："是不是准备跟我们军师玩冷暴力，等着让她主动跟你提分手？"

陆云檀醍醐灌顶：还真有这种可能性！

她昨天晚上给李月瑶打了一通电话，试了试李月瑶的口风，结果虽然确定了李月瑶和徐沛然还没分手，但最近的感情状况确实出了点问题，徐沛然总是不回李月瑶的消息，理由是期末很忙。

现在一看，徐领导确实很忙，忙着和其他女生一起复习呢。

陆云檀又气又恨："徐沛然，你可真不是个东西！"

下西洋："不喜欢你就分，分完了再谈，哪有像你这样的？"

李航也骂道："这不是恶心人吗？"

陆云檀深吸一口气，不容置疑："现在就给李月瑶打电话，明明白白地向她承认你出轨了！"

徐沛然浑身一僵，难以置信地瞪着陆云檀。

陆云檀："不敢呀？还是说你有脸出轨没脸承认？"

徐沛然攥紧了双拳，深吸了一口气："我们俩之间的事，不劳你们几个费心。"

陆云檀："哟呵，当年表白的时候拉着我们几个出谋划策，现在出轨了，就不劳我们费心了？卸磨杀驴呀？我还就告诉你了徐沛然，你要是老老实实的，我们谁都不可能插手，但你现在不老实，欺负我们的人了，要是不给个说法，这事儿没完！"

徐沛然长叹一口气，一副束手无策的模样："我们两个之间的事情，你们谁都不懂！"

下西洋："我们只懂你出轨了。"

李航："辜负了我们军师！"

陆云檀："你们俩之间的感情怎么样，我们不管，但你脚踩两条船，就是你的错。不过你放心，我们不会去找那个女孩的麻烦，她可能也是受害者，但你的麻烦，我们找定了。"

"你挺牛呀，哪个学院的呀？"

陆云檀、下西洋、李航同时回头，看到了刚刚那个女生以及四五个牛高马大的男生。

从这几个男生的体型和穿着打扮上来看，像是体院的人。

女生站在最前方，她旁边站着一位身穿蓝色短袖的高个子男生，显然，是她把这几个男生喊过来的，刚才说话的那个人就是这位穿蓝色短袖的男生。

陆云檀冷笑，对徐沛然说："班长，这是什么意思呀？"

徐沛然也是一脸蒙，冲到了女生面前，怒气汹汹："你干什么呀？"

女生伸手指着陆云檀："那娘们儿带人堵你，我还能不管吗？"

陆云檀：喊我什么？娘们儿？真不礼貌！

徐沛然也是真的生气了："赶紧把人带走，我的事你少管！"

女生："我是为了你呀！"

陆云檀冷哼一声："你知道他有女朋友吗？和我们同届，在西辅上大学。"

女生的脸色一沉，咬着牙，没有说话。

显然，她是知道的。

陆云檀意外至极，又怒不可遏："你知道？"

女生语调冷冷："跟你有什么关系？"

下西洋震惊不已："真不要脸啊！"

陆云檀之前一直以为这女生是无辜的，但谁知道，竟然这么不要脸！

女生还要再骂，徐沛然却呵斥了她："你闭嘴吧！"然后又看向了她喊来的那几个男生，"麻烦你们了，没事，快回去吧。"

陆云檀沉着脸，一步步地走了过来："说来就来，说走就走，把我们几个当什么了？"

下西洋和李航预感到了陆云檀可能要发飙，非常默契地往后退了几步，以免影响她的发挥。

体院的那几个男生都有点惊讶，没想到这个漂亮女孩竟然这么勇猛。

徐沛然也是了解陆云檀的，他一点都不想把事情闹大："你想怎么办？"

陆云檀在他面前站定："我早就说了，给李月瑶打电话，承认你出轨了，向她道歉！至于她原不原谅你，那是她的事儿了，和我无关。"

徐沛然神色为难，默然不语，

那女生倒是期待上了，目不转睛地看着徐沛然。

挣扎许久后，徐沛然一脸哀求地看着陆云檀："你放了我行吗？就这一次，我不想分手，以后我一定改。"

那女生浑身一僵，眼眶一红，用力推了徐沛然一下："徐沛然，你什么意思呀？不是你说的等她和你分吗？"

真恶心啊。

一对狗男女！

徐沛然愧疚不已地看着那个女孩："对不起呀娇娇，我真离不开她！"

陆云檀忍无可忍："闭嘴，结束你的表演，我快吐了！"

下西洋："我也是。"

李航："你这段表演比草还贱。"

徐沛然再次深吸一口气，祈求陆云檀："你给我一天的时间行吗？我现在特别乱，也不知道该怎么和她说，我们这么多年的感情，真不是一句两句就能说清楚的，等我准备好，我自己去找她坦白，我一定坦白。"

陆云檀认真考虑了一下，觉得他说得确实有些道理，那么多年的感情，剪不断理还乱呢，哪有那么快能够说清楚的？

想了想，她给出了最后期限："我给你一天时间，二十四小时之后，你要是还继续装孙子，就别怪我对你不客气了。"

说完，她朝着下西洋和李航扬了扬下巴，示意他们跟她走，但是走了几步之后，她又忽然想到了什么，顿下脚步，回头看着徐沛然："你也别想耍花招，视频和照片我们都有，如果你做不到主动坦白，我们就只能替你坦白了。"

不知名狗仔下西洋："对！我们已经掌握了你出轨的确凿证据！"

李航："并且是人证物证俱在，你休想倒打一耙！"

徐沛然呼吸一滞，呆若木鸡。

几人走出教学楼后，下西洋立即朝着陆云檀竖了个大拇指："帮主，您越来越有大将之风了！"

李航不甘示弱，也吹起了彩虹屁："思路清晰，手段高明，恩威并重，德才兼备！"

陆云檀都有点被吹飘起来了，嘴上却相当谦虚："哪里哪里，雕虫小技罢了！"但紧接着，又长叹一口气，"要是梁护法在就好了。"

要是那个臭书生在的话，她就不用自己动脑子了，他会帮她出谋划策，帮她解决所有问题，还会替她解决一切后顾之忧。

下西洋明白陆云檀又陷入了相思之情，安慰道："梁护法一定会回来的！"

李航也说："请您相信，所有的分离都是为了以后更好的相遇。"

陆云檀不由得一惊："我的右副帮主，几日不见，您的文学水平突飞猛进啊！"

下西洋果断打小报告："他那是上网抄情书抄的！"

陆云檀眼睛一亮："哟呵，有情况？"

李航没说话，挠着脑袋傻笑。

显然，李航是遇到了真爱之人。

但是，几家欢喜几家愁呀。

当天晚上，陆云檀就接到了李月瑶的电话，在电话中，李月瑶哭着说，她和徐沛然分手了，因为徐沛然出了轨，虽然是他主动向她坦白了出轨的事实，求她原谅，并向她保证绝不会再有第二次，但是她无法原谅他，无法接受背叛，所以她选择了分手。

多年感情，瞬间化为乌有，结局吃人，连一片美好的回忆都不剩。

那天晚上，陆云檀几乎一夜未眠，耐心地倾听李月瑶的倾诉，想尽办法地去安慰她。

其实陆云檀自己心里也有点不好受，毕竟她也算是李月瑶和徐沛然这段感情的促进者和见证者——从高中时期的暧昧到毕业后确定关系，再到大学相恋，她本以为他们两个能长长久久一直走下去，但谁知，他们也没能逃得过异地的考验。

距离与时间，是感情的两大杀手。

后来，她不禁思考：如果梁云笺没有生病，没有出国治病，他们两个之间，又会变成什么样子呢？会不会也像李月瑶和徐沛然一样，抵不过时间的消磨，最终分道扬镳？

她不知道，但，心有余悸。

这件事也成为她大学生涯的第二个转折点：感情上的转折。

她曾一度以为，自己和梁云笺错过的这么多年，将会成为她永生难以弥补的遗憾，但发生了这件事后，她才忽然明白了，在某些情况下，分开并不是坏事。

她甚至有些庆幸地想：我从没得到过他，就不用担心会失去他，也不用经历得到后再失去的痛苦。

可这并不意味着她放弃了去找他的念头，因为她依旧深深地爱着他。

时间消磨不掉她对他的爱意，只不过她现在没有那么多祈求了，甚至不再奢望着能够和他在一起，只求他还活在这个世界上，哪怕是找到他之后发现他和别人在一起了都行，只要他还活着，平安健康地活着。

出国的钱不够，就继续攒。

大四上学期已经没有课了，但是她没打算考研，一边实习一边码字赚钱。

师范学校的师范生会被学院分配实习，好巧不巧，她竟然被分配到了东辅二中的初中部当助教实习老师。

当老师之前，她一直以为老师是一件很神圣的工作，教书育人，勤劳的园丁，但是在实习过后，她才明白，老师这活儿，简直不是人干的，有些调皮捣蛋的学生，看一眼就令人头大。

也是在当了老师之后，她才明白了自己当年上学的时候有多么烦人。

只能说，老金是个大好人！

实习了半年后，她做出了一个重要的决定：毕业之后全职写作。

因为她觉得自己不适合当老师——她想一视同仁地对待所有学生，不想放弃任何一个学生，却没有那个能力和精力，无法做到兼顾全班，甚至会在不知不觉间在心里对某些不求上进的学生产生偏见，这样令她很痛苦，也很自责。

就好比，她所任教的班级中有一个叫秦豪的男生，才初一，就辱骂老师、殴打同学，甚至在私下对老师用上一些侮辱性的字眼，她得知情况后的第一反应不是教育他，而是厌恶他，觉得他道德败坏。

可老师的职责不就是纠正孩子们的错误吗？她怎么能够厌恶自己的学生呢？她很努力地去调整自己的心态，和秦豪谈了好几次，动之以情晓之以理，但，什么用都没有，还被秦豪同学贴上了"多管闲事的小实习"的标签。

于是，她不得不请家长，但更令她崩溃的是，秦豪的家长比她还理直气壮："孩子在学习里犯了事，你们当老师的不管，天天喊我们家长去干吗？我们不用挣钱吗？你们的工资不是我们纳税人交的钱吗？什么都喊家长，要你们老师是干什么吃的？"

陆云檀长这么大，从没遇到如此蛮横不讲理的人，最气人的是，她还没法儿怼回去，因为她是老师，就像是《夏洛特烦恼》里面的那句台词：I am a teacher！

还有一个家长，也令她印象深刻。

班主任要求早上七点进班，那个女孩七点半了还没来，也没提前请假，她就给女孩的父母打电话询问是怎么回事，结果，人家妈回了一句："哎呀，家里生二胎了，她弟弟今天有点发烧，实在是忙不过来，就让她在家帮忙了。"

简直无语！

与此同时，她还在心里发了毒誓：以后我要是有了孩子，我一定要当一个认真负责的好妈妈，生了我就好好养，绝不给社会添负担！

经历过半年的煎熬后，她觉得自己如果再这么下去，迟早会被气出乳腺癌。

所以，她决定转行，当一个不被束缚的自由人，最起码还能多活几年。

不过在实习期间，她认识了一个叫陈染音的女孩，也是她们学校分配来的实习生，化学专业的，听说是化学系的系花。

比起自己来说，陈染音真的很适合当老师，她心胸开阔，又很有管理手段，能把所有调皮捣蛋的学生都收拾得服服帖帖，更牛的是，她竟然还能一边实习一边备战考研。

不过陆云檀觉得自己也挺牛的，能一边实习一边连载小说，只不过更新速度慢了点而已。

这本小说在连载期间就签了出版，帮助她攒够了去美国的钱。

那年寒假，她离经叛道，没有在家过年，而是独自一人背着行囊去了大洋彼岸，花光了自己拼命攒了四年的积蓄，去一个陌生的国度寻找她的臭书生。

她直接飞往了休斯顿，一座医疗大城。

美国时间晚上九点，飞机落地。

她拉着行李箱走出机场时，夜空忽然飘起了雪花，片片如鹅毛。

她抬眸，望着漫天飞雪，心心念念全是梁云笺——

也不知道，她的臭书生现在还在不在这座城市，能不能看到这场雪？

如果他不在这座城市，但此时也正身处一场雪中也是好的，这样一来，即便是找不到他，他们此生也算是有了一场共白头。

第三章
/ 蓦然回首，那人还在灯火阑珊处

圣诞假期尚未结束，梁云笺就已经返回了学校——身为物理系的博士生，新学期开学后的第一项任务是指导本科生的实验课，实验器材需要提前准备。

几年前，父母带着他定居纽约，他现在所就读的麻省理工位于美国剑桥，属于波士顿都市区，从纽约开车过来，大概四五个小时的车程。他几乎每次都是自驾往返。

据父母说，他是在七年前跟随他们移民至美国，移民的原因是为了给他治病，所以他们最先抵达的是医疗大城休斯顿，等到他的身体痊愈后，全家定居在了美国，即是为了方便他上学，也方便那个为他治病的主治医生检测他的状况，毕竟，还是残留了一些后遗症，虽说这种后遗症并不会影响他的正常生活，但也令人束手无策。

下午，他从家出发，抵达波士顿的时候已经接近晚上七点。他没有住在校内的学生公寓，而是在校外租房子住。简单地收拾了一下行囊后，他直接去了学校。

走到实验室门前时，梁云笺有些意外地发现，门竟然是开着的。

抬手开门前，他先将拿在右手中的钥匙放进了呢子大衣的口袋中，银色的钥匙链上挂着一个缝补过多次的破旧毛毡娃娃；他抬起左手推门时，一节白衬衫的袖口从呢子大衣的黑色袖口处露了出来，他修长白皙的手腕上戴着一块与他整体气质完全不相符的黑蓝色运动型手表，并且还是一块老古董，但比起那个布满针脚的破娃娃，看起来还是精致得多。

推开实验室的大门后，梁云笺看到了自己的合租室友李基树。

李基树是留学生，本科在国内顶尖大学就读，研究生在斯坦福就读，比他大两岁,今年二十七。

"你怎么来了?"推门而入后,梁云笺问了句。

李基树背对他而坐,好像正在看视频,听到声音后,他摁下了暂停键,扭头看着他:"来帮帮你的忙。"

梁云笺扫了一眼空空荡荡的实验台……嗯,帮得不错。

"我看你是闲得没事干了。"他朝着李基树走了过去,毫不留情,"实验做完了?"

李基树为了做实验假期都没回家,但是理想很丰满,现实很骨感:"你还真是哪壶不开提哪壶。"他举起自己的手机,"我看看视频,劳逸结合一下。"

视频的暂停页面上,定格着一位手持红缨枪的漂亮女孩,她扎着干脆利落的马尾辫,身穿一件红色的毛衣,蓝色牛仔裤,黑色长靴,身姿柔韧,威风凛凛。

如同触电一般,梁云笺怔了一下,目不转睛地盯着屏幕,脱口而出:"她是谁?"

李基树:"我不认识呀。"他触屏点击播放,"YouTube(视频网站)上刷到的,三年前的视频了。"

被定格的画面动起,女孩在漫天飞舞的细碎雪花中挥舞银枪,翩若惊鸿,宛如游龙。

梁云笺看呆了,如同被法术定了身一样怔怔地盯着屏幕,眼睛都舍不得眨一下。

李基树一边看一边说:"真飒啊。我看评论区说,起先是一个华人女孩在休斯顿的一个公园里穿着汉服表演中国舞,然后又表演了一段中国功夫——回马枪,但是演得不太好,毕竟是学舞蹈的,不是真功夫,花拳绣腿的感觉,然后就被围观的几个白人嘲讽了,还出言挑衅这个女孩,刚巧这个穿红衣服的女孩路过,路见不平拔刀相助,直接拿起枪来了一段,震慑了围观的所有人。"

梁云笺看着屏幕上的女孩,不由自主地勾起了嘴角:"她很厉害。"

李基树:"还有后续呢,当时有人想挑战一下中国功夫,要求这个穿红衣服的女孩和他比画比画,结果比画了还不到三招就被女孩放倒了。"

梁云笺又笑了:"明知不好惹,干吗非要去惹她。"他预感到了这段视频即将走向尾声,鬼使神差地开了口,"发给我。"

李基树:"什么?课题?还是实验报告?"

梁云笺无奈:"这段视频,发给我。"

李基树一头雾水:"你要它干吗?"

其实梁云笺也不知道为什么:"就觉得有意思。"

"行吧。"李基树一边低头转发视频一边说,"不过确实有意思,也不知道这女孩是哪儿的人,有没有男朋友。"最后,又甚是不要脸地说了句,"能不能看上我,我也会点武术,我跟我爷爷学过太极拳。"

梁云笺眸色淡淡地扫了李基树一眼,不知为什么,明明知道他是在开玩笑,但自己心里还是不舒服,甚至还相当尖酸刻薄地回了一句:"死了这条心吧,她看不上你。"

李基树:"你伤害人真是有一套。"

梁云笺低头看着自己的手机屏幕,点击播放视频:"实话实说。"

李基树盯着他看了一会儿,恍然大悟:"你喜欢这种类型的?"

梁云笺有些答不上来,毕竟只是一段视频而已,哪儿来的喜欢不喜欢?但这段视频,确实令他欲罢不能。

他克制不住地想一遍又一遍地反复观看,想把那个身穿红衣黑靴的女孩的样子刻进脑海中。

沉默许久,他回答道:"我总觉得自己认识她。"

李基树:"以前的熟人?"

梁云笺轻叹口气:"不记得了。"

七年前,他从医院的病床上睁开眼睛之后,看到许多人围在他身边,但入目全是陌生人,他一个都不认识。

那时,他甚至不知道自己是谁、在哪里、在干什么?

脑海中一片空白。

后来,有个穿白大褂的美国男人用英语介绍说自己叫麦克,是他的主治医师。那位身穿蓝白色格子套装的女人用中文说她是他的母亲,站在她旁边的那位穿着夹克衫的男人自称是他的父亲。

父母很激动地告诉他,手术成功了,还说他九死一生,大难不死必有后福,但他不知道自己为什么要手术。

好在父母耐心地把原因告诉了他:之前,他的脑子里长了一颗肿瘤,由于位置不好,不能手术,于是他们就移民到了美国,来到休斯顿找到了麦克医生,采用新的治疗手段治病。

麦克医生成功研发了一种针对脑部病变的溶瘤病毒，治疗开始之前，预计是可以百分百消除肿瘤细胞，但谁知结果并不十分理想，那颗肿瘤只被消除了80%，若想彻底根治，只能手术。

手术有风险，但是溶瘤病毒的辅助已经极大地提高了手术成功的概率，所以他们最终还是选择了手术。

手术很成功，却带来了一项令人意想不到的后遗症：失忆。

当时麦克医生向他们全家保证，失忆只是暂时的，用不了多久就会恢复，但是现在，已经七年了，他也没想起来过去的事。

看来，麦克医生的保证并不真诚。

听闻梁云笺的回答后，李基树忽然大开脑洞："你说，她会不会是你在国内的女朋友？你治好病后失忆了，把她忘了，但是她对你念念不忘，不远万里来寻找你。"

越说，他的脑洞开得越大，看向梁云笺的眼神就越诡异："你不会在国内有一个六岁多的儿子吧，和你长得一模一样的那种！"

梁云笺哭笑不得："还有这种好事呢？"

"万一呢？"

李基树却幸灾乐祸："谁让你一直不找女朋友呢？说真的，你在剑桥的时候就没有遇到过一个让你喜欢的女人吗？"

"没有。"梁云笺的本科和硕士都是在英国剑桥大学读的。

李基树："是没看上的吧？"

梁云笺也不知道该怎么说。

和看得上看不上无关，他并不觉得自己是个多么出色的人，哪儿来的资格看不上别人？

他只是对那些人没有感觉。

或者说，他知道自己想要的是什么，却无法准确地去判断、去捕捉——多年以来，他的脑海中一直存在着一道模糊的身影，挥之不去，如影随形，却又无法看清。

他也曾不止一次地在梦中见到过那个女孩，可始终没有看清过她的脸，甚至连周围的环境都看不清，但他依旧能感觉到幸福，甚至会在睡醒后感觉到怅然若失。

他觉得，她应该是自己曾经认识的一个女孩，可是他却忘记了她是谁。

对于李基树的问题,他也只能回答:"没有合眼缘的。"

李基树叹了口气:"那可真是太难了,谁能入得了你这种大神型人物的眼啊。"

他这句话不是阴阳怪气也不是冷嘲热讽,而是真情实感,梁云笺绝对是他见过的为数不多的天才型大神,仅用了三年的时间就拿到了物理和数学的本硕双学位,最后在无数全球顶尖大学投来的博士offer(录取)中,选择了麻省理工,继续攻读物理学博士。

是的,是他选了麻省,不是麻省选他。

并且,这一切还是在他的记忆不完整的前提下——据说他读本科之前先休学了一年,一是大病初愈需要休养身体,二是为了重新学习曾经学过的知识——仅用了一年的时间,他就把本科之前的基础知识全部掌握了,不过这应该也和曾经学过一遍有些关系,失忆并不代表清空了思维习惯和潜意识。

但是不得不承认,人家的脑子就是好用。

更气人的是,人家还长得帅,并且是又高又帅家世又好——父亲是知名钢琴家,母亲是成功企业家——可谓是上帝的宠儿。

这种男神型的人物,眼光也必定是挑剔得很,如果不合他的眼缘,这辈子也别想得到他的青睐。

"也没那么难。"梁云笺再次播放了一遍那段视频,边看边说,"她就挺好。"

虽然他什么都不记得了,但是在看到视频的那一刻,他的内心就有了一股很强烈的预感——

她就是他梦中的那个女孩。

李基树听出了他语气中的认真,很是震惊:"你玩真的呀?"

梁云笺面不改色:"当然。"

李基树盯着他:"人海茫茫的,你上哪儿找她去?"

梁云笺语气笃定:"想尽一切办法和视频博主还有那个跳中国舞的女孩取得联系,从他们那里打听她的消息。"

他必须要找到她,必须重新回到她的身边。

因为,她的出现,打破了他一直信奉着的万有引力定律,让他发现了这世界上真的存在不受距离约束的吸引力。

李基树愣了两秒钟,有感而发:"你还真是个行动派。"

因为是三年前发布的视频，发布者又没有在个人主页上留下过多的信息，找起人来可谓是大海捞针。

几经周折之后，梁云笺才得到了那个视频博主的联系方式，还只是一个电子邮箱，不过有总比没有强。

然而邮件发送过去后，却如同石沉大海，杳无音信。

二月中旬的某天，梁云笺从实验室走出来的时候，天边已经泛起了一缕晨光。

做了整整一晚上的实验，他满身疲惫，连早饭都懒得吃了，回公寓后倒头大睡，直到饥肠辘辘地被饿醒。

睡醒后，他本打算先去吃饭，填饱肚子后再说别的事，然而在看到手机屏幕上显示的未读邮件消息提醒后，瞬间把疲惫与饥饿抛之脑后，直接从床上坐了起来，迫不及待地点开了那份来自视频发布者的电子邮件。

这位视频发布者是一位英国人，他在邮件中说，他不认识那个穿着红衣服的武术少女，也不知道她现在在哪里，只知道她和那个跳舞的女孩一样是来自中国，他只是去休斯顿旅游的时候无意间撞到了这一幕，觉得很有意思就随手拍了下来，发到了 YouTube 上，没想到竟然意外地火了一把，但是，他可以告诉他这段视频的拍摄地点，是休斯顿的水牛河公园。

Buffalo Bayou Park.

梁云笺从未去过水牛河公园，最起码在现存的记忆中没有印象，他对休斯顿的印象只有医院和治疗，身体痊愈后，他就随着父母一起搬去了纽约，然后又去了英国读书。

这么多年以来，除了去找麦克医生复查和体检，他基本没有再回过休斯顿。

梁云笺先回了封感谢邮件，然后开始上网搜索水牛河公园，专心致志，一丝不苟，浏览学术资料时的态度也不过如此。

突然间，客厅里传来了室友李基树的喊声："你那个破娃娃又掉了啊！"还点评了一句，"啧，死状惨不忍睹，摔断了一条发育不全的腿，脑袋还摔歪了。"

梁云笺一怔，立即从床上跳了下来，连拖鞋都顾不上穿了，光着脚跑去了客厅。他甚至都忘记了自己还没穿上衣，只穿了一条灰色睡裤就奔了出去。

李基树一手拿着毛毡娃娃的残躯，一手拿着断腿，看到裸奔而来的梁云笺后，眉头一皱："这大白天的，准备勾引谁呢？"

梁云笺平时很注重健身，冷白色的皮肤上肌理分明，肩部线条宽阔紧实，腰身狭窄劲瘦，线条清晰的人鱼线和腹肌一路延伸至睡裤的腰线内，半遮半掩的，不禁令人浮想联翩。

还有他的头发，是真的很乌黑浓密！一点都不像是学物理的！

已经开始脱发的李基树又是羡慕又是嫉妒又是恨。

梁云笺懒得和他废话："东西给我。"

李基树把娃娃交还原主，没忍住吐槽了一句："掉多少次了，实在不行就换一个钥匙链吧，我都替你的钥匙感到委屈。"

"不换。"梁云笺轻车熟路地从茶几下拿出了针线盒，然后坐在了沙发上，又一次地对这个毛毡娃娃开展了抢救性修补工作。

从七年前他在医院睁开眼睛的那一刻起，这个娃娃就在他的手心中攥着，他虽然不记得是谁送给的他了，却依旧能感受到这个娃娃对自己的重要性。

七年以来，他一直把这个娃娃带在身上，和那块手表一样，但与手表不同的是，这娃娃的制作质量实在经不起岁月的蹉跎，从几年前开始，就显露了"体弱多病"的本质，不是断胳膊就是断腿，后来干脆断了头，并且还经常在他没有察觉到的情况下从钥匙链上私自脱逃，他不得不费尽千方百计地去寻找，印象最深刻的一次是三年前——

临近除夕，波士顿下了一场大雪，晚上回到公寓后，他才发现娃娃不见了，立即原路返回寻找，在大雪中寻找了将近三个小时，他才在雪堆中找到了这个娃娃，那个时候，他已经被雪淋出了满头白发。

李基树看着梁云笺认真穿针引线的贤惠模样，叹了口气："逢三年，补三年，缝缝补补又三年，我看你是要把这破娃娃当传家宝。"然后他又问了句，"到底是谁送你的娃娃啊？真的一点都想不起来了？"

梁云笺一边逢娃娃一边回答："真想不起来了。"

这是实话。

对于过去的记忆，他确实是一点印象都没有了，麦克医生说可能是手术导致的逆行性失忆，但是在进行了头部影像学检查后，并未发现明显的生理性损伤，所以可以初步判断是神经心理性失忆症，等身体痊愈后就会自行恢复。

按照他妈宋瓷女士的话来说就是：你现在有神经病，所以你失忆了。

嗯，很有道理，他甚至懒得反驳。

然而当他的身体彻底康复后，记忆却一直没有恢复。

为了恢复记忆，他曾多次看过心理医生。医生给出的建议是去过去熟悉的地方、和熟悉的人接触，刺激记忆细胞。

也就是说，想要恢复记忆的话，最好回国一趟。

他不是没有考虑过回国，但课业实在是太繁忙，实验和论文占满了他的生活，连寒暑假都没得休息，全天浸泡在实验室或图书馆内，所以一直没找到回国的机会。

他的父母曾用过去的老照片"刺激"过他，但丝毫不起作用，他妈妈还曾经突发奇想地询问他："用不用给你演示一遍在你小的时候我和你爸是怎么吵架的？或许会刺激到。"

还不等他拒绝，他爸梁顾就坚定不移地否决了这个提案，并评价道："胡闹！"

当时，他也觉得他妈妈说话挺不靠谱，因为在他简短的记忆之中，父母的感情一直很好，父亲很迁就母亲，母亲也很尊重父亲，无论怎么看他们两个都不像是会吵架的样子。

第一提案被否决后，他妈妈又用上了第二提案："你还记得陆云檀吗？"

他的心头微震，熟悉的感觉席卷而来，却转瞬即逝，如同从手中滑走的一条鱼，再想去抓，已经消失无踪了。

愣怔许久，他还是摇了摇头："记不得了。"

他妈妈不放弃地说："她是你的初恋呀，你的那个钥匙链就是她送你的，进手术室之前你还非要带着那个毛毡娃娃进去，紧攥在手心里。"

他爸爸补充说明："还给我们留了遗言，交代我们，你要是没从手术台上下来，就把这个娃娃放进你棺材里。"

他妈妈："一下子就把我说哭了，我当时都想好了，如果你真的没活下来，我一定要给你买个漂亮的骨灰盒，让你走了之后也在陆云檀面前体体面面。"

他听得一愣："什么？"

他妈对他的质问置之不理，又问了一遍："真的一点都不记得了？"

他又一次地摇了摇头。

他妈妈叹了口气："哎，你竟然能把她也忘了。陆云檀真是个挺好的丫头，又漂亮又机灵，要是我女儿就好了，"她一直很遗憾自己这辈子没能生一个女儿，"也不知道她现在在哪儿上学？有没有找男朋友？"

他无法回答这个问题，因为他已经完全不记得陆云檀是谁了，但还是不受控制地说了一句："我想去找她。"

他妈妈却叹了口气："等你的病彻底好了再说吧，神经上的问题，谁都说不准，你现在只是失忆，但是谁都不能确定以后还会不会发生什么别的并发症。"

他爸爸也说了句："在你无法确保自己可以对她负责到底之前，还是不要去耽误人家了，况且已经过去了这么久，她说不定已经有了喜欢的人，你再去见她，不是徒增烦恼吗？更何况还是在你不记得她是谁的情况下。"

他妈妈也很赞同他爸爸的观点："你爸说得对，你现在想去找她，是因为听我们说你喜欢她，所以想去找，还是自己发自内心地想去找呢？如果是前者的话，那还是先别去了，不然到最后你只会伤害到她。"

他也说不清楚自己是为什么想去找她，觉得是后者，却又害怕是前者，这样的话，自己的失忆一定会伤害到那个叫陆云檀的女孩。

所以，他只得暂时压制了去找陆云檀的冲动，直到看到了那段视频。

红衣黑靴，潇洒舞枪，强烈且熟悉的感觉从心底破土而出，甚至有几个字眼冒上唇边呼之欲出，可无论他如何努力，就是说不出口，像是有一道屏障卡在了他的脑海中，阻拦了他对她的所有回忆。

但他很确定的是，这个穿着红衣黑靴的女孩，一定是陆云檀，尤其是在看到她手腕上戴着的那块红黑色的 Swatch 腕表之后。

所有的一切都有了答案：

这么多年以来，他心心念念想要的人，不过是一个陆云檀。

他迫不及待地想要回到她的身边。

他还保存着一个牛皮纸盒子，里面装着一束干枯的玫瑰花狗尾巴草，以及一张皱皱巴巴的红色云笺纸，纸的背面写着一句话"我还是不会叠玫瑰"；正面也写着一句话"一张奖状只能换我等你十年，减掉高中三年，你只剩下七年了，如果你不能及时回来续约的话，我就把你忘光光"。

这句话的最后，还加了一个很蛮横的语气词"哼"。

之前，他根本不明白这句话是什么意思，但是现在明白了——

七年，是她给他的回归期限。

到了二十五岁，如果他还没回去的话，她就不再等他了。

今年，是最后的归期。

李基树的话打断了梁云笺的思绪:"想不起来是谁送的还能保存这么多年?"他又想到了梁云笺手腕上戴着的那块老古董表,"还有你那块Swatch,好几年前的老款式了吧?也没考虑给它换了?我都怀疑它现在还准不准,我有好几次实验失败都是看你的表。"

梁云笺:……看看吃饭时间到了没有也能影响你的实验结果?

他毫不留情地回了一句:"就算是换了一百万的劳力士,你该失败还是失败。"

李基树:……你真的太会伤害人了!

梁云笺缝好了毛毡娃娃的腿,准备继续处理歪掉的脑袋的时候,犯了难——这个毛毡娃娃的原始做工过于粗制滥造,长短不一的两条胳膊、粗细不一样的两条腿,以及严重与身体不成比例的脑袋全部掉过一次,并且根本无法再用毛毡的技术重新戳好,只能缝补,但是,已经补过三次的脑袋,还怎么补第四次?再补脑袋就散开了。

李基树看着他手里那个落满了针脚的娃娃,不禁感叹了句:"科学怪人看了都得沉默三秒钟。"

科学怪人缝的是真人,他缝的是假人。

梁云笺长叹一口气,扭头看着他:"说得很好,下次不许说了。"

李基树:"买点材料回来重新做一个呗。"

梁云笺努力地寻找落针的地方:"不行。"

李基树:"为什么不行?"

梁云笺很认真地回答:"我做不出来这么丑的,就没有这种感觉了。"

李基树:……送你娃娃人要是听了这句话,一定会感动到涕泗横流。

他也懒得继续劝梁云笺了,扭头朝着厨房走去,顺便问了一句:"你吃饭了没?我准备炒两个菜。"

梁云笺这才想起来自己从昨晚到现在粒米未进,确实是饿了,非常不见外地回了句:"没吃,我等着开饭。"

李基树:"你就是好逸恶劳蹭吃蹭喝!万一那个武术少女喜欢会做饭的男人呢?你这种什么都不会的男人直接就输在起跑线上了!不贤惠的男人是没有人爱的!"

梁云笺沉默片刻,忽然把手中的针线和娃娃放到茶几上,然后站了起来,大步朝着厨房走了过去:"这顿饭我做。"

李基树蒙了："啊？"

梁云笺："她会喜欢吃什么？中餐？清蒸鲈鱼？红烧鸡翅？蚂蚁上树？"

李基树沉默片刻："不是我看不起你，你连个鸡蛋都不会炒，还想做蚂蚁上树？比母猪上树还难吧？"

梁云笺顿时沉默了。

为避免发生厨房爆炸案，李基树极力劝说梁云笺继续去补娃娃，梁云笺坚持不懈地要留在厨房，最终，两人达成共识，这顿饭由李基树掌勺，梁云笺观摩学习。

吃午饭的时候，李基树问了梁云笺一句："你毕业后准备去哪儿？"

按理说，麻省的博士生是五年制，但如果可以达到毕业要求就可以提前毕业。

梁云笺虽然才即将读满三年，但已经完成了博士生毕业要求，论文答辩通过后就能毕业，至于之后会不会继续留校做研究，就看他自己的选择了。

梁云笺不假思索："我准备回国。"

李基树："不再考虑考虑了？"

据他所知，许多所世界级顶尖大学和尖端科技公司都向他投来了橄榄枝，其中就包括全球光刻机巨头公司 ASML。

梁云笺："不考虑了，回国。"

学成归国，也算是不负韶华。

李基树问："回去之后有打算吗？东辅的那个物理研究所是不是也来找过你？"

梁云笺："嗯。"

李基树："准备去物理所？"

梁云笺："嗯。"

"也挺好的，你绝对算是个顶尖人才了，待遇不会差的。"李基树又说，"我要等等再回国，到时候一下子带一个科研团队回去，振兴我大中华的科学技术，师夷长技以制夷！"

梁云笺笑了，是认可也是祝福："你会做到的。"

李基树看着他说："你也是。"

最终，梁云笺选择用胶水把娃娃的脑袋粘回原位。

第二天，他从波士顿坐飞机前往休斯顿。

近四个小时的机程，他一直在研究旧物。

这些旧物全部装在一个铁盒子里，其中包括许多件折纸作品和一部旧手机。

除了一个纸叠的白色小飞机，其余折纸作品全是用云笺纸折的；旧手机是他失忆前使用的，设有六位数的屏保密码。在他失忆后，忘记了密码，手机也打不开了。想要重新打开的话就只能刷机，可是刷机会造成数据清除——原始数据都没了，他打开手机之后还有什么用呢？

他对于自己亲手设下的密码毫无头绪，只能大致确定其中的两位数应该是"17"，因为他上高中时穿的篮球服上面印着的号码全是"17"，至于"17"这个数字具体排列在哪里，他无法确定。

通过排列组合的方式一个一个试密码也不是不行，只是有一点，试错的次数太多，手机会自动锁定。

他也不是没有尝试过将手机卡换到新手机里，但是所有的程序都设置了密码，没有密码，原始数据就无法转移，更令他束手无策的是，他根本记不得自己曾经用过什么软件，而且当他从一堆旧物中找到这部旧手机的时候，已经是手术后的一年多了，手机卡早已欠费停机，再加上那时的他刚申上双学位，学业十分繁忙，所以也没能抽出时间去解决这件事。

一直到他看到了那段视频，他才重新想起这部旧手机。

飞机落地休斯顿，时间已经过了下午三点。

水牛河公园曾是一片废弃的河湾，后经城市改造，建成了一片面积广阔的滨河公园。

今天的天气不错，阳光明媚，碧空如洗。梁云笺走进公园后，见到了不少来这里沿河骑行或散步的游客，车道旁边的草坪上也或躺或坐着许多人，其中不乏亚洲面孔。

中国新年刚过去不久，许多中国游客的身上还挂着传统元素。走到一片开阔的草坪前时，梁云笺看到了一位穿着汉服弹古筝的女孩，旁边还有一位身穿中式舞蹈服的男孩在跳中国舞。

这对纯中式的表演组合，吸引了不少游客前来围观。

梁云笺不确定这位穿汉服的女孩是不是视频中的那个。

他希望她是，又害怕她不是。

他深吸一口气，朝着人群走了过去。

汉服女孩弹完了一首曲子，男孩也跳完了一支舞。休息的间隙，女孩在不经意间抬了下头，正对上了一个年轻男人的视线，她不由得一怔。

男人五官俊逸，身形挺拔，身穿黑色呢子大衣，白衬衫外搭着一件灰色的羊绒背心，黑色西服裤整洁笔挺，无论是长相还是气质皆十分出众，如同举世无双的贵公子。

女孩盯着他看了几秒钟，然后扭头看向了自己身边的男孩，和他说了几句话，紧接着男孩也看向了那个年轻男人。

女孩又和男孩沟通了几句之后，从古筝后起身，朝着那个英俊男人走了过去。

梁云笺呼吸一滞，下意识地抿了抿双唇。

汉服女孩似乎和他一样紧张，走到他面前后，小心翼翼地打量了他几眼，才试探性开口："请问一下，您姓梁吗？"

血脉加速，心跳急剧，梁云笺竭力保持冷静："我叫梁云笺。"

女孩的眼睛一亮："真的是你！我没认错！"

梁云笺立即追问："你知道我？谁告诉你的？"

女孩："我看过你的照片，不，是素描画像，那个姐姐说她没有你的照片，那幅画像是她斥巨资找人画的。"

梁云笺的呼吸开始急促，语速越发急切："她还说什么了？"

女孩："她让我告诉你，女侠在等书生。"

女侠在等书生。

女侠在等书生。

女侠。

书生。

檀女侠，臭书生……记忆的阀门打开了一道细长的缝隙，回忆如潮水般无法遏制地从中涌出。

"砰！"

身后忽然传来了一声巨响，紧接着，人群开始惊恐尖叫。

梁云笺猛然回头，看到一辆皮卡车从马路冲上公园，卡车的车头撞上了路灯。

灯柱摇摇欲坠。

灯下站着一位身穿蓝色背带裤的小男孩，看起来才三岁左右，此时正哇哇大哭，他的家长却不知去处。

梁云笺不假思索地朝着那个小男孩冲了过去，在灯柱砸下的那一刻扑向了小男孩，将他护在了自己身下。

路灯坠地，与他擦肩而过，灯泡碎裂，在他的耳边发出了一声爆响。

记忆的阀门彻底被炸开。

这一瞬间，他想起了所有。

大洋彼岸，东辅。

新年还没过去几天呢，纪女士和陆师父就开始疯狂地给自己的一双儿女安排相亲——陆家兄妹俩不谈恋爱不结婚的事，已经荣升老街人民茶余饭后的最新谈资，并大有经久不息的趋势，纪女士和陆师父无地自容。

陆云檀初生牛犊不怕虎，比她哥倔强得多，连面子工程都不愿意做，光明正大地"鸽"相亲对象，企图用这种方式破坏自己在相亲界的名声。

当然啦，这么做的后果也相当严峻：被她爸妈知道后，好一顿批评教育，并且是男女混双教育。

训了整整一个小时，她爸妈才放她走人。

回到西厢房后，她立即拿起自己的手机，打开微信，点开置顶对话框，开始疯狂吐槽：烦死了，今天又被我爸妈训了，我不想相亲，他们非让我去！哼！

七年时间，她的手机换了几部，却一直没有删掉过梁云笺的微信，并且一直保持置顶状态，一天总要给他发几条消息，不是吐槽就是分享生活。

随着时间的推移，给他发消息已经成为了她的一种习惯，即便他从未回复过她，不过她坚信终有一天他一定会回复她的！

一条吐槽不解气，她又接连发了好几条。

陆云檀：你是不是不回来了？今年已经是第七年了，你要是再不回来，明年我就去相亲了，嫁给别人！

陆云檀：喊！大骗子！

陆云檀：反正那张奖状只能维持十年，十年过后，过期不续！

然而，发送完最后一句话后，七年来从未有过任何改变的备注"臭书生"这三个字忽然变成了"对方正在输入……"。

陆云檀浑身一僵，呆若木鸡地盯着手机屏幕，呼吸也跟着停止了。

这一刻，时间似乎也变得漫长，长得像是过去了一整个世纪，他的消息终于发了过来。

臭书生：檀女侠，对不起，我马上就回去续约。

陆云檀突然怀疑自己是不是出现幻觉了，还抬起手揉了揉眼睛，又狠狠地掐了掐自己的脸。

疼……但是好像又没那么疼。

她呆愣愣地盯着手机屏幕看了几秒钟后，双手开始颤抖，打字都十分艰难，总是打错字：旎时谁啊？要是倒好的我就傻了你！

对方似乎也没比她镇定到哪里去，也是错字连篇：我事檀女侠地臭书生。

似乎是为了证明自己的身份，他很快又发来了一条：不敢欺诈，怕挨揍。

陆云檀彻底僵滞，紧接着，眼眶一热，眼泪夺眶而出。

她起初是哽咽流泪，后来便号啕大哭……

他还活着，他真的还活着。

喜悦、激动、震惊、委屈、不可思议等许多复杂情绪在瞬间齐齐积压在了心口，除了号啕大哭，似乎没有更好的排解方式了。

哭过之后，便是愤怒！

滔天怒火充斥胸膛——

既然活着，为什么七年不回来？

把我当猴子耍吗？

轻飘飘的一句对不起就算了吗？

哼！我才不会这么轻易地原谅你呢！

你等着吧，本女侠不会放过你的！

陆云檀用手背抹了一把眼泪，直接发了语音，开口就是愤怒的哭腔，接连喊了好几遍臭书生：

"臭书生！臭书生！臭书生！

"我讨厌你！这个世界上我最讨厌的就是你了！"

"绝交！绝交！"她气得直跺脚，"这个世界上的书生没有一个是好东西！"

最后，她又非常凶神恶煞地说了句："降职！降职！降职！我要把你逐出青云帮！然后把你大卸八块！"

梁云笺也发了一条语音过来，语气中带着笑意，却也带着几分难掩的哽咽，嗓音温柔而沙哑："还望檀女侠饶命，以后再也不敢走了。"

七年没听到他的声音，听到之后，陆云檀哭得更凶了，有委屈和生气的成分，但更多的是喜极而泣——

真的是他。

那个弹钢琴的少年，终于要回到她身边了。

第四章
/ 重圆

自由职业的好处是不用每天上班打卡，时间可以自由分配，坏处是一旦进入工作模式，连假期都没得休。

五一劳动节，别人都开开心心地放假了，陆云檀只能窝在书房里码字——三月中旬，她又开了一篇新文，现在尚未完结，还处于连载状态，但凡有一天不码字，她就要悲惨断更。

晚上九点，陆云檀依旧坐在电脑前，把键盘敲得噼里啪啦响。有时候，她甚至会想，如果哪天自己江郎才尽黔驴技穷了，就转行去营销公司应聘"键盘侠"，一定很有前途！

她的电脑旁边立着一块iPad mini，正用微信连接着视频，视频对面是麻省理工大学的图书馆，镜头中坐着一位身穿黑色卫衣的帅哥。

此时此刻，帅哥也正坐在电脑前敲键盘。

陆云檀码完了本章的最后一个标点符号后，仔细地检查了一遍错别字，然后就把这章稿子发布到了网站上，今天的工作任务算是完成了。

但是吧，人不能闲下来，一闲下来就想找点事干，于是乎，陆云檀把注意力转移到了iPad屏幕上——

此时的美国是早上九点，梁云笺正在修改博士论文，并未注意到屏幕对面的目光，专心致志地盯着电脑屏幕，棱角分明的侧颜极具吸引力，尤其是那一抹淡粉色的薄唇，与高挺的鼻梁形成了一个完美的角度，不禁让人想狠狠地咬一口气。

对了，还有喉结，也挺诱人的。

但是吧，看得见却摸不着，真的很令人抓耳挠腮，她恨不得直接把手伸进屏幕里将人给捞出来，然后摁在桌子上蹂躏。

陆云檀背靠扶手椅，眯着眼睛盯着屏幕上的俏书生看了一会儿，内心无法遏制地滋生起了一股邪恶的念头：谁让你长了一副不安分的样子呢？本女侠要是把你抓回山头当压寨夫人，肯定也不是我的错！是你勾引我！哼！

梁云笺拿起手边的咖啡杯时，才注意到来自手机屏幕上的凝视，他笑着咽下了咖啡，喉结随之上下滑动了一下。为避免打扰到别人，他无声地对着屏幕说了句："怎么了？"

他的右耳上戴着耳机，能够听到陆云檀说话，但是陆云檀被他无声的发言诱拐了，完全忘了自己身处的环境是可以自由发言的，也跟着无声地回了句："没事！"她还担心他看不明白自己的意思，特意非常夸张地摆弄唇形。

梁云笺笑得不行。

陆云檀纳闷地愣了几秒钟后，才明白他为什么笑，忽然好没面子，继而恼羞成怒："你一个小小的庶民，竟然还敢嘲笑本帮主！"

因为已经被逐出了青云帮，所以现在他的身份是庶民。

梁云笺把手机从支架上拿起来，打字回复：小民不敢。

陆云檀："那你笑什么？别以为你在美国我就没办法收拾你！"

梁云笺：檀女侠打算怎么收拾我？

陆云檀想了想："看你回不回来了，你要是回来呢，我可以酌情饶恕你；你要是不回来，我就飞去美国打你，反正我现在有钱了，是个小富婆！"

去年年底，她卖出了一本小说的影视版权，虽然是网剧版权，但价钱也还算是令人满意，反正足够她来回美国好几趟，跑去那边绑架一个臭书生应该是没什么问题。

梁云笺又被逗笑了：檀女侠如此威风，我哪敢不回去？

陆云檀终于满意了些许，勾起了嘴角："那你打算什么时候回来呀？"

梁云笺：一定会在 6 月 17 日之前。

只剩下一个多月啦，还能回来给她过生日——陆云檀心里美滋滋的，嘴上冷冰冰："哼，回来了也不邀请你参加本帮主的生日宴，只邀请青云帮成员参加。"

梁云笺明白她的意思，很配合地回了句：还请帮主提点，小民应该怎么做才能重新入帮？

陆云檀很是傲娇："青云帮也不是我自己的，我自己说了不算，还是要征求李军师以及左右副帮主的意见。"

梁云笺无言地盯着手机屏幕看了几秒钟，实话实说：那我应该是回不去了。

陆云檀笑得不行："哈哈哈，你怎么能这么想左右副帮主呢！"

梁云笺叹了口气：经验之谈而已。

陆云檀一点也不同情他，反而幸灾乐祸："谁让你七年没回来呢？七年时间很长哒，左右副帮主早已趁此时机巩固了权力，你已经扳不倒他们了，也别想取而代之，本帮主是不会允许的。"

言外之意就是：本帮主是不会偏心你的，望你好自为之！

梁云笺：也就是说，我不能再官复原职了？

陆云檀点头："是的，反正现在帮内没有适合你的位置了！"沉默几秒后，她乜斜着屏幕，又补充了一句，"反正正儿八经的门路是没有了。"

但野路子有。

想回来只能卖身求荣。

檀帮主觉得自己的暗示已经非常明显了，并且她还觉得自己这话说得非常有水平，既没有丧失身为一帮之主的面子与尊严，还善解人意地给对方指明了一条活路——只要你愿意主动委身本帮主，本帮主就能保你在帮内的荣华富贵。

梁云笺强忍笑意，面露遗憾：看来小民晋升无望了。

陆云檀：……是我暗示得不够明显吗？还是你这个臭书生的脸皮太薄不好意思直接表明想法？或者说，在欲擒故纵？又或者说，是因为不想当本帮主的男人所以在揣着明白装糊涂？

哼，男人心，海底针，真是令人猜不透呢！

不过也无所谓，我管你这个臭书生是怎么想的呢，反正你马上就回来了，到时候软的不行我就来硬的，不怕你不从！

"你也不要气馁嘛，说不定等你回来之后就有新的机遇了呢？"陆云檀深谙放长线钓大鱼的道理，不怕他不从，只怕他不回来，所以，先把人骗回来再说，"我还准备去买新的电动车呢，等你回来之后，带你兜风！"又特意补充了一句，"现在交通政策放宽了，电动车可以带人了。"

梁云笺想起七年前的五一劳动节，他们俩一起被交警罚着在路口站岗的事，神色中再度浮现出了笑意。

陆云檀也想到了这件事，为了博美人欢心，她又急忙说了句："你知道吗，我七年都没换电动车，因为那辆车带过你呀！"又斩钉截铁地保证，"我的车，只带过你这一个男人！"

梁云笺微微眯眼：是吗？

陆云檀对着屏幕点头："是的呀！当然是的！我用我女侠的名声保证！"

梁云笺：你想带周洛尘，周洛尘没同意。

什么时候的事？

陆云檀的大脑有非常强的自我保护机制，会定期清除对自己不利的记忆，所以，她的回答是："是吗？我怎么不记得啦？你记错了吧？"

梁云笺面无表情地打字：高二下学期最后一天。

他又详细补充：7月19日下午五点四十五分左右。

都精确到分钟了，这叫作失忆过？

你这个臭书生是不是在骗我？

陆云檀眯起了眼睛，语调悠悠："看来，梁博士的记忆恢复得不错呀。"

梁云笺：……预感要遭殃。

陆云檀开始胡编乱造："那您记不记得你曾经对本女侠许诺过，只要我高考考上了一本大学，就给我叠一千朵玫瑰花的事情呀？还说叠不完就找我负荆请罪呢。"

梁云笺无奈一笑：记得。

陆云檀还沉浸在自己的戏份中，自顾自地表演："什么？不记得啦？怎么能……"台词还没说完呢，忽然反应过来了什么——

他竟然说记得？

哈？

还有这种好事呢？

看来这个臭书生记忆力是真的出了问题，唉，早知有空子可钻，就多占点便宜了，一千朵玫瑰花根本不足以熄灭本帮主对你的邪恶念头。

陆云檀一边在内心懊恼着自己不够心黑手辣，一边故作淡定地回答："哦，记得就好。"说完，立即转移话题，以免谎言露馅，"对了，周洛尘联系你了吗？"

这七年来，她和周洛尘之间一直保持着一种微妙的联系。她讨厌周洛尘，却又同情周洛尘，因为在等待梁云笺这件事上，他们同是天涯沦落人，所以，每隔一段时间，他们俩就会联系一次，内容简洁明了，彼此询问对方有没有梁云笺的消息。

她大学毕业那年的春节去了一次美国，但由于时间和金钱的限制，她只在那里待了一个月，走遍了休斯顿的角角落落，也没找到梁云笺；周洛尘则在大学毕业后去了美国留学，在旧金山湾区的斯坦福大学攻读能源资源工程专业的研究生，三年来，他也没能找到梁云笺。

直到两个多月前，梁云笺终于恢复了记忆，重新打开了自己的旧手机。

得到梁云笺的消息后，陆云檀还是跟周洛尘说了一声，虽然她觉得梁云笺肯定也会跟他联系：*梁云笺在波士顿。*

周洛尘的回复也确实如她所料：*我知道。*

然后，她就没再跟他多说什么，也没多问他什么，因为懒得和他说那么多。

但是不问周洛尘，她可以问梁云笺，于是她又对着平板屏幕说了句："你们俩是不是早就见过了？"

同在美国，见面肯定容易得多。

梁云笺也没隐瞒她：*嗯。*

陆云檀哼了一声："他那个人真是又矫情又拧巴，喜欢你又讨厌你。"

梁云笺：*他有些孩子气。*

想了想，他又打了一句：*主要还是受家庭的影响，他也不容易。*

陆云檀现在多少也了解了一些他们父母那辈的事情："有那么一对父母确实可怜，但你又没招他没惹他，他干吗要迁怒你？哼！反正我讨厌他！"

梁云笺抿了抿唇：*既然檀女侠讨厌他，那我就和他绝交？*

陆云檀一愣，赶忙说："那倒不用！"她虽然讨厌周洛尘，但也知道自己没有资格要求梁云笺和他绝交，再说……她也有点可怜周洛尘这人，从小到大就只有梁云笺这么一个好朋友，"他要是知错能改，就还算是个好孩子，你还是能继续和他交朋友的。"

梁云笺扬起了嘴角：*嗯，全听檀女侠的。*

这话对陆云檀来说很受用。

于是乎，她也扬起了嘴角，有点得意扬扬，感觉自己真是明事理极了，但很快，她就反应过来自己好像中计了——

这个臭书生，是在以退为进欲擒故纵呀！

哼，奸诈！

她瞬间收敛了笑容，板着脸说："我才不管你和周洛尘之间的破事呢，你爱怎么样就怎么样，想和他结婚都行！"

梁云笺：……变聪明了不少。

陆云檀打了个哈气："不和你说了，我要睡了。"

梁云笺看了眼时间，快十点了：晚安。

他又叮嘱道：少玩手机，别熬夜。

陆云檀不服气地皱起了眉毛："知道了！"

你这个臭书生真是和以前一样啰唆！

"拜拜，我挂了。"

梁云笺轻叹口气：好，明天见。

陆云檀觉得自己有必要拿捏他一下："明天的事明天再说吧，本帮主也不是你想见就能见的。"

梁云笺读懂了言外之意，立即回复：最近写论文压力很大，唯有檀帮主能帮我排忧解难。

陆云檀："我这么厉害吗？"

梁云笺：当然。

陆云檀开心了："那好吧，勉强答应你明天见吧。"

梁云笺忍俊不禁：多谢檀帮主厚爱。

陆云檀："关爱'脑残'罢了。"

梁云笺哑口无言。

陆云檀狡黠一笑："这可是阿姨说的。"

一个月前，宋瓷女士前往波士顿看望儿子，刚巧撞到他们俩在聊视频，宋瓷女士爱子心切，生怕陆云檀会因为自己儿子七年未归而心生怨气，于是抢走了自己儿子手中的手机，煞有介事地把他的病情详细说明了一下："人家麦克医生说了，他的失忆症属于神经层次的问题，不常见，咱们也不懂为什么别人没事就他有事，可能是先天性脑部发育不足，脑残导致的，你尽量迁就他一下。"

陆云檀当时差点儿就笑喷了。

梁云笺长叹一口气：她之前跟我姥爷姥姥说我失忆是因为我有精神病，跟我奶奶爷爷说的是我被美国这边的小鬼附体了。

陆云檀："哈哈哈哈哈哈真是亲妈。"

梁云笺笑着回：我的意思是你跟她学。

陆云檀："阿姨这种万里挑一的有趣灵魂很少见的，你这种无趣的臭书生当然不懂,但是我懂!"

意思就是:略略略我就要学!

梁云笺盯着手机屏幕,犹豫片刻,发了一条:她还经常和我奶奶一起联手捉弄我爸。

陆云檀又被逗笑了,真心实意地说道:"看来阿姨真的是个很有意思的人。"不然怎么会和婆婆相处得那么融洽呢?

梁云笺深吸一口气,然后屏息凝神地打字:你跟她学,是想以后和她联起手来欺负我?

陆云檀一愣,心想:什么意思?本女侠欺负你这个臭书生还需要和别人联手?呵,瞧不起谁呢!

她不屑地哼了一声,趾高气扬地对着屏幕说:"你不要以为我这几年没有努力练功夫,一个打你十个都没问题,根本不需要帮手!"最后,又严肃警告了一句,"哼,我劝你好自为之,不要夜郎自大!"

六月初的端午节有三天公休假,青云帮准备在这期间进行一次团建,具体时间定在了6月3日下午六点。

由于文章已经顺利完结,陆云檀最近的生活懒散了许多,3号这天上午,她一觉睡到了十点才醒,还是被手机铃声吵醒的。她迷迷瞪瞪地接通了电话,才知道是快递员打来的。

快递员在电话中说,让她尽快出门取快递,但陆云檀暂时不想起床,于是就回了句:"能直接放到街口的快递柜吗?"

快递员无语长叹:"不是我不给你放,是你的件太大了,根本放不进去。"

陆云檀蒙了,仔细回想了一下近期的购物记录,好像没有买过什么大件的东西啊,于是很奇怪地问了句:"什么大件的东西?我不记得我买过大件的东西呀。"

快递员:"不知道是什么东西,国际快递,从美国那边发来的。"

陆云檀一愣,忽然想到了一种可能性——六一儿童节那天,梁云笺在视频中说让她这几天注意查收快递,会有礼物上门——她立即从床上弹了起来:"我马上就来!"

快递员:"找个人和你一起来吧,我觉得你自己搬不了。"

陆云檀:"很沉吗?"

快递员:"倒是不沉,就是大。"

陆云檀陷入了沉思,想破脑袋也想不出来到底会是个什么东西。

挂了电话后,她随意扎了一下头发,直接穿着睡衣出了门,然后跑去了对面东厢房,敲响了她哥的房间大门:"哥!哥!哥!哥!"

陆云檀就是有这种毛病,有事找她哥的时候不先说事,而是先一直喊"哥",直把她哥喊出来为止,就好像她哥是个有视听障碍的二级残废,不当面说话他就听不到一样。

房门很快就被打开了,陆云枫身穿一袭青色唐装,长长的乌发用木簪竖起,冷艳的五官上尽显无奈和嫌弃:"下次有话直说!"

喊得他心烦。

陆云檀还挺理直气壮:"人家怕你听不到嘛!"

陆云枫没好气:"就你那嗓门,对门李大爷都能听见。"

对门李大爷,老街上出了名的眼花耳背,你跟他说一句话,十个字里面有七个他都听不清。

陆云檀气呼呼的:"人家是有事找你嘛。"

陆云枫:"什么事?"

陆云檀:"很简单,和我一起去搬个快递。"

陆云檀眉头微蹙:"你到底买了多少东西?"

陆云檀:"就一件!"

陆云枫奇怪:"什么东西?"

陆云檀实话实说:"不知道,朋友送的礼物。"

陆云枫:"谁送的?"

当然是那个臭书生啦!

也不知道你还记不记得他。

陆云檀本想跟她哥说实话的,但是话到嘴边,忽然想到她哥之前好像不怎么喜欢梁云笺,还总是莫名其妙地针对他,所以就没敢说实话,而是回了句:"读者送的。"

陆云枫倒也没怀疑,和陆云檀一起出了门。

快递员正站在街口等着,陆云檀一走出家门就看到了,然后,她蒙了——运送快递的面包车前放着一个巨大的纸箱,其高度直逼快递员的胸口。

陆云枫也跟着愣了一下:"你这读者,送了你一台小冰箱?"

陆云檀哑口。

漂洋过海的只为了送我一台冰箱？不至于吧？美利坚合众国的冰箱就这么好用？

兄妹俩走到快递员面前，陆云檀签收了快递之后，他们俩合伙将箱子从地上抬了起来。

上手才知道，箱子的重量倒是不沉，完全可以排除是冰箱。

到了西厢房门前，陆云檀用脚踢开了虚掩着的房门，然后和她哥一起把箱子搬进了书房，放到了书桌前的地板上。

书桌上刚好放着一把剪刀，陆云檀迫不及待地将其拿起，正准备拆快递时，忽然想到了什么，抬眸瞟了她哥一眼："那个……给点隐私呗？"

陆云枫站着没动，面无表情地盯着她，说："我替你打个掩护，万一是炸弹呢？"

陆云檀被盯得心虚："怎么可能呀，都是和平年代了！"

陆云枫微微眯眼："到底谁给你寄的东西？"

陆云檀死不承认，梗着脖子说："就是读者，你还不允许我有国外读者啦！"

陆云枫盯着她看了一会儿，开门见山地问："那个臭书生病好了？"

陆云檀毫无防备，被问得一愣，在说实话和继续撒谎之间犹豫了几秒后，她选择了说实话，还莫名有点不好意思，扭扭捏捏地低下了脑袋："现在医学技术这么发达，人家的病当然可以被治好。"

陆云枫猜了个八九不离十："算他命大。"

陆云檀瞟了她哥一眼，没好气地说："你总是对人家这么不友好。"说完，不理她哥了，低头拆快递。

她本以为那个无趣的臭书生会送给她一个超大号的巨型娃娃当儿童节礼物，所以就没避讳她哥，然而在打开盒子的那一瞬间，她直接看呆了——

纸箱子里面装着一个巨大的透明盒子，盒子里面装满了一朵朵纸叠的红玫瑰。

——"你记不记得你曾经对本女侠许诺过，只要我高考考上了一本大学，就给我叠一千朵玫瑰花的事情呀？"

——"记得。"

其实她是骗他的，但是没想到，他竟然真的给她叠了，而且肯定不止一千朵。

陆云檀又惊喜又感动，嘴角止不住地上扬，整个人开心极啦，甚至想翩翩起舞，旋转跳跃闭着眼那种，还感觉自己现在是玫瑰花大户，世界上没有人比她更富裕，自豪又满足。

激动了好一会儿之后，她才反应过来她哥还在呢，立即把包装箱的盖子重新扣上，然后，悄咪咪地撩起眼皮，打量了她哥一眼，只看到了四个字：面色不善。

陆云枫阴沉着脸，冷冷开口："这个狐狸精还是那么不知检点。"

陆云檀不乐意了："说谁狐狸精呢？人家怎么就不知检点了？你总是故意针对人家！"

陆云枫懒得和她废话，直接问重点："他还回国吗？"

陆云檀："下下周就回来了。"

陆云枫："以后还走吗？"

陆云檀摇头："不走了。"她又补充说明，"他已经联系了驻美大使馆，很快就会把国籍改回来。"

陆云枫："好改吗？"

陆云檀："他比较简单，原籍本来就是中国，还能走人才引入政策。"

陆云枫心里松了口气，脸上依旧冷冰冰的："干什么工作的？"

"搞科研。他是麻省理工的物理学博士，麻省理工呢！"陆云檀的语气中莫名带上了一些小骄傲，"东辅物理研究所知道吗？全国顶尖的科研所，他回来之后就去这里工作！"说完，她满含期待地看着她哥，希望他能夸她的臭书生几句。

陆云枫读懂了自己妹妹的眼神，其实他内心也确实是很欣赏那个臭小子。

客观地说，美国的科研资源和经济水平确实比我国更加优秀，如果他毕业之后继续留在美国，一定会享受到更为优越的待遇和科研条件，但他还是毅然选择了回国，真正地做到了学成报国。

他还是当初的那个在篮球场上拼命搏杀的17号。

归来依旧是少年。

但是，陆云枫并不想亲口承认自己对那个狐狸精的欣赏，尤其是当着自家白菜的面，所以，他仅仅是云淡风轻地点评了一句："狐狸精有两把刷子。"说完，扬长而去，压根儿不给"陆白菜"发脾气的机会。

陆云檀气得直跺脚，气呼呼地冲着她哥的后背大喊："你这个人真讨厌！"哼！

她走到门口，用力关上了房门，又费尽九牛二虎之力把装玫瑰的巨大透明盒子从包装盒中取了出来，然后，开始了一段沉浸式欣赏纸玫瑰的痴汉行为——盘着腿坐在地毯上，盯着装满了玫瑰花的透明盒子傻笑，时不时地还"嘿嘿"两声，傻了一样。

忽然间，她想到了一件事：星星瓶子里藏了一朵玫瑰花，玫瑰花的盒子里会不会也藏着什么东西呢？

陆云檀立即从地上站起来，迫不及待地打开了盒盖，弯腰伸手，如同街边扒垃圾桶的流浪汉似的，将脑袋低埋，努力地在一堆纸玫瑰中扒拉了起来，动作幅度还不敢太大，生怕碰坏了任何一朵玫瑰花。

结果，她还真的扒拉出来了一个正方形的礼物盒。

那一刻，陆云檀的内心骄傲到极点，感觉自己真是绝顶聪明！

陆云檀简单粗暴地撕掉礼物盒的外包装后，露出了一个黑色的盒子，打开盒盖，她看到了一个树脂玩偶，玩偶的造型很酷，是一个双臂抱怀，身穿红衣黑靴、背负长剑的女侠，表情也很潇洒，嘴角微微扬起，一副桀骜不驯的样子。

立玩偶用的黑色底座上刻着四个字：一路平安。

显然，这是一个汽车内饰摆件。

陆云檀上个月刚拿到了驾照，然后她爸妈就给她买了一辆小轿车，昨天才把车提回家，今天就有小摆件了。

嘻嘻，开心！

随后，她把小摆件捧在了掌心中，仔细端详着——

是臭书生自己做的吗？她觉得很有可能，反正"一路平安"这四个字一看就是他的字迹，而且以他的动手能力，做个小摆件简直是轻而易举，就好比几年前他送给她的那个女侠毛毡娃娃，做工精湛不说，质量还好得不行，用了七年了竟然还完好如初。

看够了之后，她放下娃娃，拿起手机看了眼时间，同时在脑海中自动转换中美时差——美国那边现在还不到晚上十一点——臭书生应该还没睡，于是她立即给他打了一通视频电话，是用平板打的，因为手机屏幕太小了，不够她看。

然而梁云笺却没接，陆云檀不禁有些奇怪，是睡觉了吗？但是，平时这个时候打都会接的。

　　可能是有什么事耽误了吧。

　　等了五分钟之后，她又给他打了一通，然而依旧是无人接听的状态。

　　陆云檀一下子慌张了起来，像是瞬间回到了七年前，他在一夜之间杳无音信……一朝被蛇咬，十年怕井绳，现在的她，只要没有及时联系上梁云笺，就会无法自控地胡思乱想心跳加快，那种恐惧感就如同附骨之蛆般掌控着她。

　　为了让自己保持镇定，她先闭上眼睛做了几组深呼吸，同时在心里自我安慰着：没事的，他肯定是因为没有看到手机才会没接电话。

　　然后，她再一次地发出了视频请求。

　　这次有人接了，然而屏幕中出现的却不是梁云笺，而是一个瘦高个男人，这男人看起来年纪不算大，五官也算是端正，就是发际线有些令人担忧，大有英年早秃的趋势，再配上他鼻梁上架着的那副黑框眼镜，一看就是个文化人的样子。

　　陆云檀在之前的视频通话中见过他，知道他是梁云笺的室友，李基树，立即急慌慌地问他："梁云笺去哪儿了？"

　　李基树解释道："他去洗澡了。我听他的手机一直响，还以为是谁有急事找他，就替他接了一下。"但他接通的却是放在书桌上的平板，因为平板目标大，他进门后先看到了平板。

　　陆云檀长舒一口气："哦，我也没什么大事。"

　　李基树："他应该快洗好了，你再等一会儿吧。"

　　陆云檀点头："好的，谢谢！"

　　李基树："不客气。"

　　说完，他离开了梁云笺的房间，重新关上了房门。

　　李基树没有挂断视频，陆云檀也没挂断，她揣着平板坐在书桌后，然后把平板立在了桌子上，双手托腮，目不转睛地盯着屏幕。

　　视频的拍摄镜头正对着卧室中央，单人床上铺着浅灰色的床单被褥，床头两侧摆放着一对白色的矮柜，左边的那只矮柜上面立着一盏黑色的台灯，台灯下面放着一个小小的玩偶摆件，乍一看像是一个穿着红衣黑靴的女侠。

　　和送我的那个是同款吗？

　　陆云檀一下子就把脸凑到了屏幕前，恨不得直接把脑袋伸进屏幕里，目不转睛地盯着看了好久，终于心满意足地确定了：是的！

她的嘴角瞬间就扬了起来，并且还是高高扬起，心里美滋滋的，还有一点点的小傲娇：哼，你这个臭书生，天天不好好读书，在床头柜上摆一个女侠是什么意思呀？是不是对本女侠有什么想法啊？

正美着呢，视频中突然传来了脚步声，陆云檀想着应该是梁云笺洗完了澡从卫生间里出来了，本想喊他一声，然而就在她张开嘴巴的那一刻，梁云笺忽然入了镜——

他刚洗完澡，身上什么都没穿，只在腰间围了一块白色浴巾。

陆云檀瞬间闭了嘴，凌乱了两秒钟后，立即用手把眼睛捂上了，却又不自觉地分开了两只手的食指和中指，通过缝隙看世界，忍不住地在内心惊叹：啧，真是想不到呀，这个臭书生的身材竟然这么好，穿衣有型脱衣有料。

等等，这个臭书生竟然有文身？心口处文了什么？字母还是图片？距离太远，看不清楚……是"lyt"吗？

视频中的男主角并没有发现有人在偷窥，一边用毛巾擦头发，一边朝着衣柜走。

到了衣柜前，梁云笺将手中的毛巾丢到了旁边的凳子上，然后打开了衣柜的门，从里面拿出了几件衣服。

再然后，他转过身，把衣服扔在床上，扯掉了围在腰间的浴巾。

陆云檀彻底蒙了，热气上头，脸颊沸腾，立即闭上了眼睛，但是，那个画面已经忘不了了……有"亿点点"优秀。

啊啊啊，救命！

这是我不花钱就能看到的东西吗？

好羞耻！

好！羞！耻！

紧接着，檀帮主开始在心里自我谴责：我不配当女侠了，我偷窥美人更衣，我是个登徒子！

谴责结束，她又忍不住地把手指头分开了一条小小的缝隙——

是的，没错，她就是要把登徒子当到底！

梁云笺穿上了内裤，正准备穿裤子的时候，眼角余光忽然扫到了书桌，看到平板屏幕的那一刻，浑身一僵。

陆云檀不敢吭声，虚伪地捂着眼睛，假装自己什么都没看到。

梁云笺深吸一口气,淡定地穿上裤子,弯腰从床上拿上衣的时候,忽然说了句:"看够了吗?"

陆云檀:……问得我好尴尬呀。

但她坚决不承认自己偷窥的事实,她紧紧地捂着眼睛:"什么?你说什么?我什么都没看到!你不要乱讲话!"

梁云笺叹了口气,一边从头顶套衣服一边朝着书桌走,然后坐在了桌前,无奈地对着屏幕中的人说:"檀女侠,看了就要负责。"

啊?

还有这种好事呢?

不,不对,天上不可能掉馅饼的,一定有诈!

这个奸诈的书生一定是在钓鱼执法,她绝不能不打自招,不然自己的一世英名就毁了!

"我真的没看到!什么都没看到!"陆云檀依旧紧紧地捂着眼睛,信誓旦旦地说,"你一出来我就捂着眼睛了,一根头发丝都没看到,没有义务对你负责!"

行。

好。

陆云檀还假惺惺地问了句:"你穿好衣服了吗?穿好了我就把眼睛松开。"

梁云笺只能配合着回答:"好了,放下吧。"

"哦。"陆云檀把手拿开了,视线再无阻碍。

梁云笺的头发还没干,湿漉漉的顺着发梢往下滴水;黑色T恤的圆领口有点歪斜,露出了一侧的锁骨……

檀帮主的心头再次产生了邪念:想绑回去当压寨夫人!

梁云笺看到屏幕上的陆云檀微微眯起了眼睛,一侧的眉毛挑起,红润的小嘴巴逐渐抿了起来,一副正在盘算坏主意的样子。

什么都写在脸上,一点都藏不住事。

梁云笺被她的小表情逗笑了,明知故问:"想什么呢?"

陆云檀一愣:"我什么都没想!"

梁云笺挑眉:"是吗?"

陆云檀有"亿点点"心虚,立即为自己找了个借口:"我正猜你心口文了什么呢,没看清刚才。"

梁云笺笑了:"不是说什么都没看到吗?"

谎言被毫不留情地戳破了。

陆云檀忽然好没面子,继而恼羞成怒:"哼!我就是看了你能把我怎么样!"然后开始倒打一耙,"谁让你先不接我的电话呢!我给你打了好几个,都担心坏了!"说着说着,还真的生气了,"谁知道你会不会消失第二个七年!"

梁云笺怔住了,心疼又愧疚地看着屏幕上的女孩,再一次向她保证:"对不起,再也不会这样了。以后去做任何事之前,我都会提前告诉你,绝对不再让你担心。"

陆云檀这才消了一点点的气,但也仅有一点点而已。

她噘着嘴乜斜屏幕,过了好大一会儿,才说了句:"好吧,我暂时原谅你了,下不为例。"

心里想的却是:

不能太凶,万一把他吓得不敢回国了怎么办?

先把人骗回来再说。

等回来后,我再好好地收拾你!

梁云笺6月14日回国,为了能够成功拿下梁美人,青云帮帮主陆云檀于6月13日晚七点召集帮内众人,在东辅市某家烤肉店的包间内召开了一场紧急会议。

会议过程中,一口气吃了三十串烤羊肉串的左副帮主下西洋踊跃发言,积极为帮主大人提供逼"梁"为娼的可行性方案:"属下觉得,若想一次性拿下梁护法,必须要出其不意才行。"

左副帮主继续侃侃而谈:"天下武功唯快不破,只要您出手迅速,梁护法他就绝无反击余地。"

陆云檀揣着啤酒杯,表情严肃地点头,算是赞同下西洋的提议,但最后还是谴责了他一句:"以后不许喊他梁护法,我早就说了,梁云笺已经被驱逐出帮了,不再是护法,匹夫一个罢了,没资格拥有姓名!"

对!没错!她就是这么记仇!谁让他七年没回来呢?

下西洋面露愧色:"是属下口误,还望帮主原谅。"他又立即亡羊补牢,"那日后就喊他梁匹夫!"

陆云檀:……不,我不同意。

向来不插手帮斗的军师李月瑶都听不下去了："这也太难听了。"
李航趁机落井下石："郑副帮主的这个称呼中，多少是带了一些私人恩怨。"
下西洋怒气横生："那你说怎么办？帮主说了他没资格拥有姓名。"
李航也不知道该怎么喊，但他知道怎么拍马屁："我当然是听帮主的！"
檀帮主立即表态："右副帮主说得对！"
右副帮主志得意满地端起了啤酒杯，感觉自己距离下一步的升职不远了。
左副帮主内心懊恼之极：我怎么就没想到这个答案呢？李航真是个狡猾的老贼！
军师则对他们俩无语到了极点：果真是小人长戚戚，没有了梁护法之后，这两人竟然还能搞内斗。
陆云檀盯着手边的啤酒杯，凝眉沉思片刻，最终拍板："本帮主决定了，以后就喊他'梁某笺'。"
下西洋、李航、李月瑶纷纷无语。
像是被除去了姓名，但又没有完全除去。
陆云檀对这个称呼满意极了："梁某笺所乘坐的国际航班将于明天晚上七点三十二分落地东辅国际机场，本帮主虽然把他驱逐出了门派，但念在曾经的旧情上，还是决定为他举办一场接风宴，各位明天都有时间来参加吗？"
下西洋想了想："不加班的话可以。"他毕业后先工作了一年，经历过社会的无情捶打后，还是觉得吃国家饭香，于是立志去考公务员，接连考了两年，最后成功考上了东辅市委组织部的公务员岗位，"正常六点下班。"
李月瑶也想了想自己的时间："我明天下午没排班，应该也可以。"她在西辅大学读完了临床医学专业的本科和研究生，毕业后回了东辅，现在正在东辅第一人民医院工作。
李航笑着说："我休年假，这周都没事。"他是飞行专业的特招学生，国家培养的飞行人才，毕业后没什么坎坷，直接就被东辅航空公司招走了，"明天晚上肯定可以去接梁某笺。"
下西洋瞟了他一眼，话里有话地说："李大人，您可别把话说这么死，到时候要是临时有事去不了了，您该多尴尬呀。"
李航无言。
陆云檀和李月瑶都没说话，毕竟，下西洋说的这种情况之前也不是没有发生过，那次还搞得挺不愉快。

李航赶忙挥了挥手，信誓旦旦地说："不可能，绝对不可能，明天就算是天上下刀子，我也一定会去接咱们梁护法！"

他还是习惯性地喊了"梁护法"，陆云檀也懒得纠正他了，毕竟这都是大家的玩笑之言，没必要那么当真，可是在某些正经儿的事情上，还是要较一较真的，但她的语气比较委婉："你明天去之前，可要把你们家那位安抚好啊，咱们梁美人可是个体弱多病的主，到时候可别吓着他了。"

李航再次保证："哎呀，你放心吧帮主，绝对不会发生这种情况！"然而他的话音刚落，安静的包间内就响起了急促的电话铃声。

李航看了一眼来电显示，犹豫一下，还是将手机从桌子上拿了起来，一边起身一边笑着赔不是："不好意思啊各位，我出去接个电话。"

等李航走出房间之后，下西洋哼了一声，拿起筷子夹了粒花生米，没好气地说："一顿饭打三个电话，催命呢？"

陆云檀则叹了口气，恨铁不成钢："都被耍几次了？他怎么不长记性？"

李月瑶都忍不住吐槽了："那女生也不知道有什么好的？李航真是……"

"从大学就开始这样，天天给人家送吃送喝送礼物，还上网抄情书什么的，当个公主宠着。"下西洋又夹了一块五花肉放进烤盘中，同时长长地叹了口气，"上大学的时候不清醒吧，我还能理解，毕竟是年轻气盛的时候，谁不喜欢漂亮小姑娘呀？但是现在都毕业多少年了，还沉迷美色不能自拔呢？那女生除了长得好看点，要什么没什么，连基本的人品都不合格，我看李航的那颗脑子就是被驴踢了，不然不能糊涂成这样。"

陆云檀点头，也没忍住吐槽了句："去年万圣节，咱们去方特玩，本来玩得好好的，大家都开开心心的，结果那女的莫名其妙就来脾气了，哭着闹着说要回家，还说咱们欺负她，我真是看在李航的面子上才强忍着没怼她。"

一提这事，李月瑶的脾气也上来了："她闹那么大一场，就因为没人陪她去鬼屋，然后就说咱们歧视她，瞧不起她，最后闹得李航没办法，只能先带着她走。"

陆云檀："无语。"

下西洋："我媳妇儿都说她矫情，作精一个。"他一边给五花肉翻面一边说，"周老师说了，孙夏暖要是她班上的学生，早让她请家长了，这孩子心理有问题，需要家长注意。"

"周老师"就是下西洋的女朋友,名叫周睿,是东辅实验小学的语文老师。

孙夏暖就是现在正被大家疯狂吐槽的、李航的女朋友。

陆云檀点头:"周老师说得有道理。"

李月瑶:"孙夏暖就是自卑又小心眼,有一次聚会,她说脖子疼去医院检查,结果查出来了甲状腺结节,大小都快一厘米了,我们家老杨就好心提醒她要保持情绪稳定,不然结节会恶化,还建议她定期复查,最好再去查查乳腺,因为情绪也会影响乳腺,谁知道她竟然生气了,说我们老杨说话难听,诅咒她,弄得我们老杨可难堪了。""老杨"全名杨立谭,李月瑶的现任男友,也是人民医院的医生,"其实她就是在借题发挥,因为她上次找我打HPV九价,但是我们院没针了,我就让她再等两周,不然只能打四价,结果人家竟然记恨上我了,觉得我瞧不起她,借口推托。"

陆云檀无奈道:"她这心眼还没针眼大呢。"她又说,"而且你说她自卑吧,但是她在李航面前可一点都不自卑,高傲得很,还看不上咱们李航呢,觉得自己是屈尊降贵才跟了他。"

她的语气已经够阴阳怪气了,下西洋比之她更是有过之无不及:"人家孙小姐虽然只是个专科生,但人家凭借着自己的美貌傍过无数大款,最后玩够了,觉得自己该找个稳定的饭票了,才赏赐了追求她多年的小李同志一个宝贵的机会,如果小李同志不要这个机会,就是他不知好歹。"

李月瑶说:"李航就是性转版本的爱情圣母,总觉得自己可以救赎堕落渣男。"

陆云檀补充说明:"还觉得人家之前那么渣都是因为没和自己在一起。"

下西洋又说:"孙小姐还嫌弃咱们李航家庭条件不好呢,再不好也比她强,更何况咱们小李同志前途无量,虽然现在只是个副驾驶,但是迟早能升机长啊,不比她一个没名气的小主播强得多?"

陆云檀:"所以我想破脑袋也想不出来,李航到底看上她什么了?"

李月瑶:"世界上好女孩千千万,他非要选一个最渣的,我建议他去挂脑科。"

下西洋叹息道:"眼科和精神科也都去挂一个吧,感觉是多症并发的疑难杂症。"

"哈哈哈。"陆云檀和李月瑶被逗笑了。

三人正准备碰一杯的时候,陆云檀的手机忽然振动了一下,她下意识地垂眸扫了一眼，发现是发来的微信消息，立即放下了举到一半的酒杯，从桌子上抓起手机："我回个消息！"

李月瑶笑着放下了酒杯："是梁某笺的消息吧？"

下西洋叹息着放下了酒杯："哎，帮主沉迷美色，着实令属下担忧。"

陆云檀一边低头看手机，一边信誓旦旦地保证："放心吧，本帮主绝非那种温饱思淫欲的人！"

梁云笺给她发的消息很简单：起床了。

后面还附带着一张纽约清晨的天空照片。

他曾向她保证过，以后无论做什么事情之前都会提前告知她，绝不会再出现无缘无故联系不到人的情况。

他也在很认真地履行自己的承诺，好让她时刻掌握自己的动态，给她安全感。

看完照片，陆云檀不由得扬起了嘴角：是不是要去机场了？

梁云笺：下午去。

他又补充了一句：还有九个小时。

陆云檀：明天晚上李航他们仨去接你。

梁云笺：你呢？

陆云檀傲娇地回：本帮主才不去接帮外闲徒呢！

梁云笺却回了句：不见不散。

陆云檀：……本帮主都说了不去接你了，你还跟我"不见不散"？什么态度？挑衅我的权威是不是？

这时，李航打完电话回来了，陆云檀又给梁云笺回了句：你不要夜郎自大，本帮主说不去就是不去！还有，现在本帮主在开重要会议，消息回复可能不及时。

梁云笺：好，小民耐心等您。

哼，这才是正确的态度嘛！

陆云檀心满意足地放下了手机，然后重新端起了啤酒杯："来，走一个。"

唯独李航是开车来的，他以茶代酒："走起！"

干了这杯酒之后，左副帮主继续履行臣子职责，详细具体地为帮主提供逼"梁"为娼建议："帮主，属下还是觉得，您应该一举拿下梁某笺才可，避免夜长梦多。"

檀帮主缓缓点头："说说你的想法。"

下西洋："属下曾听您说过，梁某笺此番是独身回国，身边并无父母亲朋相伴，既然如此，明日咱们可以趁着接风宴的机会将其灌醉，然后将其送回住所，再然后，"他伸手右手，比画了个向下砍的动作，"趁其不备，对其下手。"他又说，"夜黑风高，无人之夜，他想反抗也不行！"

陆云檀凝眉沉思：啊这……有点点心动怎么办？

李航心有不甘：忒！郑和这个老贼，竟然想出了如此妙计！

整个青云帮唯独军师李月瑶还残留几分人性："这不是成了鸿门宴吗？乘人之危呀。"

陆云檀觉得自己有必要纠正一下军师的措辞："瞧您这话说的，怎么能是鸿门宴呢？人家都喝醉了，我们还能放任不管吗？肯定要送人家回家呀！"

下西洋："就是！还有，送回家之后就不管了吗？万一酒精中毒了呢？咱们帮主向来助人为乐，肯定要留下来照顾他呀！咱们这是对梁某笺送去全方位的人文关怀，怎么就成鸿门宴了？"

檀帮主："言之有理！"

李军师：你们两个真的是狼狈为奸。

下西洋继续发挥奸臣的特长，为檀帮主提供奸计："这算是 planA，如果行不通，咱们还有 planB 以及 planC！"

左副帮主的这番持续输出，令右副帮主极为震惊："好家伙，你这一环套一环啊！"

看来，梁某笺即便是有通天的本事，也逃不出帮主的魔爪了！

左副帮主捋了捋并不存在的胡须："为帮主排忧解难罢了。"

檀帮主焦急催促："planB 和 C 是什么？你快讲呀！"

下西洋先不疾不徐地喝了口啤酒，然后才将计划娓娓道来。

等他讲完之后，以檀帮主为首的青云帮众人无不目瞪口呆。

空气安静了三秒钟后，檀帮主抬起了双手，情不自禁地为左副帮主鼓掌："真是没想到呀，您才是治世之才！"

左副帮主谦虚地挥了挥手："哪里哪里，雕虫小技罢了，不足挂齿。"

檀帮主爱才心切："赏！必须赏！升职！"

李航："什么？"

下西洋眼神一亮："谢帮主抬爱！"

李月瑶奇怪："都已经是副帮主了，还能升到哪儿去？"

李航趁机打压政敌："就是，干脆别升了。"

下西洋："嘿！你这老贼就是嫉妒我的聪明才智！"

李航："呵呵，谁那么无聊要跟你比这个！"

"好啦！都别吵了！"檀帮主沉思片刻，然后下达人事调整命令，"李航降为护法，从今往后，青云帮内就只有一个副帮主，那就是我们的郑大人！"

下西洋：真正的一人之下，万人之上！

李航：为什么郑老贼的升职要建立在我贬职的痛苦之上？

军师李月瑶坚守个人原则，不参与帮内斗争，只关心重点事项："帮主，明天晚上要去接梁、梁某笺，大家几点集合呀？"

陆云檀双臂抱怀："哼，别问我，我不去！"

李月瑶 & 李航 & 下西洋三脸震惊："啊！您不去？"

陆云檀持续傲娇："他梁云笺算是个什么东西？一走七年不回，把我当什么啦？还想让我去接他，呸，想得美！"

下西洋："啊、这……"

李月瑶："您真不去了？"

李航："那您还要为他办接风宴？"

陆云檀："我直接去饭店，让他来见我！"

下西洋及时拍马屁："帮主果然威风！"

李航不甘示弱："就是要给他一个下马威！"

李月瑶无奈叹气："唉，好吧，等我们接到人之后一起去饭店找你。"

6月14日下午六点半，一辆崭新的白色大众飞驰在通往机场的环城高速上，轿车内坐着四个人：李月瑶坐在副驾驶，李航坐在李月瑶身后，下西洋坐在李航旁边，坐在下西洋前面的、正在开车的那位，是昨晚咬死了说自己不来接人的青云帮帮主陆云檀。

"帮主啊，我一个大老爷们儿，向另外一个大老爷们儿献花是不是不太好？"怀中抱着一大束玫瑰花的副帮主下西洋如是说道，"机场人多，容易被误会。"

陆云檀一边开车一边做思想工作："现在咱们帮内，只有你官最大，当然是你送最合适。"其实这束花是她买的——七年前，去机场送别梁云笺的时候，她送给他一束干枯的旧玫瑰，并且在心里保证，只要他以后能回来，就再给他买束新的。

下西洋还是不太理解："那您怎么不自己送呀？"

陆云檀哼了一声："他梁云笺算是个什么东西？还想让我亲自送花给他？呸！想得美！"

下西洋心里委委屈屈：您昨天态度强硬地表示不来接梁某笺的时候也是这么说的，可今天您还是来了。

一阵急促的手机铃声再一次地惊扰车厢。

李航立即把来电摁断了，用微信回消息。

已经是第三通"骚扰"电话了。

陆云檀无言地撇了撇嘴，李月瑶翻了个白眼，下西洋叹了口气，扭头看着坐在自己旁边的小伙伴："你这……都不是我说你……哎，你到底提前跟她说好没呀？"

李航："说好了！真说好了！"

下西洋彻底忍无可忍："说好了还一直打电话？什么意思呀？查岗也没这么查的吧？"他又叹了口气，"每次大家开开心心出来玩，都是因为她闹得不愉快，你这弄得，大家以后出来玩都不敢喊你了。"

李航立即说道："我关机！我现在就关机！"说完，还真的直接把手机给关了。

陆云檀抬眸，瞟了一眼后视镜："你还敢关机呢？可别把她气炸了。"

李月瑶："到时候还要埋怨我们几个。"

李航信誓旦旦地保证："不会！绝对不会！"然后迅速转移话题，"放首歌听听吧，有点无聊。"

陆云檀叹了口气，点开了车载音响，紧接着，一段悠扬高雅的钢琴曲缓缓从音响内飘出，如同潺潺泉水般弥漫车厢。

李月瑶呆若木鸡地看着身边人："你这、这、这前几天不还是'最美的云彩'吗？"

陆云檀面不改色："适当地提高一下音乐品位有助于修身养性。"

下西洋："那这也过于高雅了。"

李航："我们这种俗人真听不懂。"

陆云檀清了清嗓子，开始自信地背诵自己连夜从百度百科上摘抄下来的介绍内容："本曲名为升 C 小调第十四钢琴奏鸣曲，又名《月光奏鸣曲》和《月光曲》，分为三个乐章，为德国作曲家路德维希·凡·贝多芬所做。"

下西洋由衷而发："看得出来您确实是为迎接梁博士做足了准备。"

李航实话实说："梁博士一定会感受到您的良苦用心，但我们还是想听'最美的云彩'。"

李月瑶："凤凰传奇提神醒脑，开车必备。"

其实陆云檀也是这么认为的，于是立即把播放曲目换成了《最炫民族风》——

登 登登 登登 登登登登登登！
登 登登 登登 登登登登登登！
苍茫的天涯是我的爱……

下西洋不由自主地加入其中："绵绵的青山脚下花正开！"

紧接着是李航："什么样的节奏是最呀最摇摆！"

然后是李月瑶："什么样的歌声才是最开怀！"

最后，檀帮主也无法抵抗这首歌的魔力："弯弯的河水从天上来，流向那万紫千红一片海！"

单曲循环了一路《最炫民族风》，半个小时后，白色大众轿车驶下机场高速，最终停在了航站楼前的停车场内。

李航对这里比较熟，还有工作证，可以带着大家进站，直接去飞机落地口接人，但是陆云檀偏不，她站在普通乘客的出站口外，坚决不往内走一步，理由一如既往的傲娇："他梁云笺算是老几？我才不进去呢，让他出来见我！"

三人也知道他们帮主是个死要面子的人，所以也没勉强，先进站接人了。

梁云笺所搭乘的那趟航班晚点了近半个小时，一直到晚上八点，飞机才落地。

下西洋眼尖，最先看到了混杂在出站人群中的梁云笺："来了来了！"又不禁感慨了一句，"哎，这么多年过去，小梁竟然还是这么帅。"

由于飞行时间较长，梁云笺穿得很休闲，白衬衫和灰色西服裤，搭配着一双白色平底运动鞋，装扮十分简单，却依旧卓然出众。

李航也跟着感慨了一句："气质也好，走哪儿都是最贵气的一个。"

下西洋："上学的时候我就跟帮主说过，咱们小梁是贵公子，帮主还不信，非说他是臭书生。"

李月瑶的重点在于："他的发量为什么那么浓密？他不用做实验吗？不用写论文吗？不掉头发吗？"

下西洋："军师呀，您有没有想过，或许是因为人家的家族基因好呢？"

李月瑶："呃……"

梁云笺也早已看到了他们几个人，立即加快了脚步，但他很快发现，竟然少了一个人。

她没有来。

真的没来吗？

他开始四处张望，魂不守舍地朝着那三人走过去，丝毫没有了久别重逢的惊喜与激动。

下西洋叹了口气："别看了，帮主真没来。"

李月瑶："她还正在气头上呢。"

李航："她说你不配让她来接。"

还真没来。

梁云笺轻叹口气，虽然心里有些失落，但还是笑着和大家打了招呼："各位，好久不见。"

下西洋："确实是很久没见了，七年了呀！"他终于可以把捧了一路的玫瑰花交出去了，"给，帮主送你的！"

李航说道："小梁呀，咱们帮主，心里还是有你的。"

李月瑶："你努力一下，求得帮主原谅后，肯定还能重新进帮！"

梁云笺手捧玫瑰，很认真地回："知道了，一定会努力求她原谅。"

下西洋及时给出暗示："精神上的认错无法得到原谅的话，你也可以出卖肉体。"

李航："帮主应该不会拒绝你。"

李月瑶："就看你能不能主动放下尊严了。"

梁云笺沉默片刻，问："只需要放下尊严就可以？"

下西洋："你忘了我这几天是怎么在群里交代你的吗？"这个群里没有檀帮主，只有他们四个，至于整个青云帮一共有几个小群，全天下无人知晓，"你肯定不能放得太明显，不然咱们帮主该没有成就感了。"

李航:"你也知道,咱们帮主那人,死要面子,你得给她面子。"

李月瑶:"让她觉得是她征服了你,不是你征服了她。"

梁云笺点头:"我明白。"

随后,四人一起朝着行李传送带走了过去。等了两分钟左右,传送带开始传送行李。

梁云笺提前推了一辆行李车过来,将两大一小三个行李箱堆好后,推着车和另外三人一同朝着出站口走。

走着走着,他猛然顿住了脚步,目不转睛地看向出站口外。

四目相对的那一刻,陆云檀立即把脸扭到了一边去,马尾辫都高高地甩了起来,嘴巴噘得老高,还双臂抱怀,一副"哼,我才没有那么想见你"的傲娇表现。

李航见状立即说了一声:"别管行李了,我们给你推出去。"

梁云笺松开了车把手,瞬间加快了脚步,心跳也随之加速。

即将走到陆云檀面前时,他做了组深呼吸,竭力使自己保持镇定,然而目光中闪烁着的光芒以及微微发颤的嗓音却出卖了他的内心:"檀女侠,我回来了。"

陆云檀眼眶猛然一酸——

七年了,才回来。

也是终于回来了。

平安顺遂,无病无灾地回来了。

她吸了吸鼻子,撩起眼皮瞥了他一眼:"我才没想来接你呢,我是为了练车才来的,你别多想,我还没原谅你呢!大骗子!"

梁云笺的目光紧紧定格在她的脸上,连眼睛都舍不得眨一下:"我一定会努力求得檀女侠的原谅。"

陆云檀没再说话,盯着他看了一会儿,忽然有点晕,感觉自己像在做梦,很想摸摸他的脸,确定一下是不是梦。

想了想,她说了句:"你脸上有个脏东西。"

梁云笺很配合地说:"你能帮我拿下来吗?"他还主动低下了头,像是在对她俯首称臣。

陆云檀心里窃喜,嘴上傲娇:"好吧。"然后抬起了右手,轻轻地捧住了他的脸颊,温柔地抚摸着。

有触感，有温度，有电流般的酥痒感划过掌心。

是真的，不是梦，他真的回来了。

从机场前往饭店的路上，还是陆云檀开车，梁云笺坐在副驾驶座，下西洋他们三个坐在后排。

檀帮主一路保持高冷，其傲娇表情和放在操作台中央的那个女侠玩偶可谓是如出一辙，无论坐在副驾驶的那个人悄悄地看了她多少次，她都视而不见、无动于衷，似乎是在用这种方式向梁某笺表明自己的坚决态度：哼，你看我也没用，反正我是不会原谅你的！

梁云笺明白她是在秋后算账，却又觉得她的小表情特别搞笑，但为了维护檀女侠的面子，他不得不强忍笑意，以免自己再多出一重"挑衅女侠权威"的罪行。

后排三人倒是喜气洋洋，非常关心多年不见的老友，同时又肩负着替帮主排忧解难的重要任务——

首先开口的是忠心耿耿的副帮主下西洋。在执行任务之前，他先抛出了一句赞扬之言："小梁呀，多年不见，你真是越来越帅了，我等凡夫俗子简直是羡慕极了！"铺垫过后，自然而然地过渡到重点问题，"我想，你一定不缺女朋友吧？"

陆云檀瞬间屏住了呼吸，下意识地握紧了方向盘。

梁云笺："怎么不缺？"问题虽然是郑大人提的，但是在回答问题时，他却看向了檀帮主，"一直缺。"

郑大人果断提出合理质疑："怎么会呢？你这么优秀的人竟然没有找过女朋友？你可不要骗我们啊！"

被降为护法的李航李大人严肃补充："我们帮主眼里可容不得沙子，你要是不说实话，哼哼，后果自负！"

军师李月瑶也说了句："你可不能辜负我们帮主对你的一番信任呀。"

为了让梁某笺彻底明白撒谎的严重性，郑大人又举例说明："大概在七年前的这个时候，曾有个人对我们帮主说自己出国是为了留学，但后来帮主发现他竟然在骗人，他出国其实是为了治病，然后帮主勃然大怒，对其下达了江湖追杀令，命令我们一旦发现那人行踪必须立即上报，她必定要亲手把那个人大卸八块！"

陆云檀又微微眯眼:"你猜猜那个人是谁?"

危机四伏,梁云笺斩钉截铁地保证:"真的没找过女朋友!"

陆云檀又不说话了,"郑老臣"继续代替帮主发言:"为什么呀?是您眼光太高?还是什么别的原因啊?"

梁云笺看着陆云檀:"心有所属。"

陆云檀不信:"哼,不是失忆了吗?"

梁云笺毫不在意后面三位的目光,温柔而笃定地对她说:"虽然不记得她是谁了,但我的心里一直有她。"

陆云檀强压嘴角,努力控制面部肌肉,持续傲娇中,并且还在挑刺儿:"你都不记得她是谁了,还怎么有她呀?"

梁云笺:"因为她很霸道,还威胁过我,除了她之外,不可以喜欢别的女孩,最起码在她不喜欢我之前不可以。"

哼!

竟然说我霸道!

虽然我是霸道了一点点,但也只有一点点而已,你怎么能说出来呢?

陆云檀忽然好没面子,开始抬杠:"人家这是在乎你,你竟然还觉得人家霸道,哼,真是好不讲理!"

梁云笺:……女侠档案上再多添一条注意事项:不可以说她霸道。

他无奈地轻叹口气:"我只是想知道她现在还喜不喜欢我。"

陆云檀没忍住瞟了他一眼:"要是不喜欢了呢?你就去喜欢别人啦?"

梁云笺没有立即回答问题,而是微微蹙眉,做出了一副认真思考的样子,少顷后,回答:"听帮主的吧。"

陆云檀本想回一句"关我屁事",但话到嘴边,忽然改成了:"不可以!你只能喜欢她!"

一如既往的霸道。

但他喜欢的,就是她身上的这份不受拘束的霸道和不讲理。

梁云笺忍俊不禁:"好,小民愿对帮主唯命是从。"

陆云檀心里美滋滋的,终于扬起了嘴角,看起来就是一个大写的"心满意足"。

后座三人不敢说话,连大气都不敢喘一口,生怕破坏气氛,只得眼观鼻鼻观心,尽量降低存在感,内心微微有些苦涩:你们俩继续调情,不用管我们仨的感受，真的不用！

人的心情一舒畅就想搞搞氛围感，于是乎陆云檀打开了车载音响，本想通过世界知名音乐家贝多芬创作的《月光曲》升华一下气氛，顺带着在梁美人面前展现一下自己的欣赏品位，结果，从音响里蹦出的并不是悠扬舒缓的钢琴曲，而是——

　　你是我心中最美的云彩
　　让我用心把你留下来
　　悠悠地唱着最炫的民族
　　让爱卷走所有的尘埃

暧昧的气氛戛然而止，广场舞的画面感说来就来。

陆云檀都蒙了：什么鬼！

"我、我……这不是我平常听的歌！"为了维护自己的面子，陆云檀果断选择甩锅，"他们仨非要听，我平时都听贝多芬、莫扎特、舒伯特、巴赫和肖邦。"

下西洋＆李航＆李月瑶：……帮主，适可而止吧！

梁云笺特别想笑，但他知道自己不能笑，不然檀女侠的面子就保不住了："《最炫民族风》也挺好的。"随后，他又说，"女侠不用喜欢莫扎特和肖邦，让书生喜欢《最炫民族风》就行。"

陆云檀一怔，心尖颤动，喜不自胜，嘴角又高高地扬了起来，眼角眉梢尽显得意，满目春风。

四十分钟后，白色大众停进了一家本地特色菜馆前的停车场内。

陆云檀在这家菜馆里预订了包间。

用微信扫完点菜码之后，她把自己的手机递给了梁云笺："想吃什么随便点，我请你，我有钱！"

梁云笺被逗笑了："谢帮主厚爱。"

下西洋："梁博士好长时间没吃家乡菜了吧？"

梁云笺本想回答"是"，然而在开口的那一刻，忽然想到了什么，瞬间改口："也不是，在国外的时候经常自己做饭。"

陆云檀眼睛一亮:"你还会做饭呢?"

梁云笺面不改色地点头:"嗯。"又信誓旦旦地补充,"中西餐都会。"

陆云檀看向他的眼神已经开始冒小星星了,内心满意到了极点"啧,这个臭书生真是贤惠呀",然后兴致勃勃地问了句:"你的拿手菜是什么呀?"

梁云笺很自信地回答:"蚂蚁上树。"

陆云檀:……我最不爱吃的就是蚂蚁上树,因为我不爱吃粉条。

但为了不打击梁某笺对厨房的热爱和对做饭的积极性,她只能虚伪地回答:"挺好的,我喜欢!"然后又问,"还有吗?"

梁云笺:"清蒸鲈鱼、糖醋里脊、红烧鸡翅。"

陆云檀:……好家伙,都是大菜呀。

下西洋也听出了不对劲儿的地方:"那什么,你们留学生平时吃饭都这么麻烦吗?"

梁云笺反问了一句:"很麻烦吗?"

李月瑶:"这还不麻烦?"

李航:"这都是家里来客人的时候做的菜吧?"

"对啊。"陆云檀也觉得很麻烦,她宁可不吃,也不会做这么麻烦的菜,更何况,她根本不会做饭,天天被她妈骂好吃懒做不学无术。

梁云笺看了陆云檀一眼,回答:"如果家里有人喜欢吃,再麻烦也要做。"

陆云檀一下子就翘起了嘴角,心里美极了,越想越觉得自己眼光好,竟然看中了这么一个贤良淑德的男人!

下西洋、李航和李月瑶互相对视几眼,一切尽在不言中——

想抓住帮主的心,就要先抓住帮主的胃,梁博士手段高明!

等大家全部点完菜,陆云檀准备点击下单的时候,下西洋突然问了梁云笺一句:"梁博士,您在国外待了这么多年,酒量练得如何呀?"

陆云檀食指一顿——planA 要开始了——立即将屏幕上的菜单往下滑,直奔酒水页面。

梁云笺无奈一笑:"不太会。"

陆云檀内心欢呼雀跃:这可真是太好了!

下西洋深谙帮主内心想法,立即劝说梁云笺:"喝两口总行吧?"

李航也有心替帮主排忧解难:"就是,都这么长时间没见了,小酌两口,怡怡情。"

唯有李军师人性尚存,但也没有开口阻止眼前正在进行的这场鸿门宴。

梁云笺微微抿唇,像是在犹豫。

檀帮主见状,果断采用激将法:"不会喝就算了吧,反正你是个书生,不会喝酒很正常的,没事,我替你喝!"

梁云笺一愣,急切道:"这怎么能行?"

檀帮主:"大家想喝酒助兴,你不会喝,只能我替你喝啦。"

梁云笺:"不用。"

陆云檀心想:中计了?

梁云笺语气笃定:"不用替,我可以喝。"

陆云檀假惺惺地劝说:"你可别勉强自己呀!"

梁云笺:"少喝点就行。"

陆云檀"勉为其难"地答应了:"那好吧,那我就点酒水了。"

梁云笺:"嗯。"

然后,陆云檀点了一箱啤的、三瓶白的以及两瓶红的。

酒比菜上得快,酒上齐后,下西洋、李航、李月瑶皆在内心为梁博士捏了一把冷汗:腌醉蟹都没有这么狠的!

再然后,下西洋和李航两位忠心耿耿的老臣彻底化身没有感情的劝酒机器,菜才刚上完一半,他们就已经成功地劝说梁博士喝完了两杯啤酒和二两白酒。

菜上齐后,梁云笺俊逸的面颊上已经浮现出了两抹桃花般的绯红。陆云檀借口开车,滴酒不沾。

饭才刚吃完一半,梁云笺已经醉倒了,伏首于案不省人事。

美人唾手可得,陆云檀却有些不知所措了,紧张兮兮地看着自己的帮众:"现在该怎么办?"

下西洋:"当然是要贴心地送梁博士回家呀!"

李航:"然后继续贴心地照顾他一晚上啊!"

李月瑶犹豫一下,好心提醒:"男性饮酒过量时会影响那方面的功能。"

陆云檀一脸蒙:"你在说什么?"

下西洋和李航也是两脸蒙——

下西洋:"军师,您怎么忽然开车了呢?"

李航:"我这安全带还没系好呢,突然就一百八十迈了?"

李月瑶也蒙了："那你们在商量什么呢？干吗要把人家灌醉？"

陆云檀都开始语无伦次了："我我我……我也没想趁他醉了的时候那什么他呀！"

李月瑶的脸上写满了迷茫和不解："那你们的 planA 是什么意思？"

下西洋："当然是为了让梁博士感受到咱们帮主柔情似水体贴入微的一面啊！"

李航："细心照顾醉酒的他一晚上，不就体现出来帮主温柔了吗？"

陆云檀："对啊！还能趁机拉近我俩的距离。"然后再趁机占一点点小便宜，只有一点点而已！

下西洋："而且帮主不辞辛劳地照顾了他一晚上，他不感动吗？不感激吗？怎么着也得以身相许吧？！"

李航："至少也该明白自己已经是帮主的囊中之物了！"

下西洋："如果他实在是冥顽不灵的话，咱们还有 planB 和 planC！"

李航："保证他无法逃脱咱们帮主的温柔乡，在无形之中迫使他主动委身帮主！"

陆云檀再次点头："对啊！我才不会乘人之危呢，我要让他主动臣服！"

李月瑶：……对不起，是我想歪了。

最终，下西洋和李航合力，一起将醉如烂泥的梁博士架上了陆帮主的车。

陆云檀开着车将梁云笺送回了家。

宋瓷和梁顾在国内还有几套房产，其中一套距离东辅物理所仅两站地铁，梁云笺这次回国就准备住在那套房子里。

房子是密码锁，陆云檀之前替他收拾过几次屋子，所以早就把入户密码熟记于心了。

到地方后，下西洋和李航又合力将梁云笺送上了楼，然后李月瑶他们仨就一起离开了，贴心地为他们的帮主大人留出与美人独处的美好空间。

送别几人后，陆云檀先去卫生间拿了条湿毛巾，然后回到了卧室。

梁云笺平躺在大床上，双目紧闭，两颊绯红，薄唇水润，衬衫扣子开了一颗，露出了两节白皙的锁骨，一副任人宰割的怜人相。

这谁顶得住啊？

色欲熏心的陆云檀深深地吸了口气，努力克制着自己的邪念。她本想用毛巾帮臭书生擦擦脸,但是越靠近床边,她的脸就越热,最终,冷水浸透的湿毛巾用在了自己的脸上。

经过一番物理降温后,她小心翼翼地蹲在了床边,目不转睛地盯着梁云笺看了起来,越看心里越喜欢——

眉毛好好看,浓密又修长,很有男人味。

眼睫毛好长呀,还特别翘,自带滤镜的效果,怪不得看人的时候那么有魅力呢。

鼻梁最好看,又高又挺,从侧面看去线条十分立体硬朗,却又带着几分贵气与清隽。

还有嘴巴,也好看,唇线轻薄分明,唇色浅淡,粉中透着晶莹的感觉,极具诱惑力,想让人狠狠地亲一口。

陆云檀像是被下了降头似的,直勾勾地盯着梁云笺的嘴,内心十分挣扎:亲还是不亲?

亲了,有耍流氓的嫌疑;不亲吧,又不甘心。

思来想去,她做出了决定:亲一口,就一口!

她再次深吸了一口气,双手扒在床边,一点点地凑近他,然而就在准备下嘴的那一刻,良心发出了警报:浪荡小人才乘人之危呢!你是坦坦荡荡的女侠!是正人君子!

最终,檀女侠还是没能下得去嘴。

长叹一口气,她重新跌坐回了地上,一脸无奈地看着躺在床上的美人,越看越不甘心,还是想亲,于是乎,又小心翼翼地从地上爬了起来,鼓足勇气,再次靠近他,轻轻地在他脸上亲了一下,亲完之后,立即缩回脖子,还做贼心虚地四处张望了一圈,生怕被发现。

确认不会被发现后,她开始美滋滋地回味那个亲亲,嘴角都要翘到天上去了。忽然间,她又想到了什么,立即去解他的衬衫扣子,在看清他心口文着的那几个字母的瞬间,她的内心就乐开了花——

"LYT"。

她名字的首字母缩写呢!

嘻嘻!

窃喜过后,她的心头还有点小傲娇:哼,你这个臭书生天天不好好读书,怎么还把本女侠的名字文在了心口呢?是不是对本女侠有意思呀?

她又没忍住用食指戳了戳他的脸颊，声音小小地说道："梁兄呀，做文章要专心，你前程不想想钗裙！"又笑着说了句，"我要是扮观音的话，你是不是也从此不敢看观音啦？"说完，她又在他脸上亲了一口，然后开开心心地从地上站了起来，为他盖上被子后，又开开心心地离开了卧室，还贴心地关上了灯和门。

　　门缝彻底闭合的那一瞬间，梁云笺缓缓睁开了眼睛，盯着漆黑一片的天花板，长长地叹了口气……

　　费那么大力气装醉一场，竟然只是亲了两口，还只是亲了脸。

　　檀女侠，你可真尿啊。

　　陆云檀昨晚借口去给朋友过生日没回家，坚持按照原计划走，准备悉心照料臭书生一整晚，从而体现自己温柔贤惠的一面，然而计划赶不上变化，谁知道她最后竟然躺在客厅的沙发上睡着了。更令人尴尬的是，第二天早晨睁开眼睛的时候，她已经不在沙发上了，而是躺在卧室的床上，身上还盖着柔软的夏凉被。

　　显而易见，她昨天晚上不但没把臭书生照顾好，还让人家照顾了自己一晚上……

　　planA，似乎已经可以宣告失败了。

　　陆云檀盯着平整的天花板，长长地叹了口气，内心懊恼至极。

　　手机的振动声忽然在耳畔响起，她被惊了一下，立即扭头去寻找声音的来源，最终在床头柜上看到了自己的手机。她拿起来一看，是副帮主下西洋发来的微信消息：帮主，昨晚计划进展如何？

　　他是在群里发的消息，这个小群里，没有梁云笺。

　　陆云檀叹息着打字：好像不太顺利，我睡着了。

　　李月瑶冒了个泡：你可以借口自己是照顾他照顾累了，体力不支睡着了。

　　陆云檀眼前一亮，激动回复：军师！我的智囊星！

　　下西洋：你就按照军师所言去做，再添油加醋一番，到时梁某笺心肠一软，必定会有所表示，他若是以身相许，那么A计划还是成功的！

　　陆云檀：我悟了！

　　李月瑶又冒了个泡：李护法大人现在情况如何呀？

　　下西洋：未明。

陆云檀：不详。

李月瑶：哦。

对话看似结束，实则只是在这个小群里结束了而已，在另外一个没有李航的小群里，对话继续——

陆云檀：他昨天好像真的把手机关机了。

下西洋：我证明，关机了整整一晚上！

李月瑶：孙夏暖不得气爆炸呀？

下西洋：很有可能闹了一整晚，唉，李航就不该休年假！

陆云檀：他不休假孙夏暖就不闹了？

梁云笺：睡醒了？

陆云檀：嗯？

下西洋：@梁云笺 这位帮外人员，请注意队形，不要随意扰乱话题！

梁云笺：睡醒了就起床吃饭，吃完再聊八卦。@陆云檀

陆云檀：哦……

下西洋：哎，军师，您看看，这就叫狐媚惑主！

梁云笺：狐媚？

下西洋：重点是惑主！

李月瑶：羡慕帮主九点半起床还能有人给做早饭吃，我今早又吃的食堂……我们院的食堂真的好难吃！

下西洋：我们单位食堂也巨难吃！谁会想到二中食堂竟然会是我吃食堂生涯中的巅峰水准。

李月瑶：+10086。

陆云檀的好奇心被勾起来了：能有多难吃？

下西洋：一年了我都没吃胖。

陆云檀：那确实是，不太好吃。

下西洋：一点油花都没有。

李月瑶：清廉单位。

陆云檀：哈哈哈哈哈哈！

她聊得没完没了，丝毫没有起床吃饭的意识。梁云笺没有多言，直接在群里发了张早餐照片：原木色的桌面上摆着一个浅黄色的砂锅，锅里盛着刚刚熬好的皮蛋瘦肉粥；围着砂锅一圈，摆放着四个白色的小碟子，分别盛装

着煎蛋、包子、炒青菜和土豆丝。

陆云檀瞬间下定了起床的决心：*我现在就起床！*

发完这条消息之后，她立即放下了手机，迅速掀开被子下了床，然后才惊讶地发现自己昨晚竟然睡在了主卧。

那梁云笺呢？被她挤去客卧睡了？心里怪不好意思的，但又有点美滋滋的，感觉这个臭书生还挺会照顾人。

卫生间就在卧室里面，她也用不着尴尬了，毫无心理负担地去上厕所，然后洗漱。

洗漱台上已经摆好了一次性毛巾和牙刷，也不知道那个臭书生是什么时候给她准备的。

认真洗漱完，她仔细地扎了一遍头发，最后又对着镜子自我审视了一番，确定自己已经是一个光鲜亮丽的小仙女了，才自信满满地离开了卧室。

梁云笺早已坐在餐桌旁等着她了。

他穿着浅灰色的休闲短袖和黑色运动裤，很居家的打扮——在陆云檀看来，这就是一副贤良淑德的样子，完全符合她爸妈招女婿的标准。

梁云笺从桌子上端起一只空碗，开始给她盛粥。

陆云檀拉开餐椅坐了上去，顺带着吹了句彩虹屁："哇……好丰盛的早餐呀！臭书生你可真厉害，找媳妇儿就要找你这种的！"

梁云笺笑了一下，把碗放到了她面前："快吃饭。"

"哦。"陆云檀拿起筷子，先夹了一个包子，是鲜肉馅的，还怪好吃的。"你自己包的包子吗？"她好奇地问。

"嗯。"梁云笺也是第一次包，有些紧张地看着她，"好吃吗？"

陆云檀点了点头："好吃。"又问，"你什么时候去单位报到呀？"

梁云笺舒了口气："7月3日。"

陆云檀算了算时间，还有大半个月，足够她拿下他！

又吃完一片煎蛋之后，陆云檀开始继续执行A计划，面不改色心不跳地说："你知道吗？昨晚你喝醉了，耍酒疯了！"

梁云笺不知道自己是什么时候耍的酒疯，但他知道，现在必须陪她演完这场戏。

梁云笺微微蹙眉，神色中带着几分不可思议："我竟然一点印象都没有。"

"因为你喝醉了呀！"陆云檀煞有介事，"你可疯了，我花了九牛二虎之力才安抚好你，累得不行，都不知道自己是什么时候睡着的！"

是吗？

昨晚，他一从卧室里走出来，就看到了躺在沙发上呼呼大睡的某人，不过他相信她确实是不知道自己是什么时候睡着的，不然手机不可能倒扣在脸上，并且还在持续播放着电视连续剧。

梁云笺努力忍下笑意，很配合地回了一句："我是怎么发疯的？"

陆云檀瞪大了眼睛，表情丰富至极，跟说书的似的："你紧紧地抓住我的手不放，口口声声地求我不要离开你，还说你离开我之后就会死！"

梁云笺没出声。

陆云檀心想：我都已经把话说到这份上了，你要是有点自知之明，就应该马上借坡下驴地从了本女侠！

梁云笺轻叹口气，捏了捏眉心："真的一点印象都没有了。"

哼！

冥顽不灵！不知好歹！

为了把美人骗到手，她只好继续凭空捏造虚假事实："你还自己扒自己衣服，非要让我看你胸前的文身，我不让你脱衣服你还跟我急，最后我没办法了，只好先把你敲晕了，不然你的清白就保不住了。"

剧情过于超乎想象，一时间，梁云笺竟不知道该怎么往下接话。

陆云檀把他的垂眸沉默理解成了无地自容，"好心"安慰了一句："哎呀，没关系的呀，你不用羞耻，我不笑话你！"

梁云笺只能回答："多谢檀女侠理解。"

陆云檀的话锋又忽然一转："不过话又说回来，你的文身是什么时候文的呀？"

是记忆恢复之后文的。

他害怕自己会再次忘了她。

但是，他觉得现在不是向她吐露真心的时机，虽说他现在可以顺水推舟，借着"酒后吐真言"的这个话题和她在一起，但如果真的用这种方式确定关系似乎有些太过于草率。

再说，他还有些好奇planB和planC到底是什么，想知道她还会用什么方式"逼"他屈服。

所以，他的回答是："博士生入学前文的。"

陆云檀惊讶不已:"啊?你那个时候不是失忆了吗?怎么还会记得名字?"

"都是我的偶像,当然记得。"梁云笺面不改色:"第一个'L'指的是法国数学家、物理学家拉普拉斯,'Y'是俄罗斯数学家雅科夫·西奈,'T'指的是英国数学家、计算机之父图灵。"

陆云檀惊呆。

好!好!好!你说得可真是太好了!

陆云檀咬牙切齿地瞪了他一眼,然后"嗖"地扭过了脸,坚决不再看他,又气鼓鼓地夹了一个包子,一口气吞进了嘴里,腮帮子胀得鼓鼓的,嚼食物的样子像是只气愤的小松鼠。

梁云笺实在是忍不住了,低声笑了出来。

他这一笑,陆云檀越发恼羞成怒,感觉自己好没面子!

她咽下包子后,开始打击报复:"哼,难吃死了,我要把剩下的几个包子全给我哥带回去,让他尝尝到底有多难吃!"

她要是不提,他都快忘了她还有个哥。

陆云檀还要再说些什么,手机忽然振动了一下,她低头瞟了一眼,是李航发来的问候消息:帮主,您拿下梁某笺了吗?

是在没有梁云笺的那个小群里发的消息。

陆云檀立即从餐桌上抓起手机:没!但是我现在想剁了他!

去他的planA、B、C吧,本女侠现在不想智取了,只想使用武力强取豪夺他!

李航:啊这……

李航:属下觉得,这万万使不得!

陆云檀:给我一个合理的理由?

李航:征服美人总是困难的,您想啊,美人向来清高,您喜欢的不就是他的那股誓死不从的劲儿吗?如果他太轻易地屈服于您了,您还能感受到征服美人的自豪感和荣誉感吗?

陆云檀:……竟然有那么一点点的道理?

李航:再说了,他说不定是在欲拒还迎呢,你万万不能心急呀!planA失败了咱们还有planB和C呢!不怕拿不下他。

李航:放长线,钓大鱼。

李航:planB攻其心,planC攻其身,绝对没有男人能抵抗得了。

陆云檀被说服了,深深地吸了一口气,又长长地吐了出来,努力地保持心平气和,放下手机后,看向了梁云笺,硬挤出来一个虚伪的笑容:"后天我生日,刚好是周六,我想约大家一起去爬山,你要去吗?"

这就是 planB?梁云笺自然是很配合地回答:"檀女侠生日,我怎么敢缺席?当然要去。"

哼,算你识相!

陆云檀稍微消了点气:"到时候什么都不用带,把自己带过去就行了。"

反正除了你的人之外本女侠什么都不想要。

梁云笺不置可否:"去爬哪座山?"

"云海山。"陆云檀道,"我们打算自驾去,从东辅开车去大概三个半小时。"

梁云笺回忆了一下:"D 市的那座云海山?"

陆云檀点头:"嗯!那片景区挺大的,计划是两天一夜,周六上午去,周日下午回。"

梁云笺:"我没问题。"

陆云檀瞟了他一眼,说:"下西洋他们三个都有对象,都准备各开各的车带着对象去,你怎么办呀?既没有车又没有对象……好可怜啊。"

梁云笺当然明白她的意思,主动开口:"檀女侠可以带着我一起去吗?"

陆云檀还傲娇了一下:"大家都有车,你干吗非要坐我的?"

梁云笺:"因为我觉得檀女侠最善解人意。"

陆云檀很吃这一套,扬起了嘴角:"好吧!"

梁云笺笑着说:"多谢檀女侠的厚爱。"

"应该的!"陆云檀突然想到了什么,立即问了句,"你现在可以爬山吗?"

爬山挺累人的,她也不清楚他现在的身体情况怎么样,能不能承受得了爬山的压力。

梁云笺:"可以。"

陆云檀舒了口气:"那就好。"

梁云笺又看了她一眼,忽然开口:"不过……"

陆云檀心头一提,立即追问:"不过什么?"

梁云笺轻叹口气,无奈道:"需要时刻有人陪伴才行。"

陆云檀一愣:"有后遗症?"

梁云笺面不改色："偶尔会头晕头疼，需要随时监护。"

陆云檀有点慌："那、那还需要吃药吗？"

梁云笺："不需要，过一会儿就好了。"

"哦。"陆云檀开始后悔昨天晚上灌了他那么多酒了，"你怎么不早说呀？昨天就不让你喝酒了。"

梁云笺："小毛病而已，不影响。"

陆云檀："以后还是不要喝了。"

梁云笺："好，都听你的。"

陆云檀心里美滋滋的，这个臭书生竟然这么乖地听她的话。

手机突然又振动了一下，她低头一看，是她妈妈发来的消息：什么时候回？你爸念叨一早上了。

愉快的时光总是短暂的。

她叹了口气："我要走了。"

这儿可是梁美人的闺阁呀，下次再来也不知道是什么时候了。

梁云笺有些意外："不吃午饭了？"

陆云檀："吃什么午饭呀，我吃完早饭就走了，我爸都念叨一早上了，让我赶快回家。"说完，快速用勺子扒了两口粥。

梁云笺沉默片刻："行，但我可能没办法送你回去，因为我现在有点头晕。"

陆云檀一惊："你头晕？什么时候开始的？"

"几分钟前。"梁云笺又无奈地叹了口气，"还有点疼。"

"那、那怎么办呀？"陆云檀急得不行，又想到了他刚才说的话，"要不我留下来陪你吧？"

梁云笺："不用管我，回家吧。"说完，他又抬起手揉了揉太阳穴。

你都这样了，我还敢放心回家？

陆云檀怒发冲冠为红颜："没事，我不急了，我陪你！"

梁云笺微微蹙眉："叔叔阿姨会着急。"

"简单，发个消息就行了。"

说完，陆云檀立即抓起了手机，给她爸妈发了条语音消息："我这边还没忙完呢，吃完午饭再回去。"

然后，她又看向了梁云笺："好了，没事了，我陪你。"

梁云笺勾起了嘴角:"多谢檀女侠的关心。"

"应该的!"陆云檀又叹了口气,"你这病发得可真是突然呀。"

梁云笺:"现在好多了。"

陆云檀还是不太放心:"真的不需要去看看医生吗?"

梁云笺:"真的不需要,很快就会好。"

"好吧。"陆云檀又问了句,"那你上午有什么计划和安排吗?"

梁云笺实话实说:"做饭。"

具体点来说,是给她做饭。

他的厨艺是几个月前才刚开始学的,师父是李基树,唯一的品菜人还是李基树,所以他根本不确定自己的手艺到底怎么样,合不合她的胃口。

陆云檀却颇受震撼:还真有人把做饭当兴趣爱好吗?

随后,她有感而发:"你还真是个居家小能手。"然后又陷入了迷茫,"那我干点什么呀?"

文章完结后,她的人生忽然就闲暇了起来。

"我看看书吧,你有什么书?"

梁云笺故意逗她:"物理书和数学书,你想看什么?"

陆云檀:……听听,你说的这是人话吗?真可怕!

梁云笺又说了句:"不懂可以来问我。"

陆云檀瞬间穿越回到高中,再次感受到了当初被年级第一摁头学习的绝望感。

她深深地吸了一口气,一脸倔强,誓死不屈:"死了这条心吧,我宁可去码字,也不会去学习!"

梁云笺眉头轻挑:"这么不爱学习?"

陆云檀哼了一声:"就给我发了一张奖状,还想让我爱上学习?想得美!"提起这事,她就又开始记仇了,"那张奖状到下个月就过期了。"

梁云笺呼吸一滞,然后,很认真地看着她,鼓足勇气说:"再续一张,续一张时间长的。"担心她听不懂,他又特意补充了一句,"保质期一辈子的那种证书。"

陆云檀一愣,沉思三秒钟,恍然大悟:"终身制奖状吗?那我想要个文学奖!"

现在他的头是真的有点疼了。

大家伙儿约好的是周六清晨七点半在通往 D 市的高速路口集合。

时间才刚过六点，陆云檀就已经开着车出发了，迎着夏季的明艳朝阳，开开心心地奔向梁美人的家。

她知道入户密码是什么，所以进门前压根儿就没敲门，本打算给美人一个惊吓。谁知道她才刚走进房门，梁云笺就端着碗从厨房里走出来了，似乎早就算好了她会在这一刻出现：" 来得挺准时。"

他依旧穿着运动风的居家服，胸前系着一条蓝白格围裙，身材高大挺拔，俊朗的五官前笼罩着一团从碗中冒出的白色水雾，怎么看怎么贤良淑德。

真的是居家必备。

陆云檀再一次在心里发誓：这次必须拿下他，绝不会再有 planD ！

换好鞋后，她步伐轻快地朝着餐厅走过去，然而屁股才刚挨着板凳，梁云笺就说了她一句：" 去洗手。"

陆云檀嫌麻烦，不想去：" 人家的手一点也不脏。" 为了证明自己手真的很干净，她还特意把双手伸出来让他看看。

梁云笺早就料到她会这么说：" 生日礼物放在卫生间的洗手台上。"

檀女侠一愣，噌地就从凳子上站了起来，一路小跑着去了卫生间。

看着她急慌慌的背影，梁云笺笑着摇头，再次去了厨房。

卫生间的洗手台上放着一个长方形的礼物盒，陆云檀直接冲了过去，简单粗暴地撕掉了盒子外层的包装纸，看到外包装盒上印着的樱桃 logo（商标）之后，整个人开心到了极点——

是 CHERRY 的键盘呢！

还是 MX8.0 ！

她早就相中了这款红轴键盘，但由于价格有点小昂贵，一直没舍得下单，没想到这个臭书生竟然送给她啦！

她迫不及待地打开包装盒后，才发现这款键盘的包装高级得很，竟然是用手提箱装着的，之前她买的那个 MX3.0 只有个纸质包装盒。

装键盘的手提箱是白色的，提手是红色，陆云檀两手并用，一手扒纸箱，一手拎提手，像是拔萝卜似的把手提箱从包装盒里拔了出来，然后惊喜地看到了手提箱正面印着的图案：一个身穿红衣黑靴、背负长剑的女侠，双臂抱怀，乌黑的马尾辫在脑后高高甩起，一副霸气侧漏的傲娇样子。

喜欢极啦！

等等，不对呀，CHERRY家什么时候开始出女侠图案的键盘了？他们家设计师似乎酷爱粉色樱花和比卡丘。

陆云檀呆愣愣地盯着手提箱看了几秒钟，忽然想到了一种可能性——是私人定制？

为了证明自己的猜测，她立即将手提箱放在了洗手台上，迅速打开了盖子：白银色的机身，周围一圈功能键的键帽是红色的，最下方的空格键是黑色，上面也喷绘着一个mini的女侠图案，不过不再是双臂抱怀的造型，而是当空舞枪，长发飘飘，气势浩荡！

绝对是私人定制！

是世界上独一无二的，只属于她一个人的键盘！

对于一个每天都需要敲键盘的键盘侠来说，这礼物简直是太戳心啦，陆云檀喜欢得不得了，简直是爱不释手——这个键盘，一跃成为她收到的所有女侠周边产品礼物中最喜欢的一个，没有之一！

"洗好了吗？"

梁云笺的声音从门外传来。

"马上！"陆云檀又满含爱怜地摸了摸自己的键盘，才依依不舍地把它装回了箱子里，匆匆洗了洗手之后，拎着键盘和垃圾出了门。

回到餐厅后，她把手提箱放到了桌子上，然后晃了晃手中的纸盒子："这个纸箱子怎么办？"

梁云笺："直接扔了就行。"

"好吧。"陆云檀犹豫了一下，还是好心提醒了一句，"如果，我说如果啊，你以后要是见了我爸，千万不要当着他的面扔纸箱子和饮料瓶。"

梁云笺："为什么？"

"会激怒他。"陆云檀把纸箱子放到了地上，一边坐下一边叹气，"他每个月的零花钱就那么一点点，全靠卖废品挣外快。"

梁云笺沉默片刻："一点点是多少？"

陆云檀摇了摇头："我不知道，反正他没有经济掌控权，很可怜的，我上学的时候都不好意思去榨他的油水，只去榨我哥。"

梁云笺被逗笑了："现在呢？"

陆云檀："还是榨我哥呀。"

梁云笺:"你哥结婚了吗?"

陆云檀摇头:"没。"

梁云笺:"哦。"

陆云檀微微眯眼:"你好像很失望呀?"

梁云笺脱口而出:"我没有!"

陆云檀:……你干吗这么激动?

想了想,她问了句:"你是不是特别想看到他受制于人的憋屈样子?"

梁云笺义正词严:"绝对不是。"

陆云檀不相信,还看热闹不嫌事大地说了句:"其实你说实话也没有关系的呀,反正他也见不得你好。"她又叹了口气,"你也知道他那人,很记仇的。"

梁云笺没出声。

陆云檀又开始装好人,英雄救美:"不过没关系的,你不用怕他,我会保护你的!"

梁云笺想了想:"无论发生什么情况,檀女侠都会保护我?"

陆云檀点点头:"当然啦!"

梁云笺很认真地问她:"如果有一天,我当着他的面抢走了他最心爱的东西,你会怎么办?"

陆云檀一愣,心想:陆云枫最心爱的东西是什么?那把四季不离手的破扇子吗?这有什么好抢的?

她很无奈地回了句:"他的那把破扇子不值钱的。"又信誓旦旦地说,"你要是想要的话我找人给你打一把,简单得很,不要去跟他抢。"最后还小心叮嘱了句,"虽然我可以保护你,但你也不要主动去挑衅他呀,咱们俩联起手来都打不过他的!"

算了。

他有点心累,叹息道:"吃饭吧。"

"哦。"陆云檀终于拿起了筷子。

面前摆着满满一碗汤面条,最上方卧着一个白嫩嫩的荷包蛋,旁边还有西兰花和胡萝卜作装饰。

清亮的面汤上,漂浮着点点翠绿的香菜和小葱碎。

卖相是挺好看的,美中不足的就是没有肉,看起来清清淡淡的,吃不饱的样子,但是陆云檀这回没有挑刺儿,因为她妈妈从小就教她,除非去饭店吃饭,不然少对别人做的饭挑三拣四,不满意你就自己去做。

再说了,臭书生做这顿饭也是用心用意了,肯定是因为今天她过生日,所以他才会给她煮长寿面,再挑剔的话,就是不知好歹!

她在心里说服了自己,然后用筷子搅了搅面条,再然后,惊喜地发现了暗藏在碗底的玄机:面条下面藏着一个大鸡腿!

我就说吧,不可能全是面条的!

梁云笺一直在观察她的小表情,从起初的微微蹙眉,到眉头舒展,再到后来的喜上眉梢,一系列的情绪变化充满了层次感,都能去做表情包了。

他实在是忍俊不禁:"家里还能缺了你肉吃?"

小心思被戳破了,陆云檀多少是有那么一点尴尬的。

好没面子!

"哼!"为了维护自己的面子,陆云檀开始倒打一耙,"你肯定是故意把鸡腿藏在下面的!"

梁云笺倒也没否认:"我确实是故意的,檀女侠准备怎么处置我?"

陆云檀:……我也确实是没想到你承认得这么快。

那我还能怎么办?我只能把面条吃光光,连一口汤都不给你留!

"不理你了!"她开始埋头啃鸡腿,啃到一半的时候,后知后觉地反应过来他刚才说的那句话:家里还能缺了你肉吃?

家里?

谁的家里呀?是他自己的家里,还是他们两个的家里?

深度分析他这句话,意思好像更倾向于后者……陆云檀的心里乐开了花,嘴角遏制不住地上扬,美滋滋的。

饭后,梁云笺准备去洗碗,陆云檀却拦下了他:"我来刷。"

梁云笺:"不用,我自己来就行。"

陆云檀:"咱俩要分工明确才行呀。"

在他们家就是这样,她妈妈做饭,她爸爸收拾厨房,她和她哥分工洗碗或者擦桌子——每到冬天的时候,刷碗就成了一件极为痛苦的事情,于是乎她和她哥就开始抢着擦桌子,他们俩小的时候没少因为这事儿打架,她还打不过她哥,经常被气得嗷嗷大哭。

为了说服梁云笺,她又说了句:"有一个知名作家曾经说过,巨大机器能够运转,都是因为零部件各司其职,如果只让一个零件运转的话,机器迟早会崩盘。"

梁云笺笑着问:"哪个知名作家?"

陆云檀挺直了胸脯,大言不惭:"就是你面前这位。"

梁云笺明知故问:"梁的陆?"又一本正经地夸赞,"很不错的笔名。"

谁跟你说的?

肯定是下西洋那个嘴上没把门的!

陆云檀那张比城墙拐角还厚的脸皮遭遇了有生以来最严峻的一次挑战:热了,要红!

不行!

本女侠的面子不能丢!

三十六计走为上计——她迅速从桌子上捧起了碗,头也不回地朝着厨房走了过去,假装自己是个聋子,刚才什么都没听到。

梁云笺却是一怔。

这是……害羞了?

真是难得呀。

总共就两双筷子两个碗,陆云檀却在厨房里磨叽了大半天才出来。梁云笺已经换好了衣服,也不再逗她了:"该出发了。"

陆云檀借坡下驴:"哦。"

又简单地检查了一遍爬山需要带的行李后,两人从家发出,开车前往高速路口。

即将抵达目的地的时候,陆云檀的手机忽然振动了一下,她垂眸瞟了一眼,是下西洋在群里发了一条消息:各位,都到哪里了呀?

陆云檀对梁云笺说了句:"你回下西洋一下,五分钟就到。"

梁云笺也正准备回复消息:"好。"

过了一会儿,他回了陆云檀一句:"李航说他晚点到,让我们先走。"

陆云檀冷哼一声:"预料之内。"

梁云笺听出了言外之意:"怎么回事?"

陆云檀叹了口气:"他的那个女朋友特别不合群,每次都要搞点特殊,不是迟到就是早退,弄得大家心里都不高兴。"她越说越气,一边开车一边吐槽,"我也不知道李航到底看上那女生什么了,死心塌地地要跟人家在一起,但是人家孙小姐可没他这么忠贞不二,背地里干过好多下三烂的事,我们也不知道该怎么跟李航说。"

梁云笺有些奇怪:"为什么不能说?"

陆云檀撇了撇嘴:"那女生嫌贫爱富,享受李航对她的付出,却又嫌弃李航家里条件不行,但其实李航家里也没多差,家庭和谐父母双全,虽然都只是普通工薪阶级,但也给儿子存够了结婚买房的钱,和我们大部分人一样,属于正常的小康家庭,但是那个女生就想找个富二代,还背地里撩过下西洋。"

梁云笺怀疑自己听错了:"什么?"

"你没听错。"陆云檀清楚明了地重复了一遍,"背地里撩过下西洋。"她无奈地道,"下西洋家里条件好呀,符合孙小姐的标准,于是她就下手了,大半夜的给下西洋发消息约他出来喝酒,说自己心里难受希望他能劝劝她,然后被下西洋痛骂了一顿。"

梁云笺微微蹙眉:"确实不好说,李航和下西洋不是一类人。"

陆云檀:"对啊,说了还怎么当朋友呀?下西洋那人心宽体胖的,心比天还大,李航可不是呀,李航这人面上看起来乐呵呵,但是他心里藏着事呢。"

梁云笺:"所以现在只能等李航自我觉悟?"

陆云檀:"我们也旁敲侧击过,没用……等他自我觉悟?呵,希望我有生之年能看到。"

梁云笺无奈道:"执迷不悟的人分两种,一种是真的看不透,一种是自欺欺人。"

陆云檀怔了一下:"真是看不出来呀,梁博士还有这么高的思想觉悟呢?"

梁云笺笑着回:"要是没点思想觉悟,怎么好意思坐在大作家的副驾驶?"

陆云檀就喜欢被捧着,尤其是被臭书生捧,傲娇地勾起了嘴角:"算你识相!"又忽然想到了什么,立即告诫,"那个姓孙的要是主动去找你,无论什么事,你都别理她!"

按照孙夏暖选男人的标准,梁云笺绝对属于最拔尖的那一类。

梁云笺:"知道,放心。"

虽然只回了四个字,但他的语气温柔且笃定,相当令人安心。

但陆云檀还是想测试一下他的机灵度:"要是她问你是做什么工作的,你怎么说?"

梁云笺:"无业游民。"

陆云檀放心了："很好，就这么说！"

五分钟后，陆云檀开着车来到了高速路口，靠近路边的位置停着两辆轿车，一辆白色的奔驰，一辆黑色的本田。

奔驰是下西洋的，本田是李军师的男朋友的。

陆云檀的大众来了之后，三辆车成功会师，呈直线型车阵首尾相连地驶上高速，向D市出发。

中途路经了一个服务区，大家都下了车，上完厕所后活动活动身体，不认识的人之间还能趁着这个机会互相认识一下。

下西洋她女朋友叫周睿，小学语文老师，性格很开朗，也很健谈，和下西洋是相亲认识的，并且和下西洋长得特别有夫妻相，都是白白胖胖的那一类，笑起来有着一双弯弯的月亮眼。

李月瑶她男朋友叫杨立谭，也是医院的医生，长得高高瘦瘦，戴着一副金丝边眼镜，看起来挺斯文，性格也比较斯文，属于心肠好但是话不多的那类人。

稍事休息过后，六人继续上路，在上午十一点的时候抵达了云海山景区。

景区有南北两个大门，他们从南门进了山，将车开到了位于山脚下的一处民宿区。

他们在一家名为"阅青山"的民宿里面订了五间房：下西洋和他女朋友一间；李月瑶和她男朋友一间；李航和他女朋友一间；陆云檀和梁云笺，一人一间。

民宿是下西洋负责订的，他收集了大家的身份证，去前台办入住业务，然后给大家分发房卡。发到陆云檀的时候，他悄悄地给自家帮主使了个眼色。

陆云檀先是一愣，然后瞬间会意，不动声色地点了点头，后来去找房间的时候，她才真正明白了副帮主有多么的忠心耿耿善解人意：其他人的房间都在二楼，只有她和梁云笺的房间在三楼，并且两间房还是紧挨着，床与床之间仅隔了一道墙！

陆云檀不禁在内心感慨：副帮主不愧是开帮功臣，深谙我心！

收拾完东西之后，陆云檀离开了房间，刚巧梁云笺也在这时从房间里出来了，陆云檀主动上前搭讪："一起下楼吃饭呀？"

梁云笺站在门前等她过来："想吃什么？"

陆云檀眨了眨眼睛："梁博士请客？"

梁云笺:"可以。"
陆云檀狮子大开口:"那我要把这座山吃空!"
梁云笺被逗笑了:"吃得下吗?"
陆云檀:"慢慢吃呗,反正有人请客,天天下馆子。"
梁云笺不置可否:"外面做的饭比家里做的好吃?"
陆云檀:……啧,你这语气怎么酸溜溜的?

他们两个下去的时候,下西洋和李月瑶他们两对人早已坐在大厅等着了,六人集合后,准备一起去找个农家乐吃饭。然而就在这时,民宿大门忽然被推开了,李航和他女朋友孙夏暖一起走了进来。

李航穿着一套深蓝色运动服,款式和大家身上穿着的差不多,都是休闲宽松款;孙夏暖穿的也是运动服,却不像是来登山的,而是练瑜伽的那种瑜伽服,浅紫色的蜜桃裤和粉色的紧身衣,衣料全部紧贴在身上,身体曲线一览无遗。

这身打扮在健身房中很常见,但是在游客众多的山区景点内,相当不常见,爬山是个体力活,有时需要大幅度的登高动作,紧身衣会限制行动和周身血液循环。

但不得不承认,孙夏暖的身材确实是好,胸大、腰细、臀翘、腿长,一走进来就吸引了不少在店旅客的目光。

陆云檀看了看她的胸,又低头看了看自己的胸,感觉自己好像输了,但是……应该也还行吧?

然后,她又瞟了梁云笺一眼,心里都想好了,他要是敢多看两眼,就把他的眼珠子抠出来!

然而,梁云笺根本没注意到有人来了,而是在刷手机。

"你干吗呢?"陆云檀小声问了句。
梁云笺:"搜饭店,看看哪家的炖鸡好吃。"
陆云檀刚才明确表达了自己想吃铁锅炖鸡:"哦,李航和他女朋友来了。"
梁云笺这才抬头看了一眼。
陆云檀又瞟了他一眼:"你可不要被她的妖娆皮囊所迷惑!"
梁云笺回了句:"我更欣赏有趣的灵魂。"
陆云檀:"什么意思?"
梁云笺:"担心自己吃不上肉的那种。"

陆云檀：……我合理怀疑你在内涵我！

等等，不对，你的意思是我的皮囊没有她的皮囊好看？

她狠狠地瞪了梁云笺一眼："哼！绝交！"

梁云笺一头问号。

李航和大家打了招呼之后就去前台办入住了，孙夏暖原本站着没动，也丝毫没有和大家打招呼的意思，但是熟人堆中的那个陌生面孔吸引了她的注意力——身形修长，俊逸清隽，即便是穿着一身简单的运动服也难掩骨相中透出的那种贵气——长得好看的人总是能够令人赏心悦目，她立即提起了嘴角，朝着那个男人走了过去。

陆云檀这人护食得很，一步挡在了梁云笺面前，笑嘻嘻地对孙夏暖说："你们来了呀！"

"刚到。"孙夏暖又瞟了梁云笺一眼，"这位是？"

下西洋依旧是忠心耿耿，抢先回答："我们帮主的未婚夫。"

陆云檀的小心脏一跳：

未婚夫？

郑大人！

我最有才华最有前途最有用的副帮主！

她内心瞬间炸开了绚烂烟花，激动得不行。

梁云笺瞧了陆云檀一眼，看到她偷偷翘起的嘴角后，自己也不禁勾起了嘴角。

"哦。"孙夏暖的好奇心却没止步于此，又问了句，"你是做什么工作的呀？"

"无业游民。"梁云笺轻叹口气，"学历太低，不好找工作。"

下西洋补充说明："他没考上大学，家里也没什么背景，不能帮忙安排工作，现在暂时是靠我们帮主养着，不过我相信他很快就可以找到工作！"

孙夏暖瞬间没了兴趣，撇了撇嘴："你连大学都没上过啊？"语气高傲得就好像她自己上过大学一样，"还靠女人养着？那不是吃软饭吗？你这么大个子也不嫌丢人？"

这人说话，一如既往地难听，陆云檀都有点生气了，梁云笺却浑不在意，还云淡风轻地回了句："嗯，吃不惯硬饭，有未婚妻养着也挺好的。"

未婚妻？

未婚妻？

陆云檀的内心再次上演了一场绚烂多彩的烟花表演：养！养！养！我有钱！我养你！把你的博士毕业证给我撕了，我养定你了！

云海山景区很大，大致分为三个部分，其中最著名的就是位于正北面的云海主峰，其次是西边的水云涧，再者就是东边的林海仙境。

想要彻底把云海山景区玩透的话，至少需要三天时间，但是他们这群上班族只有周六周日两天时间可玩，并且周日下午就要返程，所以只能挑选出其中一两个最值得玩的景点去转。

经过大家的一番讨论过后，最终敲定了云海主峰和水云涧这两个景点。

云海主峰主要是爬山，水云涧是沿着山间水渠徒步。在农家乐吃午饭的时候，大家一边聊天一边商定了计划：吃完饭之后直接去爬山，第二天早起去徒步。

结完账从农家乐出来后，一行人就准备去坐半程索道了。

然而就在这个时候，孙夏暖忽然开口："现在去爬山太晒了，我不想去，会被晒黑。"

下西洋和李月瑶的脸色瞬间就不好看了，李航也是一脸难堪，陆云檀努力使自己保持和颜悦色："刚才吃饭的时候你怎么不说呢？"

孙夏暖语调冷淡："你们商量事情的时候哪轮得上我这种人说话呀？说了你们也不会听。"

陆云檀：……阴阳怪气第一名！

其实她特别想撑孙夏暖，但是碍于李航的面子，不得不咬牙忍着。

下西洋也是考虑了李航的感受，所以也没多说什么。

李月瑶实在是忍无可忍，直接撑了句："别总觉得我们瞧不起你，有话就直说，少阴阳怪气！"

孙夏暖似乎等的就是她这句话，气焰瞬间嚣张了起来，带着浓妆的眼角高高吊起："我说我不想去，又没说不让你们去，你急什么呀？早就看我不顺眼了吧？故意找碴儿？"

"你这人……"

李月瑶想继续和她吵架，却被她男朋友杨立谭抱着肩膀揽到一边去了，同时好言相劝："算了算了，别吵架，伤和气。"

孙夏暖却还在喋喋不休:"你不就是个小医生吗?有什么了不起的!"

李航无奈又着急,扯了扯孙夏暖的胳膊:"行了,你也少说两句吧!"

孙夏暖却越发来劲儿了,眼珠子都快瞪出来了:"我是你女人还是她是你女人?你不帮我就算了还帮着外人说话?我看你压根儿就没把我放在眼里!什么狗屁青云帮,小学生都觉得幼稚的东西你倒是玩得开心,一帮神经病也值得你这么在乎?都一把年纪了还这么脑残?"

李航的脸色肉眼可见地沉了下来:"行了,我再说一遍,别说了,一个字都别说了!"

孙夏暖:"凭什么呀?我就是要说!我就是看不上你这股废物窝囊劲儿!"她伸手指着陆云檀的鼻尖,"还天天点头哈腰地喊她'帮主'?她算是个什么东西?不就是长得好看点……"

"把手放下。"

声色沉冷,不容置疑。

陆云檀眼皮一跳,瞟了眼梁云笺,看到他的冷酷神色后,内心相当窃喜"啧,这个臭书生还挺知道维护人呢",但同时又有点不满:她伸手指我是有点不礼貌,但你没听到她在嫉妒我的美貌吗?你倒是等她把这句话说完再开口呀!

孙夏暖话音一顿,看向了开口说话的男人,不屑一笑:"你一个吃软饭的说话挺硬气呀?不过也是,你要是不在她面前表现好点,哪儿来的饭吃呀?"

陆云檀彻底怒了:你说我我可以忍,但你说我的男人,不行!

陆云檀冷哼一声:"你不会是觉得我们几个玩得好只是因为我们幼稚吧?也对,你这种又冷漠又自私又无情的人肯定没朋友,哪里懂得我们之间十年的友情呀。"她弯下腰,从地上捡起一颗小石子,高高抛起,又用手心接住,"还有,你以为他们喊我帮主只是因为我貌美如花吗?当然不是啦,我又不是个绣花枕头。"话音刚落,她就将手中的石子抛了出去,精准击中了旁边的一棵枝繁叶茂的桃树,只听"簌簌"两声响,一丛桃枝从树上掉了下来,挂在其上的圆滚滚的成熟桃子霎时散落一地。

青云帮众人早已见怪不怪,李月瑶她男朋友和下西洋他女朋友瞬间就惊呆了。

杨立谭是目瞪口呆,周睿是震惊不已:"妈呀,还能这样呢?"

下西洋立即替自己女朋友抱怨了一句:"帮主你看看你,明明可以这么打桃子,刚才干吗非要看着我们周老师晃树?"

陆云檀尴尬一笑:"我看周老师晃得挺开心的,不好意思打扰她。"

周睿:……不,我并不是真正的开心!

孙夏暖惊讶之余,越发感觉自己像是个跳梁小丑——即便自己在和他们吵架,他们几个都能有说有笑的,完全不把她放在眼里——他们几个就是瞧不起她,一致针对她!

陆云檀拍了拍手,傲娇地扬起了眉毛:"他们喊我'帮主',是因为我武功高强,虽然我知道这不算什么,也承蒙各位愿意一直哄着我,但我陆云檀绝对和你不是一种人,我不靠美色侍人,我们青云帮,也绝不像你想的那样幼稚无趣!"

梁云笺很意外地看了她一眼,忽然发现,他的檀女侠真的长大了不少。

少时的她不谙世事,肆意飞扬,一心只想当武侠小说中的那种传奇女侠;现在的她依旧肆意,依旧飞扬,却不再天马行空,她已经能够看透人情世故,却依旧保持一颗赤子之心,成为了一位真正的女侠。

下西洋接着檀帮主的话,也对孙夏暖说了句:"你说得很对,我们现在确实都是一帮二三十岁的叔叔阿姨了,还这么搞帮派也确实很幼稚很神经,但是成年人的生活本来就不容易,能有一帮人陪着你一直神经下去,也是一件很难得的事情。"

周睿也很赞同自己男朋友的话:"他们几个从高中玩到现在,都多少年了?身边的一切都在变,只有这帮朋友没变,岁月无情人有情呀,说明他们都是有情有义的人呀,这不是缺点,是优点。"

可孙夏暖根本听不进去,她冷笑着说:"哟,周老师又开始教育人了?呵,你们这帮人,不是老师就是医生,不是医生就是公务员、作家,哪个都比我厉害,哪个都有资格看不起我,但我还真就不把你们放在眼里!我就是看不惯你们那副高高在上的装相样子!"

李航紧紧地咬住了牙关,双拳紧攥。

梁云笺现在彻底懂得了陆云檀的无奈,也看透了孙夏暖的本质:"不是大家不接纳你,是你不接纳大家。"

孙夏暖狠狠地剜了他一眼:"你以为我是你吗?天天吃软饭,低声下气地讨好他们?"

陆云檀彻底怒了:"呸!你这人真是不知好歹!"

她上前一步,看样子是要打架,梁云笺赶忙拉住了她的手腕:"冷静点!"

下西洋冷幽幽地说了句:"他什么时候低声下气地讨好过我们呀?他一直努力讨好帮主呢,每天都在狐媚惑主。"他故意看着梁云笺,说了句,"是吧,梁博士?"

孙夏暖一愣:梁、博士?

李月瑶冷哼一声:"说什么你就信什么?人家是麻省理工毕业的博士生。"

孙夏暖惊了。

陆云檀还在气头上,又狠狠地补了一刀:"你知道什么是麻省理工吗?可不是做麻将的哦,是全球顶尖学府!"

孙夏暖这才明白自己被他们耍了,越发觉得自己像个跳梁小丑,眼眶都气红了,狠狠地推了李航一下:"你是哑巴吗?说话呀!你女人都要被欺负死了,你连个屁都不放?还是男人吗?"

李航咬牙低头,沉默不语。

孙夏暖越发恼怒,面色铁青,前胸起伏不定,咬牙切齿地说:"李航,你自己选吧,有我没他们,有他们没我!"

陆云檀有点看不下去了:"我说你这人……"

梁云笺却打断了她的话,捏了捏她的手腕:"冷静。"

陆云檀气呼呼的,但还是乖乖闭了嘴。

梁云笺又看向了李航,无奈地叹了口气:"各走各路吧。"他顺势握住了陆云檀的手,与她十指相扣,"我们去爬山,你们去徒步,就当是不认识一样,互不影响互不干扰。"说完,他看向了身后几人,"我们走。"

陆云檀大概明白了他的意思,很配合地点了点头:"嗯!走!"

下西洋和李月瑶还有点蒙蒙的,但也很配合,带着各自的家属一起跟在他们俩身后,慢悠悠地走了。

走了几步之后,陆云檀瞟了梁云笺一眼,声音小小地说:"这个时候你不该回头对李航说点什么吗?刺激他一下!"

梁云笺眉头一挑:"这么好的出头机会,檀女侠竟然想让给我?"

对啊!

这么风光无限的时刻,她怎么能拱手让人呢?

陆云檀立即停下了脚步,回头对李航说了句:"李护法,我们走了。"抿了抿唇,她又说,"我哥之前曾对我说过一句话,我现在送给你:'人生路漫漫，能陪你走完一程山水已是尽力，也是万幸。'我们现在也是尽力了，你以后也别怪我们没有等你。"

李航终于抬起了头，愣怔地看着陆云檀。

陆云檀没再多言，也没再回头，其余几人也是如此，头也不回地渐行渐远。

走了一段路程之后，陆云檀才敢释放一下内心的小激动，眉飞色舞地看着身边人："臭书生！我刚才那段发言怎么样？"

梁云笺称赞道："不愧是大作家，文采斐然。"

陆云檀开心极了，傲娇地勾起了嘴角。

下西洋："听听这马屁拍得多水到渠成。"他对自己女朋友说，"现在你相信我的话了吧？当年上学的时候，我可比小梁忠心耿耿多了，为了这个帮殚精竭虑，但我的官位永远比不上小梁，因为他擅长狐媚惑主，随随便便几句话就把我们帮主哄得一愣一愣，当代妲己！"

梁云笺：……檀帮主要是和纣王一样就好了。

李月瑶忍不住吐槽了下西洋一句："你可算了吧，上高中的时候你和李航一天到晚就知道搞阴谋诡计陷害忠良。"

陆云檀被逗笑了："哈哈哈！"

梁云笺也笑了，瞧着下西洋："听到了吗？群众的眼睛是雪亮的。"

下西洋却突然伤感了起来，长叹了口气："我和小航航当初是多么默契呀，一起上学，一起打水，一起放学，一起吃饭，一起设计陷害小梁，现在，唉……自从那女的出现之后，我俩就离心了，再也没办法撼动小梁分毫。"

梁云笺哭笑不得，语气笃定地说："放心吧，他会回来的。"

下西洋："你怎么这么确定？"

梁云笺："只要李航不傻，就一定能听懂云檀刚才说的那番话。"

陆云檀点头："对，我相信他一定会参悟的！"

下西洋缓缓点头："也是，等等！"

他忽然反应过来了什么，瞪大了眼睛盯着梁云笺："你好大的胆子，竟然直呼帮主名讳！"眼角余光又瞟到了两人的手，越发震惊激动，并指一点，"你还敢公然拉我们帮主的手！"

此言一出，在场所有人都将目光落到了两人十指相扣的手上，包括陆云檀，她蒙到了极点：什么时候拉上的？是我主动的还是他主动的？我怎么一点印象都没有？不过，应该是本女侠主动的吧？毕竟他只是一个手无缚鸡之力的臭书生呀，拉手手这种小事怎么能让他主动呢？本女侠会很没有面子的！

陆云檀担忧地咬住了下唇，悄咪咪地瞟了梁云笺一眼。

梁云笺微微垂眸，神色中带着几分恰到好处的赧然："我、我不知道。"

陆云檀的心里乐开了花：哈！我就说吧！一定是我主动的！

面子保全了，美人的手也拉到了，她开心得不行。

檀女侠立即挺直了胸脯，理直气壮地说："山路不平，走路费力，我担心梁博士会摔倒才拉的他手的！"

下西洋 & 李月瑶：……帮主，这个借口，真的一点都不拙劣，一点都不！

梁云笺暗自看了陆云檀一眼，微微勾起了嘴角。

陆云檀生怕梁美人会不堪羞涩松开自己的手，于是决定转移话题："快去坐索道吧，人多还要排队呢。"然后一马当先地迈出了步伐，紧紧地拉着梁美人的手。

梁云笺垂眸，看着两人紧扣在一起的手，神色中泛着如水般温柔的笑意。

今天周六，来云海山玩的游客真是不少，六人在索道站排了将近四十分钟才上车。

索道的终点在半山腰处，一节车厢的容纳量是六人，他们六个刚好坐了一车。

周睿和下西洋最先上车。周老师也特别善解人意，还喜欢拉郎配，一上车就把下西洋推到了对面："咱俩沉，分开坐，力量分布均衡点。"

下西洋当然明白自己女朋友的意思——为了让帮主和她心心念念的美人坐在一起——所以很配合地坐到了女朋友对面。

李月瑶他们俩随后上车，坐到了周睿身边；陆云檀和梁云笺最后上车，坐到了下西洋身边。

车门闭合，红色的车厢迅速滑出了站台，视线豁然开朗——

天高云阔，山川巍峨，夏树苍翠，飞鸟点点。

伴随着索道的运行，车厢不断升高，翻越了一座又一座青山，碧透的蓝天近在咫尺，脚下的峡谷越发广阔深邃。

下西洋有点恐高症，还是正着坐的，压根儿不敢四处看，紧紧地闭着眼。坐在对面的那三个人倒是兴致勃勃，即便是反着坐的，也抵挡不住拍照录视频的热情。

陆云檀反常地安静着，梁云笺奇怪地看了她一眼。

陆云檀倒是不恐高，但是犯了职业病：脑补。

脑补索道的钢丝忽然断了，红色的车厢就像是一颗红皮球一样从高空中掉了下去，"嘭"的一声撞上了坚硬的山体，然后一路磕磕绊绊、跳跳落落地向下滚，最终他们几个被摔成了严重变形车厢中的几摊血红色的肉泥……

脑补车厢的底部突然掉了，他们几个就像是抓娃娃机中的那个机械手抓住的娃娃似的，忽然从空中坠落，单薄的身体径直砸向山谷，摔成烂泥……

脑补索道忽然停了，出故障了，他们被悬在了半空，大风吹啊吹，把他们所在的车厢吹得摇摇欲坠……

她还脑补索道的程序错乱了，车厢突然加速，他们像是坐过山车一样朝着前方的那辆黄色车厢撞了过去，"嘭"的一声，林动鸟飞……

她越脑补，越害怕，背后都快冒冷汗了，甚至有些绝望和窒息，眼里写满了害怕。

脸侧忽然一热，有人在她耳畔低语：

"心上是陆云檀。"

她一愣："什么？"

梁云笺却坐直了身体，淡定地目视前方："没什么。"

怎么会没什么呢！

我明明听见了！

你说心上是陆云檀！

不是拉普拉斯，不是雅科夫·西奈，不是图灵，是陆云檀！

陆云檀急得抓耳挠腮，再也没有精力脑补："你再说一遍！"

近二十分钟的索道，檀帮主一直在逼问梁美人刚才说了什么，梁美人的回答却始终如一："没什么。"

但他越是不说，陆云檀就越是想听，还有点气急败坏，像是欲求不满，恨不得将其就地正法，还在心里记仇了：哼！等着吧！我一定会打击报复你的！

为了具体落实打击报复的计划，一下索道，她就无情地甩开了梁美人的手，并且再也不给他牵自己手的机会，故意将双手负于身后，昂首挺胸，趾高气扬地朝着索道站出口走了过去。

梁云笺快步跟上，与她并肩而行，还明知故问："檀女侠怎么了？"

你还有脸问？

是不是在挑衅本女侠的权威？

陆云檀狠狠地剜了他一眼，开始放狠话："我给你最后一次机会，你是说，还是不说？"

梁云笺轻叹口气，口吻无辜："真的没什么。"

陆云檀冷笑着点头："好、好、好，你说得可真是太好了！"一字一句间，透露着咬牙切齿，"你别以为自己长得好看就可以在本女侠面前为所欲为，要不是这里人多，本女侠早就对你不客气了！"

梁云笺："檀女侠打算怎么不客气地对付我？"

陆云檀又开始放狠话："强迫你服从于我！"

是吗？

陆云檀瞟了他一眼，语调悠悠："山里人少，你要注意安全，千万不能掉队，不然你喊破嗓子都没人救你。"又遗憾地叹了口气，"要是没有下西洋他们四个就好喽。"

说郑和，郑和到，一直走在后面的下西洋忽然快跑了两步："帮主！"

陆云檀脚步一顿："怎么啦？"

下西洋："还有二阶索道，到三分之二处，你们两个坐不坐？我们四个准备去坐。"

一阶索道只到主峰的三分之一处，从这里开始爬的话，需要四个多小时才能爬到山顶；二阶索道能缩短近一半的时间。

还不等陆云檀回答，梁云笺就开了口："我们不坐，自己爬。"

陆云檀也说了句："就是嘛，本来就是来爬山的，一直坐索道怎么行？"

下西洋面露愧色："我也想自己爬，可是我的体重实在不允许。"

陆云檀略有些同情了："那好吧，我们暂时分头行动，山顶见。"

下西洋："行，山顶见。"

随后，下西洋和李月瑶他们四个就去坐二阶索道了，梁云笺和陆云檀一起进了山。

虽然是夏日炎炎，但是选择徒步爬山的游客也不在少数。

徒步上山还分为两条路，一条路比较陡峭刺激，一条路比较平缓温和。在两条路的分叉口处，站着一位身穿红马甲的工作人员，手中拿着一个白色的大喇叭，喊着通俗易懂的提醒话语："左边路好走，爬着不累，三个半小时就爬完了；右边路陡，不好爬，比左边多一个小时。"

大部分人都选择了左边那条好爬的路，仅有少部分年轻人和老当益壮的大爷大妈选择了右边那条陡峭的路。

正当陆云檀犹豫不定、不知道该选择哪条路的时候，梁云笺说了句："右边吧。"

陆云檀撩起眼皮，瞟了他一眼，心想：哼，你一个臭书生都选右边了，本女侠还能选左边吗？

"这可是你说的啊。"她好心提醒了一句，"爬不上去的话我可不等你。"又恶狠狠地说了句，"我只会把你自己丢在山里面，让你和你的拉普拉斯、雅科夫·西奈还有图灵一起喂狼！"

显然，还在记仇呢。

梁云笺忍笑，故意用上了一种欣慰的语气："也行。"

哼！

你这个该死的臭书生！

为了表明自己要与他势不两立的态度，陆云檀一马当先地冲上了右边那条山路，还嘚瑟地一步两节台阶，把梁云笺远远地甩在了身后。

这条路也确实是陡峭，山石林立、步道狭窄，并且是越爬越陡，有几处地方几乎成了九十度的垂直峭壁。

由于刚开始冲得太快，心肺功能一时没适应，爬了没多久，陆云檀就累了，站在路边的一处休息台上，一手扶着冷冰冰的石壁，一手叉腰，气喘吁吁。

梁云笺倒也没落下很多，很快就来到了她身边："喝水吗？"

他的呼吸平稳，面色从容，丝毫没有体力不支胸闷气短的表现。

陆云檀不禁有些诧异：真是看不出来呀，这个臭书生的身体素质竟然还挺不错。

她略有一些自愧不如，还略有一些没面子，后悔刚才冲那么快了，不然也不会被书生比下去，于是乎傲娇地把脑袋扭到了一边去，马尾辫甩得高高的："不需要！"

梁云笺轻叹口气："行。"又认真询问，"开始吗？"

陆云檀一愣："开始什么？"

梁云笺很是淡定地回答："强迫我服从于你。"

陆云檀惊呆。

梁云笺面不改色："这里没人，没监控，很适合做些天理难容的事情。"

陆云檀再惊。

梁云笺："哪怕喊破喉咙也没人会来救我。"

陆云檀：……我怎么觉得，你好像很期待？

是在诱惑我走上一条不归路吗？

不！

我才不会违法犯科呢，我是遵纪守法好公民！

她心虚地别开了自己的目光，语气义正词严："光天化日，朗朗乾坤，我又不是登徒浪子，怎么能做出那种不法之事呢？"

梁云笺："所以，檀女侠是在出尔反尔？"

我是想让你主动屈服！

并且在屈服之前必须把刚才在缆车上说过的那句话再说一遍才行！

我也不怕你不服，反正我还有planB和planC。

陆云檀哼了一声："你少在这里胡言乱语，本女侠才不会做出那种有辱斯文的事情呢！"说完，转身走人，继续爬山。

一如既往的厌。

梁云笺叹了口气，只得跟上。

刚才那一小节算热身，心肺功能被打开之后，陆云檀的体力也被激活了，腿脚灵活许多，爬得和猴子一样快。梁云笺紧跟在她身后。

又遇到了一处休息台，陆云檀有点儿渴了，就对梁云笺说了句："想喝水。"

梁云笺卸下背包，从里面拿出两瓶矿泉水，将其中一瓶递给了她。

陆云檀坐到了小亭子里，毫不费力地拧开了瓶盖，然而就在她准备把瓶盖转下来的时候，忽然想到了什么，又立即把瓶盖拧了回去，还担心拧得不够严，又狠狠用了两股力，那副咬牙切齿的架势，仿佛天王老子来了也别想拧开。

万事俱备后，她摆出了一副弱不禁风的柔弱样子，把矿泉水瓶递给了坐在自己身边的梁云笺："人家拧不开。"

接不到戏的演技。

但为了保全檀女侠的面子，他并没有拆穿她，而是配合她的剧本演戏，自然而然地接过了她递来的矿泉水瓶，拧了一下，没拧动，又拧了第二下，瓶盖依旧纹丝不动……

山间有凉风吹过。

刹那间,两人同时尴尬了起来。

陆云檀后悔不已地咬住了下唇。

梁云笺深吸一口气,再次试了一次,万幸的是,这次终于拧开了,成功化解尴尬。

"喝吧。"梁云笺把水瓶递给了她。

陆云檀一边接瓶子一边心虚地夸奖:"你可真厉害。"

梁云笺叹了口气:"你更厉害。"

陆云檀:……我又不是故意的!

哼!

她气鼓鼓地喝了两口水,又狠狠地把瓶盖拧紧了,胳膊一伸:"不喝了!"

梁云笺重新把水瓶放回了背包里,又问她:"吃水果吗?"

陆云檀瞟了一眼他的黑色背包,想吃,但很傲娇:"可以考虑。"

梁云笺笑了一下,从包里拿出了一个保温的密封盒:"给。"

陆云檀眼睛一亮,立即接了过来,打开盖子后,更惊喜了,竟然全是切好的水果块,还是冰镇的,内附一个银色的小叉子。

"从家里带的吗?"

梁云笺点头:"嗯。"

陆云檀迫不及待地扎了一块苹果送进嘴里,一口咬下,又冰又脆又甜,心里也跟着甜滋滋的,越发觉得这个臭书生贤良淑德。

她又用叉子扎了一块西瓜,送到了梁云笺嘴边。

梁云笺怔了一下,看了她一眼。

陆云檀眉头一皱:"你还嫌弃我呢?只有一个叉子!"

"我哪里敢?"说完,梁云笺张开了嘴,吃下了她送来的西瓜。

陆云檀心头窃喜,眼珠子一转,开始演戏。

"哎呀,哥哥,咱们俩同用一个叉子,你女朋友知道了不会生气吧?

"哥哥,你女朋友好凶哦,不像我,只会心疼哥哥。"

梁云笺笑得不行,但还是配合着她演了下去:"还是妹妹好,妹妹文武兼备,人间难得。"

陆云檀眨了眨眼睛:"那你和你女朋友分手好不好呀?"

梁云笺:"然后呢?"

然后从了本女侠！速从本女侠！

但本女侠是不会这么直接说出口的，因为本女侠要面子！

陆云檀想了想，满含暗示地说了句："你知道嘛，共用一个叉子属于间接接吻了。"

梁云笈呼吸一滞，垂眸看着她，片刻后，紧张地开口，嗓音低沉："想知道直接接吻是什么感觉吗？"

我我我……我想！

我可太想了！

我想了好几年了！

陆云檀喜不自胜，心头狂跳，深吸一口气，然后，积极主动地闭上了眼睛——电视里面都是这么演的，男女主角第一次接吻，女主都会娇羞闭眼！

梁云笈的心跳也在加快，似乎在和她的心跳共振。

为了稳住呼吸，他也深吸了一口气，然后缓缓低头，一点点地靠近她。

陆云檀感觉到了扑面而来的炽热，忽然就紧张了起来，身体紧紧绷着，又无法自控地颤抖着。

像是亘古之久，又像是在转瞬之间，她终于等到了他的吻。

触碰之时，很柔软的感觉，微电流在双唇间交错。

陆云檀瞬间忘却了呼吸，死死地捧着手中的保温盒。

他轻轻地舔舐着她的唇，温柔地撬开了她的牙关。

"这儿！这儿有个亭子！"

大妈的呼喊声忽然响彻云霄。

两人同时一僵，瞬间弹开了。

下一秒，成群结队的大爷大妈拥入小亭子，空气中弥留的暧昧气氛瞬间被横扫一空。

梁云笈薄唇紧抿，脸色阴沉得几乎能结霜。

陆云檀咬牙切齿，内心一片悲伤，比悲伤蛙还要悲伤一百倍，是肖邦也弹不出的那种悲伤：

呜呜呜呜，这帮叔叔阿姨，真的太不可爱了！

我要亲亲！

还、我、亲、亲！

更悲伤的是，为了履行尊老爱幼的道德义务，他们俩还不得不起身给叔叔阿姨们让位置。

走出凉亭的那一刻，陆云檀已经在心里盘算好了，等到了下一个凉亭，一定要把梁美人摁在柱子上亲！

为了节约时间，她甚至还抓住了梁美人的手，急慌慌地扯着他往前跑："快点！下个凉亭继续！"

梁云笺也想尽快转移阵地，但是："先松手，分开走比较快。"

山道崎岖狭窄，两人牵手而行，确实很不方便，严重影响前进速度。

陆云檀立即松开了他的手，一马当先地往前冲："我打头阵，你跟好我，别被人拐跑了！"

梁云笺被逗笑了，紧随其后："放心，今生只跟檀女侠。"

陆云檀心头一喜，整个人都飘起来了，脚程也越发迅速。

转过一个崎岖的山弯后，又遇到了一个供游客休息的凉亭，但遗憾的是，这个亭子里有人，并且人还不少。

陆云檀在心里叹了口气，头也不回地继续朝前跑，谁知梁云笺却喊住了她："云檀，等等。"

陆云檀脚步一顿，回头看身后人："怎么啦？"

梁云笺朝着不远处的凉亭扬了扬下巴，神色冷冷："好色之徒。"

陆云檀立即把目光抛了过去，这才发现坐在凉亭中的那些人并不是互相认识的朋友，而是四五个小流氓在欺负一对年轻小夫妻——丈夫长得白白净净斯斯文文，戴着一副金丝眼镜；妻子肤色白净绝顶漂亮——小流氓在调戏柔弱的妻子，丈夫拼了命地想保护妻子，却被其中两个小流氓死死地扣住了肩膀。

陆云檀的脾气瞬间就上来了，当即大喝一声："一帮不要脸的狗东西！真当这山里没人了是吧？"

丈夫看有人来了，当即大喊了一声："救命！"

妻子的眼泪夺眶而出，满含哀求地看着陆云檀和梁云笺："帮帮我们……"

那帮小流氓被搅了好事，正扫兴呢，然而在转身看到陆云檀后，再次嬉皮笑脸了起来——

"哎哟，又来一对。"

"这个也挺好看的。"

"是挺不错。"

陆云檀越发怒不可遏,连句废话都不想说,只想打爆他们,然而梁云笺却攥住了她的手腕:"冷静点,先谈。"

哼!书生就是事多!

但陆云檀还是乖乖地闭上了嘴,一脸不服气地将胳膊抱在了胸前。

梁云笺是担心她打架会受伤,毕竟现在是在山里,一不留神磕碰到突出的山石是小事,危险的是在动手的过程中很有可能会脚滑跌倒,摔落山崖。

他神色冷峻地看着那几位小流氓:"那两位是我们的朋友,希望各位能高抬贵手放他们一马,不然,武术冠军就要拿各位练手了。"

其中一位身穿黑衣,体形高大肥胖的平头男像是这帮小流氓的头头,对梁云笺的话嗤之以鼻:"小白脸,就你还武术冠军呢?吹牛之前也不撒泡尿照照镜子?"

梁云笺看了一眼身边人:"我说的是她。"

平头男内心:啊?

陆云檀双臂抱怀:"看什么看?再看就把你眼珠子抠出来!"

平头男的脸色肉眼可见地沉了下去。

梁云笺轻叹口气,语重心长地对陆云檀说:"谈判的时候要保持心平气和。"

陆云檀不服气地噘起了小嘴巴:"哼!"

其实她明白这个道理,过往的许多年,她也在努力地按照梁云笺的行为准则克制着自己的臭脾气,但是现在,她却控制不了了,因为他回到她身边了——只要有他在,她就克制不住地想为所欲为,因为她知道这个臭书生一定会为她兜底——从初级积极分子到资深落后分子之间,只需要一个梁云笺。

成也萧何,败也萧何。

重新变成资深落后分子的陆云檀又极为嚣张地说了一句:"我就是看不惯他那张油腻的猪头脸!"

梁云笺无奈地看了她一眼,却没再多说什么:随她去吧,要是真不让她发发威震慑一下对方,准能把她憋死。

满脸横肉的平头男面露凶光:"你再说一遍?"

陆云檀冷哼一声,一拳打在了旁边的树上,起初,树干纹丝不动,两秒钟后,树枝开始剧烈晃动,像是发生了地震一般,群鸟飞走,树叶脱落,扑簌作响。

以平头男为首的小流氓们个个目瞪口呆,那对小夫妻的眼神中却流露出了希望和喜色。

陆云檀再次将双臂环于胸前,然后,做了个李小龙的经典动作——拇指蹭鼻尖——一脸傲娇:"早就说了,我是全国武术冠军,蝉联三届的那种,第四届没拿冠军不是因为我不行了,是因为我没去!"

"她一个人打你们五个人完全没问题,但是这里路险,不想闹出人命才没动手。"梁云笺神色冷冷,语气森然,"再提醒一下,山顶有警务处,距这里不到一个小时的路程,往下有旅行团,很快就会上来,各位要是不主动放人的话,我们就只能逼着你们放人了。"

平头男咬紧了后槽牙,盯着不远处的地面,像是在权衡利弊。

梁云笺又笑了一下,循循善诱:"出来玩嘛,是为了交朋友,各位应该也不想树敌吧?山中可以称大王,但是出了这山之后,人外有人天外有天,谁能保证你们现在惹的人不会秋后算账呢?"

丈夫似乎是被这句话提醒到了,立即喊了一声:"我是电视台记者,我哥是警察!"

妻子也说了句:"我们虽然不是什么有权有势的人家,但也不是什么好拿捏的软柿子!"

几位小流氓纷纷慌了神。

陆云檀一愣,瞟了梁云笺一眼,再一次感慨这个臭书生的脑子是真好用!真好用!不愧是读书人!

几个小流氓互相对视着交换眼神。

最终,平头男极为不甘心地看了那位妻子一眼,声音短促烦躁:"放他们走!"

其他小流氓挫败地松开了摁在这对小夫妻肩膀上的手。

得到自由后,夫妻二人立即从凉亭的长椅上弹了起来,迅速拉住了彼此的手,一起朝着陆云檀他们跑了过去。

陆云檀和梁云笺把这对小夫妻挡在了身后,但他们并没有立即离开。梁云笺又对那位平头男说了句:"安分守己点,不然随时能告你们几个性骚扰。"

陆云檀得意扬扬地从裤兜里抽出了仅露出一半的手机:"录像了,人证物证俱在。"

小流氓们惊呆了。

警告过后,他们俩才示意那对小夫妻走人。

"真是谢谢你们了!"丈夫一边领着妻子迅速往上爬,一边回头对陆云檀和梁云笺表示感谢。

漂亮的妻子更是心有余悸:"要是没有你们,还不知道会发生什么呢!"

丈夫又满含感激地说:"我一定会写篇报道感谢你们,给你们单位写感谢信!"

妻子更是一个劲儿地感慨:"真的是遇到好人了,世界上还是好人多!"

陆云檀嘻嘻一笑:"我没单位,自由职业,不用感谢我。"但是她没忘了替梁云笺挣个光彩,"你们感谢他吧,他是中科院的。"

丈夫诧异不已地看向梁云笺:"竟然遇到了科学家了。"他又立即追问,"老师,您是哪个研究所的?"

梁云笺笑着回了句:"哪儿来的科学家,还没入职呢,没必要感谢。"

妻子蹙起了眉头:"那怎么能行呢?"

丈夫也说:"就是啊!你们出手救了我们,这么大的恩情,怎么能不感谢呢?"

陆云檀义正词严地回复:"我们这种行走江湖的人,向来是路见不平拔刀相助,从不留下姓名。"又一本正经地说,"如果你们非要问我们叫什么的话,我只能回答,我们是神雕侠侣,我是杨过,他是我驯服的那只雕。"

夫妻俩被逗笑了,但还是坚持要感谢,最起码要互相留下一个联系方式。陆云檀和梁云笺没办法,只好加了这对夫妻的微信。陆云檀又用微信把刚才那段偷录的视频传给了他们夫妻俩,至于这对小夫妻准备怎么处理这帮小流氓,是报警还是直接曝光,就看他们夫妻自己的意思了,毕竟他们才是受害人。

随后,四人同行,一起往上爬,哪怕是路过了空无一人的偏僻小凉亭,陆云檀和梁云笺也没能再找到独处的机会。

接吻一事,似乎是要不了了之了……

陆云檀心头憋屈,并且是越往上爬越憋屈,更不能仔细回想刚才在山下发生的那个浅尝辄止的吻,只要一回想起那种柔软的触感和舌尖上转瞬即逝的缠绵感觉,她就抓耳挠腮地烦躁。

欲求不满。

真真正正的欲求不满。

浑身上下的每一个细胞都在叫嚣着:压倒梁美人!

路经一处一次仅容一人通过的狭长山道时，陆云檀故意走到了最后面，趁着四周无人，朝着梁美人的屁股伸出了邪恶之手。

　　拍完就撒手。

　　嗯，还挺翘挺有弹性。

　　梁云笺浑身一僵，回头看着她。

　　陆云檀大大方方地与他对视，表情极为猖狂，似乎是在说：我就是占你便宜了，你能把我怎么样？

　　梁云笺没说话，深深地看了她一眼，又把头转了回去。

　　往上又爬了几分钟，遇到了一处高空桥，石桥的桥面挺宽阔，可容两人并肩而行，那对小夫妻走在前方，陆云檀和梁云笺走在后方。

　　正赏着山间美景呢，陆云檀的右边屁股上猛然一痛，她愕然扭头，手捂屁股，气呼呼地瞪着罪魁祸首：

　　可恶！

　　竟然拧我！

　　梁云笺眸色深沉，将唇贴近了她的耳畔，嗓音低沉沙哑："谁驯服谁还不一定呢。"

　　挑衅我？

　　是不是挑衅我？

　　哼！

　　本女侠的权威不容质疑！

　　陆云檀微微眯眼，咬字轻缓："臭书生，你好像很自信呀。"

　　梁云笺眉头一挑："敢试试吗？"

　　试、试？

　　陆云檀忽然有点心虚了，但是面子不能丢，她说话依旧硬气得很："试试就试试，怕你呀？到时候我就把你绑起来，对你为所欲为！"

　　又开始"口嗨"了。

　　梁云笺轻叹口气，满是无奈："想怎么样随你，别尿就行。"

第五章
/ 两情相悦

　　山顶的金殿在烈烈阳光的照耀下闪烁着夺目光芒,供奉着神佛的大殿内外人来人往、香火不断,尽显人间盛世繁华。

　　到了这里,那对小夫妻再一次地对护送了他们一路的"神雕侠侣"表示了感谢,随后四人分开,双双没入了繁华人群中。

　　陆云檀和梁云笺开始在山顶寻找下西洋他们四人,通过微信联系后,才得知他们几个正在山顶下方的游客服务区吃小吃呢,下西洋还问他们俩来不来吃,并疯狂种草此地的烤香肠有多么令人欲罢不能,他已经连续吃了三根了。李月瑶向他们种草的是这里的文创冰激凌,并表示这是她吃过的最好吃的景区冰激凌。

　　陆云檀和梁云笺并不想吃东西,所以拒绝了邀请,手拉手游玩山顶。

　　山顶除了金殿这一处景点,还有通仙桥。

　　这座遍体银白的石桥位于金顶大殿背后,横架两座高峰之间,桥的两侧栏杆上挂着长长的铁锁链,每一节环形连扣上都系着许多个红色的祈福木牌和表层镀金的铁锁,有求姻缘的,有求事业的,有求学业的,有求平安康顺的……

　　过桥的时候,陆云檀看到了一个身穿汉服的小姐姐正在系祈福卡,心头微微一动:我也想许个愿望。

　　然后,她瞟了身边人一眼:"你要许愿吗?"

　　梁云笺欲言又止了一次,才回答:"不许。"

　　陆云檀微微眯眼:"你刚开始是不是想说许,但是后来改主意了?"

　　梁云笺面不改色:"没有。"

陆云檀不高兴地皱起了眉毛:"你真的不打算许一个吗?"

梁云笺明白她的意思,却故意逗她:"我应该许什么?"

陆云檀眨了眨眼睛,疯狂暗示:"姻缘呀!"

梁云笺轻叹口气:"天注定的东西,许了也没用。"

陆云檀不死心:"求一个好彩头嘛!"

梁云笺:"不许。"

陆云檀气呼呼地瞪了他一眼:"哼,随你便吧,反正我要许。"她又明确表示,"但是你不可以看!"因为内容不适合你看,为了隐藏私心,她还说了一个冠冕堂皇的借口,"不然就不灵了!"

梁云笺答应得很痛快:"好。"

陆云檀又给了他一个警告的眼神:"敢偷看就打死你!"然后跑去大殿买祈福卡了。

不买不知道,一买吓一跳。

一片轻飘飘的破木牌子竟然卖二十块。

坑死个人!

更坑的是,还要买笔,一支五块。

算了,只要愿望能实现,二十五块钱算什么?我的面子还不值二十五块钱吗?

买好装备之后,陆云檀远远地躲开了梁云笺,特意绕到了大殿后方,鬼鬼祟祟地趴在后墙上,手握黑色签字笔,非常虔诚地在祈福牌子上一笔一画地写:

愿神明有灵,保佑我驯服臭书生,不是他驯服我——檀女侠

写完之后,她鼓起了腮帮子,大力往刚写好的字迹上吹了几口气。等字迹干透后,她重新上了通仙桥,在其中一根铁链上为自己的祈福卡选了个风水宝地,自信满满地系了上去。

梁云笺刚才说在大殿前方等她,然而当她返回大殿正面的时候却没找到梁云笺,于是立即给他打了通电话。

梁云笺在电话中说自己去卫生间了。

不提卫生间还好,这么一提,陆云檀也有了上厕所的感觉,于是也去了

卫生间。

　　在她踏入卫生间的那一刻，梁云笺已经站在了通仙桥上，并且还在一众花里胡哨的祈福卡中找到了她刚刚系上去的那个。

　　他看过之后，就一个感觉：哭笑不得。

　　其实他刚才也想许一个，求个天长地久、白头到老，但后来改了主意，因为他觉得她应该会和自己许同样的愿望，既然如此，为什么不写在一个牌子上呢？真有神仙的话，也好确定想要厮守一生的两人是谁。

　　但谁知道，檀女侠的心愿，还真是，与众不同……

　　不过，这个心愿，绝对不能让她实现。

　　恰好旁边有个戴眼镜的男人正往铁锁链上系牌子，手里拿着一支笔，梁云笺问他借了下笔，然后在檀女侠的祈福卡上简单修改了一下：他将第一个"驯服"划掉了，在上方添了个"被"字，又在"臭书生"这三个字后面添了个"驯服"；然后又划掉了最后一句话的第一个"不"字；最后，在"檀女侠"的后面落了自己的名字"梁书生"，又添了一句"长相厮守，白头到老"。

　　时间有限，为了不被檀女侠发现，他不得不尽快前往卫生间，写完祈福卡之后梁云笺就把笔还给了那个戴眼镜的男人，迅速离开了通仙桥。

　　眼镜男看这位大帅哥来去都急匆匆的，不由得生出了一股好奇心，情不自禁地翻开了他刚才写的牌子，看了一眼上面写的愿望：

　　　　愿神明有灵，保佑我被臭书生驯服，是他驯服我——檀女侠&梁书生，长相厮守，白头到老。

　　眼镜男：……这愿望许的……还挺有情趣？

　　进卫生间之前，陆云檀的小腹微微有些胀痛，她还以为是自己这个月的"大姨妈"提前报到了，又斥巨资在景区卫生间门口的小铺子里买了包姨妈巾，结果进了厕所后脱下裤子一看，内裤上干干净净什么都没有，不过为了以防万一，她还是贴了一片上去。

　　一走出卫生间，她就看到了站在门前等她的梁云笺，又一想自己刚才在祈福卡上写的那个愿望，她莫名有点心虚，都不好意思看梁云笺的眼睛。

　　为了不被他看出来自己心中有鬼，走到他身边后，她立即抛出了一个话题:"我们去找下西洋吧,我也想吃烤肠。"

梁云笺拉住了她的手:"行。"

陆云檀站着没动:"我现在不想拉你的手。"她刚洗完手,手心湿漉漉的,十指相扣不舒服,潮热又濡湿,但是她并没有直接说明原因,而是很傲娇地说,"本女侠的手也不是你想牵就能牵的。"

梁云笺却没松开她:"这里人多,你就不怕我跟别人跑了?"

陆云檀言简意赅,气定神闲:"不怕!"

梁云笺眉头微挑:"这么自信?"

陆云檀瞟了他一眼:"我刚才已经求过神仙了,让你这辈子都离不开我,离开我你就会死!"

梁云笺明知她在睁眼说瞎话,但还是很配合地问了句:"这就是你许的愿望?"

陆云檀点头:"对啊!"然后继续睁眼说瞎话,"好不容易爬到山顶了,当然要诚心诚意地许一个正儿八经的愿望呀,我可不像你,一点真心都没有,连个愿望都不许。"

梁云笺:……你也知道要诚心诚意地许一个正儿八经的愿望?

他轻叹口气,很是认真地回了句:"你许就够了,一定会实现的。"

陆云檀点头,很自信地说:"我也觉得会实现的,心诚则灵!"

游客休息区就在山顶下方不远处,顺着大殿侧面的楼梯往下走一点就是。

这是一片在山崖上修建的宽阔平台,靠近山体的那一侧修建着几间仿古造型的砖瓦房,二楼是仓库,一楼是门面房,全是卖小吃的,门口的平地上摆着许多套简易的桌椅板凳。

下西洋他们四人坐在靠近山侧的一片阴凉地里,陆云檀和梁云笺买了几样小吃之后就去和他们几个会合了。

陆云檀的屁股才刚挨着粉色的塑料板凳,下西洋就向她汇报了一句:"帮主,臣刚接到李护法的讯息,他走了。"

陆云檀一愣,刚出炉的烤香肠定格在了嘴边:"走哪儿去了?"

"回家。"下西洋叹了口气,"带着孙夏暖回家了。"

陆云檀难以置信:"意思是他抛弃了我们,选了孙夏暖?"

李月瑶也是气得不轻:"是的!他选了孙夏暖!我看他的脑子就是被驴

踢了，孙夏暖迟早会毁了他！"

下西洋无奈得很："现在也毁得差不多了。孙夏暖为了博眼球拉流量，天天扯着他拍短视频，拉着他一起直播带货，还要求他必须穿机长制服。"

陆云檀攥紧了拳头："……真过分啊！"

李月瑶："是恶心！"

陆云檀狠狠地咬了咬后槽牙，瞥了梁云笺一眼，看他一直没说话，就问了句："你怎么看？"

梁云笺没有立即下定论，而是说："再等等，他应该会回心转意。"

下西洋并不乐观："他已经被孙夏暖迷惑了这么多年，可谓是中毒至深。"

他女朋友周睿也发表了一下自己的观点："李航也是个痴情种，就是没痴准对象。"

李月瑶他男朋友杨立谭却说："那也不一定，他可能就是习惯了。"

李月瑶看着自己男朋友，问："习惯什么？"

杨立谭挠了挠头发："哎呀，我也说不明白。"他嘴有点笨，尤其是描述感情问题。

梁云笺明白他的意思，索性替他说了："习惯了那个女人的存在和陪伴，习惯了对她的感情依赖。"

杨立谭立即点头："对！我就是这意思！"

陆云檀问梁云笺："所以你觉得他现在是改变不了自己的习惯？"

"是狠不下心改习惯。"梁云笺道，"下西洋刚才也说了，他喜欢了'孙向暖'那么多年，即便已经知道了她不适合自己，也不可能在一朝一夕间就能做到果断放弃，他需要时间。"

陆云檀沉默片刻："虽然可能是因为我们几个一提起那个女生就生气，所以语速太快了，对你造成了误会，但是吧……"

下西洋："人家不叫'孙向暖'。"

李月瑶字正腔圆："她叫孙、夏、暖。"

梁云笺哑口无言。

下西洋叹了口气："梁博士还真是一心只读圣贤书了，对女人丝毫没有敏感度，估计也就记得住我们帮主叫什么了。"

周老师瞥了他一眼，伸手揪住了他的耳朵："就你有敏感度！"

下西洋立即高举双手，乖乖投降："我没有！我没有！我一点都没有！"

大家都被逗笑了。

陆云檀笑着笑着，忽然想起了上高中时发生的一件事——李航陷害刚刚被晋升为副帮主的梁云笺，诬陷他和十五班的大美女秦韵的关系，后来，她还醋溜溜地去质问他，他倒是记住了秦韵的名字，却没记住人家的班级，还自作聪明地说人家是十八班的。

确实是丝毫没有敏感度。

无论多好看，只要是无关紧要的人，他都不放会在心上，转念就忘。

怪不得七年都找不到女朋友呢，一点都不注意细节，无趣得很。

唉，也就本女侠愿意好心接纳你啦。

稍作休息后，一行人决定徒步下山。

回到民宿后，夏日都开始西落了，大家都累得不行，一致决定先休息一个小时再去吃饭。

陆云檀一回到房间就扑向了大床，呈"大"字形一动不动地瘫在床上挺尸，眼皮越睁越小，睡意盎然，即将沉入梦乡的时候，手机忽然连响带振了一声。

她被惊醒了。

她从床头柜上抓起手机一看，是周老师发来的消息：你的副帮主把你的心上人请来了我们屋。

陆云檀很是奇怪：请去干吗了？

周老师：说是实施 planB。

陆云檀大喜过望，一下子就从床上坐了起来：进展如何？

过了好久，周老师才回复：据我观察，你们 planB 的内容是不是从感情上触动梁某，从而达到让他为你心软、心动、心生愧疚、心心念念的效果？

陆云檀：Yes！

不愧是语文老师，竟然一口气用了这么多心字开头的词语。

周睿：那你怎么就放心地把这个重要任务交给郑某了呢？

陆云檀预感不妙：他不行吗？

周睿：他不是不行，他是太痛了，痛得我都快窒息了。

陆云檀越发蒙：痛？痛是什么意思？

周睿：我尽量原封不动地给你阐述一下郑某刚才对梁某说的话。

陆云檀：周老师，您请述！

周睿:"你走的那年的盛夏,我们帮主的世界开始崩塌,你带走的,不只是她的青春,还有她生命中的那抹绚烂的光,并为她留下了明艳的忧伤……盛夏过后,秋去冬来,但是她的世界却再也见不到春天,仅剩下冰冷与悲怆!"

陆云檀:……青春伤痛文学再现于世。

周睿:"假如,所有伤疤都不能结痂;假如,所有伤痛都无法治愈;假如,所有残忍的回忆都无法被抹平,那么,这道伤,一定是你这个痴情人为她留下的!"

陆云檀:……救命!我的脚趾已经开始抠地了!

周睿:"爱那么短,却那么痛,失去你的这么多年间,原本明媚的她,成为了寂寞伤人心,怀揣着满心遗憾苦苦辗转于这茫茫人世间,只为了追寻你留下的那抹气息罢了……唉,在情爱这场比赛中,她拼尽全力,却看不到结局;她是真的爱你,也是真的为你发狂,为情所伤!"

陆云檀:……如芒在背,如坐针毡,如鲠在喉。

周睿:"情字何解,怎落笔都不对,而她独缺,对你七年的了解……"

陆云檀:……方文山看了都要打人。

周睿:伤不伤?痛不痛?

伤极了,也痛极了,痛窒息了……陆云檀深深地吸了一口气:您怎么不上呢?

周睿:郑某觉得我这个语文老师的文学素养不够。

陆云檀:……不够痛吗?

她又问:梁某现在什么反应?

周睿:痛沉默了。

陆云檀:……他那应该不是沉默,而是无言以对,无可奈何,无计可施,想逃却逃不掉。

由于郑大人的语言过于伤痛,planB 几乎可以宣告失败了,陆云檀不得不把所有的宝全部压在 planC 上:攻其身。

这计划实操起来比较具有私密性,完全见不得人,所以只能等到月黑风高、半夜无人的时候再进行,时机成熟之前,只有耐心等待。

水滴石穿,心诚则灵,陆云檀自认为有神明保佑,所以现在相当有自信,不怕拿不下一个臭书生!

晚上七点钟，到了约定的时间，大家在民宿一楼的大厅集合，一起出门吃晚饭。

云海山中的农家乐挺多，实在是不好做选择，大家就让民宿老板推荐了几家，然后又经过一番甄选过后，他们选定了一家名为"竹林间"的农家乐。

这家农家乐的名字起得特别现实主义，是真的位于茂盛竹林间，一条羊肠小道通往林间酒家，颇有种曲径通幽处、大隐隐于市的感觉。

这家店也正如民宿老板介绍的那样，相当有农家特色，虽然主打菜依旧是山中常见的铁锅炖鸡，但如果食客想体验一把小农之乐的话，可以自己捋起袖子进鸡圈抓鸡，而且自己去抓鸡的话，还能便宜五十块钱，相当于减掉了抓鸡的劳动费，不过老板也提醒了大家：鸡，和爱情一样，不是你想抓就能抓。

他们这群人可能是真的闲出屁了，一致决定自己抓鸡，虽然其中有好几个人都畏惧尖嘴动物，但还是想凑个新鲜的热闹。

经过一番商议之后，抓鸡队伍的最终成员有三人：青云帮帮主陆云檀，青云帮副帮主下西洋，青云帮女婿杨立谭。

梁云笺没有入选，不是因为他不想，而是檀帮主压根儿就没考虑他——一介书生，还抓鸡？手无缚鸡之力还差不多。

进入满地肥鸡的鸡圈之前，抓鸡三人组先仔细商议了一下策略与战术，首先需要确定的是：抓公鸡还是母鸡？

针对这个关键性问题，资深吃货人士下西洋同志明确表示：要母鸡，母鸡汤好喝。

行，那就母鸡。

但是问题又来了——

陆云檀："怎么分公母？"

难倒人类一片。

军师李月瑶沉思片刻："抓起来看看？"

陆云檀："据我观察，好像看不出来。"

下西洋补充："性别特征真的很不明显。"

无计可施。

就在大家正准备去咨询专家——农家乐老板——的时候，帮外闲散人员梁云笺及时为大家做出了科普："看鸡冠，公鸡鸡冠大，母鸡的小。"

陆云檀持怀疑态度:"你怎么知道的?"

梁云笺:"菜市场卖鸡的告诉我的。"他又特意补充了一句,"你今天早上吃的那个鸡腿就是从他们家买的。"

陆云檀:……我怀疑你又在内涵我!

"吃肉事件"严重影响了檀帮主的面子,她狠狠地剜了梁某笺一眼:"说得很好,以后不许再说了!"

梁云笺轻叹口气,双眸低垂,语调沉沉:"好,小民全听帮主的。"

其余众人不由得在内心感慨:难道,这就是传说中狡兔死走狗烹?

大家看向梁美人的眼神中不由得多出了几分同情与怜悯,看向檀帮主的眼神中则多出了几分谴责与不忿,似乎在对她说:你这个欺男霸女的暴君!

檀帮主震惊又恼怒:这个臭书生,竟然装可怜?以后就喊你"绿茶书生",哼!

但此时人多,不宜打击报复,只能少安毋躁,到晚上再打击报复!

为平民愤,檀帮主不得不转移话题,一本正经地言归正传:"公母确定了,现在开始制定战术,我负责正面迎击,下西洋和老杨你们俩负责从后方夹攻。"

下西洋点头,既是对帮主的认可也是拍马屁:"帮主英明,使用前后包抄策略,那只鸡就算长了八条腿也在劫难逃!"

杨医生没有这么谄媚,只问了句:"准备抓哪只鸡?"

檀帮主将目光投向鸡圈,扫视一圈,伸手一只:"就那只金黄色的、最肥最大的母鸡。"

一切准备就绪,三位战士昂首挺胸、自信满满地走进了鸡圈,脚踩沙土与鸡屎,不动声色地朝着那只最肥最大的老母鸡逼近——

檀帮主负责从正面迎击,下西洋和杨立谭从后方包抄,三人屏息凝神,步步逼近,在距离老母鸡仅剩三步之遥的时候,檀帮主朝着对面两人比了个进攻的手势,三人同时提速,在瞬间缩小包围圈,气势汹汹地扑向了老母鸡,然后,三个人狼狈不堪地撞在了一起……

那只老母鸡,早已振翅高飞,身姿轻盈地落在了鸡舍的屋顶上,并赠送给了檀帮主一坨新鲜的、热气腾腾的鸡屎。

副帮主下西洋甚是震惊:"好大胆的鸡,竟然使用暗器偷袭我们帮主!"

杨医生依旧沉稳冷静:"是我们忽略它有翅膀,会飞。"

檀帮主看着手心中的鸡屎,又恶心又恼怒,然后抬头,咬牙切齿地看向了那只站在屋檐上的、向她耀武扬威的老母鸡:"本女侠今天一定要吃了你!"

面对此番威胁,老母鸡不屑一顾,还耸了耸肩膀,似乎是在回复她:Who cares(谁在乎)?

檀帮主越发恼羞成怒。

这时,梁美人走进了鸡圈,拿着湿巾,给她擦了擦手,好言相劝:"抓不到就算了,让老板抓,别跟鸡较劲。"

然而,檀帮主已经下定了决心,必须把自己面子讨回来:"我今天必须亲手送它上黄泉!"

等梁云笺帮她把手心里的鸡屎擦干净后,她低头看了一眼地面,惊呼一声:"哎呀,我的鞋带开了!"然后蹲在了地上,假意系鞋带,实则在悄悄观察那只老母鸡,趁其不备,弹地而起,一跃跳上了旁边的木质鸡笼,脚点笼边再一借力,轻盈的身体如同离弦之箭一般直窜屋顶。

杨医生看得目瞪口呆:"你你……你们帮主,还练过轻功?"

下西洋淡淡地扫了他一眼:"武术冠军的基本功罢了。"

梁云笺则在瞬间蹙起了眉头,紧张又担心地盯着屋顶,生怕她摔下来。

然而那只鸡的反应比檀帮主快多了,檀帮主的脚才刚落在屋顶上,那只鸡就扑腾一下展开了翅膀,快而不慌、从容不迫地从屋顶上飞了下去,还是看准目标扑的,直奔梁美人而去。

梁云笺先是一怔,然后张开了双臂,母鸡便乖乖地落在了他的怀中,并且还趾高气扬地看了房顶上的陆云檀一眼。

檀帮主几乎要被气炸了:你这只绿茶鸡,挑衅我就算了,竟然还觊觎我男人?

下西洋也被这只母鸡的骚操作给惊呆了:"这鸡……这鸡怎么也是个好色之徒?"

杨医生只有羡慕,望着梁云笺说:"他什么都没做,却抓到了鸡。"

陆云檀&下西洋:……行了,别说了,再说心里就难受了。

鸡圈外的周睿和李月瑶也是看得目瞪口呆。

陆云檀气得直接从房顶上跳了下来,直奔梁美人而去。

下西洋用羡慕嫉妒恨的眼神看着梁美人:"美鸡在怀,您还舍得杀它吗?"

梁云笺动作温柔地抚顺着母鸡的后颈,然后,扼住了它的脖子,轻启薄唇:"当然要杀,不然为什么抓它?"

怀中母鸡浑身一僵。

以檀帮主为首的抓鸡三人组也是一僵，瞠目结舌地看着绝代风华的梁美人——

拥有三十七度体温的你，是如何说出这样冰冷刺骨的话语？！

难道，这就是传说中的"色字头上一把刀"吗？

这只鸡，终究还是死在了"色"字上……放血拔毛开水烫，剁块热锅过油炒。

铁锅炖鸡的精髓就在于一个"炖"，炖的时间越长，鸡肉就越烂越入味。

老板建议的是至少炖五十分钟，在等待的过程中，大家可以欣赏本店的又一特色：篝火表演，每晚八点准时开始。

院中的桌椅板凳都是按照环形排布的，中间的一大片空地中央摆着一个假篝火炉——方形木台内部架着鼓风机和灯光，上方飘扬着几簇红色绸缎——有演员围着火炉表演。

演员的服化道看起来都挺廉价，表演内容也都挺简单，无非是一些小杂技、小魔术，但也足以让食客在等待开锅的过程中打发打发时间、解解闷儿，然而谁承想，在一轮魔术表演过后，表演的内容忽然换了形式：从演员的单方面输出变成了演员和观众互动。

身穿西装小马甲的魔术师退去，一对古装打扮的"父女"登场，"父亲"身穿紫色绸缎长袍，一副有钱员外郎的打扮；"女儿"身穿红色短衣长裤，手握一柄长剑，昂首挺胸威风凛凛。这对"父女"俩身后还跟着一对小厮打扮的男演员，一人手里举着一块牌子，左边那块牌子上写着"比武"，右边那块写着"招亲"。

陆云檀一看这架势，首先想到了杨过他爹妈——不择手段完颜康、人美心善穆念慈——然后瞟了眼坐在自己身边的梁云笺，眼珠子一转，凑到了梁美人身边，话里有话地问："假如，我说假如啊，你组织了一场比武招亲，一路下来从无败绩，但是后来遇到了一个文武兼修的女侠，她狠狠地打败了你，但是她就是不娶你，还调戏你，你会怎么样呀？"

梁云笺面无表情地看着她，一字一顿地质问："她为什么不'娶'我？"

我、我就是开个玩笑，你干吗这么严肃？搞得我好像真的是个无耻之徒一样！

陆云檀无奈得很，索性回了句："因为她坏呀，和杨康一样。"

梁云笺："杨康就算是没娶穆念慈，也给了她一个拜堂之礼，对她一心一意，你呢？"

我我我……我是开玩笑的呀！

不对，等等，我又没说我自己，我说的是"有一个文武兼修的女侠"，又没说这个女侠是我，你干吗拿我撒气？

哼！

针对我！

"不理你了。"每当遇到自己理亏的时候，檀女侠就开始倒打一耙，"你这个人真是好不讲理，既没有穆念慈温柔又没有穆念慈大度，谁会娶你呀？"

梁云笺故意逗她："万一是我不愿意嫁呢？"

什么？

你还不愿意嫁？

你是不是在外面有"狗"了？

檀女侠恼羞成怒："你凭什么不愿意嫁？我都打赢你了！"

梁云笺气定神闲："因为我既没有穆念慈温柔又没有穆念慈大度，当然不会像她一样对登徒子死心塌地。"

好、好、好！

那就别怪我不客气了！

本女侠要对你强取豪夺，把你绑在床上，对你为所欲为！

"哼，你等着……"檀帮主的狠话还没放完，那对比武招亲的"父女"演员忽然朝着他们这桌走了过来。

或许是因为长得好看的人在哪儿都是最引人注目的一个，那位饰演父亲的男演员径直走到了梁云笺的身边，深情并茂地讲台词："这位公子，想上台与我家女儿比试比试拳脚吗？"

刹那间，农家院中所有食客的目光全部集中到了这里。

不等梁云笺开口，陆云檀就斩钉截铁地替他回绝了："不行，他名花有主了！"

那位男演员也很会变通，立即说道："原来是这样，那您能替老身选一位乘龙快婿吗？"

陆云檀本想回一句"我们这桌都是名花有主的人了"，但话到嘴边，忽然改成了："我可以借你家姑娘的宝剑用一用吗？我也想比武招亲，给我爸也找个乘龙快婿。"

梁云笺："嗯？"

你还想找谁？

男演员："呃……"

从业多年还真没见过这样的。

女演员的反应倒是很快，立即把宝剑递了上去："当然可以。"

陆云檀立即把长剑接了过来，起身从凳子上站起，朝着篝火炉走了过去，唰唰地挽了几个剑花。

这是一把木制的假剑，看起来还有几分粗制滥造，但这丝毫不影响她的发挥和气势，剑花挽得飒飒潇洒，气宇轩昂，当即就赢得了满堂喝彩。

然后，她将左手负于身后，右手执剑，身姿笔挺地站在院子中央，衣角与额前的刘海儿微微随着夜风摆动，没开口说话，满含挑衅地看着梁美人。

梁云笺自然明白她的意思，无奈一笑，起身从凳子上站了起来，在众目睽睽之下，一步步朝着她走了过去。

陆云檀下巴微仰，一脸傲娇："我可是来比武招亲的，你上来就是比武的，输了就要承担后果。"

梁云笺点头："明白。"

陆云檀又说："我的比武招亲和别人不一样，被我打败的人，都要'嫁'给我！"

梁云笺神色认真："嗯，知道。"

那你已经是我的囊中之物了！

陆云檀心里窃喜，突然开口："好，比赛开始！"

不给梁美人任何反应的时间，她就提起手中木剑，直指梁云笺的心口，却没舍得下力，担心戳痛他，只是在他心口轻轻地点了一下，嘴上却气势汹汹："你输了，被我一剑穿心了！"

围观群众：……还能这样耍无赖的？

多少有点色欲熏心了吧？

梁云笺却笑了。

确实是一剑穿心。

在多年前，第一次见到她的那一刻，就被一剑穿心了。

他轻叹口气，很认真地看着她，回："我认输。"

陆云檀一直举着剑，剑尖抵着他的心口："那你服不服？"

梁云笺:"服。"

陆云檀:"那你从现在起就是我的人了!"

梁云笺点头:"好。"

陆云檀这才放下手中的剑,又想了想,好像也没什么好说的了:"行了,去吃饭吧。"

梁云笺却挑起了眉头:"结束了?"

陆云檀:"对啊,我赢了!"

梁云笺:"不收臣服礼吗?"

陆云檀内心:……你都向我臣服了,我还收你的礼?多少是有点不近人情了吧?

正当檀帮主纠结着要不要收礼的时候,梁美人忽然朝前走了一步,不由分说地将"大礼"献上——

他伸手扣住了她的后脑,将她揽向自己,低头吻住了她的唇。

陆云檀浑身一僵,脑子里面炸开了一朵又一朵绚烂的烟花,炸得她头昏脑涨。

几秒钟过后,她才逐渐反应过来这场烟花是多么美丽、多么令人愉悦,然后,她一把扔掉了手中的木剑,紧紧地抱住了臭书生的脖子,并且还积极主动地闭上了眼睛,沉浸式享受这份大礼。

竹林悠然,夜色暗涌,一吻缠绵。

围观群众先是震惊,然后群情激动,大呼小叫,呐喊鼓掌,起哄连连,其中要数下西洋和李月瑶的尖叫声最大——下西洋是替帮主激动,李月瑶是感受到了 CP 粉的快乐!

这一吻说短不短,说长不长,解了馋,却又勾起了更大的瘾。

两人分开时,皆气喘吁吁。

梁云笺眸色深深,目不转睛地看着眼前人,嗓音沙哑低沉:"众人为证,从今往后,我就是檀女侠的人了。"

陆云檀的脸颊红扑扑的,眼睛黑亮黑亮,重重点头:"放心吧,我会对你负责的!"

梁云笺:"要是赖账呢?"

陆云檀眉头一皱:"哇,你还真把我当杨康了?"

梁云笺忍着笑,一本正经地问:"你比他强在哪儿了?"

啊这……

一时半会儿,她竟答不上来。

我没有认贼作父?

我没有不择手段?

我没有杀人放火?

但这好像都不是梁美人想听的。

认真思考片刻,她终于想到一点自己比杨康强的地方,自信满满地回答:"我不会让你未婚先孕!"

梁云笺哑口无言。

五十分钟后,母鸡炖成,早已饥肠辘辘的大家伙都迫不及待地拿起了筷子,唯有檀帮主,还美滋滋地沉浸在刚才的那个吻中,脸上挂着一抹憨厚的傻笑。

以副帮主下西洋为首的青云帮众人见此画面,无一不在内心摇头叹息:吴敬梓要是见了檀帮主,都得连夜删了《范进中举》。

梁云笺从锅里夹了块鸡腿肉,放进了檀帮主面前的白瓷盘子中,无奈提醒:"吃饭。"

"哦。"檀帮主清醒了一些,但没有完全清醒,拿起筷子后,没有去夹盘子里面的肉,而是直接咬住了筷子,"嘿嘿"笑了两声,一副被快乐冲昏了头脑的傻样。

梁云笺被她逗笑了,不得不再次提醒:"快点吃饭。"

"哦。"檀帮主这才从盘中夹起了鸡肉,低头吃了起来,鸡肉很香,肉质软烂,但她却食不知味,不对,应该说,嘴中无味,美味全在心里,满脑子想的都是:本女侠得到梁美人了!

一块鸡腿肉,她啃了能有十分钟,等她再次把脑袋抬起来的时候,桌中央的大铁锅里面都快空了,好在梁云笺已经提前给她夹了一小盘肉出来,不然她今晚就别想再吃到肉。锅边炕了玉米面饼,梁云笺也给她留了两个出来。

鸡肉吃完后,大家让老板往锅里加了点高汤,继续涮菜吃,不过涮菜这部分,檀帮主依旧没怎么参与,持续傻乐中。

吃完饭已经快到九点半了,大家伙也懒得在黑黢黢的山里转,于是就直接回了民宿。

其余人的房间都在二楼,唯有陆云檀和梁云笺的房间在三楼,与众人分手之后,两人并肩走向了通往三楼的楼梯。

夜色静谧,楼梯上仅有他们两人。

四下无人,很适合行不轨之事。

陆云檀思索片刻,决定开始实行planC。

为提高计划的成功率,她还特意在心里认真斟酌了一番措辞之后才开口:"你知道吗?山海皆有灵,世界万物都是靠着吸取天地之精华生长发育的,像山啊海啊这种从好几万年前就开始有的东西,早就吸够了天地之灵气,住在里面的东西都很容易成精的,比如鲤鱼精呀、水草精呀、狐狸精呀……"又煞有介事地说了句,"你信不信,这山里面肯定有狐狸精,我今天都看见狐狸了,我再告诉你,我姥爷会看点东西,他给我说过,最可怕的是女狐狸精,她们通常出没于夜间,找独身居住的男子,附他的身,吸他的阳气和精血。"越说,她的语气越阴森,"你关紧门窗也没用,她们无孔不入,可以顺着空调管道进入房间,再由一缕青烟幻化成人形身躯,却长着狐狸脑袋,皮肤表层遍布白茫茫的毛皮,细长的眼睛闪烁着绿油油的光,嘴角滴落着黏稠的涎水,一步步朝着你的床靠近、靠近、再靠近……"

言及至此,戛然而止,很有技巧性地给听众留下无限想象空间。

并且,等她说完这番恐怖之言的时候,他们已经走出了楼梯间,来到了三楼的走廊上。

幽长寂静的走廊配上白森森的灯光,颇有种恐怖片的戏剧效果。

檀帮主期待的是梁美人会心生恐惧,主动扑向她的怀抱。

然而却事与愿违。

梁云笺神色淡定,启唇时,声色却低沉清冷:"你听过云海山的传闻吗?有个女孩,孤身夜游云海,计划在日出之前登顶,用相机记录下日出云海的画面,但谁知爬到中途,突然听到了林间传来的低低哭泣声,你猜她是什么反应?"

陆云檀心想:哼,你还想吓唬本女侠呢?

她嗤之以鼻地回答:"她去找了吗?恐怖片都是这样演的,你的故事讲得太老套了!"

梁云笺:"她当然没有去找,还很害怕地跑走了,结果还没走出多久,又遇到了一个老奶奶,老奶奶脸色苍白,双颊处却带着两团殷红,双唇也红得很诡异,还身穿红紫色唐装,像是穿着一身寿衣,对女孩说话时,嗓音奇诡,仿若用锯齿锯木。"

陆云檀哼了一声,不屑地问:"她对女孩说什么了?"

梁云笺:"日落不进云海山,面朝北,有冤鬼;面朝西,有禁忌;东南两侧向阴关,有路去来无路还。"

哟呵,你这个臭书生讲故事有点意思啊。

她饶有兴致地问了句:"然后呢?"

此时,他们已经走到了梁云笺的房间门口,却谁都没有离开的意思,面对面地讲故事。

梁云笺的音色平静,没有任何渲染:"女孩逃跑的时候正是面朝北,然后遇到了鬼打墙,无论如何也走不出那段山路,后来她想到了自己的手中有照相机,就打开了夜间摄像功能,对着眼前的石梯照了一下,然后,你猜她看到了什么?"

呵?还有读者互动环节呢?

陆云檀双臂抱怀,靠在了房门上,懒洋洋地回了句:"看到鬼了?"

梁云笺的音色依旧平静:"看到了断崖,她的半只脚掌已经踩出了悬崖边,在悬崖峭壁上一棵干枯的枝干上,坐着一位身穿红衣的女鬼,长而干枯的黑发挡住了女鬼的脸,但遮挡不住她的哭泣声。"

陆云檀:……好家伙,还首尾呼应上了?

她眼皮一撩:"然后呢?"

梁云笺继续讲述:"女鬼感知到了有人接近,缓缓抬起了脑袋,但是女孩却没有看到她的脸,只看到了一团乱糟糟的黑发,随后,在女孩的震惊目光中,女鬼一点点扭动脖子,将脑袋扭了一百八十度,女孩终于看到了她的脸,苍白如纸,黑黢黢的眼眶里没有眼珠,两道血泪从眼角流出。"

背后发凉……陆云檀突然有点冷,下意识地用双手摸了摸胳膊,摸到了一片鸡皮疙瘩。

梁云笺:"女孩尖叫一声,转身就跑,不知跑了多久,迎头撞到了一个人,是个身穿白色短袖和黑色运动裤的男孩。"

陆云檀一愣,下意识地看了看梁云笺的衣服:白色短袖,黑色运动裤。

"男孩也和女孩一样一脸惊恐,两人撞到一起后,男孩大喊一声'有鬼,这山里有鬼',女孩也在哭喊'真的有鬼'。"梁云笺的讲述节奏并没有融入语境,没有学着主人翁的样子大喊大叫,依旧不疾不徐,但陆云檀却听得背后发凉,"后来女孩得知,男孩也是来夜爬云海的,谁知竟遭遇到了同样的事情,于是两人决定相伴而行。下山的路上有鬼,他们就决定先上山,等日出再说,好在后半程的旅途顺利,没有再发生灵异事件。两人奔命一整晚,抵达山顶时,已有几缕阳光破云而出,女孩心有所触,就拿起了相机,准备照张相片,纪念一下这晚的离奇经历,谁知道当她将镜头对准眼前的云海时,镜头中却只出现了一片血雾。"他又补充了一句,"整片云海山,全部被笼罩在这片血色的雾中。"

陆云檀惊呆。

梁云笺:"女孩惊恐地扔掉了相机,抓住男孩的手腕就跑,边跑边喊'有鬼,有鬼',男孩却只是不疾不徐地回了句'确实有鬼'。"

陆云檀还呆呆的。

这个男生,可是陪了她一整晚的呀!

她还攥着他的手!

救命!

救命!

梁云笺:"女孩脚步一僵,忽然发现,她手中攥着的那只手腕十分冰凉,没有丝毫温度,绝非正常人,更像是一具冰冷的尸体。"

陆云檀屏住了呼吸:"然、然后呢?"

"女孩惊恐不已地看着男孩,男孩苍白的脸上露出了一抹诡异的笑容,缓缓靠近女孩,对女孩说——"梁云笺也在这时缓缓靠近陆云檀,将唇贴近她的耳畔,语调轻缓阴冷,"我就是鬼……"

陆云檀半边身体都僵硬了,整张脸都是麻的,眼里写满了惊恐和害怕。

梁云笺笑了一下,站直身体,从兜里拿出房卡:"睡前故事讲完了,晚安。"

晚安?

你也好意思跟我说晚安?

你觉得我现在安得了吗?

陆云檀咬牙切齿地瞪着他,一脸悲愤。

梁云笺明知故问:"檀女侠怎么还不回房?"

陆云檀害怕,满脑子想的都是那个身穿寿衣的老太太和流血泪的红衣女鬼,根本不敢走,更不敢独自一人住一间房了,哪怕梁云笺真的是鬼呢,她也要和他在一起,却又死要面子:"我就爱站在这里不行吗?"

梁云笺微微抿唇:"行是行,不过,我要关门了。"
故意的!
你肯定是故意的!
哼!
陆云檀气呼呼地说:"你这个人真是冷漠,人家都站在你房间门口了,你都不说邀请人家进去坐坐吗?"
梁云笺忍笑,按照她的要求,客客气气地询问:"请问这位女侠,你想进来坐一坐吗?"
陆云檀立即点头,嘴上依旧傲娇:"我接受你的邀请!"
梁云笺笑着推开了房门,陆云檀紧紧地跟在他身后。
进了门之后,她又很不安心地回头看了一眼,生怕有什么东西跟进来似的,突然之间又犯起了职业病,门外会不会再出现一个梁云笺?一个真的一个假的,一个人一个鬼?然后她就像是故事里的那个女孩一样,被一个鬼陪了一整晚?

越想越害怕……
梁云笺关上了房门,还特意上了防盗链,陆云檀将这个细节捕捉在了眼里,一下子就将后背抵在了墙上,如临大敌地盯着对面的男人:"怎么证明你是梁云笺?"
梁云笺一愣:"什么?"
陆云檀深吸一口气:"我跟你说啊,我姥爷点化过我,一般的妖魔鬼怪是没办法近我的身的!"
明白了,这是吓傻了。
梁云笺轻叹口气,一脸无奈地看着她:"你想让我怎么证明?"
陆云檀:"现在是我质疑你,你不要问我,自己证、证……"唇上突然一软,声音软了,也小了,"明……"
梁云笺双手抵在她身侧的墙壁上,垂眸看着她:"这样可以吗?我的女朋友。"
女朋友?
女朋友!
心花怒放!
陆云檀瞬间从灵力怪神的故事中清醒了过来,并且是彻底清醒,清醒得不能再清醒,所以她决定,继续装糊涂:"还差一点点。"

梁云笺再次低头,吻住了她的唇。

刚才那一吻是蜻蜓点水,这一吻缠绵悱恻。

他环住了她的腰,将她揽向自己。陆云檀点起了脚尖,双手环住了他的脖子。

山间的夜色静谧,空气清清冷冷,他们却吻得炽热,难分难舍。

陆云檀的脑子里一片眩晕,是一种陶醉的、曼妙的眩晕感,从头脑遍及全身,无可自控地身心荡漾。

她甚至不知道他们是什么时候滚上床的。

内衣扣猛然一松,被禁锢了一整天的身体终于得到了释放,她也在瞬间清醒了一下——

要在这里吗?

在山里?

民宿里?

不要!

她不想往后余生回想起来他们的第一次是在一间民宿的小房间里,还是在听了鬼故事之后……最起码也要听个有情趣的故事吧?

陆云檀迅速别过了脑袋,仓促地结束了这个绵长的吻:"我不想在这里……"语气中带着点紧张和愧疚。

梁云笺立即暂停了手中的动作,声音低沉喑哑,却依旧温柔,又带着安抚:"没关系,等你准备好了我们再做。"

陆云檀抿了抿唇:"我也不是没准备好,"其实也是有一点点,但更多的是因为,"我就是想在家。"

在干干净净的床单上,和自己爱的人一起度过人生中最难忘的第一次。

梁云笺亲了亲她的脸颊:"好,都听檀女侠的。"

陆云檀勾起了嘴角,再次抱住了他。

梁云笺也揽住了她的身体,带着她调整了一下姿势,抱着她躺在了床上。

他枕着枕头,陆云檀枕着他的手臂,抬眸瞧了瞧他,看到了优越的下颌线和迷人的喉结,也看到了斜歪的领口和锁骨……哼,一副不安分的样子!

陆云檀没能经受住这种无声的勾引,不老实地伸出了手,用食指勾住了他的领口,一点点地往下扯。

梁云笺垂眸，无奈地看着她，嗓音嘶哑："想干什么？"

陆云檀翻了翻眼皮，阴阳怪气："看看你的拉普拉斯、雅科夫·西奈，还有图灵！"又极度不平衡地说了句，"你也别找老婆了，跟他们过一辈子去吧！"

梁云笺笑了，不再逗她，很认真地说："是陆云檀。"

陆云檀眉头一皱，做困扰状："什么？我没听见！"

梁云笺明白她的意思，立即大声说道："是陆云檀，心上人是陆云檀！"

檀女侠终于满意了，高高地扬起了嘴角，还眉飞色舞的。

她得意扬扬地问："看来你早就对本女侠图谋不轨啦，所以你是什么时候文的呀？"

梁云笺没再隐瞒："恢复记忆之后。"

陆云檀看着他，不明白地眨了眨眼睛。

梁云笺叹了口气："文在心口，就不会再忘记了。"

原来他是在害怕自己又把她忘掉。

陆云檀感觉到了他的愧疚和自责，想了想，说："七年时间是挺长的，不过我们还是很幸运的，最终还是在一起啦，往后余生还好长好长呢，还有好多个七年！"

梁云笺心底一软，爱意汹涌，再次吻住了她的唇。

这次吻得特别蛮横霸道，或者说，野性。

陆云檀还从未感受过这样的他，顿时有些招架不住，一边不甘示弱地回吻着，一边在心里吐槽：这就是男人，哪怕生来一副贵气的美人骨，耍起流氓来也毫不手软，比谁都野！

哼！

以后就喊你流氓书生！

一吻结束，陆云檀气喘吁吁，脸颊微微泛红："哼，美利坚真不是个好地方，都把你变流氓了。"

梁云笺面不改色，漫不经心地补充："还有大英帝国。"

"哈哈哈！"陆云檀被戳中了笑点，却又忽然想到了什么，瞬间收敛了笑容，冷冷地乜斜着他，"看来梁博士这些年没少受开放思想的熏陶呀？谁教的你呀？"

梁云笺："自学成才。"

陆云檀："我不信！肯定有人把你教坏了！"

梁云笺犹豫了一下："曾经有过一个英国室友，"看到陆云檀几乎要瞪出来的眼睛，他赶忙补充了句，"男的，性取向正常！"

哦……

不对！

等等！

你干吗要强调性取向？

陆云檀突然明白了什么，八卦兮兮地看着梁云笺。

梁云笺沉默了一瞬，继续讲室友："那个英国室友非常懂得分享，除了分享学术资源以外，还喜欢分享影视资源。"

陆云檀沉默片刻："我有个朋友想知道是哪一类影视资源？她也想看看。"

梁云笺一本正经："变形金刚系列、漫威系列……"

陆云檀气呼呼地打断了他的话："我不信！你少骗我！除非……"

梁云笺："除非什么？"

陆云檀："除非你让我看看，眼见为实！"

梁云笺忍俊不禁。

"你笑什么？"檀女侠忽然好没面子！

梁云笺笑着问："你看那些干吗？"

陆云檀面不改色心不跳地说："学学外语。"

梁云笺："不用看，我教你。"

陆云檀："嗯？"

梁云笺盯着她，咬字轻缓："任何语境的都可以。"

如果她没有记错的话，字典上对"语境"的解释是……人在说话时所身处的环境和状态。

还任何语境都可以？

好羞呀！

"流氓书生！"陆云檀都有点害羞了。

梁云笺却一本正经："不是檀女侠说的要学外语吗？"

陆云檀："我要学的是正经的外语！"

梁云笺："我教的也是。"

"哼，不理你了。"她翻了个身，背对着他。

梁云笺贴向了她的后背，再次抱紧了她，埋进她的颈间，温柔亲吻着。

陆云檀忽然有点热，这才意识到房间里似乎没开空调，就让梁云笺把空调打开了。

但还是热。

20℃的冷风吹不息她体内的热气。

她浑身上下都难受，憋屈又躁动。

想灭灭火。

她咬着下唇犹豫片刻，声音小小地说了句："你摸摸我呗……"

梁云笺浑身一僵，深吸一口气，严肃地提醒她："你提了一个很危险的要求。"

陆云檀哼了一声："不摸就算了。"

梁云笺沉寂片刻，突然抓起被子，盖在了两人身上。

陆云檀蒙了："干吗呀？"

梁云笺撩起了她的上衣："怕你着凉。"

挂在墙壁上的白色空调还在不断运作，嗡嗡地吹着冷风。

沁凉的空气中，依然暂留着呢喃暧昧的味道。

白色的床单上鼓胀着一团白色的厚被子，陆云檀如同一只被拔光了毛的孔雀似的，光溜溜地蒙在被子下，面红耳赤地聆听着不断从浴室里传出的哗啦啦的流水声。

越听，越没脸见人。

也确实是挺见不得人的……

她的脑子已经乱成了一锅粥，像是一部失了控的电影放映机似的，凌乱无章地回放着刚才发生的事情。

空白、颠簸。

颠簸、空白。

像是做了，又没完全做。

或者说，除了最后一步，都做了。

被窝里的空气忽然有点稀缺了，陆云檀脑袋有点晕，于是就把被子掀开了一条缝，冰凉的冷空气瞬间入侵温暖被窝，侵袭她汗津津的身体。

陆云檀不由得打了个寒战。

然后，她把脑袋伸出了被窝，勾着脖子朝着床边的垃圾桶里看了一眼。

满含禁忌感的画面又在脑海闪过，她就如同缩头乌龟似的，立即重新把脑袋缩回了被窝里。

浴室里的水流声戛然而止。

两三分钟后，卫生间的门打开了，梁云笺从里面走了出来，看到鼓在床上的一团白包后，无声地笑了一下：竟然还在害羞？

陆云檀听见了渐行渐近的脚步声，却丝毫没有把被子掀开的意思，一动不动地躲在被窝里装死。

"不去洗澡吗？"梁云笺站在床边，笑意温柔地看着那团被窝。

陆云檀不说话。

就是不说话。

装聋作哑小能手。

梁云笺无可奈何，只好换话题："房卡在哪里？我去把你的行李拿过来。"

陆云檀没有立即回答问题，而是把被子撩开了一条小小的缝隙。

她的目光从这条小缝隙中顺出，看到他的造型后，不高兴地皱起了眉毛："你就打算这样子去吗？"

只在腰间裹一条浴巾，也不怕被人看到？

你的胸肌、腹肌和人鱼线都是我的，不能让别人看！

梁云笺肯定不能就这样出门，却故意逗她："就在隔壁，很快就回来了。"

"那也不行！"陆云檀霸道得很，"你必须穿衣服！"又狠狠地威胁了一句，"不然我就把你五花大绑起来，教你背男德！"

梁云笺无奈："现在就穿。"

他扯掉了围在腰间的浴巾，陆云檀一愣，又立即把被子捂严实了。

眼圈黑黢黢的一片，房间内的一切都与她无关！

对！

无关！

我还是一个单纯的女侠！

就在檀女侠在内心认定自己还是一个非常纯洁的人的时候，突然听到了梁云笺问她："檀女侠还在认生吗？"

他的语气一本正经，正经到像是在和刚认识的朋友说"Nice to meet you（很高兴见到你）"。

但实际上，车速一百八十迈。

陆云檀的脸噌地就红了，忽然好没面子，在被窝里气呼呼地喊："我本来就和、和……"词穷了，无法开口形容那个东西，只好省略，直接说，"不熟！一点都不熟！"

看也看了，摸也摸了，还说不熟？

梁云笺莫名有了一种被她玩弄感情的感觉。

他叹了口气，一边穿裤子一边说："行，那我去找别人熟。"

陆云檀一把掀开被子，咬牙切齿地瞪着他："你敢去找别人，我剁了你！"

梁云笺眉头一挑："不是不熟吗？"

陆云檀："熟不熟是我的事，你去不去找别人也是我的事，你整个人都是我的，我想怎么着就怎么着！"明明是在蛮横不讲理，却说出了一股理直气壮的架势，"我就是把你打入冷宫了，闲置一辈子，你也不能去找别人！"

梁云笺：……闲置一辈子？

陆云檀瞪着他："服不服？"

他只能点头："服，特别服。"

梁云笺走回床边，弯腰在她的额头上亲吻了一下，手撑在她的身体两侧，俯身看着她："不过闲置一辈子是不可能的。"

梁云笺目不转睛地看着她，很认真地说："可以这辈子只为檀女侠服务。"

你到底是怎么说出这种又污又动听的话的？

陆云檀屏息凝神地想了想，很严谨地询问了句："这辈子指的是多长？有退休年龄吗？不会内退早退吧？"

梁云笺面不改色："只要你想，两百岁都可以。"

陆云檀：……不是我不想，主要怕活不到那个时候。

梁云笺："还有问题吗？"

陆云檀想了想，摇了摇头，伸手圈住了他的脖子："基本上没什么问题了。"

梁云笺还有问题，严肃询问："什么时候办上岗？"他又补充说明，"合法的那种。"

陆云檀眉头一皱，不满道："试用期还没过呢就想办上岗？你见哪个单位这么随便？"又翻了个白眼，没好气地说，"人家这里可是正经企业，审批很严格哒！"

梁云笺被逗笑了："试用期有多久？"

陆云檀傲娇："看你表现吧。"说完，她放下了圈在他脖子上的手，隔着层被子，用脚蹬了蹬他的腿，"我要去洗澡了。"又说，"房卡在背包里，回来的时候帮我把睡衣放在卫生间门口的凳子上。"

"好。"梁云笺起身，顺手从床上拿起了上衣，套在了身上。

陆云檀一直躺在床上没动，直到他拿着房卡出门，她才掀开被子起床，抱着胳膊窜去了卫生间。

由于空调温度太低，关门的时候，她的胳膊上已经被冻出了一片鸡皮疙瘩。

好在浴室里比较暖和。

花洒的力度很大，阀门一打开，哗啦啦的热水就从孔洞里喷了出来，刹那间蒸汽腾腾。

陆云檀先洗了脸，然后低下了脑袋，开始洗头发。

洗着洗着，她忽然回想起了那个鬼故事……身穿寿衣的老奶奶和红衣女鬼，还有老奶奶说的那句"阴间话"——

日落不进云海山，面朝北，有冤鬼；面朝西，有禁忌；东南两侧向阴关，有路去来无路还。

他们现在住的这个民宿是面朝哪里呀？

朝南？

面向阴关！

救命！

大作家梁的陆瞬间开启脑补模式。

会不会她一抬头，就看到天花板上贴着一个穿红衣的女鬼，黑色干枯的长发从高处垂下，正在用没有眼珠的眼睛盯着她看？在她抬头的那一瞬间，一滴血泪从女鬼黑咕隆咚的眼眶里滴了下来，吧唧一下，落在了她的鼻尖上。

后脖子都开始发凉了！

陆云檀再也不敢继续低头，立即把脑袋抬了起来，还下意识地朝着天花板看了一眼，万幸的是，天花板上没有女鬼，但谁能保证，周围没有东西呢？万一怨鬼一直在，只是她看不见呢？

害怕害怕害怕！

好害怕！

她甚至不敢继续洗澡了，紧紧地抱着胳膊，一动不动地站在花洒下，竖着耳朵聆听着门外的动静。

差不多五分钟过后,她听到了房门开合的声音,浑身一僵,关了水龙头后,试探性地喊了声:"臭书生?"

"怎么了?"

他的音色向来是低醇温柔,很有安抚人心的力量。

陆云檀长舒一口气,然后毫不客气地命令:"你站在卫生间门口不要动,我喊你的时候你必须回答我!"

"又害怕了?"

他的语气中带着几分笑意。

檀女侠忽然好没面子,大言不惭地回了句:"人家才没害怕呢,我是担心你害怕!"

梁云笺忍俊不禁,为了维护檀女侠的面子,他不得不回答:"好,多谢檀女侠的厚爱,我一定积极配合,寸步不离地守在这里。"

陆云檀再次舒了口气,终于重新打开了花洒,接下来,继续洗澡的过程中,几乎隔十秒钟就要喊一声:"臭书生!"

他每次都会很耐心地回复:"我在,放心。"

冲掉身上的沐浴液后,陆云檀关上了水,拿毛巾擦头发,其实这个时候她已经没多害怕了,但就是想喊他,于是接连喊了三声:"臭书生!臭书生!臭书生!"

他也连续回了她三声,语气耐心而温柔:"我在,我在,我在。"

陆云檀开心地勾起了嘴角,擦干身体后,拿起了吹风机,同时对门外的他说了声:"你能帮我把睡衣拿过来吗?"

梁云笺的声音从门外传来:"要内裤吗?"

问得我好尴尬。

但不能不穿。

陆云檀只能回答:"要……"

梁云笺去给她拿东西。陆云檀打开了吹风机的开关,开始吹头发,吹到一半的时候忽然想到了一件严肃事情——她的内裤,一点都不性感,甚至可以说是平淡无趣!

她买内裤的时候从不在乎造型和氛围感,只在乎穿上之后舒服不舒服,从而导致她的内裤基本全是纯色的、造型普通的纯棉三角裤……

刚才脱掉的那条还好点,是纯黑色的,和"性感"二字稍微搭个边,但是她装在背包里备用的那条,实在是,拿不出手——纯白色的棉内裤,正前方绣着一朵粉红色的小花朵。

梁云笺看到之后会是什么反应?

会嘲笑她幼稚的吧?

哪个女侠穿这种内裤?

我的面子!

陆云檀决计不允许这种事情发生,立即关掉了吹风筒,大喊一声:"臭书生!"

"怎么了?"

陆云檀还在试图悬崖勒马:"你把背包放卫生间门口就行!"

"已经拿出来了。"

你是不是故意的?

你一定是故意的!

哼!

我不会放过你的!

她气呼呼地吹完了头发,又气呼呼地刷完了牙,然后将卫生间的门打开了一条小缝。她看到门外放着一张椅子,睡裙和内裤都已经叠整齐了,放在椅子上。

好在睡裙是黑色的,很潇洒,正面印着四个潇洒霸气的字体:唯我独尊!

穿好衣服后,她昂首挺胸地走出了卫生间,还双手负后,生怕坐在床边的那个人看不见她睡裙上印着的字似的。

梁云笺正坐在床边想事情,听到脚步声后,抬头看着陆云檀:"过来。"

陆云檀大摇大摆地走了过去,嘴上还在挑刺儿:"哼,你现在真是好大的胆子,都敢命令本——"

话还没说完,她就被他揽住了细腰,用力带进了怀中。

但她还是坚持不懈地把话说完了:"女侠了……"

梁云笺抬眸看着她:"问你件事情。"

陆云檀下巴微仰,垂着眼帘,一脸傲娇:"问吧。"

梁云笺被她的小表情逗笑了:"你上小学的时候报名参加过校外的活动项目吗?"

陆云檀并没有什么很深刻的印象,微微蹙起了眉头,问:"上小学?几年级呀？"

　　梁云笺："一年级？或者二年级。"

　　陆云檀："哇，那个时候我才七八岁呀，怎么会有印象呢？"

　　梁云笺："我提醒你一下，是一个儿童训练营，活动时间一般是在周末，周五晚上去，周日下午回。那个训练营的旧址在西三环附近，有很多五颜六色的蘑菇屋。"

　　陆云檀的脑子里忽然闪过了几个老旧的片段："蘑菇屋？"

　　梁云笺点头："学生宿舍，去参加活动的小孩晚上都住在蘑菇屋里。"

　　陆云檀努力回想了一下，好像有那么一点点的印象了。

　　上小学的时候——记不得几年级了，但年级绝对不高，肯定没到三年级，因为那个时候她写作业还在用铅笔——某天下午，学校发了宣传页，光滑的白色广告纸上面印着一张漂亮的照片，照片内容就是五颜六色的蘑菇屋，看起来很像是童话故事里面的房子。

　　她听去过这个训练营的同学说，这个蘑菇屋就是晚上睡觉的地方。

　　也就是说，去了这个训练营，就能住进童话里的蘑菇屋！

　　她心动极了，当天下午放学回家后就开始求爷爷告奶奶地哀求她爸妈给她报名，但是她爸不同意她去，因为担心她的安全，所以不想让她在外面住，但是她不听，铁了心地要去，不让去就哭，撒泼打滚地哭，躺在地上不起来，直到她爸妈同意为止。

　　最终，在她一哭二闹三上吊的无赖行经之下，她爸妈终于同意她去了，花了二百块钱的报名费，又花了二百多块钱带着她去商场买衣服——白色衬衫，粉红色背带裤，白色运动鞋——为了让她漂漂亮亮地去参加活动。

　　"我好像去参加过。"陆云檀一边回想一边说，"我记得还有自己烤肉吃的环节，老师还叮嘱说不能把铁签子的尖头朝上，不然会戳到别的小朋友。"

　　只记住吃了？

　　梁云笺又问："那你记不记得去训练营的第一天晚上，你半夜出门找厕所没找到，急得哇哇大哭的事情？"

　　那个年代的儿童训练营的设施还没这么先进，蘑菇屋外观看起来光鲜亮丽，内部却没厕所，晚上起夜还要出门找厕所，老师也不会跟着。

　　"怎么可能呢？"陆云檀的大脑向来有着极强的自我保护机制，会定期清空对自己不利的记忆，更何况又是这么年代久远的记忆了，真真是一点印象都没有了，"本女侠怎么会因为找不到厕所哇哇大哭呢？你肯定是记错人了！"

梁云笺不置可否，继续讲："我好心领着那个小女孩去了卫生间，结果她却不让我走，态度热情地问了我的名字，我以为她是想感谢我，结果当我把自己的名字告诉她之后，她竟然要求我在门口等着她，并且只要她喊我的名字，我就必须回答她，不然就揍我。"他目不转睛地看着她，"当时，她为了证明自己确实有揍我的能力，直接从地上捡起一块红色的板砖，心狠手辣地敲到了厕所的外墙上，板砖碎成了好几块，她还威胁我说，如果我不听话，后果和这块板砖一样，死无全尸。"

这这……这手段，怎么这么像本女侠？

不会真的是我吧？

陆云檀莫名有点心虚了，弱弱地问了一句："她穿着什么样的衣服呀？"

梁云笺不假思索："白衬衫，粉红色背带裤，白色运动鞋。"

陆云檀内心：救命！

梁云笺看着她的眼睛："是你吗？"

陆云檀当然不能承认，心虚地垂下了眼皮："肯定不是我！"她又开始倒打一耙，"你胡编乱造的吧？是不是为了诬陷我？都那么长时间了，你怎么还会记得这么清楚呢？"

梁云笺无奈："我也是刚想起来的。"

其实他本来也忘得一干二净，直到刚才，她在浴室里喊他，并要求他必须回应。

陆云檀还是死不承认："肯定不是我！"她又谴责了一句，"再说了，人家一女孩子，大晚上的自己上厕所多害怕呀，你等等她怎么啦？还记仇记了这么多年！"

梁云笺语气淡淡："想知道后来发生了什么吗？"

陆云檀："……还有后来？"

梁云笺："第二天晚上，她又偷偷跑出了宿舍，来到我睡觉床位的窗外，不停敲窗户，直到把我敲醒了为止。"

陆云檀好像有了那么一点点模糊的印象——那天晚上的月亮很圆很亮，她很喜欢——并且还预感到了，自己当时没干好事，一下子屏住了呼吸："我、不是，不是我，是她！她喊你干吗去了？"

梁云笺长叹一口气:"她说她看上我了,摁着我的脑袋和胳膊把我押去了游乐场,逼着我和她拜天地。"

哈?

我小时候就这么厉害吗?

陆云檀强压着嘴角,假装同情:"那你拜了吗?"

梁云笺苦笑一下:"她手里拿着板砖,我敢不拜吗?"

哈?

原来本女侠早在七岁那年就得到你了!

陆云檀努力地绷着嘴,不让自己笑出来:"哦。"又开始假装好人,"哎呀,没关系的,我这人很大度的,小时候的事情怎么能当真呢?你不用自责也不用愧疚,我不会追究你和别人拜天地的责任的。"

梁云笺又气又笑:"这算是恩将仇报吗?"

陆云檀瞬间不乐意了:"你什么意思?人家这叫以身相许,你竟然还不知好歹!"

梁云笺眉头一挑:"有拿着板砖以身相许的吗?"

陆云檀:……好像没有。

并且听此描述,当时的她更像是个逼良为娼的土匪。

她眼珠子一转,开始胡搅蛮缠:"那你怎么不反抗呢?她只是一个小小的弱女子呀,你是个男孩子,肯定可以反抗,但你没有反抗,也没有喊老师来救你。"

梁云笺很是坦诚:"因为我不想。"

陆云檀一愣:"你为什么不想?"

你这臭书生不按套路出牌呀!

梁云笺眼梢微卷,笑着说:"因为我喜欢她。"

陆云檀心头一喜,即便是抿着嘴,嘴角也是翘起来的,眼角眉梢间全是得意。

只要一看到她这种小表情,梁云笺就想笑。

他喜欢她各种各样的小表情。

喜欢她的一颦一笑,喜欢她耍无赖,喜欢她的小机灵和猖狂霸道。

喜欢她的全部。

爱意泛滥,情不自禁。

他抬手扣住了她的后脑,将她压向了自己,再次吻住了她的唇。

陆云檀来吻不拒,直接坐在了他的腿上,紧紧地抱住了他的脖子,热情洋溢地回吻着他。

又是一记绵长且悱恻的吻。

一吻终了,陆云檀亲昵地蹭着他的鼻尖,气喘吁吁地问:"你爱不爱我?"

"爱。"梁云笺嗓音沉沉,语气却是一如既往的温柔笃定,"特别爱。"

陆云檀高兴了,又抱了他一会儿,忽然打了个哈气:"臭书生,我困了。"

梁云笺:"睡觉?"

陆云檀点头,下巴蹭着他的肩膀:"嗯,要睡觉。"然后从他腿上站了起来,爬上了床,钻进了被窝里。

梁云笺去把卫生间和走廊的灯关了,上床之后,关掉了房间内的灯。

刹那间,一片漆黑。

窗外的树影打在白色的窗帘上,张牙舞爪,影影绰绰。

陆云檀默默地往被窝里缩了缩。

天不怕地不怕的檀女侠,竟然怕鬼。

梁云笺忍着笑意,扭头看着她:"需要我抱着你睡吗?"

陆云檀要面子,绝不承认自己害怕:"都多大人了?睡觉还要抱吗?"

梁云笺倒也没多说什么:"行,我睡了,晚安。"说完,还真的把眼睛闭上了。

陆云檀看了一眼他的侧颜,内心忽然一片懊恼:应该让他抱着的!

黑暗,总是会滋生恐惧。

陆大作家又开始了一番精彩绝伦的脑补:夜深人静,在房间的黑暗角落中,隐藏着一位身穿红色衣服的女鬼,长长的黑发垂地,用没有眼珠子的眼睛盯着睡在床上的人看。

救命!

她不由自主地往梁云笺那边挤了挤。

她继续脑补:表面上平平无奇的衣柜里,忽然发出了奇怪的声音,像是有人在敲门,其实里面并不是空无一物,而是站着一位身穿寿衣的老太太,面色如纸般苍白,脸颊上带着两坨诡异的红色,双唇也红得诡异,并且她还在用嘶哑低沉如锯齿切割木头一般的嗓音低低吟唱:

"日落不进云海山,面朝北,有冤鬼;面朝西,有禁忌;东南两侧向阴关,有路去来无路还……"

现在她睡的这张床是面对哪儿?

向西!

有禁忌!

救命!

她又害怕地往梁云笺那边挤了挤。

梁云笺睁开了眼睛,轻叹口气:"檀女侠是想把我挤下床吗?"

陆云檀恼羞成怒:"最讨厌你了!你抱抱人家怎么了?"

梁云笺忍俊不禁,立即把她抱进了怀里,还在她额头上亲了一下:"好了好了,不怕了,我在呢。"

陆云檀瑟瑟发抖地往他怀里缩,将梁云笺抱得紧紧的,仰头盯着他,威胁:"不许松开我,不然揍你!"

梁云笺向她保证:"绝对不会松开你。"

陆云檀又说:"如果半夜我想上厕所,你必须陪着我。"

梁云笺再次保证:"好,一定陪你。"

陆云檀这才放心,长舒一口气,终于可以安心地闭上眼睛了。

梁云笺看着怀中人,不由得勾起了嘴角,心想:难得这么乖一次,看来以后还是要多给她讲点恐怖故事。

第六章
/ 从此花开不败，水墨相逢

周日上午的计划是去主峰西侧的水云涧徒步，下午返程。

他们本打算早晨七点进山，十二点出山，但谁知计划赶不上变化，最终从水云涧出来的时候已经过了下午三点。

正常的退房时间是中午十二点之前，好在民宿老板通情达理，免费为他们延期了三个小时。

又在山里吃了顿饭后，一行人返程回东辅。

抵达东辅的时候已经接近晚上九点，天色完全黑透，夜空呈现出了一种深沉的蓝色，无月，但是满天繁星。

三辆车在下了高速后分道扬镳，各回各家。

陆云檀本想先把梁云笺送回家，但是梁云笺让她先把车开回老街，之后他可以再打车或者坐地铁回家。

"那么麻烦干吗，我直接给你送回去得了。"陆云檀一边开车一边吐槽，"外面打的车能有本女侠的车坐得舒服吗？我的副驾驶不香吗？"

梁云笺笑着回："出租车怎么能比得上檀女侠的车？"

陆云檀哼了一声："那你干吗要打车？为什么不让我送你回家？"

梁云笺："因为想和檀女侠多待一会儿。"其实是不放心她单独开车回家，毕竟她今天已经很累了。

陆云檀被这句话哄开心了，得意扬扬地勾起了嘴角："那好吧，就准许你多陪我一会儿。"

梁云笺："谢檀女侠厚爱。"

陆云檀大大方方地回了句："不客气，谁让我爱你呢。"她又想到了一件事,"对了,你是不是下周去考科一?"

梁云笺:"周五。"国外的驾照无法在国内使用,他需要将驾照更换成国内的才能上路,但并不需要参加所有的科考项目,只需要考科目一就行,"周六去买车。"

陆云檀没往下接话,言简意赅地回了个:"哦。"

梁云笺看了她一眼:"不一起吗?"

哼,你又没有主动邀请本女侠!

陆云檀一脸傲娇:"你买车,和我有什么关系?"

梁云笺当然明白她的意思:"你是女主人,当然要以你的喜好为主。"

陆云檀心里美滋滋的,嘴上却说:"那好吧,我考虑考虑。"

梁云笺:"到时候写你的名字。"

陆云檀一愣,难以置信:"啊?"

她的眼睛瞪得溜圆,红润的嘴巴也变成了一个小"○"形,小表情看起来特别可爱。

梁云笺忍不住笑了:"你是女主人,我只负责替女主人开车。"

陆云檀没有同意,还很严肃地说了句:"不行吧,别这样,你花钱买车就是你的车,不用写我的名字。"

虽然她经常在网上看一些营销号写的鸡汤文,说什么一个男人爱不爱你就体现在他愿不愿意给你花钱买东西、愿不愿意在车、房的本本上加上你的名字,虽然她也很想拥有一份被全方位照顾到、体贴到的爱情和婚姻,但她的脑子还是清醒的:无论如何都不能占人家的便宜,即便是结婚。

爱情和婚姻都应该是平等的。

他出钱买的东西,就应该是他自己的,她干吗要瓜分?

而且她爸妈早就跟她说过,不要妄想着不劳而获,你想要什么东西家里都可以给你买,房、车都可以买,但你千万不要试图通过爱情敛财,这样只会让人家看不起你。

还有,她爸妈也早就说了,老街上的三进院可以分她三分之二,并且陆云枫还明确表示过剩下的三分之一他也不要,也就是说,这院子迟早都是她的!

所以,她是个小富婆,干吗要别人的车!

但是吧,她也考虑过梁云笺的感受。

虽然他们谁都没有明确提出过结婚的事情，但他们心照不宣，未来一定会和彼此定终身。

他提出在车本上写她名字的事情，就是在向她表明他的诚意和对她的爱，她要是拒绝得太果断也不太好，容易伤感情，像是在和他划清界限。

想了想，她又补充了一句："要不这样吧，咱们俩一人出一半的钱，然后写两个人的名字。"

梁云笺却说："只能有一个车主，我希望那个人是你。"

陆云檀抿了抿唇，瞟了他一眼，问："那你干吗非要写我的名字？"

梁云笺很认真地回答："因为我想给你开一辈子的车。"

心花怒放！

心、花、怒、放！

陆云檀强压着嘴角，努力控制着面部肌肉，摆出了一副高冷嘴脸："你就不怕我得到了车之后就把你甩了？"

梁云笺一本正经地回答："我相信檀女侠的目光一定不会这么短浅。"

陆云檀不明就里："什么意思？"

梁云笺看着她，缓缓启唇，像是在抛诱惑："我很有钱。"

陆云檀：……你在对我进行金钱的考验吗？

梁云笺又说："我家里更有钱。"

梁云笺："我妈有一套祖传的珠宝，价值百万，是给儿媳妇的。"

梁云笺："我爸有一张银行卡，存款三百万，也是给儿媳妇的。"

梁云笺："收了我，全是你的。"

陆云檀有些呆地微张着嘴。

行了。

够了。

别说了！

再说我就经受不住诱惑了！

梁云笺："檀女侠不考虑一下吗？"

陆云檀沉默片刻："我会认真考虑的。"

梁云笺勾起了嘴角："我等着檀女侠的答复。"

晚上十点，老街上安静得像是水晶球中的世界。

陆云檀将车停在了老街街口。

今天的老街街口和往日有点不一样,陆云檀稍晚观察了一下,发现街口的路灯坏了,四周都黑黢黢的,很适合行不轨之事。

然后,她悄咪咪地瞟了一眼坐在副驾驶的梁美人。

梁云笺已经解开了安全带,陆云檀便由此入手,开始挑刺儿:"哼,你这个人真是好冷漠,人家辛辛苦苦地开车,你竟然什么都不说就要下车了?"

梁云笺知道她想干什么,却故意装作不知道,一脸无辜地回答:"我应该说些什么?谢谢檀女侠?"

陆云檀怒:"只是口头上说谢谢吗?没有什么行动上的表示?"

梁云笺忍着笑意,继续逗她,明知故问:"比如?"

唉,真是孺子不可教!

一点都没有情趣!

陆云檀长叹口气,解开了自己的安全带,开始暗示他——先伸出了左手拇指,又伸出了右手拇指,最后将两个拇指肚摁在了一起,用力地扭啊扭、扭啊扭——演示完,撩起眼皮,满含威胁:"懂了吗?"

梁云笺笑得不行。"懂了。"

陆云檀皱着眉毛,气呼呼地说:"那你还不主动一点?难道要让我这么一个容易害羞的小女子主动吗?"

容易害羞的小女子?

梁云笺哭笑不得,朝她探身的同时,伸手扣住了她的后脑,吻住了她的唇。

陆云檀心满意足地闭上了眼睛,开开心心地接吻。

荷尔蒙的气息在车内蔓延。

唇齿间交缠着无法用语言形容的爱意与缱绻。

"砰!"

"砰砰!"

"砰砰砰!"

巨大的车窗被敲击的声音响彻车内,毫不留情地打断了这个缠绵的吻。

陆云檀和梁云笺不得不松开彼此,诧异又不满地看向了副驾驶的窗外,然后,同时一僵……

窗外,站着一位身穿白色唐装、木簪束发的美人。

这位美人人高马大,面若桃花,眼神却阴沉似刀,正用一种能杀人的眼神盯着车内。

"砰!"

又是一掌,车窗连带着车身都在震颤。

"开门!"

即便是隔着一道车窗,陆云檀也能感受到她哥的声音中带着杀气,她紧紧地抱住了梁云笺的脖子,死都想不明白:"我、我贴防偷窥膜了,他怎么看见的?"

梁云笺深吸一口气,竭力保持镇定:"挡风玻璃上没贴。"

陆云檀哑口。

只剩下这一种可能了:她哥从对面走了过来,正巧目击了他们俩在车内行不轨之事。

救命!

"砰!"

又是一掌。

"开门!"

陆云檀不敢动,梁云笺却长叹一口气,认命了一般:"下车吧。"

陆云檀看着他:"你想好了?"

梁云笺点头:"嗯。"

该面对的,总是要面对。

陆云檀抿了抿唇,提醒他:"我哥可能不会杀我,但他可能会杀了你。"

梁云笺无语。

陆云檀双唇颤抖,眼里写满了害怕:"'形意一年打死人',他练了二十多年,这一拳下去……我可能还没嫁人就要守寡了。"

梁云笺再度无语。

陆云檀咬了咬牙,眼神中忽然浮现出了几分视死如归的坚毅:"放心,我不会让任何人伤害你的!"然后,摁下了开窗按钮,在她哥能杀人的阴沉目光中,死死地抱着梁云笺,哀声大喊,"求求你不要杀他,我们是真心相爱的!他要是死了我也不活了!"

陆云枫有些无语。

陆云檀:"成全我们吧!"

梁云笺也看向了陆云枫,很认真地说了句:"我是真的很喜欢她。"

是、是、是，从以前就开始惦记，惦记到现在，你能不是真的喜欢吗？

不知检点的狐狸精！

陆云枫面色铁青，狠狠地剜了梁云笺一眼，又看向了自己妹妹，言简意赅：“下车！”

陆云檀：“然后呢？”

陆云枫：“跟我回家！”

陆云檀还是不放心，弱弱地问了句：“你不会找梁云笺的麻烦吧？”

陆云枫不置可否，盯着梁云笺，冷冷地说了句：“他还不配让我动手。”

陆云檀不高兴了：“哼，你这人说话真是一点都不客气！”

陆云枫气不打一处来：“下车！”

陆云檀瞬间怂了：“哦……”

他们俩也不得不下车。

陆云枫站在副驾驶门外，梁云笺一下车就要直面他的死亡审视，下意识地挺直了脊背，双眸低垂，垂在身体两侧的双手先是紧握成拳，又无力地张开，周而复始不断循环，整个人不知所措到了极点，额头都快冒冷汗了。

陆云檀下了车后，迅速地跑到梁云笺身边，本想拉他的手，结果自己的手腕先被攥住了，她哥不由分说地把她拉走了，她很是不满：“哎呀！”

梁云笺本想去追她，却换来了陆云枫一个满含威胁的眼神。陆云檀也悄悄地冲他摆了摆手，示意他别跟过来——他们俩现在是要回家了，一门之隔之内就是她爸妈，时间这么晚了，还是不要惊动她爸妈了。

梁云笺只好站在原地，无可奈何地看着她越走越远。

陆云檀一路都被她哥扯着走，走得不情不愿、念念不舍，一步三回头。

到了家门口，陆云枫拿钥匙开门，陆云檀还在伸着脖子朝街口看。

门开了之后，陆云枫低声呵斥：“别看了，回家！”

陆云檀一脸委屈地瞥了他一眼，又依依不舍地朝着街口招了招手，然后才气呼呼地进家门。

“那是人家的男朋友！”进了门后，她忍无可忍地谴责她哥，"你怎么对人家这么不友好？"

陆云枫锁上了门，板着脸瞪着她：“你才几岁，找什么男朋友？”

几岁？

我还是未成年吗？

陆云檀无语到了极点："我都二十五了，马上二十六。"

陆云枫："二十六岁就能在街口卿卿我我鬼鬼祟祟？"

陆云檀一噎。

陆云枫："但凡有个街坊看见，信不信第二天整条街上都是你未婚先孕的传闻？别说陆师父了，纪女士第一个砍死你。"

陆云檀再噎。

后背发凉。

心有余悸。

陆云枫咬牙切齿："是不是那个狐狸精威胁你的？我就知道他不是个好东西！"

不，是我威胁他的，我一直很垂涎他的美色，亲一百遍都不够。

但是，我不能说实话，不然会挨揍的。

所以，她只能回答："人家在谈恋爱呀，亲亲小嘴怎么啦？"

陆云枫长叹口气，手中的扇子挥个不停："真是近朱者赤近墨者黑，你之前是多么安分守己踏实本分，标准的大家闺秀，自从遇到这个狐狸精，你就开始自甘堕落，看看你现在变成什么样了？"

大家闺秀？

哼！

瞧不起谁呢？

陆云檀没好气："人家才不要当大家闺秀呢，人家要当女侠！"

陆云枫：……鸡同鸭讲。

陆云檀一脸傲娇，双手负后，转身走人："哼，不理你了，本女侠要去就寝了！"

走了两步之后，她又忽然想到了什么，立即扭头看着她哥，严肃叮嘱："别跟爸妈说。"

陆云枫冷眼瞧着她："怎么，还不想给人家一个正儿八经的名分呢？"

陆云檀："喊，才不是呢，我要自己说！"

陆云枫不置可否，冷哼一声："行，祝你成功。"

陆云檀白了他一眼："你少阴阳怪气！"又打击报复似的说了句，"我听咱妈说二姑又给你安排相亲了？人家嫌弃你头发长有点娘？"

陆云枫脸色一沉。

陆云檀感知到了杀气，拔腿就跑。

回到房间后，她第一件事就是锁门，然后舒了口气，又不由自主地打了一个大大的哈气，却没有立即去洗漱睡觉，而是给梁云笺发了条微信，让他到家之后给自己说一声。

放下手机后，她跑到了书架前，开始埋头寻找老相册，最终从书架最底端的格子里抽出来一个红漆皮的大铁盒。

盒子里面装满了零零散散的老照片。

陆云檀把照片全部拿了出来，摊在书桌上，一张张地仔细翻找着，十分钟后，她终于在众多眼花缭乱的老照片中找到了记忆中的蘑菇屋。

这是一张合照，许许多多小朋友站在蘑菇屋前的小操场上的集体大合照。

随着时间的消磨，原本色彩鲜明的照片已经泛了暗沉，五颜六色的蘑菇顶呈现出了一种无精打采的灰色，小朋友稚嫩的脸庞上也笼罩着一层暗淡的光膜。

但是，岁月抹不去孩子们脸上的笑容和眼神中的天真无邪。

照片中一共有六排小朋友，除了第一排的，后面几排的小朋友全都踩在架子上，一层比一层高。

陆云檀在第三排中间的位置找到了年幼的自己——白衬衫，粉色背带裤——她右边站着一位身穿蓝色牛仔裤和黑色短袖的小男孩。

男孩子皮肤白皙，短发浓密乌黑，五官优雅俊逸，从小就透露出了卓然出众的气质。

照片中的她扎着两个小辫子，一手插兜，另外一只手牢牢地揽住这个小男孩的脖子，一脸猖狂地看着镜头，而被她揽在怀中的小男孩，小表情相当委屈，要多不情愿就有多不情愿，一副被逼无奈的样子。

陆云檀哼了一声，心想：你这个臭书生真不简单呀，从小就知道欲拒还迎！

紧接着，她忽然发现，年少时的梁云笺右边还站着另外一个小男孩，穿着黑色运动裤和蓝白色格子衬衫，五官很帅气，身量却矮矮的，几乎比梁云笺矮了半个头，神色也很腼腆，眼神怯生生的，紧紧地靠着梁云笺的胳膊，像极了一个脆弱的小弟弟。

陆云檀相当诧异：这不是周洛尘吗？

那个时候的周洛尘，应该还是很依赖梁云笺的吧？真的把他当成了可以保护自己的大哥哥。

161

只是后来人云亦云,他被上一代的过往混淆了心智,于是对梁云笺的感情就变了质——他依旧把他当成最喜欢的大哥哥,却又不甘心、意难平。

她曾经不止一次地想过,如果当初没有周洛尘从中作梗的话,她和梁云笺之间的发展又会变成什么样子呢?是早就在一起了?还是在一起之后又分开?还是接连不断地分分合合、彼此羁绊纠缠?

但无论是哪种可能,都不会像现在一样横亘着七年的遗憾。

她无法想象高中的三年,身怀绝症的梁云笺是如何度过的,就像他无法体会自己这七年的感受一样,所以她讨厌周洛尘,讨厌到无法原谅。

可是在看到照片的这一瞬间,她忽然释怀了。

缘分这种东西真的很玄妙,是无法推测和预断的,哪怕是道行最深的阴阳师也无法精准地断出所有人的未来。

他们三个之间的缘分,或许早就注定了。

在七岁那年的训练营就注定了。

陆云檀注定了会爱上梁云笺,梁云笺注定了属于陆云檀,无论中间有没有周洛尘,他们最终都会走向彼此。

周洛尘注定了会对梁云笺又爱又恨,也注定了梁云笺不会恨他,因为他们是兄弟,是从小就肝胆相照的人,无论中途发生了什么,他们还是会彼此原谅,彼此释怀。

她和周洛尘,也注定了要围着梁云笺转,他们谁都离不开梁云笺。

上一代的过往造就了坎坷,却也让他们之间的羁绊更深。

盯着照片看了许久,陆云檀轻轻地叹口气,然后拿起手机照了张照片,用微信给梁云笺发了过去,又发了两条消息。

陆云檀:就算那年你没有在钢琴教室弹琴,最后肯定也还是我的人!

陆云檀:书生,你插翅难飞!

没过多久,梁云笺就回复了消息:结婚吧。

陆云檀:[省略号.jpg]

陆云檀:[问号.jpg]

陆云檀:我们才刚刚确定关系呀!

梁云笺:可我在十几年前就被你摁着头拜过天地了。

陆云檀:[省略号.jpg]

梁云笺:想赖账?

陆云檀不想赖账,她巴不得早日得到梁美人呢,但是她要面子,绝不承认自己干过欺男霸女的强盗之事:我都不记得了,只有你自己记得,谁知道你是不是胡编乱造的?

　　梁云笺:我有人证。

　　他又把照片发了过来,用红圈把周洛尘圈了出来。

　　陆云檀:[省略号.jpg]

　　梁云笺:还抵赖吗?

　　陆云檀咬了咬牙:先把试用期通过了再说吧!

　　梁云笺:什么时候开始正式试用?

　　陆云檀抿了抿唇,盯着手机屏幕看了两秒钟,打字:等我这次"姨妈"结束!

　　她又恶狠狠地补了一句:榨干你!

　　梁云笺:希望檀女侠不要出尔反尔。

　　陆云檀哼了一声,胸有成竹地心想:哼,我才不会呢,我有神灵加持!

　　七月份的东辅酷暑难耐,陆云檀坐在冷气加持的书房内,将新换的键盘敲得噼啪作响。

　　她正在写新文的大纲人设。

　　写完男主角人设后,她敲键盘的手停顿了一下,从书桌上拿起空调遥控器,看着显示屏上的温度,纠结地皱起了眉头:要不要再往下调0.5℃,调成23℃?

　　犹豫了三秒钟后,她摁下了降温按钮,同时在心里自我开解:外面太阳那么毒那么辣,我把空调开低点怎么了?

　　其实上周来"姨妈"的时候,她还不敢这么猖狂,空调温度恒定保持在26℃以上,并且红枣枸杞保温杯不离手,但是"姨妈"走后,她又行了,于是乎室内温度急转直下,从养生模式变成了作死模式。

　　放下空调遥控器后,她端起了手边的保温杯,美美地喝了一口冰水,忽然又瞥到了键盘上落了一根睫毛,立即鼓起腮帮子对着键盘吹了吹。

　　放下保温杯后,她本打算继续码字,但总觉得手指甲不太舒服,于是又拿起了指甲剪,开始对着垃圾桶剪指甲,还优哉游哉地哼起了小曲儿:"你说此生不负良人千里共婵娟……"

这时，书房的门突然被推开了。

紧接着，纪雪杉女士的暴躁之声骤然而起："空调开了几度？你也不怕被冻死？"

优哉游哉的小曲儿戛然而止。

不等陆云檀狡辩，纪雪杉女士就开启了新一轮的炮轰模式："不是在写东西吗？怎么又开始剪指甲了？从小就是这样，不学习屁事没有，一学习屁事一堆，不是抠手就是剪指甲，要不就是喝水上厕所，就没有一次是踏踏实实地坐下来学习的！"

陆云檀：……怎么还翻旧账了呢？

纪女士长叹一口气，本打算偃旗息鼓了，又忽然看到了她的键盘，当即又开启了炮轰模式："怎么又换键盘了？你不是刚换的键盘吗？你自己查查你这一年换了几个键盘了？上学的时候就这样，动不动就换铅笔、换橡皮、换转笔刀、换文具盒……不给换就哭就闹，人家谁家小孩都没你的文具多！"

救命！

更年期的妈妈真的好可怕！

陆云檀不敢反驳，也不敢诡辩，只敢弱弱地说一句："这不是我自己买的键盘，是朋友送的生日礼物。"

纪女士眼睛一瞪："我还说错你了？"

陆云檀只能摇头："没有没有没有！"然后，又弱弱地问了句，"你来找我干吗呀？"

纪雪杉："吃饭！"

那干吗不直接说吃饭呢？非要批评我一顿？陆云檀心里委屈，但不敢吭声。

"赶紧去吃饭，一会儿菜凉了。"说完，纪女士转头就走。

"哦。"陆云檀握住了鼠标，迅速将电脑调成了睡眠模式，然后屁颠屁颠地跑去了饭厅。

等她洗完手后，她爸妈已经在桌边坐好了，碗筷也都已经全摆好了。

屁股挨着板凳的同时，陆云檀将放在碗上的筷子拿了起来，顺带着问了句："我哥什么时候回来呀？"

纪雪杉女士一边夹菜一边没好气地说："谁知道呢，一天到晚不回家，也不找对象不结婚，干脆别回了，看见他我就心烦！"

她爸陆林问了句："他这次又去哪儿进货了？"

陆云檀想了想，回："好像还是上次那个地方，边境那块。"

陆林蹙眉："他上个月不是刚去过吗？怎么又去了？"

纪雪杉冷哼一声，随即叹了口气："上上个月还去了两次呢。"

陆林眉头蹙得更深了，问陆云檀："你哥他总去那片干吗？"

"我也不知道。"陆云檀耸了耸肩，一边夹鸡翅一边说，"可能是因为那批中药质量好吧，富贵险中求。"

纪雪杉无奈地看了自己闺女一眼："你这丫头也是，都不担心一下你哥？"

陆云檀觉得自己必须反驳一下这句话："我担心他？就我哥这机灵劲，他还用得着我来担心？"

纪雪杉一怔，觉得这丫头说得有点道理，但还是不太放心："吃完饭给你哥打个电话，提醒他一下。"

陆云檀："提醒他什么？遇到危险的时候下手别太狠？"

纪雪杉："提醒他拒绝诱惑！"

陆林表情严肃，点着桌子说："色是大忌！"

陆云檀瞬间明白了，这老两口到底在担心什么。

她想笑，却不敢笑，只能努力展现出一副镇定自如的样子："哎呀，你们放心吧，我哥肯定不是那种人！再说了，你们就不能往好的地方想想？非要把我哥想成堕落的人渣？"

纪雪杉却叹了口气："你哥和你不一样，你是大大咧咧、没心没肺，他是从小性子独，比谁都有主见，还不愿意跟人说，我这个当妈的都不敢说很了解他。"

陆云檀无奈："他只是进个货而已，你们俩瞎担心什么呀？再说了，万一人家是在那边遇到了真命天女呢？"

纪女士的眼皮瞬间就吊起来了："我呸！他想都别想！敢从那边领女人回家，我都不会让他们俩进门，有多远给我滚多远！"

陆云檀：……更年期真是，脾气说来就来。

陆林赶忙劝了句："哎哟，她也就是瞎说说，看把你气得。"

陆云檀："就是，吓死我了。"

她又小声嘀咕了一句："就算我哥真的喜欢上了一个那边的女人，你也不能是这种态度吧？"

陆林却说了句："不论怎么样，都必须是中国国籍！"

陆云檀眼皮一撩，心想：怎么还有国籍要求呢？

她又万分庆幸地想：幸好梁云笺的国籍改回来了。

不过，她还是问了句："现在的国际家庭也不在少数，你们这样是不是思想太禁锢了？"

陆林瞪着她："你懂什么？知道住在街尾的老林家吗？他们家那小丫头，记得吗？林露露，你们俩小时候还经常一起玩呢。"

陆云檀："知道呀，怎么了？"

"嫁了个美国人！"这次开口的是她妈，纪雪杉女士。

陆云檀一愣："她老公不是中国人吗？"

陆林冷哼一声："结婚的时候是中国人，但是他爸妈离婚了，那男孩他爸在美国，移民到美国去了，是美国国籍。"

纪雪杉："那个男孩结婚前还向老林他们家两口子保证，以后一定会留在中国，绝对不会带着老婆孩子去美国。"

陆林："结果这结完婚还不到一年呢，他就要带着露露去美国了，说什么国内资源不行，耽误他的事业发展，要去美国找他爸，换美国国籍。"

呸！

陆云檀没好气地问了句："那男的是干什么的呀？"

陆林："学物理的，都读到博士了。"

陆云檀：……这不是巧了嘛？

陆林哼了一声，说："他还年年拿国家奖学金呢，国家真是白培养他这么多年！"

纪雪杉没好气道："打着搞科研的口号崇洋媚外，学物理是假，忘本才是真！"

陆林："你说说这和嫌贫爱富有什么区别？虽然咱们没有资格要求人家一定要为祖国筑基石，也没有资格谴责他去追求更好的发展机会，更不能否认国外的科学技术就是比我们先进，但是他这态度就不对！学习别人的先进文化没错，放弃自己的国家是什么意思？要是人人都和他一样，民族还能有力量吗？迟早被自己人打垮！"

陆云檀很赞同她爸的话，重重点头："对！没错！"

纪雪杉："而且结婚前说得好好的，答应了人家不出国的，结果倒好，结完婚了又变卦，这不是骗婚吗？老林那老两口，就这么一个闺女，她出国了，这老两口怎么办呀？想想就难受死了……"

陆云檀叹了口气："哎，就是！"

纪雪杉又板起了脸，盯着自己闺女："陆云檀你给我听好了，我不管你哥怎么样，你找男人的标准必须是中国人，他爸妈也都必须是中国人，不然你想都不要想！"

陆云檀：……不是说我哥吗？怎么又拉扯到我身上了？

陆林也警告了一句："你要是敢和林露露一样，我直接把你们两个打出去！"

梁云笺是中国人，但是他爸妈……

他曾说过他爸妈也很快就会把国籍改回来，但具体什么时候改，不太清楚。

陆云檀斟酌了一下，先保证了一句："哎呀，你们放心吧，我生是中国人死是中国魂，绝对不可能找外国人，更不可能找'精神外国人'。"然后才切入主题，"而且我身边的朋友都可爱国了，我还认识一个在科研所工作的朋友，他高中毕业后移民到了美国，在国外读书读了七年，最后在麻省理工取得了博士学位，当时美国那边有好多顶尖学府和科研公司都向他投来了橄榄枝，但是他全部拒绝了，毅然决然地选择回国，投身祖国的科研事业，为祖国的科研技术添砖加瓦。"又补充说明，"他还把国籍改回来了，现在还是中国籍，中国人，中国心，中国魂！"

陆林缓缓点了点头："这孩子还不错，比林露露找的那个强得多。"

陆云檀眼睛一亮，乘胜追击："他长得还挺帅的，你觉得我可以跟他发展一下吗？"

陆林一愣，面无表情地盯着她："他爸妈呢？"

陆云檀抿了抿唇："暂时是外国人，不过很快就会改回来的！"

陆林否决："不行！"

纪雪杉继续否决："绝对不行！"

陆林："什么时候改回来，什么时候再说这事！"

纪雪杉："别到时又跟老林他们家的女婿一样，婚前婚后两副面孔，真是知人知面不知心！"

她敢打包票梁云笺绝对不是那种人！

陆云檀还想继续劝说，但是她妈强行剥夺了她的发言权："闭嘴！吃饭！"

陆云檀一噎。

陆林:"吃完饭给你哥打个电话问问他到底怎么回事。"

陆云檀心理不平衡,没好气地说了句:"他要是真看上个外国女人呢?"

纪雪杉眼皮一撩,冷冷道:"那还不简单?"

陆林毫不留情:"直接让他在那边待着别回来了。"

啊……好狠的心!

但是胳膊拧不过大腿,陆云檀只好暂时按兵不动,乖乖吃饭,至于该如何开口向她爸妈坦白自己正在和梁云笺谈恋爱的事情……唉,听老祖宗的话吧:见机行事。

饭后,她回到了自己的房间,盘着腿坐在了床上,用平板给她哥打了个视频电话。

第一遍没打通,她又锲而不舍地打了第二遍。

还没通。

啧,搞什么鬼?

可能是在忙?

那就先不打了吧,晚上再说,说不定她哥看到未接消息之后就会打回来了。

没想到就在她放下平板的那一瞬间,来自她哥的视频请求就弹出来了,于是,她又立即把平板举了起来,点击接通,再然后,蒙了——

出现在屏幕上的是一个貌美如花的美女,但这个美女,并不是她哥……

这位美女穿着一条性感的墨绿色深V吊带裙,身材纤细,肩颈线条紧致而修长,脸蛋小巧,五官成熟妩媚,浓黑的眼线都快要勾到太阳穴上面去了,却一点都不显媚俗,反而相当性感,眼角眉梢风情万种。

唯一美中不足的是,皮肤有点黑,但黑得不难看,呈现出一种健康的小麦色,是东南亚地区典型的肤色。

不过她却生着一副标准的中国美人的骨相。乌黑的长发披肩,烫着慵懒的波浪卷。

"你是谁呀?"

屏幕上的女人先开了口,字正腔圆的中国话,饱满的红唇一开一合,洁白而整齐的牙齿若隐若现,神色中带着点淡淡的不屑与冷傲。

简单来说就一个字:贱。

两个字:很贱。

三个字：非常跩。

精准地踩了檀女侠的爆点：你可以跩，但你不能在本女侠面前跩！

于是乎，檀女侠也一瞬间跩了起来，眼尾冷冷地一吊："你是谁呀？"好像是在和那个美艳的女人比谁更跩，"算了，你不重要，我也不想知道你是谁，我找陆云枫。"

屏幕上的女人神色淡淡："他洗澡去了。"

陆云檀：……他真的在那边找了个女人？

是长期稳定的关系，还是一夜情那种啊？

陆云檀深深地吸了一口气，竭力使自己保持冷静："你们俩什么关系呀？"说话的时候，她仔细地观察着屏幕中的背景。

那个女人正身处一间布置得当的卧室中，地毯和床铺都很干净，米白色的落地窗帘有质感，装修格调和家具也很上档次。

还是说，两人去了酒店？

"你们两个是什么关系？"女人反问了过来。

陆云檀又反问了回去："你看不到备注吗？"

女人哂笑了一下，语调冷冷："烦人精。"

陆云檀一愣："什么？"

女人面无表情地吹了一下自己的红指甲："他给你的备注，烦人精。"

好！好！好！

陆云枫你竟然敢这么备注你可爱美丽冰雪聪明善解人意落落大方的妹妹！

哼！

我一定要打击报复你！

陆云檀哼了一声，趾高气扬地对着屏幕说："我是他家里的女人，你又是哪个？"

屏幕中那个美艳女人的脸色明显阴沉了一下，但很快调整好了情绪，满不在乎地瞟着屏幕："他竟然能看上你这样的？你长得也很一般嘛，双眼无神就算了，鼻梁也不够挺，塌肩又平胸，他看上你什么了？"

我双眼无神？

我的鼻子还不够挺？

我塌肩还平胸？

呸！

呸！

呸！

我讨厌死你了！

本女侠必须打击报复你！

陆云檀怒火中烧，不甘示弱地打击报复了回去："你也很一般嘛，又黑又丑又不温柔，唱戏的都没你的妆浓，而且你眼光也不怎么行，有眼无珠的，陆云枫是饥不择食了才进了你的脏被窝吧？"

女人的神色一凛，眼神中流露出了一股难训的野性，狠戾十足："你这辈子最好不要来这边，不然老娘一定亲手宰了你！"

谁要去那种无法无天的地方？

我又不傻！

陆云檀冷哼一声，毫无畏惧："哦哟，我好怕怕呀！"然后又冷笑一声，"你这辈子也最好别来东辅，不然我亲手宰了你！"说完，她直接挂断了视频，不再给对方任何打击报复回来的机会。

但这并不怎么解气。

并且还越想越生气！

竟然说人家长很一般？说人家双眼无神鼻梁不够挺？说人家塌肩还平胸？

哼！哼！哼！

恶意中伤，赤裸裸的诋毁！

气死啦！

她那颗受了伤害的小心灵急需别人来安慰，或者说，需要找人告状，狠狠地告状！

对！没错！她就是这么小肚鸡肠！

但是吧，她并没有去找她爸妈告状，甚至没有往这方面考虑过，毕竟那是她亲哥，即便他找了个非常令人讨厌的女人，即便他的那个女人狠狠地羞辱了她，即便他给她的备注是"烦人精"，她还是愿意替他保守秘密的，谁让他是她亲哥呢？

哎，像我这么好、这么懂事、这么善解人意的妹妹，打着灯笼都难找，陆云枫为什么不知道珍惜呢？还备注我是"烦人精"？

哼!

她长叹一口气,然后看了眼时间:十二点半,正常单位的午休时间。

梁云笺现在是不是在食堂吃饭?

她犹豫了一下,还是没忍住给他拨过去一个微信视频邀请。

梁云笺接得很快,笑意温柔地看着屏幕:"怎么了?"

通过视频背景,陆云檀确定了自己猜测:他就是在食堂吃饭——没工作,不忙,是个告状的好时机!

于是乎,她立即噘起小嘴巴,还发挥出了毕生最精湛的演技,酝酿出了两滴鳄鱼的眼泪:"呜呜呜,我被人欺负了,呜呜呜……"

梁云笺一愣,立即放下了右手中的筷子,紧张担忧地看向屏幕,焦急追问:"谁欺负你了?"

陆云檀:"我哥那不讲理的边境野女人!"

梁云笺有些不敢相信自己的耳朵:"你哥的……什么?"

陆云檀:"不讲理的野女人!"

梁云笺哑口无言。

陆云檀吸了吸并不酸楚的鼻子:"他去外面乱搞男女关系了……"

什么?

乱搞什么?

梁云笺又开始怀疑自己的听力,难以置信地问了一遍:"你哥去干什么了?"

陆云檀:"乱搞男女关系。"

陆云枫,乱搞男女关系?

乱搞男女关系?陆云枫?

梁云笺震惊到无以复加,完全无法思考。

陆云檀继续哭哭啼啼地告状:"我被他的野女人欺负了!"

梁云笺的眉头再次蹙了起来:"她怎么欺负你了?为什么欺负你?"

陆云檀:"我也不知道她为什么欺负我,她平白无故就说我长得丑,说我双眼无神。"

梁云笺立即安抚:"她胡说!你的眼睛很好看,像是藏了星星。"又很认真地说,"我很喜欢看你的眼睛。"

陆云檀心头一喜,尝到甜头之后,还想要更多,于是乎继续告状:"她还说我鼻梁不够挺，还说我塌肩。"

梁云笺："如果你的鼻梁还不够挺的话，那这个世界上就没有好看的鼻梁了。"

陆云檀又是一喜！

但檀女侠还是不知足："肩膀呢？"

她眼睛直勾勾地盯着屏幕，就差把"你快点继续夸我呀"这几个字写脸上了。

梁云笺忍俊不禁："檀女侠的肩膀笔直而挺立，既不孱弱又优雅好看，英姿飒爽，女侠典范。"

嘻嘻！

没想到你这个臭书生还挺会夸人！

陆云檀终于被哄开心了，高高地扬起了嘴角，但还是有一点点不太满足的地方，于是又对着屏幕说了句："她还说我平胸。"

梁云笺轻咳一声，不动声色地打量了一下坐在周围的同事，然后把视频调成了小窗口模式，打字回复：很好。

这次的夸奖也太笼统了吧？

一点都不走心！

陆云檀不满："哪里好啦？"

梁云笺沉默片刻，面不改色地打字：手感很好。

羞羞羞！

陆云檀哼了一声，噘着小嘴巴乜斜着屏幕，盯着看了几秒钟后，也把视频调成了小窗模式，打字：我"姨妈"结束了。

梁云笺呼吸一窒，喉结上下滑动了一下，一本正经地打字：我买了台投影仪，你想来我家看电影吗？

陆云檀也是一本正经：什么时候？

梁云笺：今晚。

陆云檀：可以。

梁云笺：我等你。

陆云檀：不用等我，几点下班？我开车去接你！

梁云笺：六点。

陆云檀：好，今晚一起看电影。

梁云笺：不见不散。

对话结束。

陆云檀挂断了视频，然后，开始在床上打滚，疯狂打滚，仿若一头闯进了鸡窝的小母豹——猎杀时刻到了！

激动地翻滚了好久好久，她才注意到了不断响铃的平板，拿起来一看，是她哥打来的视频电话，好心情瞬间被折煞掉了一大半——

哼！

竟然备注我是"烦人精"，我才不接你的电话呢！

于是乎，檀女侠很干脆果断地把视频挂断了。

很快，她哥又打来了一个，但她还是没接。

或许是因为无可奈何了，她哥没再发视频，而是用微信给她发了条文字消息：你接一下电话。

陆云檀本来是打定了主意不理她哥的，但还是忍不住发了语音："我讨厌死你了！我要和你断绝关系！"

陆云枫：都是误会！

陆云檀：你竟然备注我是烦人精！

陆云枫：[省略号.jpg]

陆云檀还是好生气：你竟然备注你可爱美丽冰雪聪明善解人意落落大方的妹妹是烦人精！哼！我是不会原谅你的！和你的野女人恩恩爱爱去吧！我以后就是独生子女！

陆云枫：[省略号.jpg]

陆云枫：她真的不是你想的那种人。

你竟然不第一时间安慰我？竟然先帮着她说话？

陆云檀怒上加怒，直接发飙："她说我丑！还藐视我！你不帮你妹妹出气就算了，还帮着她说话！我讨厌你！我没你这个哥！"

她虽然生气，但还是帮她哥澄清了一下误会，承认了他们是兄妹关系。

但是在发完这条语音后，她还是毫不留情地把她哥拉黑了。

对！

没错！

她就是这么记仇！

以前的那个陆云檀已经死了，现在把你拉黑的，是"钮祜禄·女侠·云檀"！

哼！

下午三点多的时候，陆云檀关上了电脑，然后去了卫生间，洗个了香喷喷的热水澡。

吹干头发后，她仔仔细细地擦了身体乳，又在耳朵后面抹了点香水，然后，换上了新买的内衣内裤，黑纱蕾丝的那种。

从卫生间出来后，她站在了衣柜前，开始纠结今晚应该穿什么衣服？

思来想去，她决定穿裙子。

其实她并不是一个爱穿裙子的人，因为穿裙子的时候不能做大幅度的动作，不然容易走光，实在是影响她行走江湖的步伐。但是，她可是一个武艺高超的女侠呀，怎么能因为裙子而放弃行走江湖呢？

所以她决定放弃穿裙子，从而导致她的衣柜中并没有几条裙子可供选择。

翻箱倒柜了一番，她终于在衣柜的最深处扒拉出来了两条裙子，一条是半身A字款牛仔裙，一条是黑色的V领连衣裙。

就这为数不多的两条裙子，还全都是她妈妈给她买的。

摸着下巴思量片刻，她决定穿那条黑色的连衣裙，因为性感，然而就在她收拾好东西准备出门的时候，才发现这条黑色裙子不好搭鞋子。

她没有高跟鞋。

五层鞋柜里面摆着的全是运动鞋或者平底鞋，没有一双可以搭配这条裙子的。

于是乎，她不得不把这条黑色的裙子换掉，换上了那条半身牛仔裙，上衣选择了一件简单的黑色短袖，搭了一双白色的运动鞋。

平时出门的时候她喜欢背双肩包，因为这样可以解放双手，但是今天，她想背个单肩的，就那种黑色的、细长锁链条的、带金属扣的那种，性感，有女人的韵味！

可是紧接着问题又来了，她唯一一个符合要求的包实在是太小了，刚刚能塞进去一个手机而已，再多塞个充电器都不行，怎么装换洗的内衣内裤呢？

她只好换包，换成了经常背的那个黑色双肩包。

唉……

在追求性感的这条路上，檀女侠屡屡受挫，最终拿着车钥匙出门的时候，她还在心内暗自神伤了一番：真是天妒红颜，像我这种貌美如花的小仙女，竟然没有性感的机会,不然一定迷翻臭书生!

离家之前,她先去跟她爸妈汇报了一声,并告知他们今晚不回来住了,理由是朋友买了台投影仪,邀请她去通宵看电影——无论是不是真的要看电影,但她这句话倒是真的没骗人。

她爸听后,眉头一蹙:"男的女的?"

陆云檀面不改色心不跳:"有男有女,好多人一起去呢。"

她爸的眉头并没有舒展:"什么电影不能在家看?非得跑去别人家看?"

陆云檀:"鬼片,我们都不敢自己在家看,只能聚在一起看。"

她妈哼了一声:"就你那小胆,天天晚上睡觉连灯都不敢关,还敢看鬼片呢?"

檀女侠忽然好没面子:"人家什么时候不敢关灯啦?人家开的是小夜灯,方便半夜上厕所!"

她妈撇了撇嘴,一脸不屑:"行,你去看吧,只要回来后别缠着你妈陪你睡觉就行。"

哼!

人家一点都不怕鬼!

"我才不会呢!"陆云檀气呼呼地噘起了小嘴巴,非常没面子地离开了家。

出发的时候才四点半,一路顺畅,她抵达东辅物理研究所的时候还不到五点二十分。

陆云檀把车停在了路边,也没给梁云笺发消息,免得打扰到他工作,一边刷手机一边等他下班。

科研所地处市郊,附近马路上的人和车都比较少。

此时此刻,车里也只有她自己,刚好可以做一些不能为外人道的私密事情。

于是乎,檀女侠打开了浏览器,临阵抱佛脚似的,急慌慌地在搜索框中输入:如何在夜间征服男人。

她正专心致志地刷着攻略呢,一条微信消息通知忽然从界面上方弹出,她本来是想直接忽略的,但是在看到发信人的那一刻,着实有些震惊——竟然是李航?

自从云海山一别,他们就和李大护法失去了联系。

起初,他们还对李大护法有些期待,觉得他迟早会觉悟,一定会离开那个错误的女人，然而随着时间的推移，他们的期待值越来越小，失望值越来越大，同时还有些怒其不争哀其不幸。但更多的还是失望，没想到他会因为一个孙夏暖抛弃了整个青云帮。

确实是个痴情种，却也是个绝世大傻瓜。

哪怕只是萍水相逢一场呢，也不带这么绝情的，更何况是十年的友情。

所以在看到微信消息的那一刻，陆云檀震惊极了，立即点开了消息通知。

微信界面弹出，李航在青云帮的大群里发了条消息：分了，兄弟们，分了。

峰回路转？

陆云檀刚准备回一个"真的假的"，结果"假"字还没打出来呢，李航又在群里发了一条：爱情，不值一文，却又令人肝肠寸断……

青春伤痛文学重出于世。

下西洋的消息弹出：您还健在呢？

李航压根儿没搭理他，继续发疯：七年了，就这么轻飘飘地结束了，我的青春竟然这么轻贱。

李月瑶冒泡：你可醒醒吧！

下西洋：我也怀疑他是喝高了。

陆云檀想了想，打了个：@李航 你给我们发条语音。

李航的语音很快发来，语调清晰，就是带着哭腔："帮主，我没醉，我就是心里难受……难受极了……"又连着发来一条，"整个群里，只有我没有爱情，我是孤家寡人，我备受孤独，我孑然一身，我难受啊！"

陆云檀：啊这……

陆云檀：需要我们去陪你吗？

李航：不需要，我想自己静静。

李航：让我独自一人听着肖邦的夜曲，纪念我那死去的爱情。

陆云檀：……好家伙，这伤痛能力，可与副帮主一决高下！

李月瑶：你那爱情又不是什么好爱情，还用得着纪念？

下西洋：对啊，庆祝还差不多！弹冠相庆！普天同庆！

陆云檀也说了句：摆脱了错误的人才能遇到对的人，那女的又不是什么好东西，你有什么可惋惜的？

之前李航和孙夏暖没分手，所以他们说话都比较委婉，但是现在不一样了，两人分了，他们就没什么顾虑了，想说什么就直接说了。

李航沉寂许久：道理我都懂，可我就是难受。

他又补充了一条：而且小暖她真的挺好的，她就是家里条件不好，从小被欺负多了，害怕自己被欺负，才会强势了一些。

陆云檀：无语。

李月瑶：无语。

下西洋：无语。

李航：呵，爱情，到底是个什么东西啊？世界上最难解的题，不过是爱情之题！

陆云檀沉默片刻：你没发现群里一直有个人没说话吗？

李航：啊……就是，梁某笺呢？

下西洋：什么梁某笺？人家升了！变凤凰了！现在是货真价实的帮主夫人！

李航：什么时候的事？

下西洋：半个月之前。哎，少了你的帮扶，我实在是无力对抗他，只能任由他升官加爵，现在无论是你还是我，都已经斗不过他了。

但是李航现在已经无心"政治斗争"了：所有人都有爱情，只有我没有，太难了！太难了！

李月瑶：你猜帮主刚才为什么问你有没有发现梁某笺一直没说话？

李航：分手了？

陆云檀：呸！呸！呸！

陆云檀：因为人家在钻研物理！不比你的爱情之题难？

李月瑶：唉，分个手，叽叽歪歪的。

下西洋：我可以理解你的悲伤，但我不理解你的矫情。

李航沉默许久：我没有帮主心态好，没有军师聪明，没有帮主夫人的脑子和颜值，我一事无成！我是个垃圾！

明白了，他这不仅是陷入了爱情的旋涡，还造成了负面情绪。

就在陆云檀准备开导他一番的时候，下西洋突然问了句：那我呢？你嫉妒我什么？

李航：你太胖了，毫无可圈可点之处。

陆云檀绷不住了，直接笑出了声，边笑边打字：哈哈哈哈哈哈哈哈！

李月瑶的情况和她差不多：哈哈哈哈哈。

下西洋：不聊了！伤心了！

下西洋：@李航 割袍断义吧！

李航：那先这样吧，我还得飞夜班。

下西洋：[省略号.jpg]

李航：等我回来，一起喝酒，不醉不归！

下西洋：老子不约！

此番有关爱情的群聊，在郑副帮主的气急败坏中，宣告结束。

二十秒后，郑副帮主开始在没有李大护法的小群中疯狂开麦，针对李大护法进行了一场激情的批判性演讲。

陆云檀和李月瑶隔着屏幕看热闹，时不时地送上两句鳄鱼的安慰。

不知过了多久，梁云笺的消息忽然弹了出来：发生什么了？

陆云檀：嗯？

梁云笺：快下班了。

陆云檀：哦。

李月瑶：但我要去上夜班了，呜呜呜！

陆云檀：摸摸摸摸。

梁云笺：所以，到底发生什么了？

下西洋言简意赅地总结：李航分手了，并侮辱了我。

梁云笺：这两件事之间有什么联系吗？

李月瑶：没有，这是两件事。

梁云笺：哦。

下西洋：第二件事不可原谅！

至此，帮主夫人终于明白了郑大人为什么要在群里激情开麦。

早在几分钟之前，檀帮主就不再看群消息了，争分夺秒地看攻略，并迅速总结了知识点：

从内衣入手，用热吻攻击，把妩媚当作手段，在征服与被征服之间来回转换角色，使男人欲罢不能！

内衣这项她是合格的，热吻和妩媚应该也是可以的，至于转换角色？是个什么意思？

角色扮演吗？

还要在征服和被征服之间来回转换角色？

先扮演无恶不作、欺男霸女、逼良为娼的江洋大盗？再扮演身世可怜、卖身葬父、不幸流入青楼的小可怜？

江洋大盗——征服。

小可怜——被征服。

嗯，不错，就这么决定了！

看了眼时间，六点过五分了，陆云檀向车外看了一眼，刚好看到从科研院大门里面走出来的梁云笈。

他穿着白衬衫和西服裤，身形挺拔，俊逸清隽，骨相极佳，绝对是一位不沾俗气的翩翩贵公子，很容易被色欲熏心的土匪盯上的那种清怜美人。

陆云檀开门下了车，分分钟进入了角色：江洋大盗。

她直接冲到了梁美人面前，挡其去路，双手叉腰，一脸狷狂地看着他："站住，打劫！"

梁云笈忍不住笑了，又立即收敛起了笑容，配合她的表演："敢问这位好汉，您是想劫财还是劫色？"

陆云檀狞笑一下："劫色！"

梁云笈："可以。"

你就这么屈服了？

都不反抗一下下的吗？哪怕是表现出来一丝丝惊恐害怕的情绪呢！

没意思！

无趣的臭书生！

陆云檀不满地哼了一声："你为什么不反抗？我可是土匪呀！"

梁云笈将唇压向她的耳畔，声色低沉："因为我想被檀女侠劫色。"又补充，"早就想了。"

全身如同被电流袭击，从耳尖开始发颤，酥酥麻麻的，一路颤动到了心尖。

陆云檀咬住了下唇，抬眸瞟了他一眼，视线扫过他诱人的喉结和完美的下颌线，最终定格在了他薄粉色的双唇上，微微眯起了眼睛："你知道吗，我现在是江洋大盗，欺男霸女的那种，今天的目标就是征服你，所以你必须好好配合本大盗，我让你干什么你就干什么！"

梁云笈眉头微挑："我要是不配合会是什么后果？"

陆云檀恶狠狠地说："那我就让你知道什么叫作野蛮！"

梁云笈牵唇一笑："好啊，我等着。"

好呀！你这个臭书生竟然还敢这么猖狂？

那就休怪本女侠无礼了！

"我要吃饭！"陆云檀不容置疑，"我要吃你做的饭！"

吃饱了才有力气干活儿！

"好。"梁云笺握住了她的手，与她十指相扣，"我们回家。"

陆云檀心满意足地勾起了嘴角。

到家后，梁云笺去厨房做饭，陆云檀盘着腿坐在了客厅的地毯上，仰着脖子看电影。

投影仪打在空白平整的墙壁上，四方形的大幅画面与电影院如出一辙。

正看着呢，脚指头忽然被什么东西撞了一下，她低头一看，是扫地机器人，本没有放在心上，可就在她抬起头的那一瞬间，忽然心意一动，然后看向了茶几上放着的购物袋。

回家前，他们先去了趟超市，买了点食材和必备品。

她抬起手，扒拉了一下购物袋，伸着脖子看了眼必备品，机器人的电影剧本刹那间在脑海中成型了。

饭后，梁云笺去刷碗，陆云檀擦桌子，边擦边构思具体的情节。

梁云笺一从厨房里走出来，陆云檀就冲到了他面前，开启了另外一种角色扮演——楚楚可怜青楼女——娇滴滴地说："这位公子，你可怜可怜奴家吧，奴家的身世很悲惨的。"

这又演的是哪一场戏？

虽然有点不知所措，但梁云笺不得不配合她继续往下演，语调冷冷："说，我听听到底有多惨。"

好家伙，你这语气和表情比纨绔子弟还要斯文败类。

喜欢！

想扑倒！

但陆云檀是一个专业的演员，不会受任何人的干扰，先期期艾艾地阐述一下自己的凄苦身世以及是怎么被迫害卖入青楼的，然后又娇滴滴地说："但是奴家卖艺不卖身，是个清倌人。"

梁云笺："那你想让我怎么可怜你？"

陆云檀眼睛亮闪闪："听奴家讲个故事，讲完了您要是觉得好，就打个赏。"

梁云笺:"行,讲吧。"

陆云檀:"从前有一个发明家,"讲到这里,她忽然想到了什么——绝对不能让这个臭书生觉得我是一个污污的女侠,我很正直哒——于是立即补充,"我先严肃申明一下啊,这可不是我自己的原创故事,我是听朋友说的!"

"无中生友"吗?

梁云笺无奈一笑,点头道:"好,我知道了,你继续讲。"

陆云檀这才放心地讲了下去:"那个发明家呢,发明了一台声控机器人,但是技艺不精湛,所以这个机器人只能听懂两个音,一个是'嗯',一个是'啊',听到'嗯'的时候呢,它会迈左腿,听到'啊'的时候呢,它会迈右腿,后来有一天呢,发明家的女朋友去了他家,你猜第二天早上发生了什么?"

她撩起眼皮,别有深意地看着梁云笺。

梁云笺的瞳色猛然一深,深吸一口气,镇定自如地回答:"我想听檀女侠的答案。"

陆云檀纠正:"我现在不是檀女侠,我是檀花魁。"

她在很认真地进行角色扮演呢!

梁云笺早已心猿意马,根本不想在这种无关紧要的细节上面浪费时间:"所以第二天早上发生了什么?"

陆云檀话里有话:"机器人离家出走啦。"

梁云笺抿了抿干涩的双唇:"你也想试试家里的机器人吗?"

陆云檀哼了一声:"我卖艺不卖身的!"

梁云笺没说话,微微垂眸,目不转睛地盯着她看了几秒钟,忽然将她拦腰抱起,大步朝着卧室走了过去。

"啊!"

陆云檀是真的被惊了一下,短暂的眩晕过后,继续演戏,毫无演技地在他怀中挣扎——蹬腿挥胳膊就是不下去——扭捏作态地说:"嘤嘤嘤,你这个书生真坏,想毁人家清白,人家都说了卖艺不卖身!"

梁云笺将她扔在了柔软的大床上,俯身压了下去:"花魁诱人,书生愿为裙下臣。"

"啧,你说得还挺好。"

"做得更好。"

身为一名很"专业"的演员,檀女侠有始有终,从开始到结束,一直在"嘤嘤嘤"。

只不过,开始的"嘤嘤嘤"是假的,是用糟糕透顶的演技演出来的,但是到了后来,就变成了真的……"嘤"得梨花带雨,楚楚可怜。

假哭着开始,真哭着结束。

云海山的神仙,真的一点都不灵!

梁云笺才刚躺下,陆云檀就翻了个身,侧身躺在大床的另一边,噘着嘴巴擦眼泪,像极了一个不经逗乐的小孩,输了之后就开始闹脾气了。

梁云笺知道,檀女侠这是没面子了,必须尽快把她的面子还回去才行。

他无奈一笑,从背后抱住了她,很是谦卑地问了句:"檀女侠可还满意?"

满意!满意!我可真是太满意了!

你怎么没把我折腾死呢?

陆云檀吸了吸鼻子,愤愤不平的嗓音中还带着点哭腔:"你这个流氓书生,欺人太甚!我都不喜欢你了!"

真的不喜欢了?

梁云笺:"下次让你对我为所欲为。"

陆云檀抿唇沉默片刻:"真的?"

梁云笺:"真的。"

陆云檀又加了个条件:"不能反抗。"

梁云笺保证:"绝对不反抗。"

考虑了几秒钟后,陆云檀决定见好就收:"那好吧。"

梁云笺笑了:"还喜欢我吗?"

陆云檀很是傲娇:"还喜欢一点点吧。"

"只有一点点?"梁云笺轻轻地扳了一下她的肩头。

陆云檀借坡下驴,顺势把身体翻了过来,气呼呼看着他,同时用手指用力地戳着他心口的文身:"就凭你刚才的表现,一点点都算是好的了!"

梁云笺微蹙,很认真地问了句:"我刚才表现不好吗?"

陆云檀:"你不听本帮主的命令,以下犯上!"

梁云笺沉默片刻:"我真的都听了。"

竟然还狡辩?

陆云檀怒:"你没有!你一直在和我对着干!"

虽然她的大脑有着很强的自我保护机制,会定期清理对自己不利的记忆,但是吧,对于这种刚刚才发生的事情,不可能清理得那么快,稍一提醒就想起来了。

梁云笺轻叹口气,故意用上了一副为难的表情:"檀女侠是真的把我当成声控机器人了吗?"

比城墙拐角还厚的脸皮突然燎得慌,像是在被火烤,但为了维护自己的面子,陆云檀依旧能面不改色心不跳地扯谎:"我忘记了。"紧接着又开始倒打一耙,"人家刚才都被你弄哭了,根本不记得发生了什么,谁知道你是不是在骗人!"

梁云笺微微挑眉:"真不记得了?"

陆云檀信誓旦旦:"真不记得了!一点都不!"

梁云笺:"要不再复习一遍?"

陆云檀:"不要!"

梁云笺:"熟能生巧。"

陆云檀一脸傲娇地盯着他:"本女侠才不跟你熟能生巧呢,你不听我的话,我就跟你拜拜,下一个更乖!"

梁云笺在她的额头上轻轻敲了一下:"你还想找下一个呢?"

陆云檀点头:"对!"她还真的认真考虑了一下,"想找个听话的弟弟,'茶茶'地喊我'姐姐'那种。"

想得美。

梁云笺盯着她看了几秒钟,将唇贴近她的耳郭,低低沉沉地喊了她一声:"姐姐。"

陆云檀的小心肝狠狠一颤,双眼放光地盯着梁云笺,流露出了饿狼一般的眼神:"你再喊一遍!"

梁云笺却没如她的意:"喜欢这样的?"

陆云檀点点头,脑袋都快点成小鸡啄米了。

梁云笺神色淡淡,语气也冷冷清清:"果然。"

陆云檀一愣:"果然什么?"

梁云笺面无表情地盯着她:"得到了就不知道珍惜了。"

瞧你这话说得,好像我多薄情寡义一样!

陆云檀开始为自己狡辩:"我才没有呢!我喜欢的是你喊的那声'姐姐',重点是你喊的,所以我才想再听一遍!"

梁云笺:"是吗?"

陆云檀重重点头:"是的!"又催促他,"快点再喊一声!"

梁云笺:"真想听?"

陆云檀继续点头:"嗯!"

梁云笺言简意赅:"再来一次。"

陆云檀:"嗯?"

你这,收费标准有点儿过分了吧!

梁云笺微微垂眸,神色柔柔:"姐姐不想吗?"

哎哟!

要了命了!

这就是角色扮演的魅力吗?俊逸书生变身"绿茶"弟弟,好刺激哦!

既然如此,那本女侠要多体验几种角色!

陆云檀抬眸看着他,眼神放着精光:"再喊点别的呗,我看看我更喜欢哪个。"

梁云笺:……竟然还挑上了?

陆云檀盯着他:"你不愿意呀?不愿意我就去找个愿意的!肯定有愿意的!现在各行各业都卷得厉害,你要珍惜机会呀!"

梁云笺哭笑不得,索性满足了她:"还想听什么?"

陆云檀想了想:"喊声'大爷',再说一句'奴家最爱大爷了'!"

梁云笺没作声。

陆云檀迫不及待地催促:"说呀!"

梁云笺不置可否:"先做。"他紧紧地揽住了她的细腰,单手撑床翻了个身,将她压在了身下,"做完再说。"

陆云檀强烈不满:"不行!说完再做。"

梁云笺亲了亲她的脸颊,温声哄着:"乖,云檀最乖了。"

陆云檀这人,向来是吃软不吃硬,瞬间就妥协了百分之五十,但依旧还有百分之五十的反抗情绪:"你先喊一声怎么啦?"

梁云笺故技重施,将唇贴向了她的耳根,一边在她耳后的肌肤上连绵地亲吻着,一边低低沉沉地说:"姐姐不想要吗?"

这个奸诈的书生!

陆云檀彻底妥协,伸手抱住了梁云笺的脖子,沉溺地闭上了眼睛。

芙蓉帐暖度春宵,从此君王不早朝——这句话是真的。

第二天清晨,陆云檀睁开眼睛的时候,窗外已经天光大亮了,即便是质量绝佳的遮光窗帘也难抵夏日的炽热阳光。

真是,美色误事!

不过幸好她今天也没什么事,可以随意睡懒觉。

唯一美中不足的地方是梁美人不在身边。

美人上班去了。

哼,昨天晚上口口声声喊人家"乖乖""宝贝""云檀",甚至还"茶茶"地喊了好几声"姐姐",让人家辛辛苦苦了一整晚,结果第二天早上睡醒了就走人,都不跟人家说一声,真无情!

檀女侠不高兴地噘起了小嘴巴,起身从床上坐了起来,浑身酸痛,像是被暴打了一顿。

流氓书生!

真坏!

再也不喜欢你了!

委委屈屈地从卫生间出来后,陆云檀打开了衣柜,从里面拿出一件白色的男士短袖,套在自己身上当睡裙,然后开始满屋子转悠找手机。

最终,她在客厅的茶几上找到了。

黑色的、反射着暗影的手机屏幕上,静静地躺着一朵纸叠的红玫瑰。

花瓣层叠,娇艳欲滴,栩栩如生,仿若刚从枝头裁剪下来的。

折纸艺人的手艺,依旧是相当精湛!

陆云檀美滋滋地翘起嘴角,满肚子的委屈和愤怒在瞬间烟消云散,立即拿起玫瑰花,爱不释手地欣赏了一会儿,然后忍痛将其拆开了。

红色的纸页上,隐隐浮现着优雅的云纹图案,纸张正中央的位置,写着几行黑色的钢笔字,字迹铮铮,颜筋柳骨,相当有书法大家之风范,而这笔墨的内容,却又带着无尽的温柔:

我的人生一直很普通

直到十五岁孟秋

　　纸飞机溜进窗缝

　　载着你一同

　　风风火火地闯进了我的人生

　　从此花开不败 水墨相逢

　　愿与你热潮黏腻共度余生

是一首情诗。

记载着他们两个相识、相知、相恋的情诗。

独属于她自己的情诗。

陆云檀的眼眶莫名一热，晶莹的泪珠不受控制地滚落出眼眶。

这个臭书生真讨厌，干吗要煽情？

哼！

又把人家弄哭了……

流了好几滴感动的眼泪之后，她内心那股波涛汹涌的情绪才平复了些许。

她吸了吸鼻子，又一字不落地、仔仔细细将这首情书读了一遍、两遍、三遍……好几遍。

越读越喜欢，像是吃了蜜糖一样甜。

真是想不到一个物理学博士还能有这种斐然的文采，又会编鬼故事又会写情诗，全能型选手呀！

不过话又说回来，他上高中的时候，文理科好像都挺不错，毕竟是长居年级第一宝座之人，怎么会偏科呢？而且他的父亲还是一位顶级钢琴家，所以他天生自带浪漫主义的基因，十五岁的时候就敢改编父亲的成名曲，怎么可能会是个毫无情趣的理科男呢？

文学与艺术对他而言，是骨子里自带的天赋，他自然是可以信手拈来，但他还是选择了理科。

为了什么呢？

是因为从那时起，他就决定要投身祖国的科研事业了吗？

她记得，他们两个曾在前不久讨论过我国的光刻机与芯片技术——

以我国现今的科技水平，至多可以自主生产28nm的芯片，成品率还极低，而荷兰的光刻机巨头AS/ML公司已经可以产出5nm芯片，甚至还在研发更先进的技术。

并且，阿斯迈尔的技术是集全球顶尖科研为一体的最高端科技，人类的才华并集，并不是一个国家或者一个团队的科技成果，而是多个国家和高端技术人才的共同研发，也不是一门学科的问题，而是多门学科的齐头并进。

所以，现今我国大部分的芯片资源还是靠进口，一旦被科技制裁，将会陷入极为艰难的桎梏境地。

可是，最不好的事情还是发生了，我们被制裁了。

但是我们就要为此做出妥协吗？要放弃主权，向西方社会低头吗？

她曾问过梁云笺这个问题，当时，他的回答是："泱泱华夏自然是愿意与世界融合接轨，却不能趋炎附势，落后势必会挨打，无论有没有骨气，所以，我们还是要自身强大起来才行。"

现今大国之间的比拼，已经不再是简单粗暴的金融战和荷枪实弹的武力战争了，而是科技战与贸易战，但无论如何，都是一句话：打铁还须自身硬。

那时，她还问了梁云笺一句："你在这个时候选择回国，如果科技战输了，你后悔不后悔？害不害怕？"

梁云笺笑了一下："这有什么好害怕的？兵来将挡水来土掩。"最后，他又极为坚定地说了四个字，"不破不立。"

是啊。

不破不立。

在逆境中生长，才是强大的起源。

制裁或许会限制发展，但也会激发我们的斗志和决心，就像是研发原子弹一样，什么高端科技都没有，全靠民族的凝聚力与毅力。

虽然光刻机会比原子弹更难研发一些，但我们不能放弃，无论是主权还是科技，都不能放弃。

选择了理科的音乐家之子，用实际行动给出了一份很好的答卷。

并且，在当时，在听到他的回答的那一刻，她对他的爱忽然飙升到了一个更高的巅峰。

她真的是爱死这个男人了。

不仅迷恋他的皮囊与骨相，更迷恋上他身上的那股使命感与责任感。

好的皮囊只能令人一时所贪，有使命感的灵魂才能令人不断沉沦。

此时此刻，在看到这首情诗之后，她更爱他了，爱得发狂。

谁能拒绝这样一个集浪漫和勇气于一体的男人呢？

反正她拒绝不了。

从此花开不败，水墨相逢。

她也愿意与他热潮黏腻共度余生。

第七章
/ 此乃人间笑傲

一首情诗，彻底让檀女侠开心了起来，她小心翼翼地把记载着情诗的红色云笺纸对折成小正方形后，把手机壳从手机上抠了下来，然后将云笺纸藏在了手机壳和手机之间。

重新扣上手机壳后，她打开了微信，点开了与"臭书生"的对话框，沉吟酝酿许久，胸有成竹地打字，发了一段自认为很有文采的情诗过去：

世道繁华熙攘
皆与我无关
与我有关的仅是一个你
眼角眉梢间鼓动着的
是我对你的绵绵爱意
风吹云动 玉露相逢
我只愿陪你水乳交融

啧！
完美！
既浪漫又有情趣！
不愧是我！

信心满满地放下手机后，檀女侠去了卫生间洗澡，边洗边哼小曲，心情好得不得了。

但是洗着洗着，她的小曲声就弱了下来，因为饿了，没力气哼小曲了。

洗完澡从卫生间出来后,她几乎要饿晕厥了,马不停蹄地冲去了厨房觅食。

冰箱的门上贴着一张蓝色的便利贴,上书:早饭在冰箱里,热三分钟就能吃。后面还加了个括号,里面写着:放心,有肉。

热泪盈眶!

陆云檀立即打开冰箱门,看到了满满一大盘肉丝炒面和一壶色彩缤纷的水果茶。

她立即把炒面端了出来,迫不及待地塞进了微波炉里,设定了三分钟的加热时间,然后端出了玻璃茶壶,又从杯架上拿起一个配套的玻璃杯,给自己倒了满满一杯,大大地喝了一口。

哇!

好好喝呀!

酸酸甜甜的,还冰凉爽口。

这个书生真是,好贤惠!

必须"娶"回家!

炒面热好后,她端着盘子和杯子去了客厅,盘着腿坐在茶几旁边的地毯上——有餐厅有餐桌,但是她不想用,她想边吃饭边用投影仪看综艺。

选择好心仪的综艺节目后,她才开始安心吃饭,然而吃了还没两三口,手机忽然振动了几下,她拿起来一看,屏幕上弹出来两条通知,一条是微信,一条是短信。

她先点开了微信,是梁云笺发来的:今晚继续。

无语!

人家绞尽脑汁地给你写情诗,你竟然不夸奖人家的才华和文笔,竟然只是垂涎人家的美色和身体?

羞羞羞!

流氓书生!

人家才不要和你继续呢!

她哼了一声,趾高气扬地打字,回复:你以为本女侠是很随便的人吗?本女侠吃完饭就回家了!

梁云笺倒也没有挽留她,而是回了句:不想尝一尝科研所的食堂吗?

陆云檀:嗯?可以吗?

梁云笺:我可以带午饭回家。

檀女侠忽然就陷入了纠结之中，在"尝一尝高智商人群的食堂饭菜"和"回家吃午饭"之间权衡了三秒钟，选择的天平倾向了前者，但回复依旧很傲娇：那好吧，看在你诚心邀请我的份上我就等等你。

　　消息发出后，她又忽然想到什么，立即追问：你午休多久呀？来得及吗？

　　梁云笺：两个小时，来得及。

　　陆云檀：那好吧。

　　梁云笺：等我。

　　陆云檀肯定会等他，但是为了保持高冷，她没有回复消息，而是退出了微信，点开了未读短信，下一秒，她紧紧地蹙起了眉头。

　　短信是银行发来的，通知她有一个超级大善人往她的银行卡里转了五千块钱。

　　而这个"大善人"，就是她哥。

　　昨天中午，她实在是气不过她哥胳膊肘向外拐，以及给她备注"烦人精"的恶劣行为，直接拉黑了他，并且不只是拉黑了微信，还顺便拉黑了他的QQ、淘宝和支付宝，以及手机号码，单方面地和他绝交，全方位地在自己的社交圈子中封杀他，并且绝不原谅，哪怕是用金钱也买不来她的原谅！

　　乞人还不食嗟来之食呢，她陆云檀还能不如一个乞丐吗？她也是个有骨气的人，绝对不会向万恶的金钱低头，多少钱都不行！

　　她气呼呼地打开手机银行，又把这五千块钱给她哥转了回去，并附加了一条备注：我才不要你的臭钱呢！省得你又说我是烦人精！

　　但是转回去之后，她还是气不过，克制不住吐槽的欲望，于是在短信界面截了张图，用微信给梁云笺发了过去：我哥竟然还想收买我，我才不要原谅他呢！

　　这次梁云笺却没有立即回复她的消息。

　　可能是又忙了起来。

　　陆云檀不想打扰他工作，所以也就没再发第二条消息，孤独地、悲愤地吃起了饭，越吃越好吃，面香肉更香，吃完最后一口炒面的时候，她的气也消得差不多了，但这并不代表她要原谅她哥，她只是心平气和了而已——心平气和地记仇。

　　一直到中午十二点，梁云笺才回复消息：还在生气？

　　陆云檀正在看电影，手机屏幕一亮她就拿了起来，记仇的小情绪说来就来：对！超级生气！他竟然备注我是烦人精！

梁云笺：他肯定不是故意的。

他又用一种反问的语气劝了句：你哥还能真的觉得你烦？

陆云檀还是好生气：你还替他说话呢？忘了他是怎么对待你的了？

梁云笺：我还能和未来的大舅子记仇？

未来的大舅子？

大舅子？

书生的嘴不是嘴，是直接往我心上戳的红玫瑰！

她瞬间就开心了好多。

陆云檀不由自主地勾起了嘴角：那好吧，我可以暂时原谅他一点点，但也只有一点点！

梁云笺：行。我到食堂了，你想吃什么？

紧接着，他发了几张照片过来，前面的是食堂常见的那种大锅菜——长长的台面上摆着一排银色的方形大盘，一个盘里一种菜；最后一张照片是小炒菜窗口的菜单，想吃什么菜直接在窗口点，大厨现炒。

陆云檀想吃小炒菜，又担心小炒菜浪费他的休息时间，于是乎就选了两个大锅菜，酸辣土豆丝和宫保鸡丁，主食选了米饭。

差不多十五分钟后，梁云笺到家了，陆云檀早已在餐桌上摆好了空碗盘和筷子，直接把装着饭菜的食品袋放进去就能吃饭。

陆云檀拿起筷子后，先夹了一筷子自己选的菜——宫保鸡丁——感觉味道还不错，然后又夹了一筷子梁云笺选的菜——土豆炖牛肉——感觉更好吃，于是乎真心实意地夸奖了一句："你们单位食堂的水平可以呀。"

梁云笺也没谦虚："直击二中。"

"哈哈哈。"陆云檀被逗笑了，又问了句，"那你觉得是科研所的食堂好吃，还是二中的食堂好吃？"

梁云笺不假思索："二中。"

陆云檀："为什么？"

梁云笺看着她说："因为我在二中吃食堂的时候，你也在。"

在二中的那三年，是他们共同拥有的一段青春，虽然苦涩，却也甘甜。

并且，在那三年间，他每天都被笼罩在死亡的威胁之下，生活中的希望不多，能够苟活已是万幸，唯有她是独一无二的那份惊喜。

192

所以，他选择二中，无非是因为二中的回忆中有她。

如临春潮似的，陆云檀瞬间心花怒放，喜不自胜，嘴角高高地扬起来，眼睛亮闪闪的："你就这么喜欢我呀？"

梁云笺的回答也很坦荡："是啊，很喜欢。"

陆云檀愣了一下，没想到他能承认得这么快，还真是一点都不知道收敛呢。

不过话又说回来，他一个臭书生都这么大方坦然了，而她身为潇潇洒洒的女侠，还能藏着掖着吗？必然不能！

于是，她非常不甘示弱地回了句："我也可喜欢你了！"

梁云笺挑起了眉头："有多喜欢？"

还真把陆云檀给问住了——该怎么形容呢？总不能说爱你爱到海枯石烂山崩地裂天塌地陷这种烂大街的话吧？她可是一个作家呀，必须要说点与众不同的！

思考中，她的目光忽然瞟见了梁云笺的脖子。

他今天穿了一件黑色的T恤，圆领，颈部线条紧实修长，喉结突兀性感，在右侧脖子上，有一块红色的吻痕，在冷白色肌肤的映衬之下，显得十分暧昧。

换了脸皮薄的女孩，估计早就羞得垂眸低头、面红耳赤了，但檀女侠可不是一般人，她瞬间就想到了该怎么表达自己的喜欢——曹冲称象、等量换算——自信满满地开口："如果一颗草莓代表着一分的爱，那我想给你种一百颗草莓。"

梁云笺：……与众不同的表白。

陆云檀："感动吗？"

梁云笺哪里敢回答"不"，只能回答："很感动！"

陆云檀得意扬扬地翘起嘴角。

梁云笺无奈一笑："快吃饭。"

"哦。"陆云檀乖乖地低下了头，扒拉了一口米饭，还没把这口米饭咽下去呢，梁云笺的手机忽然振动了起来。

陆云檀下意识地瞟了一眼手机屏幕，然而还没等她看清楚来电显示是谁，梁云笺就迅速地将手机从餐桌上拿了起来，毫不犹豫地挂断了。

陆云檀奇怪地问："谁呀？"

梁云笺："广告。"

"哦。"陆云檀倒也没怀疑，继续吃饭。然而几分钟过后，梁云笺的手机再一次地响了起来。

梁云笺轻叹口气,不得不接电话,将手机举到耳边之后,语速极快地说了声:"Cut to the chase."

让谁开门见山呢?

陆云檀心生疑惑,瞟了他一眼。梁云笺低声解释了一句:"美国那边的朋友。"

是吗?

现在美国那边是半夜十二点多吧?谁那么闲大半夜给你打电话。

陆云檀非常怀疑,却没说话,不动声色地低下了脑袋,继续用筷子扒饭吃。

梁云笺又对着手机说了几句英语,陆云檀一直没抬头,闷声吃饭。

言简意赅地和对方交谈过后,梁云笺迅速挂断了电话,重新将手机放在餐桌上,却是倒扣着放的。

陆云檀注意到了这个细节,微微眯起了眼睛,在内心思量一番过后,问了句:"你周五晚上有时间吗?"

梁云笺一愣:"怎么了?"

陆云檀:"李航不是分手了嘛,陷入了失恋的旋涡,想约着大家一起出去买醉。"

梁云笺:"大概几点?"

陆云檀没有回答问题,而是反问:"你有事呀?"

梁云笺:"要加班。"

加班?

哼!

我倒是要看看你还能怎么编!

陆云檀用上了一副好奇的语气:"大概要加到几点?"

梁云笺想了想:"晚上八点左右吧。"

演,继续演,我就静静地看你表演!

陆云檀在心里冷哼一声,面上却不动声色:"哦,好吧,需要我开车去接你吗?"

梁云笺:"不需要,我自己去就行。"

陆云檀轻叹口气:"行吧。"

吃完午饭，陆云檀就回家了，并且接连好几天都没去见梁云笺，无论梁云笺如何约她，她就是不见，用各种理由推托，算是对他撒谎的惩罚！

到了周五这天，她掐着时间出了门。

夏日的傍晚夕阳如火，不止将天空烧成了金与红的混合色，也将世界染上了一层绚丽的外壳。

空气依旧炎热，陆云檀本想开车去，但是周五她的车牌限号，所以只能骑着她心爱的小电动摩托车去。

然而，她才刚推着车走出院门，就看到了她哥。

陆云枫穿着深棕色的T恤和蓝色牛仔裤，头戴一顶黑色鸭舌帽，如同所有长途跋涉而归的旅人一样，肩上还背着一个黑色的巨大双肩包，乌黑的长发在脑后随意扎了一下，看起来跟西部牛仔似的。

兄妹俩好巧不巧地在家门口迎了个照面。

四目相对的那一刻，陆云枫先是一愣，然后瞥了眼陆云檀的电动车，问："去哪儿呀？"

陆云檀冷哼一声，态度极为蛮横地回了句："要你管？咱们俩又不熟！"

至今为止，她已经有大半个月没见到她哥了，其实也是有点想他了，但是吧，她还在记仇呢——哼？终于舍得回家了？还记得你有个妹妹呢？怎么不继续在你的边境女人身边待着呢？

所以，她打定了主意不原谅他，还气呼呼地瞪了他一眼，然后把头一甩，坐上了电动车的车座，作势要走人。

陆云枫长叹一口气，伸手抓住了她的车把："你的气性怎么这么大？"

陆云檀瞪着他："因为我是烦人精！"

陆云枫心累得很："我跟你道歉行了吧，对不起！"

你这语气，毫无歉意，好像我逼着你道歉一样。

陆云檀越发恼怒，仇上加仇："我才不要原谅你呢！"又忍无可忍地谴责，"你不光备注我是烦人精，你还胳膊肘往外拐！你妹妹都被人骂了，你还帮着骂你妹妹的人说话！"

陆云枫头都大了："你不是也骂她了吗？"

陆云檀的眼睛瞪得更大了："明明是她先骂我的，然后我才骂回去的！"

陆云枫："她骂你什么了？"

陆云檀："她没跟你说？也是，她只会向你告状我骂她了，怎么会承认她骂我了呢！明明就是她先寻衅滋事！"

陆云枫无奈："都是误会。"

陆云檀："我才不管什么误会不误会的！就是她的错，是她先挑事的，她还说要亲手宰了我！让她给我道歉！不然我这辈子都不会原谅你！"

陆云枫轻叹口气："行，我可以让她给你道歉，但是你能给她道歉吗？"

陆云檀难以置信："我跟她道歉？我凭什么跟她道歉？是她先骂我的！"

陆云枫："你不也骂回去了吗？骂得难听死了。"

陆云檀："怎么就难听了？哪句话难听了？她不是又黑又丑又有眼无珠吗？"

呵。

原来恶人先告状是真的，那个女人早就先行一步告了状了！

陆云檀止不住地冷笑："我还没跟咱妈说呢，咱妈要是知道了，你吃不了兜着走！"

"你要跟我说什么呀？"

纪女士的声音骤然响起。

兄妹俩同时一僵，对视一眼，眼神中的威胁和怒火一个比一个嚣张。

纪雪杉女士拎着菜篮子走到他们面前："你们俩吵什么呢？离老远就听到了。"她又瞪了一眼自己的儿子，没好气地说，"大半个月不回家，一回家就跟你妹妹吵架，像什么话？"

陆云檀："就是！他真是讨厌死了！"

陆云枫无可奈何地保持沉默。

陆云檀依旧是满脸的愤愤不平，牙都快咬碎了。

纪雪杉越发奇怪："你们俩到底吵什么呢？"

陆云枫："没什么。"

没什么？

怎么会没什么呢？

我都要气死了！

但她还是爱她哥的，并不想揭发他的感情罪状，所以她只能忍气吞声地帮他隐瞒，但是吧，她又不想就此罢休，必须出口恶气才行！

"他骂我！"陆云檀一脸委屈地看着她妈，还真的红了眼圈，"他说我是烦人精，还在微信上备注我是烦人精！"说完，又特意抬起了手臂，抹了两把好不容易挤出来的眼泪。

纪雪杉紧紧地蹙起了眉头,盯着自己儿子:"你干吗要骂你妹妹?"

"我没有骂她。"陆云枫也没想到妹妹竟然会因为这事哭,急忙解释,"我没有觉得你烦,我就是那么备注了一下。"

陆云檀不听:"你肯定觉得我烦才那么备注的!"然后一把推开了她哥的手,攥住了车把,"我不要理你了!我今晚也不回家了,不要见你!"

不等陆云枫开口,纪雪杉就问了句:"不回家你去哪儿呀?"

陆云檀搬出了自己的军师大人:"我去李月瑶家!"说完,她用力地拧了一下车把,迎着玫瑰金色的绚烂夕阳,雄赳赳气昂昂地去"捉奸"。

随着月色的高升,夜空逐渐吞噬了夕阳。玫瑰金的天幕以一种渐变之势徐徐过度成了深蓝色。

城市的霓虹灯渐次亮起,高楼大厦鳞次栉比,道路上车水马龙。

在一条幽深的巷子中,有一家历史悠久的咖啡馆,英式复古式装修,消费人群从上至八旬老者,下至花季少年。

在临街的那面落地窗旁边,有一张双人台位,铺着格子台布的桌面中央摆着一个细口玻璃花瓶,花瓶中灌了小半瓶水,插着一枝新鲜的红玫瑰花。

桌面上摆着的两盏咖啡杯已经空了。

周洛尘盯着那枝花,嫌弃地皱起了眉头:"看你选的这是什么地方?"

梁云笺坐在他对面:"不好吗?"

周洛尘:"当今社会,两个男人围着一枝玫瑰花,是一件很危险的事情,要是被拍下来放到网上,就是另外一个故事了。"

梁云笺:"谁那么闲偷拍你和我?"

周洛尘朝着窗外努了努下巴:"她。"

梁云笺也看向了窗外。

马路对面停着一辆崭新的、炫酷的红黑色电动车,车把上挂着一个黑色头盔,檀女侠身穿黑T恤和牛仔裤,抱着胳膊站在电动车旁,手里攥着手机,下巴微微扬起,抿着红唇,眼尾上勾,眼神犀利,表情又跩又傲娇。

梁云笺神情一怔,很是惊讶。

周洛尘:"你跟她说了?"

梁云笺轻叹口气:"没说。"是他低估了她的英语听力水平。

周洛尘再次看向了窗外:"没说是对的,她挺讨厌我的。"

梁云笺看了他一眼:"她不讨厌你。"

周洛尘微一挑眉:"是吗?"

梁云笺:"但也没那么喜欢你。"

周洛尘轻笑了一下:"放心吧,我不和你抢。"

梁云笺语气淡淡:"你也抢不走。"

周洛尘:"啧,你这人说话真是越来越无情了。"说完,他再一次地看向了窗外。

路边的街灯俯首垂眸,朝着下方投洒着暖黄色的光。

她就站在光晕中。

不偏不倚,恰到好处,遗世独立的感觉。

他不禁感慨了句:"她真挺酷的。"

与众不同,潇潇洒洒,江湖豪气,真的吸引人。

是令他心动的。

却也止步于此了。

她注定不属于他,就像是他注定无法失去梁云笺这个兄弟一样。

"我的。"梁云笺言简意赅,语气中却带着宣告主权的意味,还有几分炫耀。

周洛尘看了他一眼,无奈一笑:"知道是你的,不用特意说明。"

梁云笺也笑了,说:"我该走了。"他又看了一眼窗外,"再不走就要挨揍了。"

周洛尘笑着回:"走吧,有空再约。"

"嗯。"梁云笺起身从凳子上站起来,迅速走出了咖啡馆。

陆云檀就这么冷冷地盯着他,面无表情地盯着他走到自己面前。

檀女侠的脸上写满了不高兴,梁云笺当然知道现在急需做的事情是赶紧哄人,立即夸奖了她一句:"士别三日当刮目相看,檀女侠的英文水平真是有了突飞猛进的进步。"

陆云檀一下子就傲娇了起来:"哼,人家都过了六级了!"

梁云笺:"真的很棒。"

陆云檀心里有些窃喜,但很快她就意识到了不对劲的地方,气呼呼地瞪着他:"你少拍我马屁!你竟然欺骗我,背着我和周洛尘'偷情',还来咖啡馆,还有玫瑰花!"

哼!你这个臭书生都没和本女侠这么浪漫过!

梁云笺哭笑不得:"我也没想到会有玫瑰花。"

陆云檀:"我不管,反正只要是不提前和我汇报的,鬼鬼祟祟的,无论男女老幼,一律是'偷情'!"

梁云笺噎住。

陆云檀瞪着他,质问:"你干吗不跟我说?我还能拦着你和他见面吗?"

梁云笺先很认真地跟她道了个歉:"对不起,以后不会了。"然后才解释了一句,"他放假回来约我见面,我担心你会不高兴才没告诉你。"

"哼!"陆云檀依旧是没好气,"虽然我是会不高兴,但你应该提前和我说的,我不会拦着你的。"

梁云笺再次道歉:"对不起。"然后又一次地保证,"以后绝对不会再隐瞒你。"

陆云檀补充说明:"任何事情都不可以。"

梁云笺:"好,绝对知无不言,言无不尽。"

陆云檀乜斜着他:"真的?"

梁云笺:"以身家性命担保。"

陆云檀抿了抿嘴:"那你说,你这几天想不想我?"

怎么可能不想?

梁云笺长叹口气:"当然想,想死了。"

陆云檀勾起嘴角,傲娇道:"这就是本女侠对你的惩罚,下次再骗我,我还不见你!"

梁云笺微微垂眸,低声问道:"惩罚结束了吗?"

嘿?你干吗要摆出一副可怜兮兮的表情?

跟一朵柔弱小白花似的,好像本女侠在欺负你一样。

哼!

"绿茶"书生!

不过,她还是心软了:"暂时可以考虑结束了。"

梁云笺:"亲一下。"

陆云檀:"嗯?"

周洛尘还坐在咖啡馆里面看着呢,怎么好意思亲呢?好歹是个熟人呀,多尴尬!

然而不等她拒绝,梁云笺就捧住了她的脸颊,封住了她的唇。

这一吻虽然短促,却缱绻深入。

在他松开她的那一刻,陆云檀忽然明白了什么——他就是亲给周洛尘看的——不由得感叹了一句:"你真是个心机书生!"

梁云笺略一挑眉:"不可以吗?"

为什么不可以?

当然可以啦!

说明他在乎她呀。

陆云檀翘起了嘴角,然后说:"我现在有一个好消息和一个坏消息,你要先听哪个?"

梁云笺想了想:"坏消息。"

陆云檀:"我和我哥吵架了,离家出走了,现在无处可去。"

梁云笺沉默片刻:"那坏消息呢?"

陆云檀:"……我说的就是坏消息!"

梁云笺:"哪里坏了?"

陆云檀双手叉腰,气势汹汹,一脸猖狂:"我要去你家,榨干你,让你第二天早上起不来床,度过一个暗无天日的周末!"

梁云笺蹙眉,不解地问:"所以坏消息到底是什么?"

无语!

你这个书生还是垂涎我的美色罢了!

陆云檀叹了口气,开始说好消息:"李航的聚会是明晚。"

梁云笺:"一整晚吗?"

陆云檀:"对啊。"

梁云笺无奈:"哪里好了?"

陆云檀:"你可以出去通宵了,我允许你去。"

梁云笺:"我还是比较喜欢在家过夜。"

陆云檀蹙眉:"啧,你怎么这么没有年轻人的朝气?"

梁云笺很认真地纠正她的理解:"我的意思是,我更期待被檀女侠榨干。"

这确实是一个暗无天日的周末,却不是对梁云笺来说,而是对陆云檀来说。

除了周六晚上的团建,其余时间,她就没走出过梁云笺的家门。

周一清晨,梁云笺去上班,陆云檀趁着家中无人,迅速收拾了自己的小包袱,慌慌张张地骑着小电动车逃回了家。

再不走,她就真的要被榨干了!

到家的时候,纪女士出门买菜去了,陆师父在给暑期班的学生们上课,她也不确定她哥在不在家,因为东厢房的房门是紧闭的,但她也懒得去敲门,就当他不在家。

她把电动车推到了西厢房门前的走廊上,从储物箱中拿充电器的时候,东厢房的门打开了,她哥从里面走了出来。

从边境回来后,陆云枫就从西部牛仔变回了古风美人,一袭月白色的唐装清冷优雅,乌黑浓密的长发用木簪高高束起,手握折扇,身形高挑,面若桃花,绝代风华。

也不知道那个野女人是怎么看上他的?

陆云檀在心里吐槽了一句,就又把脑袋低下去了,当作什么都没看到似的,动作迅速地把充电器从储物箱里拿了出来。

陆云枫走到她面前,沉声质问:"这两天去哪儿了?"

陆云檀弯下了腰,往车上插充电器,不屑地回了句:"你管得着吗?"

陆云枫攥紧了手中的折扇:"是不是去找那个狐狸精了?"

陆云檀不乐意了,一下子就站直了身体,瞪着她哥:"你这个人真讨厌,我还没骂你的野女人是狐狸精呢,你干吗要说我男人是狐狸精?"

陆云枫一个头两个大。

他心累地叹了口气,一字一顿地说:"她不是野女人,也不是你想的那种胡作非为的人。"

陆云檀才不在乎呢:"和我又没关系!你和咱爸妈解释去吧,我就是要让她给我道歉!"

思量过后,他无奈地问了句:"你们俩互相道歉行吗?"

陆云檀:"不行!"又斩钉截铁地说,"我又没错,是她先惹我的!"

巧了,那边也是这么说的。

陆云枫夹在中间,里外不是人,只好讲道理:"她不知道你是我妹妹,所以对你的态度不好,这点是她不对,但你为什么不澄清呢?为什么要故意气她?"

因为我看不惯她那副跩跩的样子。

只有本女侠可以这么跩!

但是,陆云檀绝不承认自己有错,面不改色心不跳地回答:"我没有!"

陆云枫无奈得很:"是不是你跟她说,你是我家里的女人,故意让她误会?"

陆云檀理直气壮:"我说错了吗?我不是你家里的女人吗?我骗她了吗?"她又忽然想到了什么,"不对,你少听她颠倒是非,是她先气我的!"

陆云枫:"她怎么气你了?"

陆云檀:"我让她看备注,她说你给我备注的是'烦人精',还用上了一副小人得志的表情!"说完,她还学着那个女人的样子单臂抱怀,举起了另外一条小臂,颐指气使地吹了吹指甲。

陆云枫没忍住笑了,感觉她学得还挺像。

陆云檀越发恼羞成怒:"你还笑?谁让你给我备注'烦人精'呢,还有,她就是用这副表情激怒我的!她要是态度好点,我能故意气她吗?还有,是她先骂我长相一般、双眼无神、鼻梁不挺、塌肩平胸!"

陆云枫:"然后你就骂她又黑又丑有眼无珠,顺便把我也骂了。"

陆云檀点头:"对!没错!我就是骂了!"

陆云枫:"那你们俩不是扯平了吗?"

陆云檀:"哪里扯平了?"

陆云枫:"她激怒你,你也激怒了她;她骂你,你也骂了她,还想怎么样?"

陆云檀越发恼怒:"你这分明就是和稀泥!明明是她先挑的事,我才被逼无奈地回击!"

陆云枫:被逼无奈?你还能被逼无奈呢?

陆云檀冷哼一声:"我不管,就是她的错,除非让她给我道歉,不然我绝对不原谅你们!"

说完,她甩头就走,进了屋后,重重地关上了房门,还反锁了,态度强硬地将她哥拒之门外。

陆云枫看着紧闭的房门,束手无策,再次长长地叹了口气。

记仇这件事,陆云檀是相当在行的,接连大半个月都对她哥爱搭不理的,就连她爸妈都看出来她在和她哥闹别扭,问她什么事,她还不能说,只能生闷气。

不过她这次也是真的生气了,不仅生她哥的气,更生那个女人的气,感觉这个女人一点都不友好,还不择手段抢走了她哥!

时间转眼就到了八月份,陆云檀估摸着,她哥肯定又要去"进货"了,因为七夕节快到了。

事实也如她预料,距离七夕节还有一个多星期的时候,她哥再次背上了行囊,离家远去。

临行前,纪女士问他这次又要滚去哪儿进货,他的回答:"西藏。"

但陆云檀知道,他一定是去找那个女人过情人节了。

喊,好意思说人家臭书生不知检点?你自己又好到哪里去了?

双标!

陆云枫的这个回答,不仅陆云檀不相信,就连纪女士和陆师父也不信。在陆云枫离开后,他们老两口还特意把陆云檀拉到了面前,质问她陆云枫到底去哪儿了。

陆云檀有口难言,只能回答:"他不都说了嘛,去西藏。"

纪雪杉板着脸,再问:"他到底去哪儿了?"

陆云檀无奈得很:"我哪里知道呀?我们俩都快断绝关系了!"

陆林就算是再宠闺女,也有点看不下去了:"你说说你,那是你亲哥,他这段时间天天在你面前低声下气的,又是给你买吃的又是给你买喝的,还给你买了台新电脑,你还这么记仇。"

纪女士也叹了口气:"就是,你们俩是亲兄妹,哪儿来的隔夜仇呀?"

陆云檀不服气地噘起了小嘴巴:"哼!你们都不知道发生了什么,你们要是知道的话,肯定和我一样生气!"

陆林:"到底发生了什么呀?"

纪雪杉也正奇怪着呢:"他到底怎么惹着你了?"

"我现在不能说。"陆云檀道,"以后你们就知道了!"说完,转头就走,留她爸妈在身后大眼瞪小眼地困惑着。

七夕节转眼就到,陆云檀已经彻底把她哥抛之脑后,满脑子想的都是自己的小宝贝——

该如何正大光明地、不露痕迹地去和臭书生过夜……啊不,过节呢?

总不能再来一次离家出走吧？她哥也不在家了呀。

思来想去，她想到了一个绝妙的好主意：借口出去旅游！

她和李月瑶串通好了口径，然后告诉她爸妈，她要和李月瑶一起去西辅旅游三天。

纪女士当即就表现出了疑惑："人家李月瑶不上班吗？"

陆云檀面不改色："她休年假了。"

纪女士："医生还休年假呢？"

陆云檀："啊……啊是啊，医生也是人呀！"

纪女士："那他们这医院还挺人性化的。"

陆云檀舒了口气："是啊，挺人性的。"

她爸问了句："那你们俩准备怎么去啊？"

陆云檀："坐飞机。"

陆林："用我开车送你们俩去机场吗？"

陆云檀摇头："不用不用，我们俩坐地铁去，很方便的！"

陆林："那行吧，到时候注意安全。"

"哦。"

七夕这天，陆云檀假模假样地收拾出来一个小行李箱，在下午六点半的时候拎着行李箱出了门。

秉持着做戏做全套的原则，她还真的去坐了地铁，虽然只坐了两站路。

一从地铁站走出来，她就看到了梁云笈。

他穿着整洁的白衬衫和笔挺的黑色西服裤，一如既往的俊逸清隽，双臂抱怀，背靠着一辆黑色的SUV，双腿修长笔直。

这辆奥迪车是他在拿到驾照之后不久买的。

看到陆云檀后，梁云笈的神色中流露出了温柔笑意，同时站直了身体，快速朝她走了过去。

陆云檀提着行李箱冲到了他面前："打劫！"

梁云笈很配合地询问："劫财还是劫色？"

陆云檀："先劫财，再劫色！"

梁云笈："色好说，财怎么劫？现金还是微信、支付宝？"

陆云檀："请我吃饭，我要吃你做的饭，给我买肉买鱼买可乐！"

梁云笺笑着回:"行,一定满足檀女侠。"

陆云檀心满意足地翘起了嘴角。

梁云笺拎着她的行李箱去了车尾,陆云檀拉开了副驾驶的门,然后一愣。

副驾驶的黑色座椅上,放着一个红色的爱心形状的礼物盒。

陆云檀心头一喜。没想到这个臭书生还挺有节日仪式感的,就是不知道他会送她什么当作情人节礼物。

她迅速将礼物盒拿了起来,上车之后,把礼物盒放到了腿上,迫不及待地打开了盖子。

里面装满了用深蓝色的泛着哑光的纸条叠成的小星星,许多颗金色包装的圆滚滚的费列罗巧克力点缀其间,布局像极了银河。

按照这个臭书生的秉性,一定会在星星和巧克力下面藏东西!

陆云檀毫不犹豫地朝着美丽的盒子伸出了"魔爪",将右手探进了小星星和巧克力下面,摸抽奖球似的,搅和着找了起来。

下一秒,她摸到了一张薄薄的、光滑的、长方形卡片。

这是什么东西?

在她把卡片拿出来的那一瞬间,驾驶室的门被拉开了,梁云笺上了车。

陆云檀看清了手里拿着的东西,惊讶万分:"银行卡?"

梁云笺:"工资卡。"

陆云檀:"嗯?"

她的眼睛瞪得圆圆的,红润的嘴巴惊讶地嘟起,像极了一条小金鱼。

梁云笺又被她的小表情逗笑了:"七夕节快乐。"

陆云檀看了看手里的银行卡,又看了看梁云笺,略有些不知所措:"你要把工资卡送给我?"

梁云笺:"嗯。"

陆云檀有点明白,却又有点不明白:"为什么?"

梁云笺:"因为我受檀女侠的管束。"他又补充,"从现在,到退休,再到退休之后。"

陆云檀:"有区别吗?"

梁云笺很认真地说:"现在是工资,退休是退休金,退休之后是养老金,都归你管。"

竟然都想到退休金和养老金了?

陆云檀被逗笑了:"你想得好远呀。"

梁云笺很是严肃地回答:"感情又不是儿戏,当然要考虑得长远点。"年级第一教导落后分子的那股劲儿又上来了。

陆云檀不服气地噘起了小嘴巴:"人家没有儿戏,人家也很认真哒!"

梁云笺笑着拉下了安全带,说了句:"猜猜密码是什么。"

陆云檀一愣,不满道:"你让人家帮你管钱,还不直接告诉人家密码?"

梁云笺:"给个提示,是你的生日。"

陆云檀:"年份加日期?"

梁云笺一边开车一边回:"对了一半。"

陆云檀:"对了哪一半?"

梁云笺:"617。"

六位密码,现在只剩下三位了。

陆云檀又问了句:"617在前还是在后?"

梁云笺:"在后。"

陆云檀:"前面三位呢?"

梁云笺无奈一笑:"你是在猜还是在问?"

陆云檀不想猜了,她想走捷径,然后伸出了右手,搓着拇指和食指,给他比了个心:"书生,我爱你!"

让人难以拒绝的贿赂。

他叹了口气,给出了答案:"613617。"

陆云檀纳闷地皱起了眉毛。

"617"她理解,是她的生日,"613"是什么?

613、613、613……陆壹叁……在心里默念了许多遍后,她忽然恍然大悟,还有点难以置信:"613,陆云檀?"

梁云笺笑着点头:"嗯,陆云檀。"

奇奇怪怪的感觉。

你说他浪漫吧,他搞谐音梗,搞得还不怎么准确;你说他不浪漫吧,他会写情诗,写得还挺打动人心。

真是个充满了惊喜的男人呢。

回家前,梁云笺先带着陆云檀去了趟超市,按照她的要求买肉、买鱼、

206

买可乐。

到家后,梁云笺去做饭,陆云檀换上了睡裙,然后盘着腿坐在了客厅的地毯上,一边看电影,一边等投喂。

今天看了部经典武侠片,动作戏的片段十分精彩,刀光剑影叱咤风云,看得她热血沸腾,甚至还拿起遥控器比画了起来。

梁云笺端着菜盘从厨房走出来的时候,刚巧看到她站在地毯上对着投影屏幕比画,一下子就被逗笑了,将盘子放到了餐桌上:"吃饭了。"

"哦。"陆云檀恋恋不舍地放下了遥控器,给电影设定了暂停,一边朝着餐厅走,一边说,"女主角的那把刀好帅呀。"

梁云笺:"什么电影?"

陆云檀:"《长歌当空》"

梁云笺没看过这部影片:"女主角用的什么刀?"

陆云檀:"苗刀!可帅了!"

梁云笺:"细长如禾苗,起于汉,经名将戚继光改良,凶悍无匹,绞杀倭寇,威震华夏。"

陆云檀眼睛一亮,重重点头:"是的!我还在我的书里写过呢,我的女主角也用苗刀!"

但她并没有说是哪本书,因为那本书的名字,实在是不能被书生知道,内容更不能!

谁知,梁云笺却回了句:"我知道。"

陆云檀呆呆地看着他。

梁云笺叹了口气,无可奈何地看着陆云檀:"女侠身着红衣黑靴,将银白刀刃抵于书生颈间,胁迫他委身于自己,不然就杀了他。"

他看了!

他竟然看了《书生你插翅难飞》!

救命!

有种见不得人的罪行被曝光的羞耻感和无地自容感……她在书里,可没少欺凌和虐待书生!

梁云笺神色淡淡,继续复述剧情:"月黑之夜,废弃荒庙中,女侠用麻核堵了书生的嘴,用麻绳捆缚书生的双手,还用上了马贼独创的活死扣,书生越挣扎,手腕上的麻绳就捆得越紧……最终,书生被女侠压在了破草席上,扒光了衣服，蹂躏了整整一晚。结果第二天清晨，女侠穿上衣服，拍屁股走人，将书生弃置不顾。"他面无表情地盯着她，"看来檀女侠一直有始乱终弃的想法？"

陆云檀心虚得很，却没忘了替自己狡辩："我才没呢，本故事纯属虚构，你不要对号入座。"

梁云笺眉头一挑："是吗？"

陆云檀："当然啦，我用绳子绑过你吗？没有吧？二次元和三次元是要脱离的。"紧接着，她又开始倒打一耙，"再说了，我写那本书的时候还是在大学呢，都等了你好几年了，我不生气吗？我不难过吗？我只能以笔抒情，借文消愁！"

他还能说什么？

陆云檀："你不愧疚吗？不自责吗？不心疼我吗？"

梁云笺点头："心疼，愧疚，自责。"

陆云檀："拿出你的诚意！"

梁云笺当然明白她的意思："今晚任凭檀女侠处置。"

陆云檀满意了："行吧，我会温柔点的！"

梁云笺忍俊不禁："可以吃饭了吗？"

陆云檀点头："可以了。"

饭后，梁云笺去洗碗，陆云檀把餐厅的卫生简单打扫了一下，然后就去洗澡了。

等她洗完澡之后，梁云笺还在厨房忙，因为她说了明天早上想吃牛肉包子，所以他还在厨房发面盘馅呢。

为了方便行事，陆云檀光溜溜地钻进了被窝里，一边玩手机一边等书生。

玩着玩着，她眼皮子就开始打架了。

梁云笺去洗澡的时候，她将手机放到了床头柜上，心想就眯一小会儿，先养精蓄锐一下下。

然而等梁云笺从卫生间出来的时候，陆云檀已经睡熟了，呼吸均匀，白嫩嫩的面颊中透着两团粉，看起来睡得还挺香，完全忘了今天是七夕。

真是没心没肺。

梁云笺叹了口气，关上了灯，上床之后，动作温柔地将她揽入怀中，在她额头上亲吻一下，低声说了句："檀女侠，情人节快乐。"

其实陆云檀睡得也不是特别熟,微微皱了皱眉头,睁开了眼睛,满眼茫然地看着梁云笺:"你什么时候来的?"

梁云笺:"刚来。"

"哦。"檀女侠忽然清醒了一下,"今天七夕节呀!"

梁云笺叹息一笑:"是啊,某人竟然睡着了。"

陆云檀:"哼,人家等你等太久了嘛!"说着话,她的手不老实地贴向了他的腹肌,游鱼似的一路向下,然后,愣住了,眉头一皱,不满地瞪着他,"你竟然穿内裤?是不是把我当外人了?是不是不爱我了?"

梁云笺哭笑不得,翻身撑在了她身上:"还想哭着求饶?"

陆云檀噎住。

梁云笺:"满足你。"

陆云檀忽然好没面子:"我从来没求饶过,你不要胡编乱造!"

梁云笺:"是吗?"

他打开了台灯。

灯光亮起,陆云檀一惊:"你开灯干吗?"

梁云笺眸色漆黑:"我想看着你。"

看她媚眼如丝,看她为他沉沦。

陆云檀脸颊一热,别开了目光:"我才不想看你呢。"

梁云笺笑了:"害羞了?"

陆云檀:"我才没呢!"

七夕不是周末,也不放假,所以第二天梁云笺还要去上班。

早晨,陆云檀一睁开眼睛,身边就又没人了,床铺和枕头皆是一片冰凉……唉,昨晚的缠绵与炽热像是假象,孤单寂寞冷才是人类世界永恒不变的真谛!

檀女侠的内心略微有些凄凉,直到看到放在床头柜上的那朵纸叠玫瑰,心情瞬间多云转晴。

像是看到了肥美白兔肉的猖狂老鹰似的,她立即抓起了玫瑰花,手速极快地拆开了,隐隐浮现着云纹的红色纸页上,用笔走龙蛇的深蓝色钢笔写着一句简单的话:

力的作用是相互的,爱也是

啧，细思极污！

不愧是物理学博士！

但她不得不承认，这书说情话的水平，是真的很高。

开开心心地起了床，陆云檀先去厨房觅食，吃饱喝足后，有目的性地去了书房。

书房内有一面顶天立地的大书架，上面摆满了各种学科的典籍藏书，可谓是汗牛充栋，学者的饕餮盛宴。

但，陆云檀并不是来学习的，而是来找东西的。

虽然眼前的书架相当令人眼花缭乱，但她还是毫不费力地在众多藏书中找到了自己想找的东西——她的处女作，《书生你插翅难飞》——之所以这么好找，是因为这本书被放在了最显眼的中间位置，妥妥的C位！

其实《书生你插翅难飞》这本书字数并不多，才二十万出头，薄薄的一册，封面的设计风格是那种很常见的唯美绚丽的青春小说的画风，夹在一众严肃学术类图书中，显得还有点格格不入。

也亏了臭书生的偏爱，不然她的小说根本不可能占据C位。

被偏爱就是好！

陆云檀扬起了嘴角，将这本书从书架上抽了出来，然后惊讶地发现，书的侧面竟然露出了许许多多五颜六色的细长标签。

这臭书生还仔仔细细地做了标注吗？

一翻开封页，陆云檀就看到了一张贴在扉页上的蓝色便利贴，上书：终于发现了？

显然，这书生就在等着她自投罗网呢。

哼！

狡诈！

陆云檀又气又笑，继续往后翻，翻到正文，在第三页中间的位置看到了一段手写的小字标注：夜路走多了，总会遇见女侠。

而这段标注相对应的文章内容是：书生上京赶考，因为时间紧迫，不得不走夜路，连着赶了几天夜路后，在一片茂盛的树林里碰到了身穿红衣、脚踩黑靴、背负细长苗刀的女侠，然后，就被色欲熏心的女侠盯上了。

陆云檀忍不住在心里吐槽：什么叫夜路走多了总会遇到女侠？人家又不

是红衣女鬼！人还是潇洒女侠！

哼！

生气！

记仇了！

陆云檀一边暗戳戳地在心里的小本本中记仇，一边按照书页侧面贴着的标签的顺序继续往后翻，翻到了第十五页，正文内容是书生被女侠绑架了，女侠相当猖狂，担心这个貌美如花的书生会考上状元然后被许配给公主当驸马，所以霸道又缺德地挟持了书生，不许他上京赶考，逼着他和自己一起浪迹江湖，还给了一个冠冕堂皇的理由：天子昏庸，朝堂腐败，这破烂仕途，不入也罢！

旁边用蝇头小楷备注：就这么担心书生去当驸马？

看到此备注后，陆云檀不服气地噘起了小嘴巴，心想：书生是女侠的人，必然不能去当驸马！

她继续往后翻，翻到了第五十五页：女侠和书生卷入了一场死亡疑案中，死者的颈部和身上皆有刀痕，伤口与女侠的苗刀完全吻合，更巧合的是，死者在死前还与女侠发生过肢体冲突，因为死者是个为富不仁的商人，做尽了伤天害理的坏事，在某次强占民女的过程中被女侠撞见了，女侠替天行道把他揍了一顿，于是乎，女侠成为重点嫌疑人，还被当地的县太爷贴了通缉令，无奈之下，女侠只好携书生逃跑，然而屋漏偏遭连夜雨，两人赶夜路的时候遇到了一场大暴雨，只好躲进破庙中，再然后，就发生了女侠强占书生并在第二天清晨对他弃置不顾的事情。

旁边备注：人生若只如初见，何事秋风悲画扇。等闲变却故人心，却道故人心易变。

很好，这酸溜溜的备注，真的很书生！

紧接着，陆云檀发现这段备注下面还有一段小字备注：始乱终弃不可取，望檀女侠三思而行，不然后果自负。

嘿？

什么意思？

威胁我是吗？

本女侠的威严不容你挑衅，就算是真的对你始乱终弃了又怎样！

再说了，你怎么不先看看后面的剧情再点评呢？书中的女侠明明是担心书生被自己连累才不得已地抛弃他呢!

妄加断言,罪不可恕!

檀女侠气呼呼地噘起了小嘴巴,又在心里的记仇小本本上添上了一笔,继续往后翻,翻到了第九十页:书生帮助女侠洗刷了冤屈,两人重修旧好,但这桩疑案却牵扯出了一桩更大的案件——有乱臣贼子想谋反——为了终止这场叛乱,两人一起去了京城,白天专注正事,晚上没羞没臊,大有将其榨干之势。

旁侧备注:女侠如有需求只管开口,书生绝不推托,必定倾力满足。

羞羞羞!

哼!

流氓书生!

陆云檀继续往后翻,翻到了第一百五十三页:

女侠和书生携手击破大案,替圣上铲除了奸佞,圣上要封赏书生,赐他加官晋爵,书生却拒绝了,他已经不想再做官入仕,只想和他的女侠一起浪迹江湖,然而就在一切看似圆满之时,厄运忽然降临,书生患上了一种绝症,命不久矣,全国无人可医,只能远赴外邦医治,还不确定是否能医好。

因为不想看着女侠为自己伤心难过,更不想以死亡的方式与她别离,他选择了隐瞒真相,借口陪伴父母乔迁外邦与女侠别离,往后余生也不确定何时再见,女侠伤心难过,肝肠寸断。

旁侧空白处备注:书生的错,是他辜负了女侠的一片深情,求女侠原谅,他愿意用往后余生去弥补,再不分离,至死方休。

陆云檀忽然想到了当年在机场和梁云笺分别的情景,一下子就红了眼眶,既心疼当时的自己,更心疼当时的他。

在那时,身患绝症的他是以一种怎样的心情与她告别的呢?他是不是已经做好了和她永别的准备?

对了,还有那个毛毡娃娃,直到现在他还在用,即便是已经缺胳膊断腿了。

这个书生造型的毛毡娃娃,是他十八岁生日的时候她送给他的生日礼物,那时,他向她承诺,哪怕是死了也会把这个娃娃带进棺材里,当时她还以为他是在说大话哄她玩呢,后来才明白,他是认真的。

这就是她的书生,爱得隐忍,不露痕迹,却至死方休。

陆云檀吸了吸发酸的鼻子,继续往后翻,翻到最后一个标签处:

在故事的结尾，书生病愈，从外邦回归，一心奔赴女侠而去，迫不及待地想要见到她。

为赶时间，他又走了夜路，又穿过了一片茂盛的树林，然后，又遇到了女侠——一切都很符合开篇时的那个备注：夜路走多了，总会遇见女侠。

那晚夜黑风高，身穿红衣、脚踩黑靴的女侠从天而降，手中长刀银光闪闪寒气森森，刀刃直抵书生脖颈，看向书生的眼神近乎能吃人："你还敢回来呢？"

书生红了眼眶，目不转睛地看着女侠，一字一顿地回答："有妻子在此，不能不回。"

女侠也湿了眼，收刀，插鞘，转身即走："谁是你的妻？好不要脸！"

书生追上去，挡在女侠身前，不自量力地拦其去路："你就是我的妻！"

女侠一脚就把文弱的书生给踹翻了，怒不可遏："说走就走，说回就回，把我当成什么了？"

书生捂着肋巴骨，艰难地从地上爬起，根本顾不及去拍拂满身黄土，不怕死地攥住了女侠的手腕："把你当成我的妻，一直是我的妻！"

女侠还是不解气，一把推翻了书生，转头走人，却又实在是气不过，走了两步之后又回来了，拎着书生的后衣领把他从地上扯了起来，然后故技重施，往他嘴里塞麻核，在他手上捆麻绳，又把他绑去了附近的破庙，蹂躏一整晚。

或许是因为男欢女爱总是令人心情愉悦，又或许是因为书生在某方面着实有些过人之处，女侠最终还是原谅了他，成为他的妻。

结局，夫妻二人一同行走江湖、行侠仗义，执子之手白头到老，皆大欢喜。

旁侧空白处备注：女侠成为书生的妻，檀女侠打算什么时候成为我的妻？

看到这条备注后，陆云檀傲娇地翘起了嘴角，心想：哼，故事而已，本女侠才不会像故事里的女侠那么好说话呢，虽然你也有些过人之处吧，但本女侠也是很难伺候的！

合上书后，陆云檀看了眼时间，竟然已经快十二点了，但她一点也不饿，早上包子吃多了。

梁云笺中午不回家，只有她自己。

把自己的大作重新放回书架的 C 位上后，陆云檀离开了书房，从自己的行李箱中拿出了笔记本电脑，盘着腿坐在客厅的地毯上，开始工作。

新文的人设大纲早就写完了，现在是存稿阶段，码字的心态和状态都比较悠闲，时间一晃而过，转眼就到了下午四点。

　　她饿得不行了，于是又去厨房热了两个牛肉包子吃，吃完继续工作。

　　到了下午五点半，她扣上电脑，洗脸、梳头、换衣服，拿着梁云笺的车钥匙出了门——科研所距离他住的地方比较近，所以他每天都是步行上下班，偶尔会坐地铁，基本不开车。

　　车停在地下车库，陆云檀拉车门的时候，感知到有什么东西掉在了脚边，低头一看，是那个布满了针脚的、一看就觉得马上要散架的毛毡娃娃。

　　感觉还怪可怜的。

　　从地上把娃娃捡起后，陆云檀叹了口气，心想：以后有时间了一定要重新给他做一个，绝不能让梁博士继续这么可怜下去。

　　把车停在科研所门口的时候，时间才刚过六点，陆云檀直接下了车，站在路边等梁云笺。

　　他一出现，陆云檀就朝他跑了过去，双手叉腰跳到他面前，十分嚣张："打劫！但是我今天不劫财也不劫色！"

　　梁云笺笑着问："檀女侠打算劫什么？"

　　陆云檀："劫你的时间，晚上陪我出去玩！"

　　梁云笺有求必应："好，想去哪里玩？"

　　陆云檀歪着脑袋想了想："我想去逛街，我好久都没逛街了。"

　　梁云笺点头："可以。"

　　陆云檀开开心心地挽住了他的手臂，一边朝着停在路边的汽车走，一边说："我还想去吃小吃，喝奶茶，吃炸酥肉、烤鱿鱼、烤鸭肠。"

　　梁云笺："中午吃的什么？"

　　陆云檀实话实说："包子。"

　　梁云笺："早上呢？"

　　陆云檀："包子。"

　　看来是家里有什么就吃什么。

　　没有的话是不是就不吃了？

　　梁云笺轻叹口气："下次把午饭也给你做好。"

　　陆云檀："你不用管我，我可以订外卖。"

　　梁云笺："外卖比家里做的饭好吃？"

啧，又开始酸溜溜了。

你这个书生真的很容易吃醋，各方各面！

陆云檀无奈地说："人家是不想麻烦你。"

梁云笺蹙眉，很是郑重其事地询问了一句："为什么不想麻烦我？我是你男朋友，在不久的将来就会成为你的丈夫。"

年级第一的那股较真儿的劲头又上来了。

唉，搞科研的人，果然不能随便惹，对待什么都是认真严肃的！

不过吧，他身上这股无论是对待学术还是对待感情都一丝不苟的态度，还真的令人喜欢呢，感觉很可靠，很有安全感！

陆云檀翘起嘴角，说："这可是你说的啊，我以后就不客气了！"

梁云笺神色认真："听之任之，任由你处置。"

陆云檀心头一喜，抬眸瞧着他，心想：

啧，真会说情话！

喜欢！

晚上继续临幸你！

随后，梁云笺开车，按照檀女侠的要求，带她去了东辅市最繁华的一片商业街。

最好吃的小吃一条街一般都坐落在大商场后方的某条小巷子里，街道两边的店铺虽然没多大排场，却物美价廉好吃好喝。

他们先把车停在了商场的地下停车场里，然后步行去了小吃街。

街上的行人熙熙攘攘、来往不断，两侧小食摊子各种各样，看得人眼花缭乱。

陆云檀想吃烤鸭肠又想吃烤年糕，但两个摊子前都排了好长的队，所以她只好和梁云笺分头行动，自己排烤鸭肠的队，让梁云笺去排烤年糕的队伍。

鸭肠烤得比年糕快，结了账后，她握着一把串着鸭肠的签子去找梁云笺，即将走到他身边的时候，耳畔忽有疾风闪动——

有人搞偷袭！

她的反应极其迅速，把手中的鸭肠当扇子挥，在暗器飞至梁云笺面颊的前一秒将其拍掉了，继而环顾四望，怒不可遏地喊了声："谁呀！"

梁云笺一愣，全然不知发生了什么："怎么了？"

陆云檀："有刺客！"

梁云笺：……刺客？

陆云檀没找到目标，低头看了一眼地面，确认了那枚暗器是一颗圆润玲珑的油炸花生米。

然而就在她抬起脑袋的那一刻，又有一道疾风袭来，她神色一凛，再次挥动鸭肠，只听"砰"的一声，有什么东西被拍在了地上碎成了渣渣。

梁云笺和陆云檀同时低头，看到了碎了满地的白色瓷片，通过其"尸首"判断，这些瓷片生前应该属于一个茶杯。

梁云笺蒙了，陆云檀越发怒不可遏，竟然有人敢在黄天化日之下偷袭她男人！

就在她咬牙切齿地在心里发誓一定要把这个人揪出来并将其大卸八块的时候——

"陆云檀。"

她哥的声音骤起。

陆云檀浑身一僵：他什么时候回来的？

循声望去之后，陆云檀僵得更狠了，脸都吓白了。

梁云笺和她一起看了过去，同时僵住了。

街对面餐馆的二楼窗口前，站着三位面色不善的人——

中间的那位，是陆云檀她爸，陆林；左边那位，是陆云檀她妈，纪雪杉；右边那位，是陆云檀她哥，陆云枫。

陆林的脸色铁青，居高临下地盯着自己闺女，气沉丹田，开口如洪钟："你不是在西辅吗？"

陆云檀差点就被吓哭了。

救命！

她瑟瑟发抖，一下子就抓住了梁云笺的手，颤声道："我会被打死的！"

梁云笺反握住了她的手，深吸一口气："没关系，有我呢。"

陆云檀看了他一眼，犹豫片刻："有句话不知当讲不当讲。"

一般这么说的，都没有好话。

梁云笺轻叹口气："说吧。"

陆云檀："我刚才说的那句话可能夸张了，但他们说不定真的会打死你。"

梁云笺无语。

陆云檀："你快跑吧！"

"不跑。"梁云笺攥紧了她的手,与她十指相扣,"现在就去见他们。"

这么突然吗?

陆云檀还没反应过来是怎么回事呢,梁云笺已经牵着她朝着对面馆子走了过去。

陆云檀:"你真想好了?"

梁云笺面不改色,语气笃定:"想好了。"

陆云檀:"不害怕?"

梁云笺:"没什么好怕的,反正迟早都要见。"

这是一家川菜馆,一楼的门脸看起来相当普通,装修也极其简陋,而且空间不大,没有摆放餐桌,只有前台和食客等候区。

顺着嘎吱作响的木楼梯上到二楼后,空间豁然开朗,装修依旧是极其简陋,灰色的水泥地面,整齐有序地排列着深红色的四方桌和长条凳,每张桌子上都摆放着一套青花瓷的茶壶水杯。

看起来陈设简单,却干净整洁。

此时正是晚饭时间,几乎每张桌子上都有客人,店内吵闹熙攘,身穿红色制服的服务员和上菜员们来往不绝。

靠窗的那张桌子边围坐着五个人,乍一看像是一家五口,但仔细一看,就会发现这张桌子上的氛围十分微妙——

桌上摆好了四菜一汤,色香味俱全,却没人动筷子,甚至碰都没碰一下,端上来的时候什么样子现在还是什么样子,连葱花和香菜都保持着原有的凌乱美的造型。

陆云檀的心情也很凌乱,凌乱得如同辣子鸡里面的碎段红辣椒。她爸妈坐在她对面,她哥坐在她身边,梁云笺则独自一人坐在最外侧的那张长条凳上。

是的,没错,她爸妈不让她和梁云笺坐在一起,她哥还故意坐在她的外侧,彻彻底底地挡了她和她的书生……哼!真是好没道理!

但是,胳膊拧不过大腿,她敢怒不敢言。

她又悄咪咪地瞟了梁云笺一眼,不由自主地替他捏了把冷汗。

梁云笺的神色乍一看倒是气定神闲,但不能细究,细究起来,就能轻而易举地察觉到他的紧张,眼神慌乱,薄唇微抿,额头控制不住地紧绷,俊逸的五官上似乎写满了"我不紧张",但又在眼角眉梢处标注着"我装的"。

他的坐姿也极其端正——脊背笔挺，双腿分开，双手放在膝盖上，浑身紧绷，整个人就是一大写的"惴惴不安"。

但这不能怪他，要是换了别人，同时承受着她爸她妈还有她哥的一道比一道凌厉的审视目光，估计还不如梁云笺呢。

而且他们几个还都不说话，就只用眼神发言，此时无声胜有声的感觉，更折磨人。

这气氛，不可不谓是噤若寒蝉。

思来想去，陆云檀下定决心去斗胆解救一下她的书生："那个……可以吃饭了吗？人家饿了。"她也不敢大声说话，弱弱地、小声地问。

坐在她正对面的纪女士一记眼神刀了过来："你还好意思吃饭？也吃得下去？"

人家为什么吃不下去？

人家也是真的饿了呀！

但她敢怒不敢言，她默默地闭上了嘴，低低地垂下了脑袋，摆出了一副"我好可怜我好无助"的委屈样子。

纪女士狠狠地剜了她一眼。

梁云笺看了看陆云檀，然后垂下了双眸，深呼吸的同时攥紧了双拳，再次抬眸时，双眸清明无比，也坚定无比，极为认真地看向陆云檀的父母："我是真的很喜欢她，也绝对没有把这段感情当成儿戏，我想娶她。"

陆云檀一愣，立即把脑袋抬了起来，眼睛亮闪闪地看着她的书生。

纪雪杉和陆林也是一愣，没想到这小子竟然这么直接大胆。

陆林面无表情地盯着眼前的这个俊朗青年，缓缓盘着右手中的铁球，少顷，沉声开口："你凭什么觉得我们会把女儿嫁给你？"

陆云檀抿了抿唇，紧张兮兮地盯着梁云笺。

梁云笺笃定地说："我会对她好，我还可以向你们保证，我绝不会让她受一丝一毫的委屈。"

陆林："这我不担心，她一个打你十个都没问题。"

陆云檀内心：……好端端说什么大实话呀！还让不让人家嫁人了？

正在这时，她又听到了一声若有似无的冷笑，立即扭头看向了她哥，清清楚楚地捕捉到了他神色中浮现出的那抹不屑，瞬间就开始记仇了——

哼！

你等着吧，我一定会打击报复你的！

我以后也要这么不客气地对待你的女人！

随后，纪雪杉也对梁云笺说："我生的女儿是什么样的性格我心里清楚，所以我一点也不担心她会受委屈。"

陆林："所以你没有说服我们。"

梁云笺立即补充："我的工作稳定，事业单位，有五险一金，会做饭，会做家务，绝不会让她忍饥挨饿。"

陆云檀皱起了眉头，不满地想：你这都是什么理由呀？哪个男的娶老婆的时候会用"我会做饭"这种理由说服女方家长？如果娶老婆这么简单的话，世界上还会有光棍吗！

谁知，她妈却很是惊讶地追问了句："你真会做饭？"

陆云檀内心飘过一排省略号。

陆林也问了句："你是哪个单位的？干什么工作的？"

梁云笺："东辅市物理研究所的研究员。"

陆林微微蹙眉，小声嘀咕着："物理研究所？怎么这么熟悉，听谁说过。"

纪雪杉也觉得熟悉，而且她还觉得眼前这个小子的面相也很熟悉，好像在哪儿见过。

陆云檀见状立即提醒了一句："他就是我前几天跟你们说的那个，麻省理工的物理学博士，毕业后拒绝了国外的大好前程，毅然决然选择回国，投身祖国的科研事业。"

经她这么一提醒，她爸妈终于回想起来了一些事情，纪女士先问了句："他是你同学？"

陆云檀点头："对啊，高中同学，还来咱们家给我补过课呢！"

纪雪杉终于想到自己在哪儿见过这小子了："年级第一？"

陆云檀点头："对！年级第一！"

陆林："高考那两天来咱们家吃饭的那个？"

陆云檀继续点头："对！"

纪雪杉对这个年级第一很有好感，眼中自带"别人家小孩"的滤镜，再次看向梁云笺时，神色中已经流露出了笑意："你都读到博士了？"

梁云笺不由得舒了口气，轻轻点头："嗯。"

"真优秀呀。"纪雪杉不禁感慨道，"不愧是年级第一，你这孩子打小就优秀，现在还是这么优秀！"

陆云檀一下子就翘起了嘴角，一脸傲娇，就好像被夸奖的人是自己一样。

陆林却冷哼了一声："你爸妈呢？回国了吗？"

陆云檀呼吸一滞，紧张兮兮地看着梁云笺。

梁云笺回答："十月份就回来了。"

陆林更关心的是："还走吗？"

他无权干涉别人的选择，但有老林家的前车之鉴，他还是会担心自己的闺女会离家远去。

他就这么一个闺女呀。

梁云笺语气笃定地回答："不走了，国籍也会改回来。"

陆林在心里舒了口气，看这小子也顺眼了一些，但也没摆出什么好脸色，像是在看一头拱白菜的猪，无论这头猪有多么优秀，都配不上他们家楚楚动人的小白菜。

陆云檀看她爸妈的脸色稍微缓和了一些，立即说了句："吃饭吧，边吃边聊！"

人只要拿起筷子吃起饭，心情就会变好变轻松，再喝上两口小酒，一切都会迎刃而解。

纪雪杉想了想，感觉也没什么问题了，就拿起了筷子，一边挥着一边说："吃吧吃吧，再不吃菜就凉了。"

"就是嘛！"陆云檀积极主动地拿起了筷子。

陆林叹了口气，一边在心里感慨着"女大不中留"，一边拿起了筷子。

陆云枫迟迟不动，陆云檀在桌子底下狠狠地踩了她哥一脚，陆云枫瞪了她一眼，陆云檀不甘示弱地瞪了回去，眼神中燃烧着熊熊怒火和不言而喻的威胁——不给我的书生面子，我就曝光你的女人！

陆云枫无奈地拿起了筷子。

梁云笺这才敢去拿筷子。

夹了两口菜后，陆云檀忽然想到了什么，没好气地问了句："刚才那粒花生米是谁砸的呀？是不是我哥？"

陆云枫顿住。

陆云檀瞪了他一眼，愤愤不平地心想：哼！竟然朝我的书生的脸上砸，我不会放过你的，我也要这么对你的野女人！

谁承想，她爸撩起了眼皮，不冷不热地回了句："我砸的？怎么了？"

陆云檀立即露出了一个灿烂笑容："砸得挺好！又精准又有力度！"

她爸冷哼一声："你挡得也挺不错。"

陆云檀撇了撇小嘴巴，不满道："就算你一击未中，也不能换茶杯吧？"

她爸："那不是我。"

她妈："是我。"

陆云檀又露出来一个灿烂笑容："砸得更好！"

她哥长叹一口气："吃饭吧。"

"哦……"陆云檀立即埋下了脑袋，乖乖扒饭，过了一会儿，悄咪咪地抬起了脑袋，看了梁云笺一眼。

梁云笺也在看她。

四目相对的那一刻，两人的眼中同时浮现出了盈盈笑意。

总体来说，这顿饭吃得还算是比较顺利，唯一让陆云檀感到美中不足的是梁云笺和陆云枫等会儿都要开车，没能喝上两口，不然气氛一定会更好！

这家店的饭量和菜量都比较大，陆云檀的米饭没吃完，剩了小半碗。

但不吃完真的好浪费粮食呀。

不过她的剩饭向来有人帮忙解决，只需要说一句"我吃不完了"，她哥和她爸习惯性地抬起了手，然而有一只手比他们俩更快——

三手并发，梁云笺抢先一步端起了陆云檀面前的碗，在彪形大汉和人间修罗能杀人的目光中，面不改色地将她的剩饭倒进了自己的碗里，顶着无形且巨大的压迫感，旁若无人地吃了起来。

虎口夺食也不过如此。

还是两只老虎的口。

檀女侠非常非常地确定，这个臭书生，一定很爱她，不然不会这么勇猛地去做刀口舔血之事！

饭后，梁云笺和陆云枫一起去商场的地下停车场取车，陆云檀本来想跟着他们俩一起去的，却被她爸妈强行扣了下来，开始秋后算账，严格稽查她编造谎言之罪行！

另一边，去停车场的这一路上，陆云枫都没搭理梁云笺，梁云笺沉默着，若有所思地走在他的身后。

来的这趟电梯比较空旷，四方形的轿厢内仅有他们两人。

电梯门缓缓闭合，梁云笈忽然开口："哥，你能帮我个忙吗？"

陆云枫脸色一沉："谁是你哥？你喊谁哥呢？"

预料之中的回答。

梁云笈无奈地叹了口气。

他心里清楚，威胁未来的大舅子绝对是下下策，但如果不这么做的话，对方一定不会帮他。

但他需要对方的帮忙，不然他无法给檀女侠一场完美的求婚。

所以，梁云笈不得不用条件挟持陆云枫，说："帮我这一次，我让云檀原谅你。"

陆云枫顿住。

梁云笈："她听我的。"

半个月后，梁云笈以未来女婿的身份，正式登门拜访。

又过了一个月，宋瓷和梁顾回国，陆云檀陪着梁云笈一同去了机场，随后又陪着他们吃了一顿团圆饭。

双方父母都对自己家孩子找的另一半挺满意，还在中秋节的时候聚在一起吃了顿饭，所以他们两个之间的事情就算是定了下来，可以开始顺理成章地谈婚论嫁了。

从得到宋瓷赠送的那枚家传翡翠戒指开始，檀女侠就开始期待着臭书生的求婚了，天天盼星星盼月亮地盼惊喜，然而惊喜却迟迟不来！

时间转眼就到了元旦节，陆云檀大胆猜测，臭书生一定会在新一年的第一天送给她一场浪漫、辉煌、与众不同的求婚仪式，然而他在新一年的第一天组织的活动竟然是青云帮团建，理由是这天大家都放假，聚在一起比较容易。

陆云檀不禁有些恼怒：哼！你都能用心策划青云帮团建，就不能好好地策划策划该怎么给本女侠求婚吗？再不求婚，本女侠就不嫁给你啦！

但是身为青云帮的帮主，她即便是心理再不平衡，也得去参加团建。

团建内容很简单也很常见，和当代大部分年轻人的聚会形式一样，去玩密室大逃脱。

不过这不像是梁博士会感兴趣的东西——市面上的大部分密室对他的智商来说都太小儿科了，而且他也不怕鬼，是坚定的唯物主义者，不像是陆云檀，又怂又爱玩，怕鬼还喜欢玩恐怖的，进去之后不到三分钟就被吓得魂不守舍"嗷嗷"大叫——虽然有些诧异,但陆云檀也没多想,因为她早就跟他说过想让他陪着去玩密室逃脱,所以他这样计划也合情合理。

其实她也悄咪咪地想过:事出反常必有妖,会不会是要求婚呢?

但她转念又一想:在密室里面求婚?被一群恶鬼见证的爱情吗?梁博士必然不会这么草率!

八成就是单纯地去玩密室。

令她满意的是,这间密室逃脱的名字叫作"踏江湖",很符合青云帮的高贵气质!

据老板介绍说,他们家的场馆十分广阔,上下两层楼,整个密室的面积将近五千平方米。

而且还是全员沉浸式,入场之前需要先化妆换衣服。

人物的设定也挺有意思,有女侠、有书生、有女医、有员外郎、有武将等各种混迹江湖或者朝堂的角色。

檀女侠越发满意了:这不就是为他们青云帮量身打造的密室吗?完美!非常完美!五星好评!

陆云檀肯定是选择女侠这个角色,帮主夫人选择文弱书生,副帮主郑大人选择了富得流油的员外郎,李军师是女医,李护法是武将。

角色选定好之后,大家换衣服化妆。

衣服也很符合陆云檀心理预期:女侠的衣服是红色束腰长袍,白裤,黑靴,附带着一把细长宝刀;书生的衣服是一件青色长衫,白裤,白色布鞋;员外郎的衣服一看就富裕:金红色的圆领长衫,腰带上还镶金带玉的;女医的衣服是青灰色的衣袍;武将是褐色劲装。

这家店的化妆流程也很专业,竟然还有头套和假发。

陆云檀和李月瑶本身就是长发,不用戴假发,她们俩一起化妆的时候,另外那三个男的去做造型、戴假发。

梁云笺一从造型室里走出来,陆云檀就愣住了——白鞋,青衫,长发如墨,眉目俊朗,身形修长,文弱却不柔弱,翩翩贵公子,完全符合她心目中的书生形象。

真正的"陌上人如玉,公子世无双"。

梁云笺走到陆云檀的身边,一看到镜子中的人就勾起了嘴角,情不自禁地喊了声:"檀女侠。"

陆云檀也看向了面前的化妆镜,她身上穿着红衣黑靴,怀中抱着黑鞘宝刀,化妆师站在她身后,正在给她盘头发。

其实最初的造型是扎高马尾,但是习武之人习惯束发,免得在打斗中被人扯头发,所以陆云檀就让化妆师把她的头发盘起来——虽然玩密室不用和别人打架,但是女侠的人设不能崩!

五人全部化好妆后,工作人员领着他们进密室。

老板再三保证,本密室绝对刺激,但绝不恐怖,然后,无情地把他们五个分开了,像极了渣男对女生保证自己绝对是个大情种。

五个人,分别从五个入口进场,进去的时候还被蒙着眼睛。

胆小如陆云檀,已经攥紧了手中的刀鞘。

在黑暗中前进了大约有一分钟的时间,工作人员停下了脚步,交代完基础剧情后,迅速离去。

头顶的广播响起,老板的粗糙嗓音震动空气:好了,可以摘眼罩了。

陆云檀立即扯下了自己的眼罩。

此时此刻,她正站在一个村子门口,木柱大门上方还悬了块牌匾,上书:桃李村。

陆云檀第一反应:这村名还怪熟悉的。

但她没有多想,抱着刀走进了村子。

她越走,越饶有兴致。

土黄色的道路两侧商铺林立,身穿古代服装的NPC们各司其职,有扮演商贩的,有扮演顾客的,还有扮演在街头散漫游走的行人的,看起来热热闹闹、市井气极其充足,真挺有氛围感,一下子就把人代入了进去。

并且越往里走,陆云檀越想给这家密室逃脱打个五星好评,因为这家密室逃脱的内部装修做得实在是太逼真了,都快赶上室内摄影棚了,能借给剧组去拍电视剧!

绝对的沉浸式!沉浸得不能再沉浸!

抱着胳膊走了几步之后,她忽然想到了什么,立即握住了刀鞘,另一只手紧握刀柄,用力一拔,一柄寒光闪闪的细长苗刀映入眼帘。

陆云檀不由得一惊:竟然是一把真刀?货真价实的苗刀?

只不过没开刃,没什么杀伤力,才敢当作道具使用。

一旦开刃,绝对凶悍无匹!

224

她满含爱惜地摸了一遍刀身后,又不禁在内心感慨,啧啧啧,道具都逼真到这种程度了,真用心呀!必须五星好评!还有就是,也不知道老板卖不卖刀,她想把这把刀买走。

但当务之急还是赶紧去找她的书生,这么危险的地方,她的书生被欺负了怎么办?

她轻叹口气,收刀入鞘,然后将长刀斜背在了身后,继续抱着胳膊向前走,走了还没几步,就听到了下西洋的惨叫,仿若杀猪:"帮主!救我!救救我!"

陆云檀一愣,立即循声看去,然后就看到被两个官兵打扮的NPC强行拖着走的下西洋。

下西洋一直在拼命挣扎,NPC拖得相当吃力,也幸好这两位NPC身强体壮,但凡换两个弱一点的,都要被下西洋反拖着走。

陆云檀有点儿想笑,感觉下西洋也太倒霉了,竟然一上来就被抓走了。

但是身为帮主,她必须要去解救自己的帮员,立即朝着他们跑了过去,同时大喝一声:"住手!"

这声"住手"触发了剧情,两位官兵NPC携带着下西洋一同停下了脚步。

陆云檀跑到了他们三个面前,先问了句:"你们俩为什么要抓他?"

其中一个NPC回答:"柳河街上的李员外死了,他是重大嫌疑人。"

陆云檀一愣,盯着下西洋:"你杀人了?"

下西洋一脸惊恐,大声喊冤:"怎么可能?我和那个姓李的无冤无仇,我为什么要杀他!"

另外一个NPC回答:"你和李员外一直有商业上的竞争,是商业对手,你还和他的小老婆不清不楚,他一死,最大的受益人就是你,他的钱、老婆、孩子,马上都是你的!"

下西洋:……这角色怎么这样!

陆云檀忍不住笑了一声,然后迅速收敛了笑容,正色询问:"二位官兵可否告知一声,李员外是怎么死的呢?"

1号NPC:"身中数刀,刀刀致命。"

2号NPC:"若非有深仇大恨,何苦于此?"

下西洋:"真不是我!"

陆云檀摸着下巴想了想,然后对这两位NPC说:"你们也说了,刀刀致命,说明凶手肯定是个擅长用刀的习武之人,再不济也是个杀猪的,但是你们再看看郑员外的手,白皙肥美,哪里像是个常期用刀的凶手呀?"

下西洋:……"白皙肥美"是什么形容?

两位NPC似乎是被触动到了,沉吟片刻,纷纷看向了郑员外的手——

1号NPC:"确实是白皙肥美。"

2号NPC:"适合下锅,不适合杀人。"

下西洋:……"适合下锅"又是什么形容?

都是什么破演员?我被侮辱了!

陆云檀点头,附和NPC的话:"就是哇,他一看就不像是凶手。"

1号NPC点了点头:"你说得有道理,但是放不放人我们没办法做主。"

2号NPC:"我们都听县太爷的,你可以把你的话告诉县太爷。"

下西洋哀号:"帮主!救我!"

陆云檀说:"那我们一起去找县太爷吧。"

随后,她就跟随着两位官兵一同押送着嫌疑人下西洋去了县衙。

不得不感慨,这个密室的占地面积是真大,绝对是斥巨资了,从村口走去衙门竟然还绕了一条街。

到了衙门口,扮演县令的NPC就开启了升堂模式,檀女侠伶牙俐齿地为郑员外辩护,最终成功地说服县太爷,郑员外当庭无罪开释。

两人从县衙大门里走出来的时候,郑员外不禁长舒一口气:"太惊险了,这辈子都没有这么惊险过!"

陆云檀好奇地问了句:"你是一上来就被抓了?"

下西洋点头:"对啊!"

陆云檀:"领你进来的那个工作人员在临走前给你交代剧情了吗?"

下西洋面不改色地回答:"只交代了我是个有钱人,富得流油的那种。"

陆云檀:"这么有钱你还勾搭人家小老婆?"

下西洋义正词严:"角色行为请勿上升真人,与我郑和无关!"

陆云檀被逗笑了,然后问了句:"咱们俩下一步应该去哪儿呢?"

下西洋像是来过一样,胸有成竹地说:"肯定会有别的剧情被触发。"

剧情说来就来,李月瑶的急切喊声在两人身后响起:"帮主!帮主!大事不好!"

陆云檀和下西洋的脚步同时一顿,又同时回头,诧异地看向了李月瑶。

李月瑶气喘吁吁地跑到两人面前,一脸焦急地看着陆云檀:"帮主!你快逃吧！县太爷要抓你！"

陆云檀一愣："抓我？为什么要抓我？"

李月瑶："我师父……"她先解释了一句，"我是县衙的小仵作，我师父是大仵作，他刚才看到了你的刀，断定死者身上的刀伤与你的刀如出一辙，而且你又是习武之人，所以现在你是最大的犯罪嫌疑人！"

陆云檀：……怎么又拉扯到我身上了？

檀女侠无语极了："我和死者无冤无仇的，我干吗要杀他？而且我今天才刚来这个村子！"

郑员外："帮主，您和李员外有仇！"

李仵作："是的，今天早上您当街揍了他。"

陆云檀："我我……我的故事里没这段剧情！"

李仵作替她补充剧情："李员外为富不仁，仗势欺人，今早当街调戏良家妇女，你看不下去，替天行道，把他揍了。"

郑员外双手拢袖，点头附和："是的，是这样的！"

嘿？本女侠好心来衙门一趟，竟然把自己送进去了？

等等，不对，这剧情怎么这么熟悉呀？

这不是《书生你插翅难飞》里面的剧情吗？！

就在陆云檀发蒙之际，身后忽然传来了一声大喝："站住！杀人犯你哪里跑？"

陆云檀一愣，回头一看，来追捕她的捕快竟然是李航？

李仵作和郑员外对视一眼，一人一边架住了陆云檀的胳膊，推着她往前跑，同时补充剧情——

李仵作："那是我们衙门的带刀捕快！"

郑员外："李捕快这人死板得很，根本听不进去人话，也不管你是不是冤枉的，要是被他抓了，你势必要进大牢！"

开始了！密室里面常见的追击战开始了！

刺激的是，竟然是被自己人追！

老板诚不我欺！

身为重大嫌疑人，檀女侠只得逃跑，但却像是只无头苍蝇，不知往哪边逃才好，多亏了有郑员外和李仵作指路。

跑着跑着，他们闯入了一片茂密的竹林中。

或许是想表达天黑了，头顶的光线忽然暗淡了下来，仅剩下了一盏巨大的形似月亮的明黄色灯泡。

闯进昏暗竹林的那一刻，陆云檀的神经忽然紧绷了起来，脑子里冒出了《书生你插翅难飞》里面的剧情——

女侠和书生被追击，闯入竹林，结果遇到了江湖第一杀手桃花面。

桃花面常常身着一袭白衣，戴一面金色面具，上刻桃花纹，惯用武器也是一把苗刀，杀人如麻心狠手辣，不仅是个大反派，还是女侠的劲敌。

思及此，陆云檀不禁头皮发麻：员外郎的剧情已经很巧了，应该不会又在这里遇到"桃花面"吧？

然而跑了还没几步呢，一道白影从天而降，身形颀长，脸戴金面，手中长刀银光闪闪寒气森森，直逼正在狂奔的三人而来。

陆云檀大惊失色，在心里骂了句：穿书了吗？

郑员外和李仵作花容失色，立即朝着后方撤退，远离即将开战的战场。

身为女侠，陆云檀绝不会临阵脱逃，反手抽出了背后的长刀，正面迎战"桃花面"。

两刀交接，铿锵作响。

陆云檀先是一惊，又是一喜：哟呵，竟然遇到真正的习武之人了？这个NPC可以啊！够专业！

然后，她就和NPC打了起来，出手时毫不客气，刀法如高山阔海，大开大合，气势汹汹，刀刀凶残。

NPC刚开始只是应付，抵挡得懒懒散散，但后来可能是挨砍挨多了，斗志也被激出来了，认真地打了起来。

他的刀法和陆云檀的不同，非江河湖海那种大开大合之势，而是如落花缤纷，如蝉翼振动，惊急快却稳准狠。

不一会儿，陆云檀身上就挨了好几刀，一下子就把她激怒了，出招越发霸气凶狠。

刀气肆意，即便是假竹林，也被荡起了许多竹叶，看起来十分萧瑟。

一个玩家一个NPC，全都忘了自己的使命，酣畅淋漓地打了起来……若非用的是没开刃的刀，他们俩现在必定都是满身鲜血。

不知过了多久，空气中突然飘来了郑员外的声音，无奈又急切："哥！别打了！您今天的使命不是打架！"

"桃花面"被提醒到了什么,突然收了招,陆云檀趁机用刀尖钩住了他的面具,啪地将面具从他脸上扯掉了——她就是要看看,这个武林高手到底长什么样子!

然后,蒙了……

"哥?"

她瞠目结舌地盯着她哥,简直不知道该摆出什么表情了。

陆云枫顿住。

在远处围观的郑员外、李仵作和李捕快同时叹了口气,心累不已地捂着脸。

陆云檀看看她哥,又转头看看身后三人,像是明白了什么,却又不太明白:"到底怎么回事?"

青云帮三人你看看我,我看看你,不知道该怎么向他们帮主汇报这件事。

陆云檀咬了咬牙,瞪着她哥:"到底怎么回事?"

陆云枫双臂抱怀,用舌头顶了顶腮:"和我没关系,我是被逼的。"

陆云檀:"你被谁逼了?谁敢逼你呀?"

陆云枫淡淡地、狠狠地启唇:"那个该死的书生。"

陆云檀一呆。

陆云枫朝着道路尽头努了努下巴:"走出这片竹林,他在尽头等你呢。"

陆云檀一愣,拔腿就跑。

冲出竹林的瞬间,豁然开朗,头顶的灯光也在刹那间齐齐开启。

天光大亮。

周围的布景算不上浪漫,却极其温馨——小桥,流水,屋舍人家。

情爱繁华,最终还是要走向柴米油盐酱醋茶。

大风大浪的爱情刻骨铭心,能够细水长流才是最美的结局。

梁云笺站在小桥前,身穿白鞋、青衫,乌发如墨,气质俊逸,眼梢微卷,笑意温柔地望着他的女侠。

陆云檀的眼睛和鼻子瞬间就酸了,眼泪一下子就涌了出来,含着两包眼泪走到梁云笺面前,呜咽着,开门见山地问:"你是要给我求婚吗?"

如果他回答"不",她就含泪砍死他!

梁云笺被她的反应逗笑了:"是啊,不然呢?"

陆云檀吸了吸鼻子,抽抽搭搭地说:"我喜欢这个求婚仪式。"

梁云笺笑着问:"玩得开心吗?"

陆云檀点头:"开心!"

她是真的很开心,沉浸式地体验了一把快意江湖的感觉。

随后,她又问了句:"都是你安排的吗?"

梁云笺点头:"是啊。"又叹了口气,"不然早就求婚了。"

从租场地再到装修,再到找演员、彩排,耗时三个多月才完成。

陆云檀感动死了,哭得更凶了……

这个世界上,只有她的书生愿意为她打造一个武侠世界,也只有他愿意配合她的奇奇怪怪,真的把她当成女侠。

梁云笺单膝跪在了她面前,举起了早已准备好的钻戒,很认真地看着她,一字一顿地询问:"檀女侠,你愿意嫁给我吗?"

陆云檀疯狂点头,立即伸出了自己的右手,还特意蜷起拇指、食指和中指,又高高地翘起小拇指,让无名指显得无比突兀。

梁云笺又被逗笑了,迅速为她套上了钻戒。

后方的围观群众在瞬间发出了激动又兴奋的尖叫和掌声,其中要数青云帮人喊的声音最大。

陆云枫抱着刀站在一旁,也不禁勾起了嘴角。

梁云笺起身,从地上站了起来,对陆云檀说了一声:"檀女侠,我真的很爱你。"

陆云檀还是感动得不能自持,依旧哭哭啼啼:"我也爱你,可爱可爱了,给你种一百颗草莓!"

梁云笺忍俊不禁,捧住了她的脸颊,低头吻住了她的唇。

陆云檀闭上了眼睛,沉溺地、满含爱意地回应着这个吻。

她终于得到了书生,书生也得偿所愿地把女侠变成了自己的妻。

他们都是幸运的。

就像是她在自己的处女作最后写的那句结束语——

江湖迢迢,人海滔滔,得一人心,红颜白首还能回看今朝,此乃人间笑傲。

第八章
/ 新婚宴尔

农历年过完后,挑了个黄道吉日,陆云檀和梁云笺一同去民政局领了证,但是鉴于梁博士的工作性质,所以他们领完证后也不能立即去找个地方庆祝一下,只能等晚上下班后再说。

拿着红本本从民政局出来后,两人不得不暂时分道扬镳,梁云笺回科研所上班,陆云檀回了家——娘家。

其实她本打算回自己的小家,但鉴于中午没人给她做饭,于是乎,她选择了回娘家蹭饭。

刚一走进家门,她就遇到了正要外出买菜的纪女士。

为了遮掩蹭饭的小心思,她立即朝着纪女士露出了一个灿烂的微笑:"妈!我回来看你了!"

纪女士皱眉蹙鼻,一脸嫌弃:"你怎么又回来了?"

陆云檀还有点不乐意了:"你都不想人家吗?"

纪女士:"你昨天晚上才搬出去,今天早上又回来了,让我怎么想你?"

陆云檀一噎。

纪女士:"回家蹭饭了?"

陆云檀再噎。

纪女士一边叹息一边往外走:"你这盆水我看是泼不出去了。"

哼!你怎么能这么说人家呢?

一定是不爱人家了!

等着吧,等我哥把那个讨人厌的边境野女人娶回家,你就知道我的好了!

陆云檀一边在心里愤愤不平地碎碎念着,一边大摇大摆地进了家门,然后去找了她爸。

陆师父正站在院子里打拳,看到陆云檀之后的反应和纪女士一样:"你怎么又回来了?"

陆云檀:"哼,人家还不能常回家看看了吗?"

陆师父:"那你这回得也太快了吧?"他非常不给自己闺女面子,一边打拳一边说,"回来蹭饭就直说。"

"哼,不理你了!"她气呼呼地转头,朝着西厢房走了过去。

陆师父却忽然叹了口气:"早就说了不能远嫁,你非要远嫁,现在知道远嫁的苦了吧?吃顿饭都不容易,还要来回跑。"

陆云檀猛然顿住了脚步,一脸震惊地回头看着她爸:"远嫁?我哪里远嫁了?从老街到我们家骑电动车才三十多分钟,坐地铁更快!"

陆师父冷哼一声:"电动车十五分钟之内到不了的地方,全是远嫁!"

陆云檀无话可说,无言以对。

她满心愤懑地回了自己的屋,又在心里暗戳戳地想:哼,我嫁到骑电动车三十多分钟就到的地方你们还嫌远,我哥还准备"嫁"到边境去呢,我看你们怎么办!

她心累地叹了口气,一屁股坐在了沙发上,计划着先刷几分钟手机再去写东西,结果一点开手机,更无语了——

她的微信列表中,唯一一个置顶的对话框是梁云笺的,她给梁云笺的备注是"臭书生"。

梁云笺之前的头像一直是一个手绘的穿着红衣黑靴的古风女侠。但是今天,此时此刻,她点开微信后震惊、错愕又感觉有点丢人地发现,这人竟然把微信头像换成了结婚照……大红色的背景,两个身穿白衬衫的人并肩端坐,幸福微笑着面对镜头。

虽然他们俩这张证件照照得还挺好看的,甚至照相馆的人都想用他们俩这张照片当宣传照用,但是吧,它毕竟是个证件照啊,哪有用证件照当头像的?傻死了!

更令她无语的是,这个臭书生还给她发了条微信留言:别忘了把备注改了,改成"老公"。

紧接着是一张截图,他向她证明自己已经把她的备注改成了"老婆"。

陆云檀满心都是抵触,感觉酸腐又矫情——她可是个潇洒的女侠呀!怎么能泯然众人呢？必须特立独行才可以！

　　还有，她觉得这个书生好像是有点儿飘了！之前总夸他唯美主义浪漫，现在怎么忽然变成了理工直男系浪漫呢？

　　不，我不接受！

　　然后，她义正词严地回复：不改，本女侠才不要这么麻烦呢！

　　梁云笺：[转账：1314元]

　　陆云檀秒收：马上就改！

　　在金钱的驱动下，她立即把他的备注改成了"老公"，还截图证明了一下自己的行动力有多强，保证自己绝对不是拿钱不干事的人！

　　梁云笺：头像也改了。

　　陆云檀：……不！我拒绝！

　　她的头像是个手绘的穿白鞋青衫的俊雅书生。

　　是的，没错，和他之前用的那个是情侣头像，特意斥巨资找画手画的。

　　要是全都换了，钱不就白掏了吗？

　　然后，她再次义正词严地回复：不行！即便是结了婚我也要保持自己的个性！

　　梁云笺：[转账：1314元]

　　陆云檀再次秒收：马上改！爱你哟！[亲亲.jpg]

　　行动力很强的檀女侠立即把微信头像改成了结婚照。

　　人，就是这样，面对金钱时自带劣根性，哪怕是女侠也无法摆脱。

　　唉，金钱玷污了我纯洁的秉性。

　　然而就在陆云檀感慨人生的时候，忽然想到了什么，立即质问：你哪里来的钱？

　　他的工资卡都在她这里，他们俩前几天还把所有的存款全部汇总了一下，由她管账，每个月定额给他发放零花钱，不多不少，两千。

　　两个红包加起来远远大于两千！

　　哼！

　　私藏小金库！

　　梁云笺：我去工作了，实验室不让带手机。

　　好！好！好！本女侠记仇了！

　　在心里的记仇小本本上狠狠地记了一笔之后，陆云檀气呼呼地放下了手机,然后坐到了书桌前,开始工作。

到了下午五点,梁云笺发了条消息过来:晚上带你去个地方。

陆云檀还在记仇呢:实验室又可以带手机啦?

梁云笺:刚从实验室出来。

陆云檀:哼!生气啦!

梁云笺:[转账:521元]

梁云笺:最后一笔,真的没有了。

陆云檀鼓起了腮帮子,盯着转账看了两秒钟,迅速收了钱,但也没忘了警告一句:下不为例,不然家法伺候!

梁云笺:家法是什么?

陆云檀:榨干你!

梁云笺:我不介意以身犯险。

流氓书生!

羞羞羞!

梁云笺:我下班去接你?

车在陆云檀这里,所以她回了句:我去接你吧。

她又问了句:你要带着本女侠去哪里?

梁云笺:让你兴奋的地方。

陆云檀一下子就来了兴致——

让我兴奋的地方?

让我,兴奋的,地方?

兴奋的,地方?

兴奋?

哈!

是酒店吗?是情趣酒店吗?还是什么其他的有情趣的地方?

哎哟,不就是领个证嘛,搞什么呀,都搞得人家不好意思了。

檀女侠的内心喜不自胜,恨不得立刻飞去书生身边,但回复的内容还是很矜持:好吧,人家等你哟~[羞羞脸jpg]

梁云笺:放心,一定不会让檀女侠失望。

陆云檀的情绪已经被撩拨了起来,立即拿着车钥匙出了门,但也没忘了去跟她爸妈说声再见。

在她临走前,纪女士问了她一句:"明天还来吗?"

陆云檀想了想:"不来了吧,怪麻烦的。"

陆师父冷哼一声:"早说了不让远嫁,非要嫁!现在好了吧?回家一趟难死了!"

陆云檀持续无语中。

陆师父:"街东头的小杨多好,还是研究生。"

明白了,她爹的理想女婿是老街住户。

纪女士没好气地瞪了陆师父一眼:"她都结婚了你再说这话有什么用?再说了,我们小梁不比小杨优秀得多吗?"

陆云檀点头:"就是!"

陆师父不吭声了,无法反驳。

纪女士又对自己闺女说:"周末回来吧,给你们俩包饺子。"

陆云檀:"好的!爱你哟!"

告别完父母之后,她开开心心地出了门。

开着车驶向科研所的这一路上,陆云檀一直在激动地猜想梁书生今晚到底要带她去哪里羞羞羞。

抵达科研所的时候还不到六点,梁云笺还没下班,陆云檀也就没下车,跃跃欲试地打开了车载导航,输入"情趣酒店"。

瞬间弹出来好几个。

她一个接一个地点开查看,一边看一边与自己的心理预期进行对比。

人一旦用心起来,时间就会过得很快。

"咚咚咚——"

副驾驶那一侧的窗户忽然被敲响了,陆云檀抬头一看,是梁云笺,立即打开了车门,然后迅速卸下了自己的安全带,一边往车下跳,一边激动地说:"你开!你来开!"

这种羞羞羞的地方,肯定不能让她开车带着他去呀,毕竟她可是个女侠,很纯洁的!

梁云笺有些不明就里,哭笑不得地看着她跑到了自己面前:"你怎么了?"

怎么这么激动?

早上领证的时候也没这么激动。

陆云檀娇滴滴地瞟了他一眼,还用自己的手指头用力地点了两下他的胸口:"流氓!"

梁云笺:……到底发生什么了?

陆云檀催了他一句:"快点!"然后迅速拉开了车门,积极主动地坐上了副驾驶,系上了安全带。

梁云笺一头雾水地去开车,上车之后,看到车载导航的显示屏的那一刻,他忽然明白了所有,一下就被逗笑了,甚至还低声笑了出来。

陆云檀蹙眉看着他:"你笑什么呀?快开车!"

"好。"梁云笺一边拉安全带一边笑着回,"别急。"

别急?

你把人家的胃口吊得这么大,你还让人家别急?

哼,过分!

陆云檀不服气地噘起了嘴巴,也斜着正在开车的某人,最终还是没忍住问了句:"你要带人家去哪里呀?地方大不大?房间多不多?"

梁云笺强忍笑意,一本正经地回答:"很大,很多。"

陆云檀双眼中放射着饿狼一样的精光:"刺激不刺激?"

梁云笺:"非常刺激,去过的人都说终身难忘。"

哇哦!

还终身难忘?

还没到地方呢,陆云檀已经开始兴奋了,甚至开始在脑子里面设想该怎么度过一个精彩绝伦的新婚之夜了!

三十多分钟后,梁云笺将车停在了目的地门前,一边放车窗一边对檀女侠说:"到了。"

陆云檀的笑容缓缓僵在了脸上,眼中的光没了——

窗外不远处,规整霸气的建筑物一如多年前一样充满了严肃的压迫感。

大门正中央,贴着红瓷砖的墙壁上,金雕着几个大字:

东辅市第二高级中学

梁云笺:"刺激吗?"

陆云檀:……刺激、刺激、可太刺激了!

我要打爆你的头!

得知自己会错意的女侠，真的好没面子，还有些恼羞成怒，好看的眉头一下子就皱了起来，嘟嘟地鼓起了腮帮子，看起来像极了一只受了气的小包子。

梁云笺再一次地被她的小表情逗笑，故意捉弄她似的，一本正经地问："檀女侠以为我要带你去什么地方？"

陆云檀气鼓鼓地瞪了他一眼，感觉自己的威望受到了极大的挑衅："哼，你肯定是故意的！"

梁云笺眸色微微敛动，一脸无辜："故意什么？"

又开始装无辜小白花了！

以后就喊你白莲书生！

"故意让人家误会！"为了维护自己的面子，陆云檀又开始倒打一耙，"是不是你说的要带我去一个让我兴奋的地方？"

听听，"兴奋"这个词，多么令人心猿意马呀！

梁云笺再一次地明知故问："所以，檀女侠以为是哪里？"

陆云檀绝不承认是情趣酒店："地下赌场！"

梁云笺无语。

打击报复似的，陆云檀恶狠狠地说了句："输了就把你抵押了！"

梁云笺眉头一挑："真舍得？"

陆云檀点头，还煞有介事地说："我都想好了，旧的不去新的不来，没了你我就立即去找下一个，找个听话的！"

还想找个新的？

梁云笺眸色淡淡，轻启薄唇："檀女侠要是敢去找新人，就别怪我这个旧人不客气了。"

嘿？什么意思？威胁本女侠？

陆云檀不甘示弱，又带着点好奇地问："我要是真去找了，你还准备怎么办呀？你又打不过我。"

梁云笺轻叹口气："我也不能怎么办，只好在你眼前消失，让你往后余生都见不到我。"

杀人诛心！

这才是真正的杀人诛心！

不得不说，这个臭书生真的很会拿捏她！

檀女侠的小嘴巴又一次地噘了起来:"不行!"又极其猖狂地说,"你生是我的人死是我的鬼,这辈子都不能离开我!"

梁云笺:"还想找别人吗?"

直接回答"不找了",似乎有些没面子,像是直接承认了自己被他拿捏了一样。

认真思量一番过后,檀女侠回答:"明明是你先让人家误会的,人家才会口不择言地打击报复。"

言外之意:都是你的错,和本女侠无关!

梁云笺当然明白她的意思,无奈一笑:"好,都是我的错,是我用词不当让檀女侠误会了。"

陆云檀这才满意,傲娇地翘起了嘴角,眼角眉梢尽显得意。

梁云笺:"晚上一定加倍弥补。"

"加倍"二字,咬字着重。

陆云檀的笑容瞬间凝固在了脸上,预感到了大事不妙,立即摆出了一副义正词严的神色:"倒也不必,本女侠心胸开阔,不是那么斤斤计较的人。"

梁云笺言简意赅:"我是。"

梁云笺正色道:"一定要补,不然我于心不安。"

哼!流氓书生!你明明就是贪恋人家的美色和身体罢了!

陆云檀没好气地瞟了他一眼,又冷哼一身,一边解安全带,一边傲娇地说:"不理你了,大流氓。"

梁云笺也解开了安全带,同时说了句:"先别下车。"

陆云檀正要开门,动作不由得一顿:"怎么啦?"

梁云笺:"过来。"

"干吗呀?"陆云檀一边朝他探去上半身一边好奇询问。

梁云笺忽然抬起了右手,扣住了她的后脑,低头吻住了她的唇。

始料未及的一个吻。

陆云檀的内心相当惊讶,还有点不满,但她向来是来吻不拒,毕竟,这可是梁美人的吻呀!这么大便宜不占白不占!她立即抱住了他的脖子,迅速进入了接吻状态,纵情投入地亲了回去。

这一吻不算长,但很深入,爱意在舌尖上绽放,如炽热烟火。

占完便宜……啊不,是吻完之后,陆云檀才开始秋后算账:"你竟然偷袭人家,这里可是学校门口呀,你真是一点都不正经!"

但是在说完这句话之后,她忽然明白了什么,直勾勾地盯着他,逼问:"说,你是不是早就想在学校门口亲人家啦?"

梁云笺不置可否,很是正经地回答:"下车吧,一会儿食堂没饭了。"

陆云檀依旧是一脸傲娇:"哼,你不说我也知道,你肯定早就开始喜欢我了!"

梁云笺轻叹口气,看向她的眼神十分无奈,像是在看一块不开窍的顽石:"不然干吗天天陪你聊微信?"

对哦。

还是借用别人的名义聊。

哪怕是脑袋中有一颗随时会要了他命的肿瘤,也要陪她熬夜,孜孜不倦地给她讲题,等她说晚安。

忽然间,她又开始心疼了……

在那三年间,她一直认定那个对她好的人是周洛尘,也一直以为自己喜欢的人是周洛尘,从未把他放在心上,但他才是那个默默付出的人,却有口难言。

这个臭书生,把他的爱全部埋在了心底,爱得炽热,却又隐忍。

是真的能忍。

忍得让人心疼。

她没忍住问了一句:"那个时候,你是不是特别委屈?"

梁云笺轻轻笑了一下,回道:"还好。"

说委屈的话,是有一些的,但是,对于一个将死之人来说,能够每天看到早起的太阳,看到自己喜欢的人,就足以踏平所有的不甘心与意难平。

陆云檀又是心疼又是不解:"你怎么这么能忍呀?要是我的话我肯定都委屈死了,委屈得哇哇大哭,委屈到要让全世界都知道我受委屈了。"

她就是这种人,受不了一点点委屈。

梁云笺:"因为我每天都能看到你。"

陆云檀怔住了:"只是因为这个?"

梁云笺:"嗯。"

在新的一天看到她,就说明自己多活了一天,多看了她一眼,就是赚到了。

陆云檀的眼眶猛然一热,感动、心疼、爱意汹涌。

她吸了吸发酸的鼻子，呜呜咽咽地说了句："我要给你生一百个'猴子'。"

梁云笺忍俊不禁："一个就够了。"他捧住她的脸颊，轻轻地用拇指揩去她的眼泪，情真意切地说，"太多了要命。"

陆云檀破涕为笑，理智稍微回归了一些："好像是挺要命的。"

梁云笺早就和之前的班主任联系过了，到了校门口后，给老师打了个电话，然后保安就放行了。

进了学校之后，陆云檀也临阵磨枪地和老金联系了一下，得知了老金现在正在高一当班主任。梁云笺的班主任在高三，他们俩不得不暂时分道扬镳。

一走进高一教学区，熟悉的感觉扑面而来，身临其境，记忆瞬间就回到了高中时代。

那三年，是多么美好而又无忧的年华呀，因为年轻，所以不焦虑未来、不用考虑生计，每一天都是青春靓丽的。

老金现任高一（8）班的班主任，此时正是晚自习的时间，教室里安安静静，老金正坐在班级后面的班主任办公室里备课。

陆云檀进办公室之前，先喊了声："报告！"

老金抬头，一看到她就乐了："哟，这不是檀帮主吗？"

陆云檀一愣，诧异万分："您怎么知道的？"

老金笑着说："你们上学时候的那点事，老师都知道得清清楚楚。"

陆云檀不好意思地笑了，又问了句："我可以进来了吗？"

老金："进吧。"

陆云檀嘻嘻一笑，走进办公室，还很尊师敬长地说了句："谢谢金老师。"

姓"谢"的班主任：……这小丫头，这么多年，真是一点都没变！

师生之间聊天的话题，无非是一起回忆当年上学时候的那点事，再询问一下高中毕业后发生的事情和现状。

在陆云檀说完自己已经和梁云笺结婚了这件事之后，老金不禁发出了一声感慨："上学的时候我就觉得你们俩有事，你俩还不承认！"

陆云檀心想：那个时候我们俩是真的没事！

但她转念又一想：婚都结了，还计较这事干吗？

于是，她回了一句："他苦恋我多年，我哪怕长了一颗石头心也被打动了呀!"

老金一惊,满脸都是诧异:"是梁云笺追的你?"

这回诧异的一方变成了陆云檀:"对啊!不然呢?"

老金:"那个时候我和年级长,还有九班班主任,都以为是你追的他呢。"

哼!

你们怎么能这样以为呢?

本女侠是那种见色起意、色欲熏心、看到美人就走不动路的人吗?

当然不是!

我很正直哒!

老金又问了句:"他后来去哪儿上大学了?"

陆云檀:"他出国念书了,本科和研究生在英国剑桥,博士在麻省理工,现在在东辅的物理研究所工作。"

老金:"哎哟,这么厉害?"

像是自己被夸了一样,陆云檀立即翘起了嘴角:"是的!他很厉害的!"

老金:"怎么没领过来呀?让他给我们班学生演演讲。"

"金老师,我才是你的学生呀!"陆云檀略微有那么一点点不乐意了,"我也很励志呀!"

老金想了想,确实,从二本努力到"211",确实很励志。

但至于让她演讲,他不敢赌……于是,先问了句:"那你先给我说说,你当年努力的动力是什么?"

陆云檀眨了眨眼睛,实话实说:"我老公让我好好学习。"

一点没变!

一点点都没变!

鉴于檀女侠的学习动力中夹杂着校规校纪不允许的早恋元素,所以她被老金无情地剥夺了演讲资格。

和老金聊完之后,陆云檀从背包里拿出了一包喜糖,提前邀请老金来参加她和梁云笺的婚礼,老金很爽快地答应了,然后她就和老金告别了,再然后,屁颠屁颠地跑去了高三,找她老公。

鉴于梁博士的个人履历过于优秀,所以毫无意外地被班主任要求着进班演讲了。

陆云檀来得比较巧,刚好赶上了演讲开始,又凭借着家属的身份,顺利地混进了重点班——人生第一次光明正大地进重点班——和班主任一起站在了教室后方,目不转睛地看着站在前方讲台上的男人,眉宇间尽是骄傲。

这么优秀的男人,是她的呀!

梁云笺的演讲内容十分切合实际,不像那些学校里经常请来演讲的"成功学大师"一样,假大空的话说一堆,激情而澎湃地煽情,结果除了感动哭了一片共情能力强的学生之外,毫无励志的效果。

想要引起学生的共鸣,就要从学生的角度出发看待事物。

梁云笺的嗓音天生低醇,自带温柔气质,再加上他的外表出众,很容易就吸引了台下学生们的目光,还有不少小女生在交头接耳。

陆云檀当属最认真的一个观众。

等梁云笺讲完之后,班里爆发出了一阵热烈的掌声。

突然间,坐在班级最后一排的、某位调皮捣蛋的男生无所畏惧地喊了一嗓子:"学长,博士好找老婆吗?"

全班哄笑。

班主任脸色不善。

梁云笺倒是很随意,笑着回:"好找。"又朝着教室后方努了努下巴,大大方方地说,"那个就是我老婆。"

"哇哦!"

伴随着一阵激动的起哄声,全班学生同时扭头,齐刷刷地朝着陆云檀投去了八卦中夹杂着好奇的目光。

脸皮比城墙拐角还要厚的檀女侠,难得不好意思了一次,但也只有一点点不好意思而已。

肆意江湖的她,当然是可以做到坦然面对所有事情的!

在一片嘈杂中,又有个不怕死的问了句:"谁追的谁呀?"

陆云檀心想:必然是他追的我!

然后,她朝着讲台上的臭书生投去了威胁的目光。

梁云笺又笑了,与他的檀女侠遥遥相望,毫不犹豫地回答:"我追的她。"

领完证后,就要考虑办婚礼的事情了。

两人商量过后,将婚礼定在了5月1日,具体点来说,是陆云檀独掌大权决定的,她给出的理由也相当充分。

理由一:这天是节假日,亲朋好友们都可以来参加婚礼。

理由二:这天是臭书生第一次向她表白的纪念日——是的,没错,就是那句:you had me at hello——檀女侠记得清清楚楚明明白白,就是五一劳动节这天!

可以这么说,檀女侠的大脑不仅有着极强的自我保护机制,可以定期清除对自己不利的记忆,还有着极强的自我巩固机制,可以定期复习一下对自我有利的记忆,所以,人生的高光时刻,她绝对不会忘!

梁云笺也愿意配合她的"表白纪念日",所以,婚礼的日期就这么定了下来。

日子一天天地过去,春去夏来,明艳的五月份悄然而至。

他们选择的是中式婚礼。

为了配合接亲仪式,陆云檀不得不在婚礼的前一晚上回娘家住,怀揣着一股兴奋激动又新奇的心情,等待着臭书生的迎娶。

老街上的居民们向来热情洋溢,但凡这条街上有谁家娶媳妇或者嫁女儿,一定都会来帮忙,有人力的出个人力,没人力的捧个人场,也能让新婚仪式看起来红红火火的。

而且,老街上嫁女儿还有个不成文的规矩,那就是要找一堆小孩在新娘家门口挡新郎,让新郎给糖,给少了还不行,孩子们是不会满意的,直到糖给够了这帮孩子才会放行。

其实这规矩也就是图个多子多孙、瓜瓞绵绵的好彩头,让送子观音看看这对新人是愿意对小孩好的,可以放心把孩子送来了。

但是吧,自从这规矩出来之后,可没少难为老街上的女婿们。

孩子是最可爱的,孩子也是最难搞的,而且孩子也喜欢拉帮结派,小孩子听大孩子的话,大孩子听孩子王的话。

总而言之,想要搞定这帮挡门的小孩,就必须先搞定孩子王。

据悉,老街现任的孩子王姓赵,名叫赵星辰,今年八岁,身强体壮,说一不二,很有领导人的风范。

又据悉,赵星辰他妈是老街上的女儿,他爸是老街上的女婿,他是他爸妈的二胎。

重点是，在赵星辰爸妈结婚那年，老街上称王称霸的孩子王是陆云檀。

赵星辰他爸娶他妈那会儿，檀小霸王可没少刁难他。

因果轮回，现在檀霸王该出嫁了，新一任的霸王变成了赵家小二胎。

"不是不报，时候未到！"这是纪女士在自己闺女出嫁的前一天赠送给她的醒世恒言。

陆师父也看热闹不嫌事大地送了句恒言："人在做天在看，你呀，明天等着吧，赵星辰那小子，就是他爸派来治你的。"

陆云枫一边回忆一边幸灾乐祸地说："他爸当年，给了你六盒大大卷，你都不愿意放他进去，非要他再添两大袋喔喔奶糖。"

陆云檀对这段记忆毫无印象："我怎么不记得了？我为什么还要让他添喔喔奶糖？"

纪女士："哎哟，那天你猖狂死了，说六盒大大卷不够你手下的小弟们分，必须再添两包糖才行，不然你这个当老大的没面子。"

陆师父："完事儿你只打开了一包糖分给了你的小弟们，剩下那一包自己贪污了。"

纪女士："大大卷也贪污了三盒。"

这作风……好像真的是我会干出来的事！

这这这……这可怎么办啊？

陆云檀深深地为她的臭书生捏了把冷汗——赵星辰不会放过他的！

不行！必须先摆平赵星辰这个"复仇使者"！

去和"复仇使者"谈判前，檀女侠先给她的梁书生打了个电话，提醒他明日可能会发生的"危机"事件，让他做好应急预案，然后出门买了三条德芙巧克力，去找赵星辰，准备用巧克力贿赂他。

时值晚饭后，赵星辰正带领着一帮小孩在老街上跑着玩，陆云檀还没走两步就看到了他，先斟酌了一下谈判措辞，然后自信满满地朝他挥了挥手："赵星辰，你来一下。"

赵星辰却站着没动，毕竟他是带着"复仇"使命的，一脸提防地看着陆云檀："你要干吗？"

一帮孩子全都停下了脚步，好奇地看着他们一大一小。

陆云檀晃了晃手中的巧克力："有个交易，你要不要做？"

赵星辰："什么交易？"

陆云檀:"你来嘛,来我这儿,咱俩私聊。"

赵星辰严肃认真地思考了一番:"那好吧。"然后朝她跑了过去,仰头看着他,"你说吧,什么交易?"

为了对现任小霸王表示出自己的尊重,檀女侠屈膝弯腰,将视线与赵霸王的视线齐平:"这样吧,咱们行走江湖的人秉持的都是一个潇洒原则,明人不说暗话,我给你三条巧克力,你明天别难为我男人。"

赵星辰撩起眼皮,一脸鄙夷地看着陆云檀:"哇,你竟然想收买我!"

陆云檀"啧"了一声:"怎么能是贿赂呢?咱们俩这是交易,是双赢,是江湖人解决问题的方式!"

赵星辰皱着眉头想了想,然后伸出了手:"你先让我看看巧克力。"

哟?还知道先验货呢?

现在的小孩,一个比一个鬼机灵!

陆云檀无奈地叹了口气,伸出了手:"德芙的,你肯定……哎?哎?赵星辰!"

她气急败坏地怒吼着,因为,赵霸王在她拿出巧克力的那一刻忽然伸出了手,一把抢走了她手中的巧克力,转身就跑,边跑边朝着自己的小弟们挥手:"快跑!别让她追上来!"跑了几步之后,还不忘扭过头朝着陆云檀做个鬼脸,猖狂至极。

嚣张了一辈子的檀女侠,死都没想到,自己竟然会在一个八岁小孩身上栽了跟头。

真可谓是,马失前蹄了!

能在老街上当小霸王的人,果然都不简单。

低估对手的后果只能是铩羽而归,望着赵星辰如风一般跑远的小身影,檀女侠长叹一口气,憋憋屈屈地回了家,走到家门口之后才发现她哥一直抱着胳膊靠在门框上看笑话呢,还摆出了一副似笑非笑的表情,显然是看热闹不嫌事大。

陆云檀狠狠地瞪了他一眼:"你少幸灾乐祸!"

陆云枫毫不留情:"关我屁事,又不是我让你去收买赵星辰的。"

陆云檀越发恼怒,十分没面子:"哼,你等着吧,我以后也要这么不客气地对你的野女人!"

陆云枫顿住。

陆云檀本想直接走人，可是又按捺不住内心的八卦和好奇，抿唇想了想，故作漫不经心地问了句："你和你的野女人怎么样了？"

陆云枫语调淡淡，言简意赅："管好你自己。"

哼！

再也不要理你啦！

陆云檀气呼呼地回了房间，然后给她的臭书生打了个视频电话，愤愤不平地把自己刚才所经历的两件大无语事件向他吐槽了一遍。

"我哥真是！真是！"她越说越生气，"真是不知好歹！"

梁云笺半是哄半是劝："别气了，也别勉强他，他要是想说，自然就说了。"

陆云檀："我是担心他被那个女人骗！"

梁云笺耐心地给她分析："你哥又不是傻子，对方要是骗子的话，他还能察觉不到吗？"

陆云檀煞有介事地说："爱情，总是能蒙蔽人的双眼，使人做出一些迷惑行为！"

梁云笺故意逗她："就像你去给赵星辰送巧克力？"

我的面子！

陆云檀的腮帮子一下子就鼓了起来，看向平板屏幕的面色不善，眼神中满含威胁。

梁云笺又被她的小表情逗笑了，然后信誓旦旦地向她保证："请檀女侠放心，书生明天一定可以摆平小霸王。"

陆云檀哼了一声，没好气："你要是摆不平他，就别想娶到人家！"

梁云笺眉头一挑："证都已经领了，还怕娶不到？"

陆云檀咬了咬牙，嘴硬得很："你可以娶到我的人，但是娶不到我的心！我不给你生猴子！"

梁云笺想了想，很认真地问了句："想什么时候生？"

陆云檀愣了一下，还真没具体思考过这个问题，但思考起来也很快："明天晚上！"

梁云笺有些意外："这么快？"

陆云檀微微眯眼："你紧张呀？怕自己发挥不好？"

随后，他斩钉截铁、一字一顿地回答："完全没问题。"

陆云檀勾起了嘴角："那就明晚啦！"

梁云笺:"今晚好好休息。"
陆云檀点头:"我知道,明天婚礼很累哒!"
梁云笺面不改色,好心提醒:"我的意思是,明晚你可能没办法休息。"
羞羞羞!
流氓书生!

婚礼这天,清晨五点半,陆云檀就被她妈从床上薅了起来,然后吃饭、换衣、化妆、迎客。
化妆师和跟拍的摄影师来得最早,其次是四位伴娘。
一切准备就绪后,就只剩下等待吉时来到,新郎来娶。
九点多,一排系着红彩带的婚车风光靓丽地停在了老街街口,梁云笺一从为首的那辆黑色轿车上下来,就看到了站在陆家武馆门口的那一排"声势浩大"的小孩子。
赵星辰穿着一身牛仔服,双手叉腰,站在正中央的位置,昂首挺胸,气宇轩昂,大有一夫当关万夫莫开之势。
其余来看热闹的街坊邻居全都站在门前台阶的左右两侧,新郎官一下车,人群就闹哄哄了起来,一半人激动地喊着新郎官来了,一半人赞不绝口地夸赞着新郎官真俊。
梁云笺身穿红底秀金的中式礼服,身姿挺拔,姿容俊朗,气质卓然,可谓是人中龙凤。
紧跟在他身后的,是四位身穿中式长袍的伴郎:周洛尘、李航、卞西洋、李基树——高矮胖瘦各不相同。
新郎加伴郎,五个男人的手里,皆拎着几个五颜六色的卡通盒子。
不用多想,这里面装的肯定是送给小孩们的糖果。
赵星辰见状,立即对自己的小弟们说了声:"要抵制诱惑!绝不能屈服!"
小弟们童声朗朗:"好的!"
围观的邻里街坊都在笑,觉得等会儿可有好戏看了。
到了陆家门前,梁云笺一看到气势汹汹的孩子王就笑了,然后走到了他面前,屈膝弯腰,把一个蓝色的盒子递到了他面前,很客气地说:"小朋友,这是叔叔送你的礼物。"
四位伴郎也纷纷把手中的礼物盒送给了其余的几位小孩,送给女孩子的是粉色的，男孩子的是蓝色的。

赵星辰如临大敌地看了新郎官一眼，然后才接过了礼物，打开一看，眼睛瞬间亮了——

奥特曼套装，一共六个，中间是迪迦，其余五个成圆圈式分布在迪迦周围。并且，除了奥特曼之外，盒子里面还装着许多金光灿灿的费列罗巧克力球！

其他的小孩子也在打开盒子的瞬间难以自持地发生了一声惊叹：哇！

女孩子们的盒子里面装的是洋娃娃套装和巧克力。

看着赵星辰的表情，梁云笺就知道自己成功了，但还是很客气地问了句："大佬满意吗？"

赵星辰皱起了眉毛，在自己的"复仇使命"和迪迦奥特曼之间纠结了三秒钟，然后，果断选择了迪迦奥特曼，单手抱着礼物盒，对着身后的小弟们挥了挥另外一只手："这个新郎官大方，我们撤退！"

孩子王一声令下，挡在门口的小孩们"哗啦啦"地全跑光了。

梁云笺忍俊不禁地看着赵星辰离去的背影，脑海中忽然萌生了一个很好笑的想法。

他和檀女侠的孩子以后会不会成为这条街上的新任小霸王？

婚礼结束后，檀女侠和梁书生就开始贯彻落实生"猴子"的计划，然而计划才刚实施了一周，梁书生忽然接到了最新研究项目的通知，并且研究单位还不在东辅，而是在西辅——

他被西辅那边的科研所借调走了，需要去西辅出差一个月。

得知此事的檀女侠，内心略微有些凄凉：没有蜜月就算了，竟然连"猴子"都不能生了，实在是，人间惨剧。

但与此同时，她的内心竟然还有一丢丢的欣慰和轻松。出差了也好，她终于可以歇一歇了，不然迟早被榨干——这个书生，看起来斯文儒雅，其实如狼似虎，相当生猛！

梁云笺启程去西辅那天，陆云檀必定要去送夫。

周日下午四点多，两人在高铁站的进站口前依依惜别，檀女侠恋恋不舍地抓着梁书生的手腕，含情脉脉地看着他："臭书生，你一定要想我呀，因为我肯定会想你的，你要是不想我的话，咱俩的爱情就不对等了！"

梁云笺故意逗她："我要是忘记了想你呢？"

檀女侠的小脸瞬间变了色，眉头一皱，眼神狰狞："你敢忘一个试试！我就打爆你的脑袋！"眼珠子又一转，忽然有了鬼主意，立即抓着他的手放到了自己平坦的小腹上，"说不定我现在已经有了，你要是敢不想我，我就拿人质撒气！"

虽然这个"人质"充其量才刚满一周。

梁云笺被逗笑了，配合着回答："怕了，请檀女侠对'人质'网开一面，在下一定会想檀女侠。"

陆云檀傲娇地勾起了嘴角："知道怕了就好！"又满含威胁地盯着他，"你必须要想我！"

梁云笺看着她的眼睛，信誓旦旦地保证："放心，一定会想你。"又向她承诺，"去做任何事情之前都会提前告诉你，绝不让你担心。"

陆云檀这才满意，感知到时间不多了，她轻叹一口气："你是不是要进站啦？"

"嗯。"梁云笺低头在她的唇上亲了一下，"我走了。"

"走吧。"陆云檀松开了他的手，叮嘱道，"到站之后给我发条微信，到了酒店要给我打电话。"

"好。"

"拜拜。"说完，陆云檀还伸出右手比了个小心心，"爱你哟，臭书生。"

梁云笺笑着回："檀女侠，我也爱你。"

告别过后，梁云笺拉着行李箱朝着进站口走了过去。

陆云檀一直站着没动，目不转睛地望着他渐行渐远的背景，忽然就想到了多年前的那次机场送别。

那年的他，也是如同此时一样，背对着她，带着她的爱恋与牵挂，渐行渐远……

那时，她希望他回一次头，但他自始至终没有回头，大步走进了安检站，至此开启了一段长达七年的杳无音信的别离。

此情此景和那时太像，旧事涌上心头，陆云檀一下子就伤感了起来，眼圈都红了，眉头也微微蹙起，双唇紧紧抿着，一手抱怀，一手捂嘴，一副难过又悲伤的样子，仿若MV女主角。

梁云笺进站之前，回头看了一眼，看清她的表情后，又是心疼又是好笑。

他忽然改变了方向，又朝她走了回来。

陆云檀一愣，女主角的情绪被打散了，放下了手，很是奇怪地看着他："你怎么又回来了？"

梁云笺："帮我保管个东西。"

陆云檀："什么东西？"

梁云笺没说话，抬手扣住了她的后脑，低头吻住了她的唇，给了她一个短促却深入的吻，然后对她说："回来还给我。"

陆云檀心头一跳，春潮来袭，少女心怦然大发，喜不自胜：救命！有被撩到！被征服了！

但是，她绝不能承认自己被征服了，不然会很没面子哒！

为了维护自己的面子，她摆出了一副十分傲娇的样子，微微仰着下巴，十分高冷地说："好吧，看在你态度这么诚恳的份上，我就勉为其难地帮你保管一下吧。"

梁云笺："多谢檀女侠厚爱。"

陆云檀瞪了他一眼，催促道："快走，车马上进站了！"

"嗯。"梁云笺却站着没动，一本正经地对她说，"檀女侠，我这是高利贷，一个月后你需要连本带利地归还。"

哈？

你这不是仙人跳吗？

网络诈骗都没你黑心！

哼！

不等她反驳，梁云笺就拉着行李箱走了，独留檀女侠一人在后方生闷气，深感自己遭受到了爱情骗局！

从高铁站回来后，陆云檀先回了趟自己的小家，然后迅速收拾出来一个小行李箱，屁颠屁颠地回了娘家。

说来也巧，她回来的时候刚好赶上开饭，也刚好饿了，行李箱都没收拾就跑去饭厅吃饭了。

晚餐只有她和她爸她妈，她哥不在。

陆云檀卷好了一个内料满满的菜饼，一边将饼往嘴边送，一边好奇地问："我哥又去哪儿了？"

纪女士冷哼一声："谁知道呢，天天不着家，有本事死外面别回来！"

陆云檀觉得纪女士这话说得多少是有点绝情了："哎呀，你也不能这么说话呀，他好歹是你亲儿子。"

纪女士赶忙摆了摆手："别，你别这么说，我可不敢当他妈。"

陆云檀愣了一下，感觉纪女士这态度好像不太对，于是看向陆师父，弱弱地问了句："他俩吵架了？"

陆师父叹了口气："也没有。"

陆云檀："那到底是怎么回事？"

陆师父："你结完婚第二天你哥就走了。"

陆云檀又问了一次："去哪儿了？"

陆师父："不知道，问了就说去进货。"

纪女士面色越发不善："到底有多少货可进，一个月里面有半个月都不在家！"她的脾气显而易见又上来了，"有多远滚多远，有本事一辈子别回来！"

陆云檀不敢吭声，默默地吃卷饼。

陆师父赶忙劝了自己老伴一句："哎哟，他都三十多了，你也不用管他那么多，他能管好他自己。"

纪女士彻底怒了，用力地把筷子拍到了桌子上："别以为我不知道，他肯定又去边境了！不要命的家伙，哪儿没女人，偏偏去那个鬼地方找？就这么欠？"

陆云檀一惊，心想：我妈怎么知道的？

陆师父只好继续安慰自己老伴："哪儿都有坏人，哪儿也都有好人，不能一棍子打死，你也不是不知道咱们云枫是什么样的人，要是不好的姑娘，他能看上吗？"

陆云檀越发奇怪她爸妈是怎么知道的？但她还是不敢吱声，以免被殃及池鱼。

陆云檀咽下了卷饼，看了看她爸，又看了看她妈，抿了抿唇，装作什么都不知道的懵懂样子问了句："那个……你们在说什么呀？我怎么听不懂呢？我哥找女朋友了呀？哪儿的人呀？"

纪女士一记凌厉眼神飘了过来："你少在这儿给我揣着明白装糊涂！"

陆云檀：……呜呜呜好凶，想老公！

陆师父也说了句："你也别装了，好好跟我和你妈说说，你哥和那个女的到底是怎么回事？是认真的还是？"

事到如今，陆云檀也不好再继续装糊涂，叹了口气，实话实说："我知道得可能还没你们多呢。"

纪女士："你也不问问？"

不等陆云檀回答，她爸就帮她抢答了这个问题："就她那股八卦劲儿，她能不问？她哥估计都快被她问烦了。"

纪女士一想也是："你哥怎么跟你说的？"

陆云檀无奈："你觉得他会跟我说吗？他那人的嘴比石头还硬，撬都撬不开。"

每次一问，她哥只会冷酷酷地回她五个字：管好你自己。

相当的冷漠无情！

但这并不代表她很八卦，义正词严地对她爸说："我是关心我哥才问他的，我一点也不八卦！"

陆师父不置可否："你真什么都不知道？"

我只知道我讨厌那个野女人，除此之外，一无所知。

但她也不能把自己的讨厌说出来，不然只会让她哥更为难，所以她只能回答："真不知道。"为了转移话题，她又迅速把问题抛了回去，"你们俩是怎么知道的？"

纪女士又反问了回去："你是怎么知道的？"

社交高手之间的过招，招招是反问，仿若在打乾坤太极拳，比的是看谁最能推脱糊弄。

陆云檀糊弄不过去，不得不回答："无意间发现的。"

纪女士："我也是。"

陆云檀噎住。

纪女士又没忍住说了句："那女的绝对不是什么善茬！"

陆云檀内心深有同感，但只能装作不知道的样子："你怎么发现的？"怕她妈不说，又小小地使用了一个激将法，"不会是因为你儿子喜欢她，所以你才觉得她不是善茬吧？妈，你可不能这么当婆婆！要对女婿和儿媳一视同仁！"

纪女士果然被激怒了："你放屁！"

陆云檀："那你说说，你为什么不喜欢人家？"

纪女士:"你哥每次回来,身上、衣服上、行李上都带着香味,那股味儿一闻就是女人用的香水。"她又抬手拍了拍自己的脖子,没好气地说,"还有他那脖子上,一看就……我都没脸说,不知检点!"

陆云檀:"这能说明什么?"

陆师父叹了口气:"说明那女的是故意的。"

陆云檀目瞪口呆地看着她爸:"啊?"

陆师父一脸无奈地看着自己闺女:"谁喷香水会往行李箱里喷?你哥又没用香水的习惯。"

纪女士:"她就是故意的,想让咱们知道她的存在!"

高手!

这才是高手!

紧接着,陆云檀在瞬间做出了一个决定。

等那个臭书生回来,她也非得好好地闻闻他的行李箱,敢有一点香味,她就把他大卸八块!

哼!

纪女士又说:"她要是真想和你哥好好的,干吗不跟着他一起回来见见我和你爸?哪怕就一次呢!见都不见,又想让所有人知道她的存在,还天天让你哥来回跑,这是什么意思?"

陆云檀回答不了这个问题,只是越发讨厌那个野女人,并由衷地感觉她哥才是那个真正受到了爱情骗局的人。

时间一晃而过,转眼间大半个月就过去了,而她哥,一直没回家。

要不是陆云枫的手机还能随时保持畅通,陆云檀一定会怀疑她哥被那个野女人卖去当苦力了。

六一儿童节这天早上,陆云檀是被手机振动声吵醒的,原本是满肚子起床气,恨不得把发消息的人暴打一顿,然而就在她看到微信消息的那一刻,瞬间就开心了起来。

老公:[转账:521元]

老公:[转账:521元]

老公:*檀女侠儿童节快乐。*

哎,看在两笔金钱的份上,就原谅你打扰本女侠睡觉的事情吧!

陆云檀开开心心地收了钱,非常谄媚地回复:*老公,爱你哟,最最最爱*

的就是你了!

老公：刚醒？

陆云檀：是的。

发完之后，她下意识地看了眼时间，震惊地发现竟然已经快十二点了!

老公：看来我不在家的日子里檀女侠过得很是惬意，一点都不想我。

啧，又是酸溜溜的语气!

陆云檀不服气：哪有！人家想你想得要吃不下饭了，每天都食欲不振，都瘦了好几斤了！

她又补充了一句：起得晚是因为天热，我开始夏打盹了！

春困秋乏冬眠夏打盹。

今年，她觉得夏打盹尤其可怕，因为自从入了夏之后，她几乎每天都在昏昏欲睡中。

老公：快起床吃饭。

陆云檀：哦。

她也觉得自己该起床了，不然她妈肯定该骂她了。

匆匆洗漱完后，她直接穿着睡衣去了饭厅。

饭厅在一进院子里，紧挨着厨房，在大门边。

今天她妈好像炸东西了，空气里飘着一股油腻腻的味道，她一闻就想吐。

反胃的感觉强烈，顺着喉咙直往上冲，她立即弯下了腰，对着地面干呕了好几下。

眼泪都被激出来了。

难受得像是要死了。

缓了一会儿，恶心的感觉渐渐缓解，她缓缓地把腰直了起来，然后，震惊了，蒙了，不知所措了，瞬间就不反胃了——

院门没关，在她抬头的那一刻，一位身穿黑色短袖和黑色运动裤的人走进了院门。

此人身形挺拔，面若桃花，眼神中虽然透露着些许疲惫和戾气，但不难看出，那是一双无比妖娆妩媚的眼睛呀，美不胜收。

不过，还是能轻而易举地分辨出这人的性别：男。

因为，他留着干脆利落的寸头，透露着一股狠劲儿。

陆云檀简直不敢相信自己的眼睛，立即抬起了双手，揉了揉眼，放下手后，又瞪大了眼睛,盯着来人看了几秒钟后,越发蒙了,难以置信地盯着来人,一句话都说不上来——

她哥,陆云枫,竟然把头剃了?

那头乌黑浓密的长长青丝,竟然没了?

这是,有故事呀……都斩情丝了!

午饭期间,陆云檀一直盯着她哥的脑袋看,仿若那一弧冒着青茬的优越高颅顶是一件世间罕见的稀奇玩意儿,引得她目不转睛。

扒拉了一口白米饭后,陆云檀忍不住又问了她哥一遍:"你怎么把头剃了?"这已经是她第四遍问了。

陆云枫的回答也如同前三次一样言简意赅:"天热。"

陆云檀不信,说什么都不信——反正都已经热了三十多年了,还差这一年吗?

更令她感到奇怪的是,她爸妈竟然没对这件事表示出任何好奇的态度,只是在刚刚看到的时候震惊了一下,然后就随遇而安了。

大家的心理承受能力都这么强吗?

只有本女侠一个人很八卦吗?

就在她百思不得其解的时候,纪女士忽然用筷子敲了敲她的碗,没好气道:"吃饭!"

"哦。"陆云檀依依不舍地别开了自己的好奇目光,低头扒拉米饭。

纪女士却又叹了一口气,一边给她夹菜一边念叨:"只吃饭不吃菜,你能吃得饱?"

陆云檀一脸愁容地看着碗里的菜:"我不想吃菜,吃不下。"

纪女士蹙起了眉头:"你这几天怎么了?天天无精打采的。"

陆云檀和她哥说了一样的回答:"天热。"

都把她给晒蔫了,食欲不振精神萎靡,仿若一棵枯萎的小花朵。

不过,也可能是空虚寂寞冷了,急需老公的滋润!

但是,老公还要一周才能回家……

纪女士没好气道:"我看你就是熬夜熬的,熬夜最伤身体了!"

陆云檀理直气壮地说:"我最近都没熬夜!"

老公都不在家,熬夜多寂寞?

她爸忽然接了句:"体虚肝火旺吧。"他放下了筷子,伸出右手,"来,我给你号号脉,看看怎么回事。"

陆云檀无奈,只好也放下了筷子,把手伸了过去。

陆林将食指、无名指和中指搭在了陆云檀的脉搏上……如滚珠滑动,切实有力,来往流利。

陆云檀盯着她爸的脸看,见他先是一愣,然后蹙眉,神色更凝重了几分,指尖的力度也在瞬间大了几分,搞得她不由得提心吊胆了起来,太阳穴突突跳——不会是什么大病吧?

纪女士也被陆师父的表情给吓到了:"怎么回事呀?严重吗?"

连陆云枫都停下了筷子,神情关切地看着陆师父。

人命关天的事,陆师父忽然有些不确定了,心事重重地收了手,对自己儿子说:"你再号个看看,我怕我弄错了。"

陆云檀越发害怕了,脸都吓白了,说话声音带着颤抖:"多、多严重呀?"

陆师父的回答比较严谨:"不太确定,不能说严重,只能说事可能比较大。"

陆云檀:……救命!我害怕了!

纪女士也有点慌了:"怎么……怎么还有大事?"

陆云枫也被陆师父这句话给搞蒙了,忐忑不安地伸出了手,将修长的指尖搭在了妹妹的手腕上,先是一怔,然后无奈一笑,对陆师父说:"没号错,确实是大事。"

陆云檀将她哥的无奈一笑看成了凄凉一笑,当场就被吓傻了,甚至在这一刻,她的脑子里已经浮现出了留给梁云笺的遗书大纲框架。

纪女士急得不行:"到底怎么回事呀?"

陆云枫笑着说:"恭喜你,要当外婆了。"

陆云檀:"哎?"

陆云枫:"喜脉,你怀孕了。"

陆云檀震惊极了,又有些不知所措……他们才努力了一个星期,就有了?小家伙说来就来?

那……那我也太厉害了吧?

檀女侠一下子就骄傲了起来,完全忘了孩子爸的功劳。

纪女士更是开心得不行,笑得合不拢嘴,一边拍大腿一边激动地说:"哎哟！哎哟！哎哟！大事呀！大好事呀！"

陆师父也是笑呵呵的："我也要当外公了。"又略带欣赏地赞扬了自己姑爷一句，"小梁的身体也还行，比我想象中的好，没那么虚。"

陆云檀：……他还虚？他要是虚，世界上就没有行的男人了！

怀孕的喜悦冲淡了萎靡的精神，陆云檀的胃口好了一些，再次拿起筷子时，久违的食欲终于回来了五六分。

饭后，她回到自己的房间，盘着腿坐在床中央，拿起手机又放下，放下后又拿起来，如此循环往复了数次，还是纠结……

想立即和臭书生分享这个好消息，但又想等他回来后送给他一份大惊喜，想面对面地亲眼看着他的反应和感情变化。

他应该会很激动吧？

不对，他不是应该会激动，他是一定会激动，必须激动起来！

他要是不激动，她就揍他！

哼！

她就是这么霸道！

又抱着胳膊纠结了十几分钟，霸道的檀女侠选择了暂时不告诉他自己怀孕的消息，要等他从西辅回来后再说，还要用摄像机偷偷拍下他的反应，等宝宝长大后给宝宝看。

做出决定后，她如释重负地舒了口气，紧接着困意再度上了头，精神忽然又萎靡了。

不过她现在也弄清楚自己最近一段时间如此嗜睡是怎么回事了，不是因为夏打盹，是因为肚子里揣了"猴子"。

是"男猴子"还是"女猴子"？小书生还是小女侠？她午睡前一直在思考这个问题，从而导致做梦梦到的都是这件事。

她先梦到了一个小小的男少侠，然后梦到了一个小小的女书生。

男少侠调皮捣蛋气人不浅；女书生乖乖巧巧可可爱爱。

男少侠不写作业考试垫底差生文具多；女书生自觉主动热爱学习标准三好学生。

睡醒后，陆云檀陷入了深度沉思之中——

女书生可爱，听话乖巧，她很喜欢；男少侠活泼，感觉也还行，就是辅导作业这块,可能不太好对付,容易影响家庭和谐。

经过一番深思熟虑,她又做出了一个决定:

如果生了男少侠的话,就让臭书生去辅导作业,毕竟是博士呢,还能对付不了一个调皮捣蛋的小家伙?

如果生了女书生,那就她来,她有这个自信心!

规划好未来,檀女侠开开心心地起了床,然后出门去了趟药店,买了根验孕棒回来,很严谨地又测了一遍,确认无疑的两道杠!

为了给梁云笺惊喜,陆云檀特意交代了全家,暂时不要告诉他自己怀孕的事情。

但最危险的人莫过于她自己,因为她从小就是个藏不住秘密的人,她妈经常说她:狗窝里兜不住剩馍。

晚上和梁云笺打视频电话的时候,她用尽了自己所有的忍耐力才勉强地压制住了心头那股想和他分享好消息的冲动,但是在即将挂断电话的时候,她还是忍不住说了句:"我给你准备了一个大大的惊喜!"

屏幕上,梁云笺笑意温柔:"什么惊喜?"

陆云檀努力地坚守底线:"不行,我现在不能和你说,不然就不是惊喜了!"

梁云笺很是了解他的檀女侠,故意逗她:"一周时间,能忍住吗?"

哼!

男人,很好,你成功激起了我的斗志!

"我肯定可以!"檀女侠信誓旦旦地说,"我憋得住!"

梁云笺:"好,那我就耐心地等待着檀女侠的惊喜。"

陆云檀还有点担心她爸妈会透露秘密,于是又严肃叮嘱了句:"要是有人跟你说我怀孕了,你就装作不知道。"

梁云笺猛然怔住了,呆愣愣地看着屏幕,做梦一般:"你、你什么了?"

陆云檀呆了。

救命!

我刚才说了什么?

我的嘴怎么了?

难道……这就是传说中的一孕傻三年吗?

隔着一道屏幕的两个人,忽然陷入了一股微妙的气氛中。

呆滞了好几秒后,梁云笺才彻底反应了过来,一下就激动了起来,眼角眉梢间毫不掩饰地流露出了喜悦与高兴:"你怀孕了?我要当爸爸了?"

嘴瓢使我很没面子!

人家是想给你惊喜的!

陆云檀有点生闷气,一下子就皱起了眉头,开始"挽尊":"我不是说了吗?让你装作不知道!"

梁云笺笑意更甚,黑亮的双眸中溢满了喜悦,却也没忘了维护檀女侠的面子:"嗯,好,我不知道,我什么都不知道。"

哼!

陆云檀没好气,开始挑刺儿:"你就不能装得走心一点吗?"

梁云笺立即收敛了笑容,按要求摆出了一副茫然无知的样子:"檀女侠刚才说了什么?我没听清。"

陆云檀被逗笑了,但很快就入了戏,毕竟事关自己的面子,需要好好表演:"我什么都没说,你也别问了,社会上的事儿少打听,对你不好。"

这回被逗笑的变成了梁云笺:"好,檀女侠不让问我就不问,我全听檀女侠的。"

陆云檀就喜欢被捧着,尤其是被臭书生捧着,一下子就翘起了嘴角:"算你识相。"

虽然已经说漏嘴了,但她还是没有放弃给他制造惊喜的计划,于是又严肃叮嘱了一句:"刚才什么都没发生,你也什么都没听到,明白吗?"

梁云笺忍着笑,一本正经地点头:"明白。"

陆云檀:"行了,今天就到这里吧,本女侠困了,不和你聊了。"

梁云笺:"好,晚安。"

陆云檀:"嗯,晚安。"

梁云笺却一直没挂断视频,陆云檀也没挂断,似乎都在等着对方先挂。

陆云檀等了一会儿,见他还没挂断的意思,就问了句:"你怎么不挂呀?"还有些傲娇,"是不是舍不得本女侠?"

梁云笺笑着说:"我老婆怀孕了,我想多看她两眼。"

陆云檀:……这就是你的"明白"了?

梁云笺眉宇飞扬,极为认真地看着屏幕,一字一顿地说:"我马上就要当爸爸了。"

语气中还带着几分骄傲。

显然,那股激动的劲头还没过去呢……

陆云檀无语到了极点,内心一片悲哀:唉,你暂时装一下不知道能怎样啊!

第九章
/ 又被书生拿捏了

挂了电话之后,陆云檀看了眼时间,惊讶于已经过了晚上十一点半。

每次和臭书生聊天,时间总会过得飞快。

要是放在以前,她肯定不会立即睡觉,而是勇猛熬夜,继续刷手机,刷到困得不行为止,但是现在,她不敢再那么勇了,毕竟肚子里揣了只"小猴子"——她可以不睡觉,"小猴子"不可以,不然让他养成熬夜的习惯了,以后晚上会闹人的!

为了当妈后也能有个安逸的夜晚,陆云檀果断关了灯,迅速钻进了被窝,然而就在准备闭上眼睛的那一刻,她才绝望地发现自己没拉窗帘。

今夜的月光很好,银白色的月华如水似的流进窗子里,温柔地照亮了整间屋子。

陆云檀长叹一口气,不情不愿地从被窝里爬了出来,为了省事连拖鞋都没穿,脚趾点地,两下就跳到了窗边,然而就在她伸出手准备拉窗帘的时候,毫无防备地被窗外的画面吓了一跳——

在对面东厢房前的走廊上,站着一道修长的白影,再配合惨白月光的照耀,乍一看像极了厉鬼还魂……

陆云檀的小胆差点儿就被吓破了,好在她视力比较好,很快就认出了那道"鬼影"是她哥。

她轻叹口气,无奈又心疼地望向窗外。

她哥穿着一袭白色的绸缎唐装,双臂抱怀,背靠廊柱而站,下颌微收,双眸下垂,失神地盯着院落中的满地月华。

陆云檀了解她哥,就像是了解自己一样。她自己心里烦的时候就喜欢在大半夜倒挂金钩，而她哥则喜欢一个人靠着廊柱发呆。

唉，看他这样子，八成是真的受到了爱情的苦。

身为亲妹妹，她觉得自己还是有必要去安慰她哥一下的，毕竟，这么多年下来，她没少坑蒙拐骗她哥，是时候回报一番了，不然岂不是太没良心了？

身为正义凛然的女侠，她绝对不会拿钱不办事！

夜色静悄悄的，一切都像是沉浸在了蓝色的湖水中。

"你的脑袋真的不冷吗？"

陆云檀的这声提问，干脆有力地打破了夜晚的静谧气氛。

紧接着，她又补充了一句："哇，都反光了。"

陆云枫轻叹口气，无奈抬头："你什么时候出来的？"

陆云檀上了台阶，双手负后，一脸傲娇："本女侠身轻如燕，身法轻盈，夜出无声，你当然发现不了啦！"

其实她心里清楚，是因为她哥在想心事所以才没注意到她，不然在她打开西厢房大门的那一刻他就会发现了，毕竟习武之人都是耳聪目明的，她哥的视听能力更是如苍鹰与伏狼一般机警敏锐，任何风吹草动都躲不过他的耳目。

不过，这也说明了，她哥是真的失魂落魄了，不然不可能注意不到她的。

"你怎么啦？"陆云檀也没有说那么多弯弯绕绕的事情，开门见山地送上了自己的体贴与关心，"心里有事的话是需要说出来的，找个人帮你分担，安慰你开导你，不然会憋坏的。"

陆云枫不置可否，言简意赅："回去睡觉。"又补了句，"孕妇少熬夜，不然书生又要收拾你了。"

哼！

竟然拿臭书生压我？

你以为我会怕他吗？

我一个人打他都没问题！

陆云檀瞪了她哥一眼，没好气："你这人真是不识好歹，人家是来安慰你的！"

陆云枫："我没事，不用安慰。"

你觉得我会相信你吗？

我又不傻！

但陆云檀太了解她哥了，嘴比石头硬，强行逼问是撬不开的，只能循序渐进着来。

她认真地想了想，先说了句："其实梁云笺出国的时候我也很难过，而且那个时候我还不知道他是去治病了，他只给我说了他要移民，我还以为他再也不回来了，后来我才知道他得了绝症，出国是为了治病，还不一定能治好，然后我更难过了，难过到想把自己的命分给他一半，还求了好多神佛，求他们保佑梁云笺活下来，我可以付出任何代价。"

陆云枫怔住了，难以置信地看着自己妹妹。

他只知道，那个时候的她每天都郁郁寡欢，却没想到，她竟然能干出去求菩萨把自己的命分一半给别人的这种傻事。

陆云枫瞬间皱起了眉头："你是……疯了吗？"虽然鬼神之说不可信，但终究不是什么百无禁忌的事情。

陆云檀很认真地说："我没有呀，我就是这么喜欢他，哪怕我真的少了一半的寿命我也不后悔，因为我知道他也这么喜欢我。"

陆云枫顿住。

陆云檀："在他十八岁生日的时候，我送给过他一个自己做的钥匙链当生日礼物，但你也知道我的手工水平怎么样，那个钥匙链的质量还没豆腐渣工程好呢，他却一直留着，留到了现在，因为当时他向我承诺过，哪怕死了，也要带进棺材里，我一直以为他是开玩笑的，后来，我婆婆悄悄地跟我说，他在接受手术的过程中，手里一直攥着那个钥匙链，哪怕是打了麻药也没松开，在进手术室之前，他还给我公公婆婆交代了，如果自己没从手术台上下来的话，就让他们把这个钥匙链放进他的骨灰盒里。他是真的会说到做到。"

陆云枫薄唇微张，却没发出任何声音，再次紧闭了双唇。

陆云檀注意到了他的欲言又止，满含期待地问："你想说什么？"

陆云枫面不改色："情深不寿。"

你可真会说话！

陆云檀气呼呼地说："你这就是赤裸裸的嫉妒！"

陆云枫懒得说那么多，连眼皮都没抬一下："睡觉去吧。"

陆云檀无奈道："我可不是在跟你秀恩爱啊，我是想告诉你，感情这种事情是要对等的，如果只有一个人单方面的付出，那么你们这段感情注定不长久。"

陆云枫没出声。

看她哥没说话,陆云檀觉得自己应该是猜对了一些东西——她哥被那个女人踹了——再接再厉地说:"无论是亲情友情还是爱情,都需要双向奔赴,这样才能稳定长久,如果只有你自己一个人奔赴的话,那就相当于原地踏步,毫无作用,即便是得到了也只是短暂的镜花水月,很快就会消失的。"最后,她又信誓旦旦地说,"离开了错的人,你才能遇到对的人,边境的那个,不行!"

陆云枫:"为什么不行?"

陆云檀无语极了,心想:我絮絮叨叨地说了那么多,合着你只听到了最后的七个字?

她长长地叹了口气,掰着手指头跟她哥分析:"第一,她霸道、猖狂、不讲理……"

然而她的话还没说完,就被她哥打断了。

陆云枫双臂抱怀,无奈一笑:"你不也是这样吗?好意思说人家?"

你成功激怒了我!

陆云檀双手叉腰,恶狠狠地盯着她哥,气势汹汹地说:"但我霸道得可爱,她是讨厌!"

陆云枫:……你们俩,半斤八两,谁也不比谁强。

但有前车之鉴,所以他可不敢直接把这话说出来,不然又要被记仇。

陆云檀又警告了她哥一句:"从现在开始不许打断我讲话,不然我会动胎气哒!"

怀孕之后,霸道得越发理直气壮。

未来几个月有那个臭书生受得了。

书生才是活菩萨,慈悲为怀地收了他的魔王妹妹,舍小我为大我——在内心同情了梁云笺一秒钟后,陆云枫叹息着点头:"行,我闭嘴,您请讲。"

陆云檀这次满意,双手负后,微微仰着下巴,继续跟她哥分析:"第二,她有心机,往你行李箱里喷香水,故意让你的家里人发现她的存在!"

陆云枫:"她就是这种人。"

陆云檀一愣:"你知道呀?"

陆云枫:"那么香我能不知道?"

陆云檀:"那……那你也不挽救一下?"话音落后,她忽然明白了什么,"你故意的?"

故意放任不管,故意让爸妈发现。

陆云枫很是坦然,直接承认了:"嗯,我确实是故意的。"

陆云檀忽然有点不懂了,感觉好复杂的样子。

本想翻阅一下自己的"爱情笔记本",看看有没有什么相似的地方,但是搜肠刮肚地回想了一番之后,她才愕然发现,自己的爱情经验少到离谱,只有一段!

心中的"爱情笔记本"里面,只写了一行猖狂的大字:从第一眼起,臭书生就屈服于我,本女侠魅力无限。

但是为了维护自己的面子,她就算是不懂也要装懂:"我明白你的感受,但是吧,她很有心机呀。"

陆云枫毫不留情:"你明白个屁。"

我的面子!

唉,看来,这个世界上,只有臭书生是真心对我的,他爱我的一切,包括我的面子。

陆云檀挫败地叹了口气,忽然满含伤感地说了句:"我想我老公了……"

陆云枫:……这都是哪儿跟哪儿的事?

抒发完思念之情后,陆云檀言归正传,破罐破摔道:"行,我不懂,我就是不明白你既然知道她是个心机女,干吗还要死乞白赖地喜欢她?干吗要一趟又一趟地往那边跑?她为什么不能来找你呢?为什么只让你自己这么辛苦呢?"

像是被戳到了痛点,陆云枫脸色一沉:"睡你的觉去。"

八卦没听到结局,怎么能睡得着?陆云檀急得不行:"可是人家好想知道呀,你不告诉我我会动胎气的!"

你胎气可真容易动啊。

陆云枫深吸一口气,不冷不热地说:"放心,你的胎象稳得很,就算是上房揭瓦再从房顶蹦下来都不会出事。"

陆云檀:……你这个人,真是好狠的心!

陆云枫:"去睡觉!"

陆云檀:"可是我真的好想知道啊,你告诉我一下能怎么样?我发誓我绝对不告诉别人,我最能保守秘密了!"

陆云枫冷笑:"你的嘴还没漏风的破庙严。"

陆云檀恼羞成怒，开始不择手段："行，好！你要是不告诉我，我现在就去告诉咱爸妈，我让你从今往后都不得安宁！"

陆云枫抬起手，心累不已地捏了捏眉心："我认输，我坦白，她把我踹了，你满意了？"

陆云檀并不是很满意："我当然能猜到她把你踹了，我想知道的是她为什么踹你？"

真是得寸进尺。

陆云枫狠狠地咬了咬后槽牙："没有为什么！"

陆云檀："那她为什么踹你？腻了？没新鲜感了？有新欢了？"

看着她哥的表情，陆云檀忽然明白了什么："哇！你真的只是她的过客呀？真的被她骗身骗心了？"

陆云枫额角青筋直蹦，咬牙切齿："你要是再不去睡觉，我现在就告诉咱妈她丢的那对翡翠手镯是你砸碎的，让你往后余生不得安宁！"

好！好！好！

你可真是我的亲哥哥！

陆云檀狠狠地瞪了她哥一眼，愤愤不平地走人，边走边碎碎念："你等着吧，我记仇了！"

陆云枫不置可否："今天晚上的事你要是敢说出去一个字，我饶不了你。"

陆云檀顿住脚步，回头，不满地皱着眉头："我是那种管不住嘴的人吗？"

陆云枫："你可太是了。"

哼！

人家才不是呢！

陆云檀打定了主意，死都不会透露出去半个字，绝不能让她哥瞧不起！

檀女侠气呼呼地回到了西厢，重新钻进了被窝里，却睡不着了。

她翻来覆去，辗转反侧，却无论如何都睡不着。

这么大的秘密，剧情跌宕起伏惊险刺激得像是一本小说，她竟然只能憋在心里，不能分享？

这种痛苦，谁能懂？

这该如何入睡？

不行，思忧过度会动胎气的，所以她必须分享才行！

分享对象不能是她爸妈，不能是嘴巴不严实的人……经过一番精密筛选过后，这个人选，只能是臭书生了。

但拿起手机后，她看了一眼时间，迟疑了……都十二点多了，书生已经睡了吧？

能等到明天再分享吗？

不能！

万一他没睡呢？

陆云檀立即把电话拨了过去。

响了好几声等待音，对方终于接了电话。

"怎么了？"梁云笺的嗓音微微沙哑，带着困倦，像是刚刚被吵醒，但语气确实一如既往的温柔有耐心。

陆云檀有点不好意思，先客气地问了句："你睡了吗？"

梁云笺不假思索："没呢，说吧。"其实早就睡着了。

陆云檀在心里舒了口气：真好，云笺亦未寝。

然后，她缩在了被窝里，兴奋又激动地说："我要给你分享一个大秘密。"

梁云笺很配合地问："什么秘密？"

陆云檀："我哥被骗色了。"

…………

盼星星盼月亮，终于盼到了梁云笺回家的那一天。

他所乘坐的那趟高铁下午四点半抵达东辅，还不到下午两点，陆云檀就收拾好了行李箱，时刻准备着去高铁站接人。

可能由于心情太过激动，除了像只没事找事的小猫咪似的在家里面四处溜达，其他什么事情她一律无心去做，玩手机觉得没意思，看书觉得书无趣，码字总跑神，跑着跑着就想到了梁云笺，然后开始傻笑，心情像是推开波浪的小船儿的双桨，无比荡漾。

在她第三趟溜达到正房并又一次地骚扰起她妈的时候，纪女士终于忍无可忍："你是不是想烦死我？你妈想看会儿电视就这么难？"

陆云檀一脸无辜，还有点委屈："人家是舍不得你，临走前来看看你不行吗？"

纪女士："你怎么不去看别人呢？"

陆云檀掰着手指头说："我爸在上课。"暑期到了，武术班又招了一批

267

新学生，"我哥去公司了。"和野女人断了之后，他终于记得自己是个当老板的人了，"只有你，在我无尽的离愁别绪中是近在咫尺的人。"

纪女士言简意赅地发表了感悟："离我远点。"

陆云檀腮帮一鼓，气呼呼地说："你好无情呀，你让我离远点就算了，可我的肚子里还有你的外孙子或者外孙女呢！"

纪女士心累又无奈："你去把菜地里的小葱拔了吧，替你妈分担点事，别总来烦我。"又长叹一口气，"小梁可算是回来了，再不把你领走，我得烦死！"

陆云檀沉默片刻，问了句："拔下来的小葱我可以带走吗？外面卖的没你种的新鲜。"又问了句，"中午蒸的包子也挺好吃，我想带走几个，还有你腌的黄豆酱和肉酱，真好吃，我也想带走两瓶，可以吗？"

这闺女，白养了。

纪女士没好气："人家都是嫁出去的闺女泼出去的水，你这盆水不仅没泼出去还天天回家连吃带拿！"

陆云檀理直气壮："你蒸了那么多包子肯定是想让我带走的呀，还有酱，你都包好了。"

纪女士又气又笑，一边起身一边点着她的鼻尖说："你眼倒是尖！"

陆云檀嘻嘻一笑，然后跟在她妈身后，屁颠屁颠地去了厨房。

在厨房打包东西的时候，她妈忽然对她说了句："你这怀孕了，以后自己在家行不行啊？"

陆云檀一边麻利地从冰箱里拿包子，一边说："这有什么不行的，我只怀了个孩子而已呀，又不是缺胳膊缺腿了。"她又想到了什么，"我婆婆前两天还问我需不需要给我请个保姆，她出钱，我拒绝了，然后她给我转了几万块钱，让我照顾好自己，想买什么就买，有困难找她，还说让我别操心小孩用的东西，她会给我们买。"

纪女士一愣："钱你收了？"

陆云檀："我没想收的，她盛情难却呀！"其实是推辞几番后，痛并快乐地收下了，"还有我公公，也给我转钱了，我不要他就给我老公转过去了，让我老公给我。"

纪女士轻叹口气，一边往篮子里装酱瓶子一边说："你公公婆婆对你都挺好的，有空多去看看他们，买点贵重的东西带过去，要知道感恩。"

陆云檀点头:"我知道,过两天就去了,先去看我婆婆,再去看我公公。"

纪女士又是一愣:"啊?他俩还不在一起?"

这回叹气的那一方变成了陆云檀:"闹离婚呢。"

纪女士震惊不已,眼睛都瞪圆了:"哟喂!他们俩都这么大年纪了还折腾什么呢?"

陆云檀解释道:"也不是真想离,不然梁云笺还能放心去出差?就是我婆婆过不去心里那道坎儿。"

纪女士:"到底怎么回事啊?"

陆云檀:"哎,这都是他们年轻的时候留下的老账了。"

随后,她用简洁的语言给她妈讲了一下梁云笺他爸妈和周洛尘他爸妈之间的前尘往事,最后又总结了一句:"我公公婆婆也属于患难见真情吧,最初结婚的时候我公公确实是没那么喜欢我婆婆。"

纪雪杉:"都结婚了还想着那个姓章的呢?"她又撇了撇嘴,"也不知道什么眼光,我觉得那女的矫矫情情的,还有点偏执,自己的孩子都利用。"

"哎,可不是嘛,所以周洛尘到现在都没原谅他妈,研究生毕业之后又在美国继续读了博士,就是为了远离他妈。章桐这人,真是又可怜又可恨。"陆云檀叹息着感慨,然后言归正传,"我公公那个时候估计也是死心了,不然也不会接受家里面安排的结婚对象,而且他结婚后再也没去见过章桐,为了避免和章桐见面,他都没去接送过梁云笺上下学。"

纪雪杉:"有家庭责任感,但没有那么喜欢你婆婆。"

陆云檀:"但我婆婆是真的喜欢我公公。"

纪雪杉:"按你婆婆的性格,他们俩以前不得天天吵架?"

"对啊,梁云笺小的时候他们俩就这状态,貌合神离。"陆云檀道,"梁云笺那个时候要是没得病的话,他们俩可能早就离了,后来梁云笺得病了,他们俩才终于夫妻一条心了。"

纪雪杉又奇怪了:"小梁的病都好了这么多年了,按理说你婆婆早就想开了吧?怎么忽然又想离婚了?"

"这就说来话长了,也是我公公倒霉,遇到小人了。"陆云檀长叹口气,"两个月前,他在西辅开了场音乐会,主办方在没经过他同意的情况下私自加了首《春日颂》的演奏,他都十几年没弹这首曲子了,就怕家里出事,这下倒好,让别人给捅了娄子。"

纪雪杉关心的是："那他弹了没啊？"

陆云檀："他哪敢呀？我婆婆就在观众席第一排坐着呢。其实那天的现场观众对这首曲子的呼声可高了，毕竟是他的经典成名作呀，但是他真没弹，硬是换了首别的曲子。"

纪雪杉："幸好他没弹，不然你婆婆真就要离婚了。"

"何止是离婚呀，我婆婆能杀了他！"陆云檀又叹了口气，"但我婆婆确实是被刺激到了，不仅和我公公分居了，还扬言要离婚，去寻找人生第二春，我公公现在都愁死了。"

纪雪杉笑了一下："你婆婆就是想让你公公去哄她呢，毕竟委屈了那么多年。"

陆云檀也笑了："梁云笺也是这么说的，所以他根本就没打算管这事，让我公公自己想办法。"

纪雪杉："他也不怕他爸妈真离了？"

陆云檀："但是你想呀，我婆婆委屈了这么多年，我公公要是连哄都不愿意去哄她，那我婆婆还跟他过什么日子呢？不如去找第二春，而且我婆婆现在看起来还是那么年轻漂亮，又有钱有事业，喜欢她的人也不少。"

纪雪杉想了想，点了点头："也是。"

陆云檀："所以现在就看我公公有没有那个能力把老婆哄好了。"

纪雪杉："他怎么会没有呢？他都能给初恋写曲子，还不能给老婆整点别的东西吗？就看他上不上心了。"

陆云檀一愣，醍醐灌顶："对哦，你说得对！"

梁云笺一个理科博士都那么浪漫，梁顾一个钢琴家，能比理工男还差劲吗？

纪雪杉又说："但我觉得他们还是不离的好，不然你和小梁麻烦。"

陆云檀："父母自有父母福，我们不会多管闲事的。"

纪雪杉瞪了她一眼："以后逢年过节的时候，别的两口子都是去看两家老人，你们要带着孩子去看三家，到时候你就不这么说了。"

你说得倒也没错。

打包完东西后，陆云檀拎着鼓囊囊的竹编篮子，开开心心地回了西厢，把篮子放在了行李箱上，然后又出了门，毫不客气地去薅小葱。

"你这死丫头,干脆把家全搬回去吧!"在陆云檀一口气薅空了半边小菜地的小葱后,纪女士如是暴躁地说道。

陆云檀看了看手里几乎握不住的葱:"应该够了,不薅了。"

纪女士叹了口气:"要不你搬回来住吧。"

陆云檀:"嗯?"怎么忽然说起这事了?

纪女士解释了一句:"小梁要上班,你天天自己在家我也不放心,你们俩搬回来,我还能照顾照顾你,小梁也不用天天忙着给你做饭了。"

陆云檀想了想:"再说吧,我现在还能行,没到走不动的时候。"

其实她是想回家住的,但又担心梁云笺不适应,毕竟这儿又不是他的家,而且很少有男人愿意和老婆一起搬回娘家住的吧?这不成倒插门了吗?按照老街上那些婆婆姑子的嘴,到时候不一定怎么杜撰呢……

下午三点多,陆云檀兴奋又激动地开着车去了高铁站,车的后备厢里,装满了从娘家顺走的东西,不仅有小葱、包子、酱,还有两桶油和一袋大米以及一袋面。

油面和大米都是下课后的陆师父帮她搬上的车,边搬边请求她以后少回家看看,如非必要情况,也可以不回家,但被她拒绝了,并表示以后还是会常回家看看的,当一个大孝女。陆师父与纪女士听闻此言,"感动"得潸然泪下,并表示真的不需要她太孝顺,让他们孤独终老就行。

陆云檀抵达高铁站的时候,距离梁云笺所乘坐的那趟列车到站还有半个小时,她就一动不动地站在旅客出站口等着,望眼欲穿的模样仿佛一座望夫石。

收到梁云笺微信消息的那一刻,她整个人瞬间蠢蠢欲动了起来。

老公:下车了,现在出站。

陆云檀回复:我在出站口等你!

几分钟后,大批量旅客拥向出站口,陆云檀一眼就在人群中找到了自己老公,不仅是因为她对自己老公的气息熟悉,更因为她老公身材好颜值高,在人群中十分耀眼。

梁云笺身着一件简单的白色运动短袖和卡其色休闲裤,右手中拉着一只黑色的行李箱,一走出闸机,陆云檀就朝他冲了过去,跳挂在了他身上:"臭书生!"

梁云笺迅速松开了行李箱,稳稳地托着她的双腿,目不转睛地看着她:

"想我不想?"

陆云檀一如既往的傲娇:"你想不想本女侠呀?"

梁云笺笑着回:"当然想。"

陆云檀却叹了一口气:"完了,我们的爱情不对等了,我这边是两颗心在想你,但你只有一颗心在想我。"

梁云笺又被逗笑了,迅速改口:"你和孩子我都想。"

陆云檀这才满意,勾起了嘴角:"好吧,算你过关。我们回家,你要给我做好吃的!"

"好,想吃什么都给你做。"梁云笺没把她放下,低头在她的脸颊上轻啄了几下,又一本正经地说,"檀女侠还记得自己欠着我的账吗?"

陆云檀瞪大了眼睛:"我现在可是柔弱无助的孕妇呀!"

柔弱无助?

梁云笺哭笑不得,然后极为认真地说:"利息可以不要,但本金必须还,我这里概不赊账。"

陆云檀心想:还有这种好事呢?本大王就算是怀孕了也必须征服梁美人!

但她也不能贪心得太明显,会吓到梁美人的,还是欲擒故纵一下比较好:"回家再说吧,我考虑考虑。"

梁云笺:"还要考虑?"

陆云檀:"对啊,我这边审批严格,没那么容易出账,我还要对你进行例行检查呢。"

梁云笺:"什么检查?"

这儿人多,陆云檀不好意思大声地说,就把唇贴向了他的耳畔,声音小小地说:"羞羞羞的检查,验一下你的身!"

梁云笺呼吸一滞,喉结上下滑动了一下,没再废话:"回家。"

回去的路上,梁云笺开车,陆云檀坐在副驾驶。

在一个路口停车等红灯的时候,陆云檀忽然说了句:"我爸妈说等到七夕节的时候想请你爸妈来家里吃顿饭。"

梁云笺一下子就明白了这句话的深层含义,无奈一笑,实话实说:"真不一定请得来。"

陆云檀惊讶:"从现在到七夕还有两个月呢,你爸还哄不好你妈?"

梁云笺轻叹口气:"宋瓷女士可没那么好哄。"

陆云檀:"梁顾先生就不能努努力吗?"

梁云笺:"他不是没努力过,都跨行自己去设计钻戒了,还是被宋瓷女士拒绝了。"

陆云檀:"为什么呀?"

梁云笺:"嫌他设计得丑,说他不用心,比不上创作《春日颂》的那份认真。"

陆云檀又是同情她公公又是想笑:"真的很丑吗?"

梁云笺很公正客观地说:"不丑。"

陆云檀明白了,她婆婆是在故意刁难她公公呢。

但是吧,也无可厚非,毕竟委屈了那么多年呢。

她叹了口气:"看来梁顾先生迈不过《春日颂》这道坎儿了,你说他现在后悔吗?"

梁云笺:"没什么好后悔的,也不用后悔。"

陆云檀:"哇,你竟然这么说,我要去和你妈举报你!"

红灯变绿,梁云笺一边开车,一边镇定自若地回:"他要是不创作《春日颂》,我怎么能娶到老婆?"

陆云檀一愣,心想:也是,我当初就是被他改编的那首《春日颂》吸引的呀,他爸要是没创作《春日颂》,说不定还没他们的今天呢。

那么,这么说来,一切都还要感谢章桐?没有章桐,他爸也不会创作《春日颂》。

缘分这种东西,真是奇奇怪怪的!

她轻叹口气,不禁感慨道:"你现在的幸福,都是建立在你爸的痛苦之上的。"

梁云笺气定神闲地说:"以痛苦为基石才能造就幸福。"

陆云檀:"啧,真无情,你也不怕你爸妈真离了。"

梁云笺笑了一下:"离不了。"

陆云檀:"你怎么这么确定?"

梁云笺很了解自己的父母:"梁顾先生不想离婚,宋瓷女士不会离婚,要是离了婚她就没理由折腾梁顾先生了,而且章桐现在还单身,她怎么可能让梁顾先生也单身?"

梁云笺:"在她的字典,只有丧偶,没有离婚。"

陆云檀沉默片刻,不禁感慨:"真是了不起的宋瓷女士。"

梁云笺无奈一笑:"是啊。"

陆云檀瞟了他一眼,冷幽幽地说:"我也是这样,只有丧偶,没有离婚,你好自为之。"

梁云笺却说:"挺好的。"

陆云檀蒙了:"你想得还挺开?"

梁云笺看了她一眼,淡淡启唇:"你要是敢提离婚,我就让整条老街的人都知道你是个负心汉。"

书生,你真是个狠人!

更可恶的是,陆云檀感觉自己好像又被拿捏到了……

为了维护自己的面子,檀女侠很是不屑地回了句:"要是真到了那一天,就说明我不爱你了,你破罐破摔我也不会在乎的。"

梁云笺:"是吗?"

陆云檀点头:"是的,本女侠就是这么无情无义,绝不会被儿女情长羁绊了行走江湖的脚步,随时会抛弃你!"

梁云笺看了她一眼,却没开口,专心致志地开车。

陆云檀也瞟了他一眼,把他的沉默当成了畏惧,心想:哼,知道怕了吧?本女侠就是要给你营造这种若即若离的感觉,让你对我欲罢不能俯首称臣!

回家前,两人先去小区门口的超市买了点菜,然后合力把后备厢里的东西搬上了电梯。

到家后,梁云笺就去厨房做饭,陆云檀换上了睡裙,然后开始收拾行李箱,还特意闻了闻他的行李箱里有没有香水味。

很好,没有。

收拾完东西,陆云檀就屁颠屁颠地跑去了厨房。

梁云笺正站在操作台前切菜,穿着一套居家运动服,胸前挂着蓝格子围裙。

陆云檀跑到了梁云笺身边,高高地扬起了下巴,没羞没臊地提要求:"快点,亲我一口!"

梁云笺没抬头,一边切菜一边回:"檀女侠是要行走江湖的人,我怎敢羁绊你的脚步?"

啧,你这书生怎么还闹小脾气了?

算了,我哄哄你好了。

陆云檀立即信誓旦旦地说:"我可以为了你停下脚步,因为我爱你呀!"说完,又赶忙比了个心,最后却又威胁了一句,"你不要不知好歹哦,不然我会打爆你的脑袋哒。"

用最天真的语气,说最猖狂的话。

梁云笺很想笑,却故意摆出了一副无奈的神色,停下了切菜的动作,转身弯腰,在她脸上亲了一下:"行了吗?"

陆云檀皱起了眉毛:"你也太敷衍了吧?"

梁云笺又在她的唇上亲了一下:"这样?"

陆云檀越发恼怒:"你亲得好不认真呀,我都没有感受到你的思念!"

梁云笺:"檀女侠想要什么样的?"

陆云檀开始仔细地讲解自己想要的那种亲吻:"我们已经一个月没见了,你很想我,思念如潮水般爆发,所以你亲我的时候应该是激情四射的。"

梁云笺微微蹙眉,看似不太明白:"可以再具体一些吗?"

陆云檀无奈叹息:"就那种如狼似虎的,对我上下其手,羞羞羞的,让我嘤嘤嘤的!"

梁云笺抿了抿唇:"行,我试试。"

试试?

你很为难吗?

你也不是什么纯情少男了吧?

就在陆云檀考虑着要不要主动做个示范的时候,梁云笺忽然扣住了她后脑,炽热的吻接踵而来。

陆云檀先是一惊,然后立即闭上了眼睛,高高地踮起了脚,同时用双手揽住了他的脖子。

吻得热火朝天难舍难分。

陆云檀开心极了——这就是她想要的那种亲吻!

更"开心"的还在后面呢,她正吻得入迷呢,腰间一紧,双脚忽然腾空了,猝然而来的失重感促使她下意识地将双腿缠到了他身上,下一秒,她的后背就被抵在了冰箱门上。

更肆虐的吻来了。

急风骤雨。

攻城略地。

如狼似虎。

比她描述的那种还要猖狂肆虐。

不行！我不行了！

她挣扎着终止了这个吻，气喘吁吁地开口，认输认得理直气壮："你不能这样，我会动胎气的！"

梁云笺的气息也是紊乱的，嗓音沙哑低沉："合格吗？"

陆云檀："基本合格吧。"

梁云笺："还想抛弃我吗？"

唉，这个书生可真是记仇呀。

"暂时不会。"陆云檀很是傲娇地说，"之后看你表现吧。"

梁云笺向她保证："一定会好好表现，绝不让檀女侠失望。"

陆云檀勾起了嘴角："行了，你做饭吧，本女侠要去看部电影娱乐一下。"

梁云笺笑着松开了她，叮嘱："别看鬼片，不然晚上又吓得睡不着觉。"

陆云檀略有些没面子，瞪了他一眼，气呼呼地走了。

到了客厅，她一边看电影，一边自豪地回顾自己刚才的优秀战略计划——先是欲擒故纵，然后恩威并施，最后手到擒来，成功拿捏梁美人。

简直是，完美！

电影放的是一部爱情喜剧片，男主角也是欲擒故纵、恩威并施、手到擒来，更有意思的是，女主角还觉得自己特别厉害，觉得是自己成功拿捏了男主角，殊不知最高端的猎人都是以猎物的形式出现。

陆云檀一边看一边笑，觉得女主角真是不聪明，都没看出来是爱情骗局，然而，笑着笑着，忽然就笑不出来了……小丑竟是我自己！

周五上午，梁云笺请了半天的假，陪着陆云檀去医院产检。

也不知道是因为第一次产检的项目不多还是因为心太大，陆云檀竟然一点都不紧张，坐在妇产科 B 超室门前的蓝色塑料凳上等待的时候，还好奇又新奇地左顾右盼，一会儿感慨一下那个准妈妈的肚子可真大，看起来好沉好辛苦的样子，紧接着在心里想"我以后不会也这样吧"，一会儿又感慨一下另外一个准妈妈的肚子可真圆，像是个完美无缺的月亮。

好奇宝宝似的观望了一周后，她终于想起来了自己还有个老公，赶忙看了一眼,生怕老公丢了似的,然后才发现,她老公好像很紧张,浑身紧绷薄唇紧抿,紧张得像是怀了孩子的那个人是他一样……

不过最近一段时间,他似乎一直都是这种状态,神经紧绷小心翼翼,生怕她出事,还非常蛮横不讲理地给她立下了好几条规定,其中最过分的一条是不允许她吃零食喝饮料,人生的乐趣瞬间减少了一大半。

只能说,书生,你真是沉不住气,应该多跟本女侠学学,淡定一些!

陆云檀轻叹口气,抬起了胳膊,很是豪迈地揽住了梁云笺的肩膀,身高不够就用蛮力把梁云笺的上半身往自己的怀里揽,胳膊不够长就锁他的脖子,强行让高大挺拔的梁美人在自己怀中"小鸟依人",气定神闲地劝慰:"哎呀,没事,别紧张,有本女侠呢!"

梁云笺整个上半身都是斜歪着的,却没挣扎,任由檀女侠称王称霸,但还不敢真的靠在她的肩膀上,担心自己会压到她,只好靠借着腰部的力量支撑着身体,虚靠在她的肩头,轻叹口气:"有檀女侠在,我很是安心。"

他的气息很是平稳,丝毫没有吃力的感觉,说明腰腹核心部位很是强劲有力。

陆云檀却不满意他的回答,皱着眉头说:"那你叹什么气?"

梁云笺无奈一笑:"你看谁家老公这么小鸟依人的?"

陆云檀斩钉截铁:"咱们家不一样。"

梁云笺:"哪里不一样?"

陆云檀:"我是女侠,你是书生,是被我绑回家的手无缚鸡之力的美人,所以你必须小鸟依人。"

梁云笺眉头一挑:"我要是不呢?"

陆云檀:"那我就虐待'人质'!"

梁云笺无语。

陆云檀:"怕了吗?"

梁云笺叹息着回:"怕了。"

陆云檀满意地勾起了嘴角:"知道怕了就好,本女侠有一千万种方法虐待你和人质,我劝你不要以身犯险!"

梁云笺笑着问:"比如?"

陆云檀微微眯眼,言语间满是猖狂得意:"穿黑色蕾丝诱惑你,但你却不能得到我,因为我有'人质'。"

梁云笺沉默片刻，点头："行，黑丝提案通过了，明年这个时候正式实施。"

梁云笺缓缓启唇，好心提醒："檀女侠，我们来日方长。"

陆云檀：……哼，我要怀个哪吒，让你三年都得不到我！

这时，7号B超室的门被打开了，里面有人要出来。

下一个做检查的就是陆云檀。

陆云檀立即松开了梁云笺的脖子，梁云笺也顺势坐直了身体。

门缓缓打开，一对年轻夫妇从里面走了出来，妻子一直在哭，丈夫也是一脸难受，却还是在耐心地开导妻子。

通过丈夫的三言两语间透露出的信息，陆云檀大概猜出来了，这位妻子是宫外孕，孩子不能要。

就在这么一瞬间，陆云檀突然紧张了起来，紧张得浑身紧绷，眼睛里面写满了害怕。

害怕自己也是宫外孕，害怕自己也不能要这个孩子。

她呼吸都有点不顺畅了，一下子就抓住了梁云笺的手腕。

梁云笺当然能感受到她的情绪变化，也知道她在害怕什么，手腕一翻，与她掌心贴掌心地十指相扣，语气温柔笃定："不会有事的，也不需要害怕，有我。"

"有我"两个字，十分有力度，陆云檀终于冷静了一些。

梁云笺又说："今天表现得不错，可以考虑奖励一份脆皮五花肉。"

陆云檀一愣，瞬间把"害怕"两个字抛之脑后，瞪大了眼睛看着他："真的假的？"

怀孕之后，她就没再享受过高卡路里的乐趣，刷视频的时候刷到过好几次脆皮五花肉，馋得流口水，苦苦哀求臭书生给她做，每次得到的回答都是：表现好就做。

梁云笺又一次地被她的表情逗笑了："真的，回去就买，中午就做。"

陆云檀："你可不要骗我呀，我会动胎气的！"

"动胎气"三个字，他一天能听十遍。

梁云笺叹了口气，从凳子上站了起来，拉了拉她的手，示意她站起来，同时回答："'人质'在檀女侠手里，我怎么敢欺骗檀女侠？"

陆云檀心想：也是，我有人质，你不给我吃五花肉，我以后就不给"人质"

喂奶喝,很公平!

B超室里面只有一个女医生。

躺在检查床上的那一刻,陆云檀整颗脑袋有点蒙蒙的,紧张不安又忐忑,连口大气都不敢喘,紧紧地攥着梁云笺的手。

"没事的。"梁云笺用拇指轻轻地摩挲着她的手背,以示安抚。

医生先往她的小腹处挤了点透明溶液,然后用仪器涂抹开,摁压着检查。

陆云檀感觉这医生摁得还挺用力的,都有点担心会不会挤着小孩,扭脸朝着仪器屏幕的方向看了一眼,挫败地发现自己什么都看不到,然后又看了一眼梁云笺,嫉妒心暴起:凭什么他可以目不转睛地盯着屏幕看?"猴子"明明在我肚子里,我却看不到!

哼!

生气!

就在她内心极度不平衡的时候,那位女医生忽然开口:"你这怀的……"

简简单单四个字,同时让陆云檀和梁云笺高度紧张了起来,原本紧握在一起的双手越发密不可分。

梁云笺竭力保持平静:"应该没什么问题吧?"

女医生又多看了两眼,确定了:"恭喜,是双胞胎。"

梁云笺浑身一僵,陆云檀简直不敢相信自己的耳朵,两人异口同声:"双胞胎?"

女医生笑着说:"嗯,双胞胎,挺难得的。"

陆云檀瞬间乐开了花,都笑出声了,感觉自己真厉害呀!

梁云笺也很高兴,眼角眉梢间尽显喜悦,却不像是檀女侠那样得意忘形,没忘了多问了医生一句:"其他结果都正常?"

女医生点头,说:"放心吧,一切正常,就是前三个月小孩不稳定,多注意点。"

梁云笺笑着点头:"好,谢谢医生。"

一从B超室里面走出来,陆云檀就扑进了梁云笺的怀中,激动得不行:"是双胞胎!两只'猴子'!"

说话的时候,她还情难自持般一蹦一蹦。

梁云笺立即揽紧了她的腰身,无奈地提醒:"小心点。"

陆云檀对他这种态度很是不满:"你都不激动!"

梁云笺用双手捧住了她的脸颊,双眸黑亮如藏星光,说:"我怎么可能不激动?"

陆云檀又开始挑刺儿:"反正我没感受到,你得证明!"

梁云笺当然明白她的意思:"回去就给做脆皮五花肉。"

陆云檀:"还想吃炸鸡。"

梁云笺不容商议:"不可以。"

陆云檀皱起了眉毛:"为什么不可以?"

梁云笺认真地回答:"在孕期高油高热的食物吃多了会得高血压。"自从得知她怀孕后,他就买了不少孕期资料书看,"还会影响你的消化系统。"

陆云檀好声商量:"就吃一次不行吗?"

梁云笺:"不吃五花肉了?"

陆云檀说歪理:"两只'猴子'呢,一只想吃五花肉,一只想吃炸鸡,我不能偏心呀。"

梁云笺面不改色:"要不这样,公平起见,一视同仁,都不吃了。"

被年级第一制衡的感觉又回来了。

陆云檀气闷不已,只好回答:"那我要吃五花肉。"又不服气地说了句,"你等着吧,我会打击报复你的!"

梁云笺一本正经地点头:"行,我等着檀女侠的黑丝诱惑。"

这种事儿你倒是记得清楚!

流氓书生!

可能是因为怀孕后变得多愁善感了起来,有可能是因为得知自己怀了双胞胎之后被触动到了,所以到家之后,陆云檀就钻进了书房,翻出来一个崭新的笔记本,开始写怀孕日记。

她准备每周都给孩子们写一段,记录他们在成长过程中的点点滴滴。

梁云笺在厨房做饭的时候,陆云檀就在书房里奋笔疾书,写完了还觉得不太过瘾,又拿出了彩色铅笔,在笔记本的扉页上画了一幅画,画的是她和两个小宝宝,自我感觉画得还挺好的,实则歪七扭八,幼儿园水平。

等她搞完文学创作的时候,梁云笺也差不多把午饭做好了。

脆皮五花肉烤得外焦里嫩,看起来比她刷到的那些美食博主做得还要好。

味道也不错,一口下去酥脆油香。

就是吃多了有点腻。

陆云檀馋了那么多天,却只吃了五小块,再多一块都吃不下去了。

梁云笺很了解他的檀女侠,就知道她会这样,所以特意多炒了两盘清淡的素菜让她解腻。

饭后,陆云檀打了一套养生太极拳,然后就去睡午觉了。知道梁云笺下午还要上班,起床后就见不到他了,所以在睡觉前,她还特意跑去亲了他两口。

下午起床后,她就去了书房,准备工作,然而却被放在桌面上的笔记本吸引了注意力。

黑色的皮面封皮上,放着一只纸叠的小老虎,还蛮可爱的,脑袋上还用黑色签字笔画了个"王"。

她心头一喜,立即把小老虎拿了起来,拆开一看,上面写着:檀女侠为什么不把我也画上去?去父留子?

啧,又开始酸溜溜了,那是本女侠写给宝宝们的日记,当然不能让你抢了功劳!

然而当她翻开笔记本后才发现,臭书生已经把自己给画上去了。

更气人的是,他的画画水平还比她好,两种画风对比在一起,她明显被吊打了!

檀女侠很没面子,腮帮子一下子就鼓了起来。

继续往后翻,她又惊讶地发现,在自己写的那篇日记后面,又多出来了一篇文字:

　　今天第一次陪你们的妈妈去产检,第一次见到你们,心情紧张又激动。我很高兴也很庆幸能够成为你们的父亲,更感激你们的到来,让我再一次地感受到了生命的力量与意义。

　　我曾在生死边缘徘徊过一番,是你们的妈妈在我人生最灰暗的阶段给了我阳光与鼓舞,如果没有她,我可能早就丧失了治疗的希望,更不会有那么强烈的求生欲望。

　　得知她怀孕的那一刻,我最先想到的是八年前与她分别的那一天。临行前,她送给我一个纸盒子,要求我上飞机后再打开它。

　　我抱着盒子走进了安检站,曾一度以为这就是永别了,甚至没有勇气再回头看她一眼。

坐在前往休斯顿的飞机上,云层厚重,阳光灼得刺眼,我打开了那个盒子,里面装着一朵干枯的玫瑰花,周围装点着一丛狗尾巴草,我一眼就认出来了,这是她三年前曾许诺给我的那束花。

盒子里还装着一张红色的云笺纸,皱巴巴的,一面写着:我还是不会叠玫瑰。(不难看出,她确实是努力地学着去叠玫瑰了,却总是学不会,动手能力稍有欠缺,不过没关系,她有我,所以她不需要自己学着叠玫瑰,我会叠就好,我可以送给她。)

纸的另外一面写着:一张奖状只能换我等你十年,减掉高中三年,你只剩下七年了,如果你不能及时回来续约的话,我就把你忘光光!

其实,当初送给她奖状的时候,我没敢奢望那么多,想着,如果没能活下来的话,让她记我十年也是好的。

但与她分别却是我人生中度过的最艰难的一个时刻,那一刻我才发现,十年,实在是太短了,转瞬即逝,我不想让她忘了我,不想只是她生命中的一个来去匆匆的过客。

所以,在机场临别时,我问了她一句:"檀女侠,我要是一去不回了,你会想我吗?"

我想让她想我,想让她一辈子都记得我。

但她的回答却是:"我才不会想你呢,我明天就把你忘了!"

我知道,她在赌气,赌气我为什么要用"一去不回"这四个字,可我还是无法接受这个答案。

哪怕是死去,我也想继续活在她的记忆里。

那一刻我真的很想告诉她,我才是她喜欢的那个人。

但很快我就清醒了过来,我是个生死未卜之人,生命随时会被死神夺走,所以,忘了我才是对她最好的选择。

她是那么美好,那么逍遥自在,应该找一个能够配得上她的、与她并驾齐驱的人,陪着她一起潇潇洒洒地走江湖。

书生福薄,没那个命陪她浪迹江湖。

后来,我告诉她,如果我没有回来,就当作是我在美国成家立业结婚生子,让她不要想我,更不要去找我。

我害怕她最终找到的会是我的墓碑。

我更想以一种鲜活的姿态活在她的回忆中，让自己在她脑海中的最后印象定格在十八岁的仲夏，而不是一块在异国他乡的冰冷墓碑。

我和你们母亲第一次（不会再有第二次了）离别时就是这样的，她赌气说要忘了我，我希望她忘了我。

但是飞机启程后，我就后悔了，尤其是在看到了那束干枯的狗尾巴草玫瑰花后，我更是悔青了肠子——

她已经知道了那个弹钢琴的少年是我，也知道了我喜欢她，我却让她忘了我。

但是那趟航班上竟然没有 Wi-Fi。

整个飞行途中我焦虑极了，因为我知道她是个很较真的人，如果七年后我没有回去的话，她说不定就真的把我忘了。

为了不让她忘掉我，我爆发出了前所未有的求生欲。我想活下来，想回去找她。

但身不由己，还未下飞机我就发病了，再次睁开眼后，已经身处医院两周了，周身围绕着的各种医疗仪器和身上插满的各种导管令我丧失了联系她的勇气。

我想活下来，可我行将就木，而她的人生才刚刚开始，如同江河之源般拥有着源源不断的生命力，我有什么资格去打扰她呢？

那时，我曾一度想过，可能她注定了不属于我。

等到病情稳定了些后，我开始接受最新型的治疗手段，如同一只实验台上的小白鼠，万幸的是，这种手段起到了治疗作用，我重新感受到了希望，觉得自己可以活下来了，然而就在我准备重新联系你们妈妈的时候，治疗出了问题，我的病无法得到根治。

想要根治，只能手术切除肿瘤。

手术风险很大，但我还是选择了手术，因为我不想再继续这样苟且地活下去了，我想和你们的妈妈一样，毫无顾忌地在阳光下奔跑，而不是担心一不留神摔一跤就会要了自己的命。

我想彻底治愈，想以一副健康的姿态重新出现在你们的妈妈面前。

万幸的是，手术很成功，但我却把她忘了。

我忘了我们之间发生过的一切，忘了她是谁，忘了我对她的承诺和十年之约。

我忘了她七年,她等了我七年。

这七年的时光是我欠她的,我会用尽全力去弥补她。

如果将来有一天,我先不在了,你们也要替我去照顾她,因为如果她没等我的话,也不会有今天的你们。

所以,你们一定要好好地去爱她,无论我存在与否。

你们的爸爸:梁云笺

困扰了陆云檀多年的疑惑,终于在这篇以日记为名的表白信中找到了答案,比如他当年为什么那么吝啬都不愿意回头看她最后一眼?为什么上飞机后就失去了音信?为什么不在接受治疗的过程中联系她,那个时候他不是还没失忆吗?

原来,都是因为他太喜欢她了,喜欢到以疾病为自卑,喜欢到忍痛克制,喜欢到无法宣之于口。

幸好他的病被治好了;幸好他恢复了记忆;幸好他们没有错过彼此,不然真的会抱憾终身。

泪眼汪汪地合上了笔记本,陆云檀抽了一张卫生纸擦了擦眼泪,同时在心里暗自发誓,以后一定要对她的书生再好一点!

工作到下午五点,她关掉了文档和电脑,然后简单收拾了一下自己,拿着车钥匙出了门。

到了物理研究所门口,她把车子停到了路边,开门下车,站在研究所门前等人。

梁云笺今天不用加班,六点刚过十分就从单位大门里走了出来,陆云檀一路小跑冲到了他面前,双手叉腰,一脸匪气:"站住,打劫!"

梁云笺十分配合:"敢问这位好汉,劫财还是劫色?"

这一下子可把"陆劫匪"给问蒙了,微微蹙眉思考两秒钟,她挫败地叹了一口气:"劫财你也没有,你的钱全在我这里;劫色我也不行,我肚子里有两只'猴子'呢……完了,我再也不能打劫你了!"

人生仿佛失去了一大乐趣,她的脸上写满了难过与悲哀,眉毛都快皱成波浪线了。

梁云笺面不改色,一本正经地说:"劫财确实是不行,但还可以劫色。"

陆云檀惊闻此言,捂住了自己肚子:"哇,你真是个禽兽,人家是手无缚鸡之力的孕妇呀!"

手无缚鸡之力?

梁云笺没忍住笑了。

陆云檀好没面子,怒问:"你笑什么?我不是手无缚鸡之力吗?我很柔弱的!"

梁云笺赶忙收敛了笑容,点头,正色道:"确实,柔若无骨,泣若莺啼。"

陆云檀无语。

羞死啦!

我这种正直纯洁的女侠绝不会和你一起同流合污!

"哼,不理你啦!"她转身走人。

梁云笺立即跟上,"好心"提醒:"檀女侠,你的劫还没打完呢。"

"不打了!"陆云檀双手负后,一脸傲娇,"你已经被我榨干了,再也榨不出什么油水了,无趣至极。"

梁云笺:"你确定?"

陆云檀点头:"我很确定!"

梁云笺轻叹口气:"行,明天周六,原本想带着檀女侠去摘樱桃,既然檀女侠觉得我无趣,那就不去了,现在就打电话取消预订。"说着,还真把手机拿了起来。

"等等!"陆云檀一把抓住了他的手腕,急得不行,"有、话、好、说!"

梁云笺忍着笑意,明知故问:"想去?"

陆云檀当然想去,但她不可能直接回答想去,这样会很没面子哒!

所以,她的回答是:"看在两只'猴子'的分上,我可以给你几分薄面,让你拥有一个重新吸引我注意力的机会。"

梁云笺微微蹙眉,装作听不懂的样子:"比如?"

唉,真是孺子不可教也!

陆云檀无奈:"比如带我出去玩,摘樱桃什么的。"

梁云笺:"所以吸引檀女侠注意力的是摘樱桃而不是我?"

你这个臭书生怎么又开始酸溜溜的了?

真是难搞呢!

算了算了,本女侠今天心情好,哄哄你好啦。

她噘起了小嘴巴，同时抬起了右手，竖起拇指在双唇上摁了一下，然后又将拇指在他的脸颊上印了一下："奖励你一个吻印。"

梁云笺并不满意："只有一个吻印？"

陆云檀没好气："你真是羞羞羞，大庭广众之下，我还能真亲你吗？"

"为什么不能？"话音还未落，梁云笺就捧住了她的脸颊，亲身示范着在她的唇上亲了一下，又像是总结实验结论一样认真正经地说，"看，可以真亲。"

读书人好可怕，竟然可以把耍流氓说得如此清新脱俗。

那就休怪我不客气了。

"你亲了我就要对我负责！"她再度用双手叉腰，气焰极其嚣张，"所以你明天必须带我出去玩，不然我就对'人质'们不客气了！"

之前还只是单数的人质，现在还严谨地在后面加了个"们"。

梁云笺忍俊不禁，甘拜下风："我认输。"又很配合地说了句，"请檀女侠务必要确保'人质'们的安全，有什么要求尽管提。"

陆云檀扬起了下巴："除了明天带我出去玩，还有一件事情要满足我。"

梁云笺："你说。"

陆云檀："我今天晚上要请你吃饭，你必须跟我去，不能推托。"

梁云笺有些意外："为什么要请我吃饭？"

陆云檀："废话，肯定是因为我爱你呀！"

这语气，豪气冲天，梁云笺甚至都有种自己真的是被山大王霸气宠爱着的小美人的感觉了。

想了想，他回了句："多谢檀王的厚爱。"

陆云檀毫不在意地挥了挥手："无妨，回去给本王跳一段脱衣舞就好了。"

梁云笺：……就知道你不是什么正经的王。

陆云檀眼皮一撩："你那是什么表情？不满意本王的安排吗？小心我废了你的后位！"

梁云笺无奈地说："好好养胎，荒淫之事一年后再想。"

陆云檀无语。

荒淫之事？我在你心里就这种形象？

本女侠很纯洁的！

哼，生气，以后都不让你碰人家了！

为了表达自己对梁美人的爱，陆云檀特意在一家高档西餐厅订了一套浪漫的烛光晚餐。

并且为了营造惊喜的气氛，她也没提前跟他透露饭店的名字，而是亲自开着车带着他去，将霸气的爱意化为细腻的春风，对他献上无微不至的关怀与贴心到位的接送服务。

"唉，我真是对你太好了，怀着两只'猴子'还给你当司机。"强行把车钥匙抢过来的檀女侠如是说道，"但是没办法，谁让我爱你呢？"

梁云笺坐在副驾驶的位置，哭笑不得地说："刚刚是谁说的不让她开车她就拧掉我的头？"

我的面子！

就在陆云檀正准备以"打是亲骂是爱"这个命题为自己狡辩一番的时候，梁云笺的手机忽然响了一声。

梁云笺立即拿起了手机，低头看消息，无奈地摇了摇头，还叹了口气。

陆云檀瞟了他一眼，问："谁呀？"

梁云笺："我爸。"

陆云檀："怎么了？"

梁云笺："精准地踩了宋瓷女士的雷区。"

他的语气中，都透露出了一股恨铁不成钢的感觉了。

陆云檀想笑却不好意思笑，毕竟那是她公公，只能关切询问："到底怎么啦？"

梁云笺："他给我妈写了一首钢琴曲，名字叫《梁意瓷言》。"

陆云檀不懂了："那不挺浪漫的吗？"

梁云笺："不是名字的问题。"

陆云檀："那是什么问题？"

梁云笺："他也给章桐写过钢琴曲。"

陆云檀好像有点明白了："宋瓷女士不接受和别人一样的礼物？觉得你爸在糊弄她？"

梁云笺："《春日颂》是她心里的一道坎儿，梁顾先生算是一脚踩进了坑里。"他无奈地叹了口气，"但这只是其一。"

陆云檀："其二呢？"

梁云笈："《春日颂》是章桐起的名字，《梁意瓷言》是我爸自己取的。"
陆云檀："……我好像有点懂了。"
梁云笈："所以宋瓷女士觉得梁顾先生没把她放在眼里，给初恋的曲子都知道询问初恋的意见，却不愿意询问她的意见。"
陆云檀忍不住笑了："哈哈哈，你爸现在还好吗？"
梁云笈也笑了，反问着回答："他能好吗？不进则退。"
陆云檀明白了，现在的情况还不如之前呢，大大退步了。
她忍不住感慨了一句："你说梁顾先生不用心吧，他写了钢琴曲；你说他用心吧，他写了钢琴曲，真是，一言难尽了。"
梁云笈没说话，却又叹了口气。
陆云檀看了自己老公一眼，感觉他现在是真的有点担心他爸妈会离婚了。
想了想，她说："要不这样吧，后天请他俩来咱们家吃饭，告诉他们双胞胎的好消息。"又详细补充，"分开邀请，不告诉宋瓷女士梁顾先生会来，就说我想她了。"
梁云笈牵起了嘴角，很是欣赏地看向了自己老婆："檀女侠聪慧过人！"
被书生夸奖后，陆云檀越发傲娇了起来："哼，像我这种才貌双全武功盖世的女侠，全天下可不多见，能娶到我的人呀，真是——"
最后几个字故意不说。
梁云笈当然明白她的意思，果断替她补充道："真是天赐良缘，三生有幸。"
陆云檀满意地翘了嘴角："算你识相。"

天公作美，周六是个阳光明媚的好天气，陆云檀开开心心地跟着梁云笈摘樱桃去了，在果园里乐此不疲地摘了满满的两大筐，中午还吃了顿香喷喷的农家乐饭菜。
下午返程，他们俩没直接回家，而是先回了趟老街，给陆师父和纪女士送了一筐樱桃，顺便蹭了顿晚饭，临走的时候，又顺走了一桶纪女士今天刚让人磨好的小磨香油以及陆师父刚买回家的几颗西瓜……
纪女士再一次地恳请自己女儿女婿少回来两次，陆师父也表示自己是真的想体验一下"嫁出去的闺女泼出去的水"这句话是什么感受了，但，陆云檀表示自己绝不能当一个嫁人后就忘了本的人，梁云笈也表示以后还是会多带着老婆孩子常回家看看。

最后，小夫妻俩在纪女士与陆师父泪眼汪汪的目送中，满载而归，轿车内飘满了芝麻油的诱人香味。

有了香油就适合吃团圆的饺子，所以在回家的路上，陆云檀和梁云笺商量好了，明天就请宋瓷女士和梁顾先生来家里吃饺子。

为了能够完美地迎接自己的公公婆婆，陆云檀在临睡前还特意定了个早晨六点半的闹钟，然而依旧是一觉睡到了七点半才醒，闹钟似乎只是一个摆设。

枕边已经没人了，显而易见，梁云笺早就起床了，檀女侠不高兴地噘起了小嘴巴，一边起床一边在心里碎碎念：哼，竟然不喊着人家一起当早起的鸟儿！

等她洗漱完，刚一走进客厅，入户的防盗门忽然被打开了，梁云笺从外面回来了，手中拎着两只鼓囊囊的购物袋，身上穿着一套运动服，浅灰色短袖配黑色运动裤，短袖的圆领口处已经被汗水浸透成了深灰色。

陆云檀知道他每天都会去晨跑，无论春夏秋冬，这股坚持不懈的毅力和吃苦耐劳的精神都令她这个习武之人有点自愧不如了呢。

"你买了什么菜？"她一边朝着他走，一边问。

"芹菜，猪肉。"梁云笺一边换鞋一边说，"还有喂馋猫的炸鸡腿。"

炸鸡腿？

陆云檀心头一喜，眼睛都亮了："你真的买啦？"

梁云笺叹息一笑，抬起手轻轻地捏了捏她的脸颊："檀大人都要告我的御状了，我敢不买吗？"

昨晚睡前，陆云檀怀抱一个笔记本，盘着腿坐在床上，手执一支黑笔，煞有介事地对梁美人说："明日父皇与母后莅临寒舍，实属不易，我觉得我有必要和他们汇报一些什么。"

那时梁云笺刚洗完澡，头发还是湿淋淋的，顺着乌黑的发梢往下滴水。

他身上穿着浅灰色的居家服，一边用毛巾擦头发一边朝大床走，顺嘴问了句："汇报什么？"

陆云檀举起了笔记本，照本宣科："梁云笺欺负我，梁云笺不给我买好东西吃，梁云笺不够关心我不够爱护我这个孕妇，梁云笺不珍惜我了……梁云笺其实你是可以贿赂我的。"

梁云笺明白了，这位女侠是在光明正大地索贿。

他叹了口气，很是配合地问了句："檀大人想要什么样的贿赂？"

陆云檀眨了眨眼睛："想吃炸鸡腿。"

梁云笺坐到了床边，把毛巾递给了她："要是没有满足你呢？"

陆云檀接过了毛巾，跪在他的身后，一边给他擦头发一边说："那你就等着我的绝命弹劾吧，我会弹劾到你永无翻身日！"

梁云笺牵唇一笑，无奈道："看来我只能向檀大人行贿了。"

陆云檀："我的要求又不高，一只炸鸡腿而已呀，你很划算的！"

梁云笺："就这么想吃？"

"都想到流口水了。"陆云檀又正儿八经地发了个誓，"你让我吃一次，我未来一个月都不会再提这事，你能买到一个月的安宁！"

梁云笺："只管一个月？"

陆云檀不满："我警告你不要得寸进尺哦，不然我会打击报复你的。"她给他擦好了头发，然后从背后抱住了他，懒洋洋地趴在了他的身上，将脑袋靠在他的右肩上，"再说了，人家只是想吃一口炸鸡腿而已呀。"

梁云笺抬起了右手，习惯性地握住了她的手："行，给你买。"

陆云檀心满意足："那我就不弹劾你了。"她不安分地用手指头搔挠着他的掌心，安静了一会儿，又长长地叹了口气，"哎，怀孕真没意思，什么都干不成。"

梁云笺明知故问："檀女侠想干什么？"

陆云檀没说话，盯着他的耳朵看了一会儿，忽然将唇凑了过去，含住了他的耳珠，轻轻舔了一下。

梁云笺浑身一僵，半边身子都是烫的，气血翻涌，却又不得不克制，沉声道："别闹！"

陆云檀索然无味，松开了他之后，又叹了口气："还要好几个月呢，我再也得不到你了！"

再也不能睡梁美人，"檀土匪"的人生顿时失去了一大乐趣。

梁云笺双眸低垂，深呼吸着，竭力压制着体内的那股躁动感，再次开口时，嗓音还是哑的："以后补给你。"

陆云檀勾着脖子，看着他的侧脸，眨了眨眼睛，没羞没臊地问："你打算怎么补？增加频率还是增加时长呀？"

梁云笺："都可以。"又补充说明，"如果檀女侠想要的话，也可以两方面一起增加。"

我看你是想让我死在你的床上!

陆云檀哼了一声,没好气地说:"你真是个流氓书生,羞死啦!"这话说得相当蛮横不讲理,完全忘却了是谁先耍的流氓,"总是垂涎我的美色,馋我的身子,还搞大了我的肚子,给人家种了两只'猴子'。"

梁云笺都被逗笑了,但也没忘维护檀女侠的面子:"好,都是我的不对,是我见色起意,霸占了檀女侠。"

陆云檀言归正传:"所以你明天必须给我买炸鸡腿,不然我就把你对我的恶劣行径公之于众。"

梁云笺笑着说:"买,想吃什么都给买,绝不能亏了檀女侠的嘴。"

陆云檀傲娇地勾起了嘴角:"这还差不多。"

但由于妊娠反应的原因,她还不能痛痛快快地吃炸鸡,尤其是早上,腻得想吐,所以她只好暂时把心爱的炸鸡放进了冰箱里,等中午的时候再吃。

差不多九点左右,梁云笺接到了他妈打来的电话,说让他下楼搬东西。

不消多想,宋瓷女士一定又给他们拉来了许多生活物资。

陆云檀跟着梁云笺一起下了楼。

宋瓷女士今天没用司机,是自己开车来的。

她穿着一条香奈儿的白色长裙,手拎黑色皮包,脚踩黑色尖头鞋,双臂抱怀,身姿笔挺地站在新换的红色奥迪Q7车前,卡地亚的墨镜微微泛着紫光,饱满的双唇上涂着梅子色的口红,整个人明艳四射得像是在拍地下车场主题的时尚大片。

陆云檀看了看自己身上穿着的黑色睡裙,又看了看了不起的宋瓷女士,突然后悔自己没有换身衣服再下来。

"咱妈好潮呀。"她声音小小地对自己老公说了句。

梁云笺很了解自己妈,也小声地回:"现在就拿出手机给她拍照,你今天的红包就有了。"

陆云檀冷哼一声:"瞧你这话说得,好像我多贪图我婆婆的红包一样!"说完,立即拿出了手机,迅速打开了照相机功能,大声地喊,"妈,你现在太有范了,真好看!我给你拍两张。"

宋瓷女士满意地勾起了嘴角,一边在心里想着"这儿媳妇真是善解人意,比儿子强得多,没让我白白浪费一早上的时间去打扮",一边高扬起了下巴,越发起了范儿,对着镜头摆造型。

拍了几张之后，她忽然想到了什么，立即伸手指向了自己儿子，命令："你去给我拍，云檀怀孕了不能蹲着。"说完，又朝着陆云檀招了招手，柔声细语地说，"云檀，过来，咱们俩一起拍。"又没好气地对自己儿子说，"照得好看点，别跟你爸一样天天敷衍我！"

父债子偿一般，梁云笺无辜中枪，叹了口气，无奈地拿出了自己的手机。

陆云檀满含同情地看了自己老公一眼，然后屁颠屁颠地朝着自己婆婆跑了过去，开开心心地陪着她拍照。

拍好之后，婆媳站在一起选照片，梁云笺独自一人当苦力从后备厢里往电梯口搬东西。

到家之后，陆云檀本想去厨房帮着梁云笺包饺子，毕竟婆婆来了，多少是要好好表演一下的，然而宋瓷女士却不让她去："你去帮他干什么呀？他有手有脚的自己不能干吗？非要人帮？"

陆云檀：……妈，那可是你亲儿子呀！

梁云笺已经习惯了这种差别待遇，很是平静地对自己老婆说了句："你陪妈说话吧，我自己包就行。"

陆云檀"勉为其难"地答应了："那好吧。"又非常谄媚地比了个心，"辛苦你了哟！"

宋瓷："辛苦什么呀，他应该的。"她挽住了自己儿媳妇的手腕，一边带着陆云檀往客厅的沙发走一边说，"老婆孩子都要热炕头了，天大的福气，包个饺子还辛苦他了？"

陆云檀瞟了自己老公一眼，眼角眉梢尽显得意。

梁云笺无奈一笑，然后朝着厨房走了过去。

茶几上已经摆好了早就准备好的水果茶，陆云檀给自己和婆婆各倒了一杯茶，然后陪着她说起了话。但陆云檀并不是随心所欲地聊天，而是有针对性地、目的性地、循序渐进地……在聊了几句有关皮肤保养的问题后，陆云檀忽然问了句："妈，你年轻的时候肯定是个大美女吧？"

宋瓷女士倒也不谦虚："那当然了，我没结婚之前，追我的人能从东三环排到西三环。"又朝着厨房努了努下巴，"梁云笺能长成这样，我的基因功不可没！"

梁云笺确实长得像妈，但陆云檀还是被逗笑了，又用一种开玩笑的语气问了句："那你怎么就看上我爸了？"

她本以为宋瓷女士会气急败坏地回一句"我眼瞎了",但谁知,宋瓷女士的回答竟然是:"一见钟情啊。"

陆云檀又是意外又是激动——为了八卦而激动——迫不及待地想听自己婆婆展开说说:"啊?竟然是一见钟情呀?看来我爸年轻的时候也很帅呀。"

宋瓷:"那当然啦,你看看梁云笺什么样就知道他爸年轻的时候什么样了。"又说,"他长得像我,但是身材和气质像他爸。他爸年轻的时候呀,绝对算是个天之骄子,万里挑一的人物。"

陆云檀:"你们俩是怎么认识的?"

宋瓷笑了一下,一边回忆一边说:"我爸妈带着我去听音乐会,就坐在第一排正中央,他在台上弹钢琴的样子,一下子就吸引到了我。"

整洁的白衬衫,笔挺的黑色西服,高档而优雅的白色钢琴——黑白交织的画面,构筑了一幅令她永生难忘的画面,坐在画面中央的那个弹钢琴的俊美少年,令她一见倾心。

陆云檀又追问:"然后呢?"

宋瓷:"肯定是想认识一下嘛,既然都有好感了,我也不想错过机会。"她回忆着那年的事情,徐徐讲述着,"然后我就去了后台,等着他下场,想和他交个朋友,结果人家却不和我交朋友。"

陆云檀一愣,难以置信:"啊?真的假的?"

不过话又说回来,能直接去后台的观众可真不是一般的观众,看来她婆婆的家世确实不一般。

宋瓷气急败坏地说:"当然是真的呀!"她原封不动地复述着当时的对话,"我对他说,我很欣赏他,想交个朋友认识一下,结果人家告诉我,他不缺朋友。"

拒绝得简单粗暴!

虽然不喜欢的话就应该直接拒绝,不能搞暧昧搞拉扯,但是吧,她就是偏心她婆婆——

梁顾先生,活该你现在得不到原谅呢!

檀女侠开始与宋瓷女士同仇敌忾,说:"怎么能这么绝情呢?好歹委婉一点嘛!"

"就是说呀!我一个女孩子都那么主动了,他竟然这么绝情!"宋瓷女士越说越气,甚至还用手背拍起了手心,"还从没哪个男的敢这么拒绝我呢!"

陆云檀也跟着生气了:"绝对不能轻易放过他!"

宋瓷:"就是说呢,他不想跟我交朋友,我就偏要让他和我交朋友!"

陆云檀好奇了起来:"你是怎么做的?"

宋瓷说:"我包场呀,他接下来所有的演出我都包了场,全场只有我一个观众,让他只能看到我,只给我弹琴,直到他愿意跟我交朋友为止!"

陆云檀震惊不已地感慨道:"好霸气……"

还有些"豪"无人性。

她又关切地追问:"那他屈服了吗?"

宋瓷女士略有些挫败:"他没有。"

陆云檀瞪大了眼睛:"这都没服?"

宋瓷:"人家说了,他只是个演奏的,服从剧场安排,台下观众有多少不归他管,他也无所谓。"

这……你们俩,为什么,还有点好嗑呢?

第十章
/ 小团圆

"从小长到大,都是别人挖空心思地接近我、追求我,我还从没这么主动地去接近过别人呢。"宋瓷女士端起茶杯,优雅地抿了一口茶水,然后对年轻时的梁顾先生做出了评价,"梁云笺他爸,不识好歹。"

陆云檀必定要和自己婆婆统一战线,点头附和:"我也这么觉得!"却还是按捺不住吃瓜的心态,八卦兮兮地追问,"那后来呢?"

宋瓷盯着虚空,叹了口气:"后来他就跟我摊牌了,说自己有喜欢的人,让我不要在他身上浪费时间了。"

陆云檀一愣:"章桐?"

宋瓷点头,苦笑了一下:"我当时还不知道她叫章桐,但我宋瓷也是个有骨气的人,人家都那么说了,我还能没皮没脸地继续缠着他吗?"

陆云檀:"你就这么放弃了?"

宋瓷实话实说:"算是吧,但我还是找人打听了一下他喜欢的人是谁,因为我想看看那个女的到底多好,不然我实在是不甘心。"

陆云檀:"打听到的是章桐?"

宋瓷点头:"嗯,他们乐团的预备小提琴手,我之前还见过她。"

陆云檀没忍住问了句:"什么感觉?"

宋瓷冷笑:"不过如此。"

果真是了不起的宋瓷女士!

宋瓷又说:"说真的,抛开梁云笺他爸这个因素不谈,我从第一眼起就不喜欢章桐。"

陆云檀:"为什么呀?"

宋瓷反问了一句:"你见过章桐吗?"

陆云檀想了想,摇头:"我好像没有。"

宋瓷:"你是没印象了,她之前经常出现在你们学校门口,借送她儿子上下学的名义等梁云笺。"

这事陆云檀听梁云笺说过,但还是不禁感慨了句:"真是偏执呀。"

宋瓷:"是又矫情又偏执,我第一次见她的时候就是在后台,他们同乐队的女孩跟她开了个玩笑,她当时什么都没说,陪着周围的人一起乐呵呵笑,后来人都走了,她又开始掉眼泪,好像自己受了多大的委屈一样,还恰巧让领导看见了,我都怀疑她是故意的。"

陆云檀蒙了:"她有委屈干吗不当场就说?非要等领导来吗?还流眼泪?"

宋瓷不屑一笑:"你猜她领导是谁?"

陆云檀沉默片刻,实话实说:"我好像猜到了,但我不可思议。"

宋瓷语调冷冷:"没错,就是周洛尘他爸,周业。"

陆云檀惊了。

宋瓷:"理解不了了吧?"

陆云檀茫然点头:"比微积分还难理解。"又叹了口气,"我之前还有点同情她呢,觉得她是被周业欺骗了,谁知道……唉!"

宋瓷耸了耸肩:"我那个时候还不知道那个人是周业,后来才知道的,但不难猜出来他应该是个小领导。"

陆云檀:"当初周业在乐团里是干吗的?"

宋瓷:"首席小提琴手呢。"

陆云檀:"那他也挺厉害呀。"

宋瓷:"后来转行了,下海经商去了,天天喝酒,把自己给喝死了。"

陆云檀抿了抿唇:"这些事情都和章桐有关系吗?"

宋瓷想了想,道:"应该是有些的。酗酒可能也和生意上的事情有些关系,但转行肯定是因为章桐,他不想再和你公公有牵扯了。"

陆云檀一愣:"啊?他们俩还有什么牵扯啊?"

宋瓷笑了一下,笑容中却带着几分难掩的遗憾与无奈:"当时他们乐团中有一句话是这样说的,'最适合与钢琴合奏的乐器是小提琴,最好的组合搭档是梁顾和周业'。"她再次陷入了回忆中,徐徐讲述着,"我有幸听过一次他们的合奏,绝对可以称得上是珠联璧合,但谁也没想到,那场音乐会竟然会成为他们俩这辈子的最后一次合奏。"

陆云檀怔住了,心头忽然产生了几分对世事难料的感慨——

梁顾与周业,合则天下无双,分则各自为王。

谁都没想到故事的结局竟然会变成了王不见王。

"周业走的时候,你爸难受了好久呢。"宋瓷叹息着说,"无论他们俩之间发生过什么,但是在艺术上的契合程度是无人能及的。"

陆云檀:"他们两个之间应该挺默契的吧?"

宋瓷:"不默契的话,怎么能达到高度契合的程度呢?"

陆云檀:"所以他们俩之间的关系还挺好的?"

宋瓷:"最起码在章桐出现之前是这样。"

陆云檀忍无可忍地吐槽了一句:"虽然我不应该这么想,但我还是觉得这一切都是因为章桐。"并且她还很不理解这一点,"她为什么要在周业面前哭呢?是故意的吗?装可怜博取周业的同情?"

宋瓷:"我不确定她是不是故意掉眼泪的,但装可怜是绝对的。"

陆云檀:"展开说说?"

宋瓷:"她家里没钱没背景,想在各种二代云集的乐团里面混,只能自己找靠山,周业就是她能找到的最近的一座靠山。"她又补充了一句,"预备小提琴手那么多,转正名额只有一个,她想留下来,只能这么做。"

她的语气中并没有对章桐的谴责,陆云檀甚至能感觉到婆婆对章桐这种行为的同情与理解,毕竟这是个弱肉强食的世界,章桐的不择手段也是无可厚非——灰姑娘如果没有王子,最终的结局只能是被欺凌至死。

陆云檀也能够理解章桐,但她理解不了章桐对待周业的态度:"章桐既然不喜欢周业,干吗要给他发射错误信号呢?我之前一直以为是周业欺骗了她,但是现在我又觉得章桐好像也没那么可怜,她和周业更像是各取所需,一个图权,一个图色。"

宋瓷:"周业倒也不是图色,周业是真挺喜欢她,不然也不可能苦苦坚持那么多年。"

陆云檀往沙发上一靠,更不理解了:"她到底哪儿好呀,男人都这么喜欢她。"

宋瓷笑了一下:"大部分男人都喜欢这样的,娇娇弱弱、楚楚可怜,别说她还那么漂亮,随便流两滴眼泪,就能滴进他们的心里,让他们的保护欲激增。"

陆云檀:"所以我爸也是这么喜欢上章桐的吗?"

宋瓷实话实说:"这点我就不知道了,我只看到了她在周业面前哭,没看到她在你爸面前什么样。"

陆云檀又好奇了起来:"你打听完之后,发现我爸喜欢的人就是那个故意在领导面前掉眼泪的人,你是什么感受?"

宋瓷冷笑一下:"我觉得你爸在侮辱我。"

陆云檀没忍住笑了:"哈哈哈!"

宋瓷:"后来我就不搭理他了,我宋瓷才不干上杆子倒贴的事呢!"

陆云檀:"那你们俩是怎么结婚的呀?"

宋瓷笑了一下:"说来也巧了,我妈过生日,举办了一场晚宴,邀请了挺多亲朋好友,我无意间发现在大厅里弹钢琴的人竟然是梁顾,起初我还以为他是我爸专程请来活跃气氛的呢,就让服务生给他端了一万块钱过去,当成今晚的小费,毕竟是我宋瓷喜欢过的男人,不能亏待着。"

陆云檀:"……"

"豪"无人性!

梁顾先生你当初到底在考虑什么?

宋瓷继续讲述:"后来你猜怎么着?服务生又把托盘给我端回来了,还给我带回来一句话。"

陆云檀:"什么话?"

宋瓷至今仍是咬牙切齿:"让我有闲钱的话把家里的钢琴给换了,档次太低不好用。"

梁顾先生你是怎么做到如此精准地在宋瓷女士的雷点上蹦迪的?

宋瓷:"那是我这辈子第一次被人嫌弃用的东西档次低,脾气一下子就上来了,准备去找他算账的时候,我爸妈来了,要带我去见一个老朋友,顺便把他儿子介绍给我认识……"

陆云檀哭笑不得:"我已经预感到尴尬了。"

宋瓷叹息:"是啊,我和他面对面坐着的时候都要尴尬死了,我妈硬夸我性格温和花钱节制的时候我根本不敢抬头,一直盯着自己的脚趾看。"

陆云檀:"哈哈哈哈哈哈!"

宋瓷也笑了:"后来家里人就安排我们相亲,我本来是不同意的,因为人家早就说了自己有喜欢的人，而且他还在采访中说了，自己为喜欢的女孩写了首曲子，我干吗要自讨没趣呢？但谁知道梁顾竟然答应见面了，我就奇怪是怎么回事，就又找人去那个乐团里打听，然后才知道章桐竟然和周业结婚了。"

陆云檀："然后你就答应见面了？"

宋瓷自嘲一笑，说："是啊，我还天真地以为自己的机会来了呢，谁知道呀……他是心灰意冷了才选了我，是应付家里人的被逼无奈。"

陆云檀心疼地握住了她婆婆的手。

宋瓷轻叹口气："平心而论，他确实是一个好丈夫、好爸爸，但是我能感受到他不爱我，他只是在承担婚姻的责任，履行结婚的义务。"

陆云檀咬住了下唇，设身处地地想了一下，如果梁云笺不爱她，但还是娶了她，却只把她当成妻子，而不是爱人的话，她大概一定会被气死的。

那种感觉就像是，我把一颗心全部付出给了你，你却不要，即便我们已经成为了夫妻，已经有了孩子，你却依旧对我的爱意视而不见，只是在按部就班地对我好，只是按照道德义务去约束你的行为和良心，不是因为爱我，也不是因为在乎我。

换句话说，换了别人，你也可以一样对她好，也可以和她生孩子过日子。

你对我好不是因为那个人是我，不是欣赏我的灵魂，而是因为我拥有了"你的妻子"这个头衔，所以你才对我好。

在感情上来说，刚结婚时的梁顾先生对待宋瓷女士的态度是无所谓的，但宋瓷女士想要的并不是一个完美丈夫，而是一个惺惺相惜的爱人。

梁顾先生呀，你既然不爱她，为什么要娶她呢？为什么要和她有孩子呢？宋瓷女士最不缺的就是对她好的人吧？如果她只是想要一个完美丈夫的话，那么这个世界上多的是选项，何必非要选你呢？

唉，爱情这种东西，最伤心的地方就是不对等，单向付出是最累的。

陆云檀感受到了她婆婆的委屈和难过，还是积攒了许多年的委屈，即便现在梁顾先生已经真的爱上了她，她还是委屈的。

其实，这世界上根本就没有"守得云开见月明"这一说辞，不过是失意人的无奈与心酸罢了。

她轻叹口气，伸出手抱住了她的婆婆，将脑袋依在了婆婆的肩头："那就让他多哄哄你吧，他应该的。"

宋瓷笑了一下，问："你怎么不劝我跟他离婚呢？"

陆云檀:"因为你还爱他呀,肯定不舍得离婚,而且打击报复一个人最好的时机就是他爱上你的时候,他的爱就是你横行霸道的资本,他要是不爱你的话,你再怎么折腾都没用。"

宋瓷缓缓点头,说:"确实,爱能伤人,也能助人,我现在就是得道多助的一方。"

陆云檀:"所以才要趁此机会好好地折腾一下梁顾先生。"

宋瓷叮嘱道:"你可不要告诉他我没打算离婚,不然他就不害怕了。"

陆云檀信誓旦旦地说:"我才不会呢,我的嘴巴可严实了!"

这时,梁云笺的声音忽然从厨房里传了出来:"云檀,来一下。"

陆云檀先喊了声:"怎么啦?"

梁云笺:"闻一下饺子馅。"

"哦。"陆云檀松开了宋瓷女士,穿上拖鞋后,"哒哒哒"地跑到了厨房,"我来啦!"

梁云笺:"把门关上。"

陆云檀高深莫测地瞟了他一眼,但还是照做了,却又狮子大开口:"一个问题二百!"

梁云笺顿住。

陆云檀右手一抬,手掌朝前一推:"小本经营,概不还价。"

梁云笺无奈一笑,只得点头:"行。"

陆云檀朝着他走了几步,双手抱怀:"问吧,想问几个问几个。"

问得越多她赚得越多。

一个月的零花钱只有那么多,梁云笺当然是挑着重点问:"我妈现在什么态度?"

陆云檀揣着明白装糊涂:"什么什么态度?"

梁云笺:"离不离?"

陆云檀难得能够管住自己的嘴一次,一脸无辜地眨了眨眼睛,回答:"我不知道呀。"

梁云笺想了想:"我给你加钱。"

陆云檀没有直接拒绝:"你能加到多少?"

梁云笺犹豫一下:"三百。"

陆云檀:"才加一百?"

梁云笺轻轻叹气，微微垂眸，语气低沉："家里那位管得严，实在是囊中羞涩。"

陆云檀被逗笑了，"好心"地给他出主意："你可以透支下个月的零花钱呀，你家里那位很好说话的！"

梁云笺无计可施，只好开门见山："檀女侠直接开个价吧。"

陆云檀哼了一声，双手负后，一脸傲娇："我才不要告诉你呢，我的嘴巴很严的，这钱我不赚！"说完，转身就走。

梁云笺却笑了，望着檀女侠的背影，笑容中带着点对老婆的愧疚，又带着点好笑：太容易上当了，宋瓷女士要是真想离，还能不让你说？

陆云檀回到客厅后，继续陪着婆婆聊天，谁承想几分钟后，梁云笺忽然从厨房走了出来，直接朝着入户玄关走了过去，陆云檀和宋瓷异口同声："你去哪儿呀？"

梁云笺犹豫片刻，对宋瓷女士说："去接我爸。"

陆云檀一愣：哎呀，忘记了梁顾先生今天也要来！

宋瓷忽然瞪大了眼睛，恼怒质问："他竟然也要来？我现在就走人！"说完，还真的从沙发上站了起来，作势要走人。

陆云檀赶紧去拉自己婆婆的手，连声劝道："妈！妈！我们是有好消息要和你们分享才会把你和我爸一起喊来的！"

宋瓷女士站在沙发边，态度坚决："我不会见他！"

陆云檀给梁云笺使了个眼色，示意他赶紧说两句。

梁云笺很了解宋瓷女士，只说了一句："你今天打扮得很好看。"然后，换鞋走人。

宋瓷女士顿住。

陆云檀醍醐灌顶，忽然明白了什么——宋瓷女士早就猜到了梁顾先生要来，不然干吗打扮得这么漂亮呢？

梁书生聪明绝顶，看破不说破罢了……

陆云檀悄咪咪地瞟了她婆婆一眼，感觉她婆婆眼神阴郁得像是要掐死他们父子，于是乎立即给她婆婆递了个台阶下："妈，你怎么知道我们下午要出去玩呢？梁云笺提前告诉你的吗？怪不得你今天打扮得这么好看呢！"

几分钟后，梁云笺再一次地来到了地下车库。

梁顾打开了后备厢，梁云笺朝他走了过去，还没走到面前，他爸就问了一句:"你妈现在什么态度?"

梁云笺面不改色道:"一个问题五百,重点问题翻倍。"又补充,"最好是现金。"

转账会留下记录,容易被发现。

梁顾都愣住了:"你这不是趁火打劫吗?"

梁云笺很是坦然:"是,就是趁火打劫。"

梁顾难以置信:"你怎么还变土匪了呢?"

大概是因为,近墨者黑吧。

惨遭勒索的梁顾先生被逼无奈地出了一千块钱,问了一个重点问题:"你妈现在什么态度?"

梁云笺收了钱,回答:"真的要离。"

梁顾先生一下子就慌了,急得要命:"你没有劝她吗?"

梁云笺叹了口气:"劝了,没用。"

梁顾眉头紧皱,愁容满面,不知所措,嘴里不断念叨着:"这可怎么办呀?这可怎么办呀……"

梁云笺盯着他爸看了一会儿,微微抿唇,看似于心不忍,"好心"安慰他爸:"我理解你的心情,但你也要理解我妈,她委屈了这么多年,怎么可能一点怨气都没有?她想要的只不过是你的忏悔罢了,只要你把姿态放低,把态度摆端正,坚持下去,她迟早会原谅你。"

梁顾沉思片刻,长叹一口气:"我知道你妈跟我结婚后受了不少委屈,我也知道自己有愧于她,我也不求她能原谅我了,只要她不和我离婚,让我做什么都行。"

梁云笺提醒了他爸一句:"你现在最该考虑的是等会儿该怎么说服她同意你进家门。"

梁顾一顿。

梁云笺话锋一转:"不过别担心,我可以帮你。"

梁顾长舒一口气。

梁云笺面不改色:"五百。"

梁顾先生震惊而恼怒:"你怎么变成这个样子了?为了点小钱,处处为难你爸?"

梁云笺叹了口气，言简意赅地回答："因为我结婚了。"又无奈地补充了一句，"家教甚严。"

梁顾一愣，忽然理解了儿子，但是——

"我不一样吗？我结婚都这么多年了。你也不是不知道，从我和你妈结婚开始，家里的账就是你妈管。"

梁云笺也很干脆："不给就算了，你自己想办法。"

无奈，梁顾只好又从本就不怎么饱满的皮夹中抽出了五百块钱。

梁云笺毫不迟疑地收了钱，按照约定为他爸出谋划策："你和我妈分享一些好消息，让她高兴起来，就不会把你赶走了。"

梁顾再度愁容满面："我现在能有什么好消息？"

梁云笺翘起了嘴角，笑着说："云檀怀的是双胞胎。"

梁顾一怔，面色上的愁云瞬间烟消云散："哎哟！真是双胞胎？"

梁云笺点头："千真万确。"

"好、好、好，真好！真好！"梁顾高兴得合不拢嘴，从前儿子得病的时候，他只想着能让儿子活下来就行，从不敢想以后的事情，没想到现在他都要当爷爷了，还是一对双胞胎，真是意外之外的惊喜。

他迅速打开后备厢，露出了密密麻麻的大箱小箱，对自己儿子说："我给你们带了点补品。"

给我们？

梁云笺无奈一笑，问他爸："要是只有我自己在家，你还会带这么多东西来？"

梁顾：……我来都不会来。

但他不想说得那么直白，伤感情，只好顾左右而言其他："这箱鸡蛋是我托朋友买的，正宗的土鸡蛋，你最好一颗都不要吃，都给云檀吃，你随便吃点超市买的水鸡蛋就行了。"

梁云笺无语。

梁顾："还有这两箱虾和这头羊，都是早上刚空运过来的，云檀可能吃不完，给你丈母娘和老丈人送去一半。"又不放心地叮嘱了一句，"你最好也不要吃。"

梁云笺哭笑不得："所以我只负责搬运？"

梁顾："那不然呢？你也不用吃这么好的东西呀，单位不是有食堂吗？"

梁云笺明白了，他只配吃食堂。

梁博士叹了口气，只好再一次地当起了搬运工，一趟又一趟地把不属于他的东西从后备厢往电梯口搬。

与此同时，陆云檀正在家中帮助宋瓷女士策划"打击报复"梁顾先生的计划。

十分钟后，电子锁"嘀"的一声响起，紧接着开门声和搬东西进门的脚步声传进了客厅。

陆云檀看了她婆婆一眼，只见宋瓷女士姿态优雅地端起了茶杯，眼神傲然地抿了一口水果茶。

梁云笺换好鞋后就没再管他爸，继续把东西往厨房搬。

梁顾先生换好鞋后，惴惴不安地站在玄关处犹豫了一会儿，才鼓足勇气走向客厅。

陆云檀见状立即从沙发上站了起来，边朝着厨房走边说："我去给你们切点西瓜，我爸昨天刚买的，可甜了！"

走进厨房后，她迅速关上了房门，然后把耳朵贴在了房门上，认真而专注的样子堪比情报员。

梁云笺被她逗笑了："为什么不直接在外面听？"

檀女侠傲娇地说："人家很有眼色的，才不会当电灯泡呢。"话语刚落，她的脸色忽然一变，再一次地将耳朵贴在了门板上。

梁云笺的好奇心也被她勾了起来："发生什么了？"

"檀·实时播报员"："你爸说他在你妈最喜欢的那个艺术咖啡馆里面订了张台位，约她喝下午茶，你妈说她今天下午有约了，你爸问去干什么，你妈说约了舞伴去剧院跳舞，你爸问舞伴怎么样，你妈说挺帅的，还是当老板的，老伴死得早，也不用自己带孙子孙女，可以考虑给你当后爸。"

梁云笺无语。

"檀·实时播报员"继续转播消息："你爸有点儿着急了，说要陪你妈一起去跳舞，给你妈当伴奏，你妈说不用他伴奏，她去的那个剧院提供钢琴伴奏，就算是没伴奏也不劳烦他，因为她有钱，什么样的钢琴家都请得起，你爸说那些人肯定都没他弹得好听，你妈还是不让你爸去，并阴阳怪气地表示你爸太高贵了，大剧院的破钢琴不上档次，配不上他。"最后，又发表了一下个人点评，"啧，三十年河东三十年河西，风水轮流转啊。"

梁云笺沉默片刻，实话实说："我觉得你适合去当播报员。"

陆云檀扭头，斜眼瞟着他："你什么意思？嘲讽我？"

"我哪里敢？"梁云笺笑着说，"在下是真心实意地觉得檀女侠有转播情报的天赋。"

言简意赅，情节生动，实事求是，不愧是老街上的小霸王，没有她打探不到的消息。

陆云檀感受到了来自梁书生的崇拜与真心赞扬，傲娇地勾起了嘴角，大言不惭地说："我的天赋多了去了，平时不显山不露水罢了，怕你自卑。"

梁云笺很是配合地回答："真是多谢檀女侠的抬爱了。"说完，他犹豫了一下，然后对自己老婆说，"我刚和我爸做了笔生意，挣了一千五百块钱，可以分你一半。"

一听有钱，陆云檀的眼睛立即亮了起来，瞬间放弃了窃听行动，"哒哒哒"地跑到了老公面前，小手一伸："拿来！"

梁云笺从裤兜里拿出来一沓百元人民币，分出八张给了檀女侠："多给你五十。"

陆云檀手握八百元，眼睛却瞟着他手里的七百："剩下的钱我可以帮你保管。"

梁云笺忍笑，一本正经地说："你怎么不问问是什么生意？"

陆云檀抬眸看着他："什么生意？"

梁云笺："一个问题五百，重点问题翻倍。"

陆云檀明白了，当即怒不可遏："你不光剽窃我的方案，还比我收费高？"说完，一把夺走了他手里的七百块钱，"这种黑心钱，我必须收缴！"

梁云笺就知道她会这样，叹了口气，沉声道："我本以为檀女侠会分一杯羹给我所以才会和你坦白，没想到坦白的后果竟然是一无所获，既然如此，下次还是不说了。"

分给他，觉得肉疼；不分给他，也确实是过于心黑了，而且说不定真的没有下次了。

可持续性发展才是硬道理！

陆云檀狠了狠心，咬了咬牙，忍痛抽出来三张百元大钞："奖励你三百好了。"又警告一句，"以后要是敢知情不报，我就拧掉你的头！"

梁云笺收了钱，一本正经地保证："请檀女侠放心，书生向来坦诚，一定知无不言言无不尽。"

陆云檀冷哼一声，把钱揣进了兜里，继续去偷听情报，但总觉得哪里不太对劲儿……

几分钟后，她忽然后知后觉地明白了一件事：这浑蛋书生，是在光明正大地洗钱呀！

一千五百块的"赃款"，哗啦一变，成了合理合法的收入项，还净挣了三百元外快！

偷梁换柱、偷天换日、明修栈道、暗渡陈仓！

哼！

奸诈！

檀女侠气鼓鼓地看了梁书生一眼，暗自在内心发誓：哼，等着吧，我一定会找你秋后算账的！

然后，她继续"窃听风云"的行动，再次把耳朵贴在了门板上。

她本打算的是不搭理书生了，可她又按捺不住分享欲："你爸还在纠结舞伴的事，你妈就是不同意他去，然后你爸退而求其次了，表示可以不陪你妈去跳舞，但是要送她去剧院，你妈高冷又高傲地拒绝了你爸，说她新买的奥迪 Q7 是最高配置的，不需要坐别人的车，你爸又说可以给她当司机，你妈拒绝了，说你爸档次不够，不配开她的车。"又点评了一句，"啧，宋瓷女士的遣词造句好凌厉呀，梁顾先生简直是无力招架。"

梁云笺一边包饺子一边笑，感觉他老婆真的很像是个专业说书人。

陆云檀瞟了他一眼，无奈："哇，你还笑，真不怕你爸妈离了？"

梁云笺："离不了。"

陆云檀："你怎么这么确定？"

梁云笺："以宋瓷女士的性格来说，真想离的话，早就去民政局了，根本不会和梁顾先生说这么多废话。"

陆云檀："那你刚才是怎么回答梁顾先生的？"

她猜测，梁顾先生肯定会问"你妈什么态度"这种问题。

梁云笺："说她要离。"

陆云檀一愣："你这不是骗人吗？吓唬你爸。"

梁云笺面不改色地回答："就是要让他着急。"

啧，真是个大孝子，还收钱不办事。

你这书生，可比本女侠黑心多了，怪不得张无忌他妈在临死前交代张无忌：千万不要相信长得漂亮的人说的话，越美的人，越奸诈！

不过在确定了宋瓷女士和梁顾先生的态度后，他们小两口就没再多管闲事，毕竟他们老两口谁都没想离婚，就随便宋瓷女士折腾去吧，反正受苦的是梁顾先生——他应得的。

吃完饺子后，宋瓷女士就要走人了，约了舞伴下午两点去剧院跳舞，梁顾先生必然是要跟着去的，所以也没多停留，软磨硬泡地追在宋瓷女士的身后走了。

下午，陆云檀闲着没事干，就缠磨着梁云笺带她出去玩。

梁云笺对她是有求必应，带着她去看电影了。

看完电影后，陆云檀又得寸进尺，死乞白赖地站在卖冰激凌的门店前不走，死死地拉着梁云笺的手，也不说话，就是可怜巴巴地看着他。

梁云笺又是无奈又是想笑，再一次地向她表明："你现在不可以吃冰激凌。"

他的声音一如既往的温和，却不失坚决。

陆云檀："外面的天都快40℃了，我竟然连冰激凌都不可以吃？"

梁云笺："不可以。"

陆云檀退而求其次："那你买一个让我咬一口行不行？"

梁云笺长叹口气，无可奈何地看着她，抿唇想了想，道："可以是可以，但你要答应我一个条件。"

陆云檀："你说。"

梁云笺："吃完一口冰激凌之后就回家收拾东西。"

陆云檀一愣："干吗？"

梁云笺："搬去老街住。"

他是很认真地说："我已经管不了你了，需要帮手。"

陆云檀也不是个傻子，忽然明白了什么，感动又愧疚地看着他："我爸妈给你打电话了？"

纪女士和陆师父早就跟她商量过好多次了，想让他们搬去老街住，说是不放心她怀着孕自己在家，搬过去的话平时还能帮忙照顾一下。

但她明白，怀孕只是其中一个原因而已，根本原因是纪女士和陆师父舍不得她离开。

虽然他们俩天天嘴上说着不希望她再回娘家了，其实他们俩巴不得她天天住在家里呢。

但她从来没有答应过他们，不然梁云笈岂不是就变成上门女婿了吗？一天到晚多不自在呀？还要经受老街上婆婆妈妈们的闲言碎语……

然而，梁云笈的回答却是："没有，我给他们打的电话。"

陆云檀压根儿不相信："你不用管他们，我爸妈就这样。"

梁云笈："真的是我想搬过去。"他解释道，"下个月有新的研究项目，到时候会天天加班，我没有时间照顾你，你自己在家我也不放心，搬回爸妈那里住我才能安心工作。"

陆云檀抿唇看着他，没再拒绝，但她明白，他归根结底还是为了她。

她情不自禁地抱住了他："书生，你对我真好呀。"

梁云笈低头看着她："你是我老婆，不对你好对谁好？"

陆云檀咬住了下唇，犹豫许久："那我就不吃冰激凌了吧。"

梁云笈轻笑："怎么这么听话？"

陆云檀抬头看着他，眨了眨眼睛："吃冰激凌不对，我怕你跟我妈告状，她会骂我的。"

你也知道吃冰激凌不对？

陆云檀还是不放心，试探着问："你应该不会告状吧？"

梁云笈故意逗她玩："檀女侠指的是哪件事？是吃脆皮五花肉？还是吃炸鸡？还是试图在夜晚逼我就范？"

好、好、好！

等着吧，你马上就要被我"灭口"了！哼！

最终，檀女侠不仅没有吃到心心念念的冰激凌，还被书生挟持了一堆不可告人的把柄。

为了不被告发罪行，回家后，她乖乖地收拾了行李，跟着书生搬回了老街。

梁云笈也确实没骗她，搬回老街后还不到一个月，他的工作就忙碌了起来，每天早出晚归，有时一周连一天假都没有，恨不得直接定居在科研所的实验室里。

没了梁书生的镇压，檀女侠日渐无法无天，更是凭借着日渐圆润的大肚子横行霸道了起来，每天工作完后，先打一套养生拳，然后去骚扰她妈，她哥要是在家的话，就再去骚扰一下她哥，把家里人全部得罪一遍后，再出门去观摩她爸和隔壁大爷的棋局，顺便指点一下江山，简简单单两三句话能同时得罪两三个人，再然后，她开始挺着大肚子在老街上遛弯，招猫逗狗的，接连几个月下来，老街上的狗和猫看到她都害怕。

随着时间的推移，长长的老街上，无一人不盼望着陆家的那个姓梁的女婿能尽快完成科研任务，早日回归，好好地管一管他那个无法无天的霸王媳妇儿！

其实陆云檀也不想这么无聊的，但是天不遂人愿呀，大家好像都很忙，只有她是个社会闲散人员。

过往的几个月里，她还组织过好几次青云帮团建，但没一次是人齐的，五个人里面至少有两个不能来，其中最固定的缺席人还不是帮主夫人梁云笺，而是副帮主下西洋。

听他未婚妻周老师说，郑和同志顺利入了党，并且由于工作期间表现优异成绩突出，光荣地被东辅省公安厅借调走了。

至于最近到底在忙什么，谁都不知道。

一直到来年的元旦节，陆云檀怀孕八个月的时候，下西洋才在百忙之中抽出了一丝宝贵的时间，前来参加青云帮的团建。

"我敬爱的副帮主大人，您最近在忙什么呢？"人员聚齐的饭局上，大肚子的陆帮主如是询问。

下西洋长叹口气："说来话长了呀！"

护法李航："那您就长话短说。"

军师李月瑶："让我们这些平民百姓也见见世面。"

下西洋用目光在饭桌上巡视一周，最终，将目光定格在了梁云笺的脸上："我敬爱的帮主夫人，你们单位就没有收到什么风声吗？"

梁云笺摇头："没有。"

下西洋忽然想到了什么："哦，我忘了，你是物理所的，不是化学所。"

陆云檀："什么意思？"

下西洋神秘兮兮地说："上个月，公安部破获了一起跨境贩毒案，那个大毒贩代号是'国王'，是在云南边境被抓到的。"

陆云檀不理解了："那你们忙什么呢？"

下西洋："省厅接到卧底的消息，二把手来东辅了，他可是个亡命之徒，还带着重要线索，省厅肯定要部署呀，有关部门联合部署，人手不够就从其他部门借调，我就被借调走了，还签了保密协议呢，不过现在时效过了啊，彻底结案了，不然我也不敢和你们说。"

副帮主下西洋如是介绍道："那个女卧底也挺牛的，在警校读大二的时候就被选拔走了，当时她才十九岁。"

众人听闻此言后皆流露出了不可思议的表情，如今肚子比下西洋还大的檀帮主代替大家提问："她才十九岁，是怎么打入敌人内部的？"

下西洋叹了口气："这又是一个悲伤的故事了。"他声色沉沉地讲述着，"咱们国家的禁毒力度是全世界第一，很多人为此牺牲，而且咱们国家的军警都是很有使命感的，有些老前辈为了保护后辈，不惜牺牲自己。那个女卧底刚去边境的时候，身边有两个老前辈接应，他们三个就伪装成一家三口在'国王'手下做事，但一直打入不到团伙内部，而且'国王'这个人的警惕性非常高，还非常阴险奸诈，不按套路出牌，随时会彻查团伙成员，洗出卧底，在一次洗牌行动中，他们三个人的身份差点儿就暴露了，然后那两个老卧底为了保护这个女卧底，就牺牲了自己，用两条命把那个女卧底推了上去。"

下西洋的语言并不凝练，也没什么审美价值，但就是这样一种朴实无华的讲述，却令在场所有人都沉默了下来。

熙攘热闹的餐厅一隅，笼罩着压抑沉闷的悲壮气氛。

对于我国来说，禁毒并不只是说说而已，而是用无数前线英雄的血肉铸造起来的万里长城。

大众享受着的繁华盛世与国泰民安，全都是因为有一帮籍籍无名的英雄在替大家负重前行。

梁云笺下意识地将手放在了陆云檀突然开始起伏不定的肚子上，像是在叮嘱她肚子里的两个小家伙别闹了，都好好听着，同时询问下西洋："那个女卧底在那边待了多少年？"

陆云檀也揉了揉自己的肚子，一边为禁毒军警心疼着，一边为胎动悲哀着——这两只"小猴子"，似乎天天都在她的肚子里打架。

下西洋举起了双手，两根食指交错着一比："整整十年，从十九岁到二十九岁，这一辈子最好的年华全用来和毒贩周旋了，还是单枪匹马一个人，真不容易。"

陆云檀心疼地叹了口气："她现在怎么样了？"

下西洋："听说是牺牲了，但是吧，懂的都懂，毕竟是卧底，想报复她的人太多了,她不'死'不行。"

一切尽在不言中。

大家都心照不宣地没有继续往下问,陆云檀首先岔开了话题:"郑大人不愧是党员,一切为了人民,过去几个月都忙得不见人影。"

说他胖,下西洋还真就喘上了:"哎哟,可不是嘛,行动进行到最关键的那一个月,我几乎都没回过家,天天住在办公室,后来任务结束后终于回家了,周老师说我至少瘦了二十斤,瘦得脸颊都凹陷了!"

以檀帮主为首的青云帮众人沉默着看了看郑大人那颗饱满似圆月、白白胖胖的大脸,不禁在内心感慨:爱情,才是这个世界上力度最强的美颜滤镜,拥有S级的瘦脸功能。

下西洋依旧沉浸在"瘦了二十斤"的喜悦中,端起喝水杯,志得意满地喝了一口茶水,然后关切地询问他的帮主:"再有几周,两位少主就要出生了吧?"

陆云檀笑着点头:"嗯。"

梁云笺也笑着说:"预产期是1月27日。"

李月瑶:"准备去博爱医院吗?"

陆云檀点头:"嗯,我婆婆给我订的房间。"

其实他们原本想去人民医院生,因为李月瑶和她未婚夫老杨都在人民医院,到时候也有个照应,但是宋瓷女士觉得公立医院人太多,所以就在一家高档私立医院里面给她订了个套间,而且生完后也不用转院,能在里面直接坐月子。

唯一的缺点就是博爱医院的收费略微昂贵。

不过这对他们小两口也没什么影响,不是因为他们有钱,而是因为宋瓷女士和梁顾先生出钱。

李月瑶点了点头:"博爱挺好的,里面的医生都挺专业,而且人还少,不影响你休息。"

李航:"我到时候就送他们俩两台模型飞机。"

李月瑶:"那我要送两套医生玩具。"

下西洋沉吟片刻:"我这种人民公仆也没什么好送的,就送两本党章吧。"

格局一下子就打开了。

下西洋:"党章不行吗?"

陆云檀:"行,特别行,从小就给他们俩种下为人民服务的种子!"

梁云笺却叹了口气:"不上房揭瓦就行了。"

不知为何,他总有种预感,这两个小家伙,一定特别调皮捣蛋。

陆云檀瞟了他一眼,冷哼一声,低头看着自己的肚子说:"我们才不会呢,我们可乖了。"

然而事实证明,这两个小家伙,从一出生开始,就不是什么省油的灯。

预产期是1月27日,他们计划的是1月26日入院,谁知道25日早晨陆云檀的羊水忽然破了,当时她还正在吃早饭呢,嘴里的烧饼还没来得及咽下去。

全家人都被打了个措手不及。

梁云笺连假都没来得及请就陪她去了医院,直到陆云檀被推进了手术室,他才后知后觉地想起来和领导请假,幸好上一个项目已经结束了,不然他根本没有时间在医院陪她生孩子。

因为那两个小崽子的位置不正,所以陆云檀只能选择剖腹产。

给她签手术同意书的时候,梁云笺无法自控地心慌意乱,拿着笔的右手不停发颤。

医院里的味道他太熟悉了,熟悉到像是烙进了灵魂中。

曾有那么几年,他几乎隔三岔五就要来一趟医院,消磨一下人生,和死神比一比赛跑。

所以,他并不喜欢这个地方,更不喜欢手术室。

在他的潜意识中,手术室即意味着生离死别,反正他躺着进手术室的那几次,没一次给他留下什么美好印象。

不过在当时,他也无所谓自己能不能活着被推出来,活下来算是命好,活不下来算是福薄。

人都说医院里面的信徒最多,充斥着各种宗教徒的祈祷,但是他从未替自己祈祷过一次,因为他不信,或者说,没什么好怕的,所以无所谓。

但是现在他却做不到超然物外了,因为他已经得到了所有,不可能再放得下了——

女侠是书生的仰望,是他灵魂上的依仗,所以,他在乎极了,在乎到不敢出任何差池,变得胆小如鼠。

手术室外的那盏红灯亮起的那一刻,梁云笺忽然变成了最虔诚的信徒,天花板上悬挂着的照明灯变成了长明灯,走廊两侧的青蓝色座椅变成了祈祷凳，他弯曲着脊背，手肘置于膝上，双手交握，抵在眉心，不断地在心头向满天神佛祈祷，只要她能平安，他愿意付出一切代价。

但是这个代价，要等下辈子才能还，这辈子他是放不下了。

纪女士和陆师父也紧张得坐立难安，不停地在手术室门前转，眼角眉梢填满了焦虑。

陆云枫也来了医院，背靠着手术室门外的墙壁站着，双臂抱怀，双眸低垂，目不转睛地盯着光洁的地面，双唇紧紧地抿着，神经也是紧绷着的，都绷出错觉了，幻听到了小孩的哭声。

手术进行到四十分钟左右的时候，宋瓷和梁顾也急匆匆地赶到了医院，加入了焦虑等待的大家庭中。

两个小时后，红灯灭了，梁云笺一下子就从凳子上弹了起来，冲到了手术室门前。

门开，护士走了出来，通报了母子平安，另外还有一个护士和她一起把孩子抱了出来。

其中一个护士笑着对梁云笺说："恭喜，龙凤胎，儿女双全了。"

一左一右两个襁褓，一个蓝色一个粉色，梁云笺也不知道该先抱哪个好了，然而他只是迟疑了一秒钟，孩子就被纪雪杉女士和宋瓷女士抢先一步抱走了。

纪雪杉女士抱走的是蓝色襁褓，和陆师父凑到了一起，一边满目喜爱地看外孙，一边惊喜不已地说："哎哟，这小子和我们云檀小时候长得一模一样！"

另外一边，宋瓷女士和梁顾先生凑在一起，爱怜不已地看着怀中的孙女，感动得红了眼眶："哎呀，这小丫头真像云笺呀，简直是一个模子刻出来的。"

梁云笺索性放弃了抱儿女的想法，紧张地问护士："我老婆什么时候能出来？"

护士："快了，麻药劲一过就出来了。"

又等了将近半个小时，陆云檀才被推出来，麻药劲儿过了，但没完全过，她有意识，却只能将眼睛睁开一条小缝，看得见东西，却说不出话，动不了。

这种感觉还挺无助的，像是瘫痪了。

她有点儿焦灼，想喊梁云笺，去拉梁云笺的手，却抬不起自己的手，无论如何努力都抬不起来，只能稍微动动手指头。

然而就在她无助到想哭泣的时候，右手忽然被紧紧地攥住了，下一秒，额上被温柔地亲吻了一下,梁云笺的声音在耳畔响起:"别怕,我在呢。"

他的语气一如既往的温和坚定,她瞬间安心了下来。

又过了一个多小时,她才彻底清醒,那个时候病房里已经充斥着欢声笑语了,不过影响不到她休息,因为这是一间套间病房,孩子们都被推去了外间。

病床所在的内间安安静静的,梁云笺坐在床边,寸步不离地守着她。

陆云檀清醒之后问的第一个问题:"他们俩喝奶了吗?"

两个娃实在是喂不动,而且剖腹产也不方便喂奶,所以他们选择了奶粉喂养。

梁云笺:"喝了。"

陆云檀:"你抱他们了吗?"

梁云笺实话实说:"抱了一下。"

陆云檀不满:"你怎么只抱了一下呀?"

人家辛辛苦苦生下来的呢!

梁云笺无奈一笑:"两对爸妈都在呢,轮得到我吗?"

陆云檀被逗笑了:"那确实不好抢。"又叹了口气,"我刚才看了一眼,哇,好丑呀,又瘦又小的。"

梁云笺却说:"挺好看的。"

陆云檀:"啧,父爱如山,十级滤镜。"

梁云笺沉默片刻,无法再欺骗自己:"先养养看吧,说不定会长开。"

陆云檀:"万一长不开呢?"

梁云笺笑了一下:"那就只能看开了。"

陆云檀捧着伤口笑:"哈哈哈!"

笑够了之后,她问:"名字谁给起?你来吗?"

梁云笺:"姥姥姥爷起,一个姓陆,一个姓梁。"

陆云檀:"哪个姓陆,哪个姓梁?"

梁云笺:"抽签。"

还真是随意呀。

她抿唇沉默片刻,问了句:"我可以押注吗?一赔三的那种。"

梁云笺不容置疑:"不可以。"

檀女侠怒:"为什么?"

梁云笺一字一顿:"我怕他们以后染上你这样的坏习惯。"

你还真是防范于未然呢。

在梁书生的镇压下,无法无天的檀女侠终于收敛了一些,遗憾地放弃了赌局。

最终的抽签结果,男孩姓陆,女孩姓梁,姥爷和爷爷分别给起了名字,男孩叫陆元昊,女孩叫梁元景,小名"昊昊"和"景景"。

这两个小家伙也确实没辜负他爸妈的期待,越长越开,越来越白胖可爱。

一个月的时候像蚕宝宝,三个月的时候像小白猫,五个月的时候,像小猪仔……她妈已经抱不动他们俩了。

八月份的某一天中午,陆云檀刷视频,刷到了一个外国女人发起的单臂同时抱两个娃的挑战,她心痒难耐,也准备挑战一下,结局,以失败告终……

后经缜密分析,她得出了失败的原因——人家的是孩子,她的是"孩子plus"。

然后,她用微信给孩子爸发了张"plus"们的照片过去:我准备给他俩改名了。

梁云笺正在午休,回得很快:改成什么?

陆云檀:大胖胖和小肥肥。

梁云笺:[省略号.jpg]

陆云檀沉思少顷,在大胖昊与小肥景的身上搭了一根腰带,又照了一张照片给梁书生发了过去:现在他们俩被我绑架了,你看着办!

梁云笺很是配合:什么要求尽管提,请务必保证"人质"们的人身安全。

陆云檀很是满意这种态度:晚上回家打扫卫生!

坐完月子后,他们又回到了老街,和陆家爸妈住在一起,不然实在是照顾不过来两个娃。

按照陆云檀的话说就是:他俩这一身肥膘,都不是肉,是爷爷奶奶的钱和姥姥姥爷的爱。

有着纪女士和陆师父帮忙照顾着,他们轻松了很多。

唯一美中不足的是,私人空间不太够,想要独处,只能另寻他处。

梁云笺:请檀女侠放心,一定尽力而为,绝不敷衍了事。

陆云檀高高地勾起了嘴角,一脸猖狂,回得却相当内敛:嘁,羞羞羞!

不到下午三点,她就无情地把孩子留给了纪女士与陆师父,骑着小电动出了门。

之所以出门这么早,是因为,她很八卦,想去围观一下她哥的相亲进程。

陆云枫也是三十好几的人了,一堆七大姑八大姨介绍对象,想敷衍都敷衍不了。

在纪女士的强势胁迫下,他不得不去参加相亲局。

中间人替他们俩约好了见面地点,在一家咖啡馆里,临街的一面全扇落地窗,很适合偷窥吃瓜,陆云檀去的时候还不忘带个望远镜。

电动车停在树荫下,陆云檀下了车,藏在树干后,手举望远镜,狗仔一样窥视着咖啡馆内的某张临窗的桌子。

她哥穿着一袭白色的唐装,短发乌黑,皮肤白皙眉宇如画,如果不是脸上的煞气太重的话,绝对是个人见人爱的绝色佳人。

但此时此刻,佳人脸太冷,冷得掉冰碴,吓得对面的小姐姐根本不敢开口说话。

陆云檀举着双筒望远镜,一边观察一边在内心叹息:就你这态度,能娶到媳妇才怪呢!

已经预料到结局的檀女侠失去了继续偷窥的欲望,然而就在她准备放下望远镜的时候,突然发现镜头之内竟然也有个人在盯着咖啡馆看。

啧,这年头,偷窥的人不少呀,太没隐私感了——正在偷窥的檀女侠如是感慨——她闲来无事,又打量起了那位"同行"。

那是个女人,穿着黑色皮衣和牛仔裤,身形高挑,乌发如墨。

至于这女人到底长什么样,陆云檀看不到,因为女人是背对着她站的,她只能看到对方的背影,并得出"这女人的身材很性感"这项结论,以及,女人手中推着一个婴儿车,里面有小孩在使劲蹬腿。

小孩没穿袜子,看肤色,有点点黑,小脚脚还有点点瘦,不似大胖胖和小肥肥那样白嫩肥美。

应该是一个生活无聊的家庭主妇吧,窥探着别人的生活,仰望着欲望的都市——檀女侠最终得出了这样一个结论,然后收起了望远镜,骑着她心爱的小电摩走了,一路哼着小歌回到了自己家,满心欢喜地等待着今晚的"打扫卫生"行动。

梁云笺六点下班,直接回了家,刚一走进家门,就看到了一只性感四射的"兔女郎"——

陆云檀身穿一条黑色的露肩抹胸修身短裙,白皙修长的脖子上戴着一条黑色项链,脑袋上顶着一个白色的毛茸茸的兔耳朵发箍。

梁云笺进门后,她朝着他摇了摇双手,手上戴着毛茸茸的兔子手套,又天真无邪地眨了眨眼睛:"今天是cosplay(角色扮演)服务哦!"

梁云笺浑身一僵,喉头一紧,轻轻抿了抿唇,看似镇定自若地关上了房门,面不改色地换拖鞋。

但是,他微微泛红的耳尖,已经出卖了他的内心。

檀女侠傲娇地勾起了嘴角,心想:哼,你这个臭书生竟然还害羞起来了呢,看来本女侠的魅力实在是高!

梁云笺换好了鞋,朝她走了过来,先问了句:"饿吗?"

陆云檀又眨了眨眼睛:"你问的是哪里?"

确认无误,绝对是他老婆。

梁云笺深吸一口气,语气平静地回答:"肚子。"

陆云檀摇头:"我不饿。"又补充,"我下午闲着没事把咱妈给大胖胖和小肥肥做的小饼干吃完了。"

梁云笺哭笑不得:"你怎么还跟孩子抢东西吃?"

陆云檀理直气壮:"我可没抢啊,我光明正大吃的。"

她还是当着大胖胖和小肥肥的面吃的,馋得他们俩"嗷嗷"哭,最后把纪女士给引了过来,冲进屋子后逮着她骂了一顿,还警告她以后要是再欺负自己的宝贝外孙和外孙女,就打断她的腿。

思及此,檀女侠又叹息:"我妈就是太宠他们俩了,天天变着法地给他们做好吃的,吃得他们俩一个比一个壮,才八个月看起来比人家一岁的都大。"

梁云笺关心的问题却是:"所以檀女侠现在精力旺盛?"

"是的!榨干你没问题。"陆云檀又很是关切地问了他一句,"你呢?吃饱了吗?"

梁云笺没说话,直接用行动回答了这个问题,毫不费力地将她从地上横抱了起来,大步朝着卧室走了过去。

"兔女郎"陆云檀不满地说:"你还没评价我的cosplay呢!"

梁云笺垂眸看着怀中人:"看起来不错。"

有了孩子之后,二人世界变得弥足珍贵,一周一次的"打扫卫生"时间更是令人欲罢不能。

怎么样都不够似的。

书生也一向是言出必行，说到做到——

本次打扫卫生行动，在兔女郎失控的抽泣中宣告结束。

檀女侠很没面子，一边在书生怀中抹眼泪，一边暗戳戳地心想：我一定要打击报复你！

思来想去，她决定好好地恐吓他一下，仰头看着梁云笺的脸，说："我要给你生个二胎！"

龙凤胎虽然是两个小孩，但也算是一胎。

梁云笺一下子就想到了家里面的那两个小家伙，苦笑着说："你还不如杀了我。"

陆云檀破涕为笑："你什么意思？觉得我们景景、昊昊不听话呀？"

梁云笺长叹口气："只要一想到以后辅导作业的日子就觉得头疼。"

其实，他是不舍得再让她受第二次罪了。

陆云檀却被作业论逗笑了："万一我们景景和昊昊很听话呢？是自觉主动写作业的小孩子。"

梁云笺沉默片刻，说了句："昊昊真的很像你。"

陆云檀一愣，恼羞成怒道："好呀，原来你根本不喜欢给我补课，觉得我烦！"

梁云笺无奈："怎么可能？"

陆云檀："那你说昊昊像我，还说担心以后辅导作业，这不就是觉得给我辅导功课费劲的意思吗？"

梁云笺笑着说："确实费劲，补一天少活十年的感觉。"

陆云檀：……你不爱我了！

梁云笺又说："但我喜欢给你补课。"

陆云檀：……好吧，你还是爱我的。

她抬眸瞟着他，问："都那么费劲了，怎么还喜欢给我补课呢？"

梁云笺很是坦诚地回答："因为我想借补课的名义接近你。"

陆云檀心里美滋滋的，但还是有一点不满："可是你补课的时候真的好严格呀，一点都看不出来你喜欢我。"

梁云笺："喜欢是喜欢，学习是学习，互不影响。"

陆云檀：……不愧是学霸，公私分明得很。

梁云笺："今晚还走吗？"

陆云檀："啊？"你这话题跳得太快了吧？

梁云笺更直白地询问："还想要吗？"

陆云檀想，但是吧——

"孩子还在家呢，我爸妈肯定照顾不过来。"

平时晚上，一般是他们俩照顾一个孩子，爸妈帮他们带一个，并且为了公平起见，昊昊和景景一天一换。

梁云笺面不改色："还有大哥。"

陆云檀笑了，伸手抱住了他的脖子："也不是不行，让我哥提前感受一下带孩子的快乐！"

"继续？"

"好！"

第二天恰逢周六，梁云笺也不上班，两人起床后又消磨了一下时光，然后才携手回老街。

秋日的清晨气温微凉，阳光却相当充裕，整条老街都被笼罩在了色彩绚丽的光线中。

陆云檀和梁云笺一转进街角，就看到了自家门前围着不少街坊邻居，七嘴八舌、指指点点，将看热闹的劲头发挥到了极致。

陆云檀都蒙了："这怎么回事呀？"她忽然慌了起来，"不会是昊昊、景景出事了吧？"

梁云笺比较冷静："别胡思乱想，去看看再说。"

陆云檀深吸一口气，点了点头。

随后，夫妻俩快步走了过去，围在陆家门前的里三层外三层的街坊邻居看到他们俩之后，立即吵吵嚷嚷了起来。

大妈甲："哎哟！你们家可出大事了！"

大妈乙："你哥呢？你哥在家吗？"

大叔甲："这小孩你看看，怎么办呀？"

陆云檀一脸蒙：什么小孩呀？不会真的是景景、昊昊出事了吧？

然而当她走进人群中，看到放在自家门口的那个竹篮子之后，她脑袋像是被人用力敲了一棒一样,晕晕乎乎、嗡嗡作响——这什么情况啊?

梁云笺也看到了装在篮子里的小孩,脱口而出地询问:"谁家孩子?"

大妈甲:"你们家的呀!"

周围的街坊邻居都在点头。

陆云檀:"怎么可能呢?我们家那两个你们又不是没见过!"

梁云笺:"我们确实不认识这孩子。"

大妈乙:"没说是你们的呀,是你哥的!"

陆云檀&梁云笺双双呆了。

大叔甲:"篮子里塞了张字条。"

陆云檀立即冲到篮子前,果真在小孩的身上看到了一张字条,拿起来一看,上书:

陆云枫,你自己的儿子自己养。

陆云檀彻底蒙了,瞠目结舌地看着那张字条,脑子里一片空白。

梁云笺也看到了字条上的字,内心的震惊不比陆云檀少,但他反应很快,立即将小孩从篮子里抱了出来:"先回家。"

陆云檀点头,迅速掏出钥匙打开了大门,然而就在即将踏进大门的那一刻,她忽然想到了什么,又转身弯腰,把竹篮子也提了进来。

进门后,她快速关门,把看热闹的街坊邻居统统锁在身后。

一进院没人,梁云笺抱着孩子,和陆云檀对视一眼:"应该在里面吃早饭。"

在春秋气候宜人的季节,纪女士和陆师父喜欢在二进院的桂花树下搭张桌子吃饭,这也足以解释他们为什么没有听到门口的喧闹。

陆云檀眉头紧锁,看了眼梁云笺怀中抱着的小孩,越发震惊:"这……这真是我哥的小孩?"

这孩子穿着蓝色上衣和白色开裆裤,开裆裤里面穿着白色尿不湿,浅色的衣服将他本就不怎么白皙的肤色衬托得越发暗淡,再加上这孩子本身就瘦,身上好似都没有几两肉,看起来跟一只小瘦猴似的,一点都不像陆云枫那个白皮冷艳大美人!

梁云笺盯着孩子的小脸看了一会儿,实话实说:"五官确实像你哥。"

陆云檀也仔细看了看孩子的脸,不可否认,五官确实像他们家人,就是这肤色，可能隔代遗传了他爷爷……不，不对！孩子妈！

那个女人！

我的天呀……那个女人给她哥生了个孩子？

陆云檀的脑子彻底卡顿，完全无法运作了。

梁云笺也想到了那个女人，轻叹口气："抱进去吧，问问你哥。"

事到如今，也只能这样了。

陆云檀拎着竹篮子，和梁云笺一起走进了二进院。

秋日桂花开，院子中飘扬着一股幽香的桂花味，西北角的桂花树下摆着一张小方桌，纪女士、陆师父和陆云枫，以及两个坐在儿童椅上的小家伙全都围在这张桌子旁边吃饭。

当然了，那两个小家伙暂时还没学会如何独立自主地吃饭，现在还是由姥姥姥爷喂着吃。

今早的伙食不错，一大早就有排骨汤喝，大胖胖和小肥肥吃得不亦乐乎，但是在看到爸爸妈妈后，瞬间就把排骨汤抛之脑后，立即朝着爸爸妈妈的方向伸出了小胖短的手臂，咿咿呀呀地说着大家都听不懂的"婴语"，想要爸爸妈妈抱抱，毕竟都一个晚上没见了呢，想爸爸妈妈啦！

然而，他们的爸妈现在根本顾不上他们俩。

纪女士、陆师父以及陆云枫也都看到了消失一晚的两人，同时也看到了被梁云笺抱在怀中的小孩。

"这谁家孩子呀？"纪女士的手中还端着彩色的儿童碗。

陆师父看到小孩的脚和手，眉头一蹙："怎么黑不溜秋的？"心里想的却是：还是我们景景、昊昊好看，世界上最好看的两个小孩！

陆云枫没说话，一副事不关己的漠然态度。

陆云檀怒不可遏，把竹篮子往他脚边一扔："陆云枫，你真不知检点，你不要脸！你搞大人家肚子还不负责，还让人家自己养孩子！"

陆云枫："嗯？"

纪女士和陆师父同时一愣，惊愕不已地看向自己儿子。

陆云檀："这么黑的小孩，肯定是边境那个女人给你生的！"

陆云枫一顿。

纪女士一下子就急了，用力地放下了手中的碗和勺，怒气冲冲地冲着自己儿子咆哮："怎么又是边境女人？

陆师父也是面色铁青，怒吼："到底怎么回事！"

要是换了别人家的小孩，早被吓哭了，但是，大胖昊和小肥景可不是一般小孩，这两个小家伙不仅没被吓哭，还把乌溜溜的大眼睛睁得溜圆，眼神乱窜，看看这个又看看那个，生怕错过什么好戏似的。

梁云笺怀中的那个小孩却被纪女士和陆师父的咆哮声吓哭了。

陆云枫盯着这个小孩，简直不知道该摆出什么表情，一个字都说不出口。

梁云笺抱着孩子哄了一会儿，却哄不好："可能是饿了。"

陆云檀不说话，抱着胳膊站在一边。

陆云枫依旧处于凌乱中，但孩子的哭声令他着急，抿了抿唇，又深吸一口气，略带请求地看着自己妹妹："你……喂他两口……"

陆云檀也不是彻底奶粉喂养那两个胖崽，而是母乳和奶粉一起喂的，只不过母乳喂得比较少罢了，随时能断，因为她的那点奶根本不够这两个胖崽喝。

但是她也不能眼睁睁地看着自己侄子挨饿，没好气地问了句："他几个月了？"

陆云枫想了想："应该和景景、昊昊差不多大。"

哈？

就这小身板，还和景景、昊昊一样大？别说和大胖昊比了，连小肥景都比不上！

爸爸不负责，孩子都跟着受苦！

她狠狠地瞪了她哥一眼，转身朝着西厢房走了过去，梁云笺立即抱着孩子跟了过去。

大胖昊和小肥景看到爸爸妈妈抱着别的小孩走了，急得"嗷嗷"叫，脸都急红了。

纪女士和陆师父都被气得说不出话，索性也不管了，问也不问，继续喂宝贝外孙和外孙女吃饭。

大胖昊和小肥景看到爸爸妈妈进了屋，无计可施般安静了下来，紧接着，互相对视了一眼，一个比一个的小表情严肃，似乎是在说：这个家伙可以呀，一来就把咱俩得罪了！

纪女士安慰两个小人："别管他们，咱们继续喝排骨汤，昊昊、景景最听话了。"

陆师父也说："就是，姥姥、姥爷最喜欢你们了。"

两个小家伙立即投入了喝汤状态中，毕竟，排骨汤是无辜的，什么都不能耽误他们喝汤！

陆云枫起身站了起来，快步朝着垂花门走了过去，纪雪杉和陆林压根儿就没管他，爱咋咋的吧，也管不了。

回到房间后，陆云檀抱着孩子坐在了床边，掀开衣服喂小孩。

小孩有奶就是娘，不再哭也不再闹，乖乖地喝奶。

陆云檀看着怀中的小侄子，长叹一口气："我自己的孩子我还喂不过来呢，现在还要喂别人的小孩。"

梁云笺安抚了一句："昊昊、景景也该断奶了。"

陆云檀撇了撇嘴，说："我就是觉得我哥浑蛋，竟然扔下人家孤儿寡母不管了。"

梁云笺想了想，道："孩子妈应该就在人群中。"

陆云檀一愣："什么？"

梁云笺："刚才门口围了那么多人，其中一个应该就是孩子妈妈，我们忽略了。"

陆云檀恍然大悟："对啊！她怎么可能舍得把自己的孩子扔下不管呢？"又急慌慌地说，"你快去跟我哥说说。"

梁云笺："现在肯定已经走了，我们找不到的。"

陆云檀："那该怎么办？"她又说，"虽然我不太喜欢她吧，但是，她都给我哥生孩子了，我哥就该对她负责的！"

梁云笺："不用找，她一定会回来看孩子。"

陆云檀："那我们就等着她？守株待兔？"

梁云笺点头："不出三天，一定会回来。"

陆云檀叹气："那也只能这样了。"

喂完小孩之后，他们又把孩子抱了出去，一推开房门就看到趴在婴儿围栏里面玩耍的景景、昊昊。

围栏里面铺了层可拆卸的爬行泡沫地板，晚上拆了放进屋，白天再重新铺在院子里，把孩子放进去玩，顺便让他们晒晒太阳。

纪女士正坐在围栏旁的小板凳上缝儿童被子。

陆云檀想让这兄妹三人熟悉一下，于是就把怀中的小侄子也放进去了，然后问纪女士："我哥呢？"

纪女士头也不抬地说:"谁知道死哪儿去了。"

听出来了你对他的恼怒。

陆云檀又问:"我爸呢?"

纪女士:"厨房刷碗呢。"又说了句,"这几天你们俩去买菜吧,我和你爸是没脸出门了,不买咱们就不吃,全都饿死!"

陆云檀和梁云笺对视了一眼,无奈地吐了吐舌头——谁出门,谁就必将面对老街上街坊邻居的狂风暴雨般的打探和盘问。

梁云笺自告奋勇地说:"我去吧。"

陆云檀:"你确定?"

梁云笺笑着回:"你想?"

陆云檀:"不不不,我不想!我害怕!"

所以,只能他去。

梁云笺拎着纪女士专用的菜篮子出门后,陆云檀脱了鞋,踏进了婴儿围栏里,盘着腿坐在了角落中,拿出手机,本想录一下三位幼崽和谐共处的有爱画面,谁知却录到了这样一幕——

小瘦子想站起来,就将手搭在了昊昊的肩膀上,颤颤巍巍地从地上立了起来,并为自己的第一次站立而感到激动,"咯咯咯"地笑。

昊昊反手就推了他一下,却没把小瘦子推倒,然后景景及时地补了一掌,与她哥合力,成功将小瘦子推倒了。

小瘦子倒地,委屈地"嗷嗷"哭。

昊昊、景景"行凶"得逞之后,无动于衷地爬走了,两只穿着尿不湿的小胖屁股一扭一扭的,看起来相当傲娇。

陆云檀气得不行,立即起身将小瘦子抱了起来,同时训斥那两个家伙:"你们俩怎么这么坏啊?"

紧接着,充盈着桂花香的小院子里突然响起了两声防空警报一样尖锐刺耳的啼哭声——

大胖昊和小肥景同时扯开了嗓子大哭,哭得要多委屈就有多委屈,唯一美中不足的是:干打雷不下雨。

陆云檀没好气地心想:天天演假哭,你们俩也不嫌累?

纪女士一下子就急了,气急败坏地瞪着陆云檀:"你干什么吵他们俩呀?"放下被子后,也脱鞋踏进了围栏里,把宝贝外孙和外孙女抱进了怀里。

陆云檀无奈："他们俩故意推他！"

纪女士一手搂着一个孩子："怎么能是故意的呢？小孩之间闹着玩呢。"

你现在的样子，真是像极了溺爱孩子的熊家长。

陆云檀长叹一口气："你别把他们俩想得那么傻，他们俩能着呢，人家一岁多的小孩都没他们俩能！"

纪女士："聪明点不好吗？"

陆云檀无语："那也不能故意欺负人呀。"

纪女士："你哪只眼睛看到我们欺负他了？"

陆云檀彻底无奈："妈，这可是你亲孙子，你可不能偏心呀！"

纪女士："我可没有偏心。"话虽这么说着，但是，一碗水不可能端平，毕竟景景和昊昊是她亲手带大的，至于另外一个，她根本不熟，和别人家的小孩似的，还又黑又瘦的，怎么可能喜欢呀？

纪女士又说："再说了，你不偏心吗？一直抱着别的小孩，不抱景景、昊昊，他们俩不委屈吗？"

陆云檀无言以对。

她只能继续劝说："我哥肯定是去找孩子妈了，他之所以放心地把孩子留在家里，就是相信你能把他儿子照顾好，结果你对人家不闻不问的，我哥要是知道了心里不难受吗？肯定会觉得你偏心。"

纪女士理亏，不吭声了。

陆云檀抱着小孩去了她妈身边："你好歹抱抱他呀。"又重点提醒，"这可是你亲孙子啊！"

纪女士无奈，只好伸出手抱孩子。

景景和昊昊见状急得"嗷嗷"叫，不想让姥姥抱别的小孩。

陆云檀坐在地上，朝他们俩伸出了手臂："你们俩别闹，来妈妈这里，妈妈抱。"

昊昊和景景犹豫三秒钟，扭着小屁股朝着妈妈爬了过去，一人一边依偎在了妈妈怀里，还扬起了白胖白胖的小脸，嘟着小嘴巴让妈妈亲亲。

陆云檀又气又笑，一人亲了一下，嗔怒着说："两个小坏蛋！"

但是，妈妈爱你们呀，最爱你们了！

不远处，纪女士一边哄孙子，一边打量孩子的长相，叹了口气："长得是挺像你哥，就是太黑了，还这么瘦，怎么养的呀？都不给吃点好的吗？"

陆云檀没说话，在心里回答了这个问题：她能活着把孩子生下来已经够不容易了，哪儿来的精力去好好地养胎养孩子呢？

不对，原来的那个身份特殊的女人已经"死"了，"死"得彻底，孩子妈只是一个普通女人罢了。

半个小时后，梁云笺拎着菜篮子回家了，篮子里面却没有菜，只有一堆破铜烂铁。

陆云檀奇怪地问："你刚才干吗去了？"

梁云笺："我见到那个女人了。"

周日清晨，阳光大好，纪女士去厨房做饭；陆师父在一进院打拳；梁云笺在二进院陪着大胖昊和小肥景玩；陆云檀独自一人抱着小侄子坐在了自家大门外，一边用奶瓶给孩子喂奶，一边晒着太阳，气定神闲地欣赏着老街上朴实无华的人文风情。

门前路过一个街坊邻居，就会朝她这里看一眼，然后，以"关心"为名询问八卦："哟，怎么你自己在这儿带孩子呀？你哥呢？"

陆云檀心里没好气地想"你以为我想坐在这里当新闻发言人吗"，嘴上笑嘻嘻地打马虎："带着小孩晒晒太阳。"

要是遇到那种不好糊弄的大爷大妈，她就会多说一句"我哥去公司了"。

一瓶奶还没喝完，这孩子就不喝了，扭脸把奶嘴吐出来，白色的奶汁滴了他一脸。陆云檀赶紧把奶瓶放下，拿出纸巾给他擦擦脸，又忍不住说了句："你是小猫崽吗？只吃这么一点？"要是换了她的那两个小肥仔，一瓶奶根本不够喝，喝不饱就嗷嗷哭，差一口都不行，第二瓶奶喝到吐才会罢休。

给孩子擦完脸后，她又无奈地说了句："你要是不多吃点，长得高高壮壮的，怎么和那两个小坏蛋抗衡？"

这时，忽然有一个满头灰发的老太太推着一辆破旧的红色三轮车走进了老街。

这老太太满脸皱纹，脊背佝偻，步履蹒跚；耳朵上戴着一对银质耳环，穿着一件深红色的雪纺长袖，黑色裤子，脚踩着一双黑色布鞋；身旁的老旧三轮车的车头上挂着一块硬纸板，上面用黑色油漆笔写着几个歪歪扭扭的字"收废品"，看起来不是很有文化的样子。

梁云笺昨天就是从她这里买来了一堆破铜烂铁，说是要给孩子们做玩具。

鬼知道他能用那堆破铜烂铁造出来什么高级玩具？

陆云檀撇了撇嘴，又朝着那个收废品的老太太瞟了一眼。

只要是住在这条老街上的人，她没有一个不认识的，而且这条街上也有固定的废品买卖合作对象——陆师父的挚交好友，住在街尾的王大爷——听说王大爷经常会以高价回收陆师父卖出的废品，人性化地让毫无经济支配权的陆师父多挣那么一两块钱，但这也只是听说而已。对此，陆师父还特意去向纪女士避了谣，严肃声明这是绝对没有的事情，是诽谤，是街坊邻居的空头臆想，是对他和王大爷的诬陷与诋毁！

但无论这件事是不是诋毁与诽谤，都不能改变王大爷在老街人民心中的"废品之王"的光辉形象。

而这个突然出现的老太太，却很是面生，显然是外来人口，试图和王大爷抢生意的。

陆云檀稍作思量后，开口喊住了那个老太太："哎，那个收废品的，你等等！"

老太太顿住了脚步，扭头看了过来，黝黑的脸庞上沟壑重重，眼袋厚重得像是在眼底下塞了两颗鸡蛋。

她的眼神和外貌一样苍老，阳光打在她身上，只照出了四个字：垂垂暮已。

这么大年纪了，还出来收废品，也是够可怜的——陆云檀一边在心里这么想着，一边毫不客气地对她说："你来一下。"

老太太却站着没动，先问了句："你要卖废品吗？"

她的声音和体态一样年迈。

陆云檀怀里抱着小瘦子，没好气："我准备卖小孩！"

老太太顿住。

陆云檀瞪着她说："你问的那不是废话嘛，我不卖废品干吗喊你？吃饱了闲着没事干？"

老太太抿了抿干涩起皮的嘴唇，犹豫着要不要走过去。

陆云檀眉头一皱："你到底是不是收废品的？不收你就赶紧走，别老在我们这条街上溜达，看着跟人贩子似的。"

老太太无奈地叹了口气，步履蹒跚地推着三轮车，慢吞吞地来到了陆家武馆的门前。

陆云檀坐在石阶上，老太太站在石阶下，但陆云檀毫无起身去接她的意思，沉稳得仿若石阶两侧立着的石狮子。

老太太也没上去,推着车把问:"你要卖什么?东西多吗?"

陆云檀:"多,你等等我,我进去拿。"说完,她把怀中抱着的小瘦子放到了脚边铺着的凉席上,然后起身从凳子上站了起来,拿着奶瓶朝着洞开的大门走了过去。

"你不把他抱进去吗?"老太太年迈的嗓音中透露着恼怒和不可思议,"让他一个人在外面?"

陆云檀回头,表情漠然地看着那个老太太:"他妈都不要他了,我管他干什么?谁稀罕谁就抱走吧,又不是我的孩子,我无所谓。"说完,转身走人,又冷幽幽地甩了一句,"他爸也觉得他是个拖油瓶。"

老太太没作声了。

好巧不巧的是,小瘦子忽然"嗷嗷"大哭了起来,深棕色的老旧竹凉席搭配着他那瘦小的身躯,看起来还怪可怜的。

老太太牙关紧咬,直勾勾地盯着孩子看了一会儿,最终还是于心不忍,松开车把朝他走了过去,上台阶时的步伐极为迅速矫健,一点都不像是个七八十的年迈老人。

她迅速地弯下腰,伸出双手把孩子从地上抱了起来,本想立即抱着孩子走人,然而就在起身的那一刻,僵住了。

陆云枫身穿一袭雪白的唐装,长身玉立地站在朱红色的大门前,五官美艳绝伦,神色却冷若冰霜,仿若一株雪中寒梅,面色铁青地盯着那个"老太太"。

"老太太"面颊一紧,像是在用力地咬后槽牙,微微扬起了下巴,勾画着道道皱纹的眼角高高吊起,一脸挑衅地与陆云枫对视着。

四目相对。

两人无言地对峙几秒后,陆云枫长叹一口气,用紧握在手中的折扇指了指身后的大门:"进去。"

"老太太"站着没动,一手托着孩子的屁股,一手覆在他的后脑上,眼睛死盯着陆云枫,问了句:"那个就是你妹?"她的声线饱满,珠圆玉润,再也不似刚才那样苍老年迈。

还不等陆云枫开口呢,陆云檀的声音就从门里飘了出来:"对啊,我就是他妹妹,你不服呀?"

陆云枫再次叹了口气，朝着门内看了一眼，无奈中又带着告诫。

檀女侠的声音中透露着不服气："哼！卸磨杀驴！"

陆云枫无计可施，只好对门前的那个"老太太"说："她就这样，你别跟她计较。"

"老太太"板着脸说："我凭什么不跟她计较？"

陆云檀冒了颗脑袋出来，又抢先一步说："因为你儿子这两天的奶都是我喂的，他身上穿的新衣服新鞋也是我买的，连奶瓶都是新的呢！"

其实让小瘦子穿戴用景景、昊昊的旧东西也不是不行，毕竟那两个小肥仔也不是一口吃成胖子的，曾经也有过苗条的时光，所以他们的旧衣服完全可以给小瘦子穿，但这样好像有点说不过去，像是在虐待她哥的儿子一样，所以陆云檀全都给他买了新的。

而且，邀功这种事情，檀女侠简直是信手拈来："我两个孩子呢！为了让你儿子喝母乳，我都给我的孩子断奶了，晚上也只抱着你儿子睡觉，你还要跟我计较吗？那你真的好没良心呀！"

"老太太"神色一缓，抿了抿唇，没再说话。

陆云檀又说："反正我哥的名声已经被你搅黄了，估计以后也没人敢要他了，想不想进我们家的门随你，但孩子我们肯定会认，无论你想不想养这个孩子，我哥都会对你们母子负责。"说完，又重新把脑袋缩了回去。

"老太太"抱着孩子，看向了陆云枫。

陆云枫欲言又止了一次，最终仅是说了句："进来再说。"

"老太太"犹豫了许久，抱着孩子朝他走了过去，跟着他一起走进了陆家武馆的大门。

陆云檀就在门后站着呢，他们一走进来，她就立即把大门给关上了，也不知道是在担心这个女人会突然反悔然后抱着孩子逃跑，还是在提防来自门外的街坊邻居们的吃瓜目光。

穿过通往二进院的垂花门，一股芳香馥郁的桂花味扑面而来。

西北角的那棵茂盛的桂花树下，支着一张木桌，纪女士和陆师父正坐在桌边吃饭；院中央的空地上围着一圈婴儿围栏，里面铺着泡沫板。梁云笺穿着黑色卫衣和运动裤，手中拿着毛绒玩具，坐在围栏里陪着已经吃饱了的大胖昊和小肥景玩。

听闻来人的脚步声后，他们同时抬起了头，朝着陆云檀他们三个看了过去。

梁云笺昨天就已经见过这个女人,所以并不好奇;纪女士和陆师父却很好奇,不由得多看了两眼,却什么都看不出来,只看到了一个身材高挑却长相年迈的老太太。

老两口的眉头一下子就皱了起来,差点就把"无语"两个字写在脸上了。

陆云檀见状立即说了句:"我去给你拿卸妆油。"

她迅速跑去了西厢,只用了不到半分钟的时间就跑了回来,手里拿着一个装着透明液体的瓶子。

把卸妆油递给那个女人时,她又说:"把孩子给我吧,你去和我哥谈谈。"

女人犹豫了一下,最后还是把孩子交给了陆云檀。

陆云檀没再多说什么,抱着小瘦子朝着婴儿围栏走了过去,然后弯下腰将小瘦子放了进去。

经过一天的相处,大胖昊和小肥景已经接受了这个"外来户",立即扭着肥嘟嘟的小屁股朝他爬了过来,兴高采烈地找他一起玩。

有对比才会有差距,三个小家伙聚在一起,景景、昊昊被养得白白胖胖、健健康康,发育优秀得像是一岁多的小孩,同是八个月的小瘦子却只有五个月大小。

女人的心头忽然一阵刺痛,觉得儿子跟着自己真是受了不少委屈。

随后,她跟着陆云枫去了东厢。

陆云枫关上房门后,先问了她一句:"你现在叫什么名字?"

女人的语气和神色一样冷冰冰:"身份证上叫赵宁。"

一个平凡无奇的、毫无亮点的名字,哪怕是多看几眼都不会有什么太深刻的印象。

陆云枫:"我知道了。"又看着她喊了一声,"赵宁。"

赵宁无动于衷,面无表情地问了句:"你爸妈知道我的事吗?"

陆云枫:"没说。"

这种事,自然是少一个人知道就少一分风险。

赵宁:"挺好的,不然会吓着他们。"

"不会。"陆云枫向她保证,"他们没那么胆小。"

他又问:"孩子叫什么名字?"

赵宁:"赵耀。"

她希望自己孩子的人生能够一片光明,如同阳光照耀大地,没有污秽死角。

陆云枫："很好的名字。"随即却沉默了,抿着唇,目不转睛地望着赵宁,许久后,无力开口,"为什么不告诉我呢?"

赵宁不置可否:"卫生间在哪儿,我去洗个脸。"

陆云枫无奈地叹了口气,指了指卧室。

赵宁拿着卸妆水走了过去,陆云枫紧跟在她身后。

进了卫生间后,赵宁"嘭"的一声甩上了卫生间的门,陆云枫无奈地长叹一口气。

十几分钟后,卫生间的门重新打开,短发灰白的老太太变成了长发乌黑浓密的性感女郎,不施粉黛的五官精致妩媚,浓眉红唇,蜜色的皮肤衬得她整个人极为矫健桀骜,仿若一头奔驰在荒漠草原上的不羁猎豹。

就是身上穿着的老年装有些违和。

走出卫生间,赵宁毫不客气地把手里拿着的假发扔到陆云枫的床上,然后朝着靠墙的沙发走了过去,姿态优雅地靠着扶手坐了下来,趾高气扬地盯着陆云枫。

"你们是怎么认出我来的?"对于自己的化妆和表演技术,她很是自负,况且伪装学是卧底的必修课,她想不出自己到底在什么地方露出了马脚。

陆云枫很坦诚地告诉她:"你搭讪错人了。"

赵宁一愣:"那个白脸书生?"她狐疑地说,"他还有这本事呢?"

陆云枫:"他可不是个普通书生。"

赵宁不屑:"能有多不普通?"

陆云枫很是直白地说:"他要是'国王',你活不过一年。"

赵宁:"你妹夫这个人……挺危险啊。"

陆云枫:"放心,吃公家饭的,品德端正家境优渥,没有犯罪动机。"

赵宁以一种审讯的态度,刨根问底:"干什么工作的?"

陆云枫:"搞科研的。"

"哦。"赵宁又忍不住说了句,"昨天是他先来找我搭讪的,找我买破烂。"

陆云枫:"说不定他早就把你认出来了。"

赵宁:"他是怎么认出来的?"她又说,"你都没认出来我,昨天你出门的时候,我就站在街口。"

陆云枫顿住。

赵宁一边回忆着一边复盘:"昨天早上,他和你妹回来的时候我藏在人群里,他们俩谁都没有注意到我,他不可能是在那个时候察觉到我不对劲吧?"

陆云枫想了想,说:"你之前从没在老街上出现过,却凑在我们家门口凑热闹,很不正常。"

赵宁不信:"当时人那么多,他怎么可能注意到我?"

陆云枫说:"他脑子好用,过目不忘,就算当时没有注意到,过后也会有印象。"

赵宁感慨了句:"确实不一般,长得也挺帅。"

陆云枫:"是,我爸妈心中的乘龙快婿。"

赵宁:"对你妹好吗?"

陆云枫:"很好。"

对于他这种人来说,"很好"已经是最高评价了。

赵宁却叹了口气:"果然,好男人都是别人的,永远轮不到我。"

陆云枫咬了咬牙,再度发问:"为什么不告诉我呢?"

赵宁:"那是我的任务,我怎么告诉你?"

陆云枫:"我是说你怀孕的事情。"

赵宁反问了一句:"告诉你之后呢?"

陆云枫:"我会为了你留在那里。"

赵宁冷笑:"你都去相亲了,还能为了我留下来?"她抬眸瞟了一眼陆云枫的头顶,阴阳怪气到了极点,"头发都剪了,看来是真的要从头来过了啊,怎么着呀,是那女的嫌你头发长?"

陆云枫深吸一口气,竭力保持冷静:"是你甩了我,我从没想过和你分手。"

赵宁面不改色,云淡风轻地回答:"你留在那里只会耽误我的事。"

陆云枫没出声。

赵宁又说:"我也没想到自己能活下来。"更没想到自己会怀孕,"孩子是个意外。"

陆云枫:"但是你把他生了下来。"

赵宁垂下双眸,盯着自己的指尖:"行动到了最关键的地方,我哪儿来的时间去堕胎?"

这个女人就是这么牛,能够完美地做到每一个字都在他的燃点上蹦迪。

他攥紧了手中折扇,直勾勾地盯着她:"所以你把他生下来,只是因为你没时间去堕胎?"

当然不是。

是因为爱。

在遇到陆云枫之前,她从没想过自己会为了一个头发比自己还长、长得比自己还好看的男人沦陷;在遇到他之后,单枪匹马多年的自己突然有了忌惮和软肋,所以她不得不结束这段本就不应该开始的感情。

但她并不想直接承认,因为她不善于表达感情,她只善于站在道德的制高点上挟持他:"我也没想到你会去相亲啊,早知道这样我就死在那边算了,反正我是孤儿,没人疼没人爱太正常了,我也习惯了。"

陆云枫顿住。

赵宁又叹了口气,声音低低地说:"我儿子也可怜,从出生到现在就没过过一天好日子,瘦得跟猴似的,他妈没本事把他养得白白胖胖,他爸也不想要他,还和别的女人相亲去了,他马上就要多个后妈了。"

陆云枫都被气笑了:"而后你就把孩子扔到我家门口,让全世界都知道我有个儿子,看看还有哪个女人敢嫁给我?"

赵宁拒不承认:"我只是养不起他了,让你养有错吗?"

陆云枫点头:"没错,太对了。"

赵宁:"那你愿意养他吗?"

陆云枫不假思索:"愿意。"

他又说:"也愿意养你。"

赵宁面不改色,明知故问:"什么意思?"

陆云枫看着她,很认真地说:"结婚吧,我娶你。"

赵宁神色淡淡,好心提醒:"我没爸没妈没嫁妆,工作虽然稳定,有六险二金,但工资不高,派出所文员,你可以接受吗?"

陆云枫又被气笑了,说话都无力了:"我敢回答不吗?"

赵宁抬起手腕,吹了下指甲:"你想怎么回答都无所谓,反正你要是惹我不高兴了,我有的是办法教育你。"

陆云枫看着她。

赵宁抬眸,眸色锋利地盯着他:"怎么样,你考虑清楚了吗?"

陆云枫点头:"清楚了。"

赵宁:"还想娶我?"

陆云枫:"娶!"

赵宁:"怕我教育你?"

陆云枫:"怕你又甩了我。"他又说,"头发短了,不够再剃第二次了。"

赵宁笑了:"那行,既然你都这么说了,我就同意你娶我吧。"

与此同时,门外的小院子里,三个小孩在婴儿围栏中爬着玩,陆云檀盘着腿坐在梁云笺身旁,将脑袋依靠在他的肩膀上:"你说,我哥能搞定那个女人吗?"

梁云笺想了想,道:"应该可以。"

陆云檀:"你怎么知道?"

梁云笺:"她既然能跟踪着你哥去相亲,还能打听到你家,就说明她还是在乎你哥的。"

陆云檀觉得有道理:"也是。"又问,"那你是怎么把她认出来的?"

梁云笺:"我之前从没在老街上见到过她,但她却挤在人群中看热闹。"

陆云檀:"只是因为这个?你就确定了是她?"

梁云笺:"没确定,只是怀疑,后来我去找她买废品,说是给孩子做玩具。"

陆云檀:"然后呢?"

梁云笺:"她问我家里有几个小孩,然后我才确定了是她。"

陆云檀蒙了:"就这?"

梁云笺:"你昨天早上在门前对大家说过'我们俩的那两个你又不是没见过',声音很大,她一定能够听到,所以首先确定了是'二',再加上尽人皆知的新来的这个,答案显而易见,是'三',她是知道的,却明知故问,显然是想借着这个话题引出孩子的事情,借机询问一下她的孩子现在的情况。"他又补充,"她是个合格的卧底,但是在没有危险的情况下,她的警戒性不会那么高,所以无法克制母性,才露出了破绽。"

不愧是学霸!

不对!等等!

她忽然想到了一件事情,坐直了身体,盯着他质问:"上次玩剧本杀,你是不是给我放水了?"

半个月前,青云帮组织了一场团建,团建内容是去玩剧本杀。

他们玩的那个剧本名叫《茫茫暮色》,是公认的高难度剧本,还含有物理和化学的知识，檀帮主很幸运地抽到了"凶手"的角色，并且成功逃脱，还机智地陷害了下西洋一把，栽赃他是凶手。

至今为止，她还得意扬扬地沉浸在自己把所有人都玩弄在股掌之中的成就感中。

但是现在，她忽然发现，某梁姓书生的逻辑思维不是一般地清晰呀，这推理技能，都能去当侦查员了，怎么可能被她的小手段蒙蔽呢？

梁云笺忍俊不禁，却不承认："没有。"

陆云檀不信："哼，你肯定放水了！"

是啊，不然怎么让檀女侠赢呢？

对他来说，那个剧本写得没有那么难，看完一遍剧本，再听一遍参与者的陈述，他基本就确定了凶手是谁。

不过，为了维护檀女侠的面子，他肯定不能说实话："我当然不敢放水，是檀女侠技高一筹。"

陆云檀的面子得到了大大的满足，傲娇地说："好吧，算你识相！"又补充一句，"以后也要好好表现！"

言外之意：以后也要继续放水！

梁云笺当然明白她的意思，忍着笑意，语气笃定地保证："放心，绝对不会辜负檀女侠的厚望。"

陆云檀忍不住勾起了嘴角，笑意盈盈地望着她的梁书生，很直白地问："每次都能让我赢？"

梁云笺笑着回："我会让你赢一辈子。"

陆云檀的心尖一颤：啧，还有点小感动呢！

此时阳光正好，风吹树梢，暗香浮动，慢慢又漫漫。

梁云笺的五官俊逸，气质清隽，一如初见时那样卓然不凡，公子无双。

纸飞机溜进窗缝，载着你一同，风风火火地闯入了我的人生。

多亏她有勇有谋，把纸飞机塞进了窗缝，不然就错过了这么好的男人呢！

陆云檀情不自禁地把他写给她的一首情诗念了出来："从此花开不败，水墨相逢。"

梁云笺看着她，认真启唇，款款回应："愿与你热潮黏腻共度余生。"

- 正文完 -

番外一
/ 龙凤捣蛋日常

某天下午,三岁的昊昊和景景正蹲在二进院的桂花树下看蚂蚁搬家,突然间,哥哥昊昊说了句:"景景,你记得爸爸昨天晚上给我们讲的那个故事吗?'司马缸砸光'。"

妹妹景景皱起了小眉毛,顶着一张和爸爸酷似的脸,一本正经地纠正:"昊昊,那不是'司马缸砸光',是司马光砸缸!"

和妈妈像极了的昊昊忽然好没面子,红着脸为自己辩解:"人家当然知道是司马光砸缸,说错了而已!哼!"

景景轻叹口气:"哎,好吧。"

像是要挽回自己的面子一样,昊昊挺直了小胸脯,极为认真地说:"我记得可清楚了,爸爸昨天晚上讲完故事之后,还说要让我们和司马光一样,遇到'手手'的事情不要着急,要冷静下来,转动脑子,想一个能够保护自己又可以帮助别人的办法。"

景景再次叹了口气,似乎在为自己哥哥的文化水平感到担忧:"昊昊,那不是'手手'的事情,是棘手的事情。"

昊昊理直气壮:"都一样哒,都有手嘛!"

景景败下阵来:"好吧……"

昊昊继续说:"咱们也砸缸吧!"说完,小家伙扭头看向了放置在院子中央的红泥大水缸,眼睛闪闪又亮亮。

景景也看向了水缸,隐隐有些心动,却又有些忧愁:"司马光砸缸是为了救小朋友,我们为什么砸缸呢?"

昊昊:"因为我们想砸缸。"

景景又急又无奈:"昊昊,你要动动脑筋呀,我们要是没有理由的话,是会被骂的!"

　　昊昊想了想,感觉景景说得有道理,惆怅地叹了口气:"要是哥哥在就好了。"

　　他口中的哥哥是赵耀,舅舅的孩子。

　　景景很是疑惑:"为什么要哥哥在?"

　　昊昊:"妈妈说过法不责众,我们三个要是一起砸,人就多了,就不会挨骂了。"

　　景景认真地想了想,感觉昊昊说得有道理,但还是惆怅:"可是舅舅和舅妈带着哥哥去旅游了,姥姥说他们下个星期才回来呢。"又问,"要等哥哥回来砸吗?"

　　昊昊没有那份耐心:"不等了,我们现在就砸!"

　　景景:"可是我们会挨骂的。"

　　昊昊伸出了藕节般白白嫩嫩的小胳膊,亮出了戴在手腕上的亮闪闪的银镯子,志得意满地保证:"不会哒,我们砸缸是为了救手镯!"说完,他把手镯从手腕上取了下来,"把手镯扔进水缸里,我们就可以砸了!"

　　景景的手腕上也戴着一对银镯,看到哥哥把手镯取下来了,于是乎她也从手腕上取下了一只手镯,然后兄妹俩一起朝着院中央的红泥水缸跑了过去,把手镯扔进了水缸里,发出了"扑通"两声轻响。

　　接下来,就是砸缸了。

　　昨天爸爸讲的故事里,司马光是用大石头把水缸砸烂的,所以,他们接下来的任务就是找石头。

　　放眼整片二进院,只有姥姥的菜园子里面有石头,于是乎两个小家伙又朝着西南角的菜园子跑了过去,蹲在菜园旁边,伸出了小手手,努力地刨土,把菜园子边沿的半埋在泥土中的红砖石刨出来了一块。

　　景景:"一块可以吗?"

　　昊昊:"应该可以的,司马光只用了一块。"

　　景景:"可是司马光的石头好大呀,这块很小。"

　　昊昊想了想:"那我们先试一试这块石头?"

　　论调皮捣蛋,像爸爸的景景还是比不上像妈妈的昊昊:"怎么试呀?"

　　昊昊早就有了主意,起身从地上站了起来,朝着正房跑了过去,边跑边喊:"我马上就回来!"

姥姥不在正房,因为姥姥和妈妈一起上街买东西了,家里只有爸爸和姥爷,姥爷在一进院打拳,爸爸在西厢房的书房里查资料,暂时没人注意到他们俩的"宏图大业",所以昊昊顺利地潜入了正房。

再次回来时,他的两只小手里面各拿了一颗核桃,很是认真地对景景说:"我们先用这块砖头砸姥爷的核桃,如果可以砸开的话,说明这块砖很好用。"

景景想了想,感觉哥哥的话不无道理,因为姥姥说过,姥爷的核桃都用了好多年了,说明这也是两颗很坚硬的核桃,不然早就被砸开吃了!

于是乎,两个小家伙又蹲在了地上,然后把核桃也放在了地上,捧起砖块,开砸。

第一颗核桃是昊昊砸的,第二颗核桃是景景砸的。

核桃倒是被砸开了,但遗憾的是,砖头也被砸断了——包裹着潮湿泥土的红砖,硬生生地被摔成了两半。

两个小人儿低着小脑袋,望着地上断裂的砖块和碎核桃,内心惆怅极了。

昊昊:"石头断了……"

景景:"我们砸不成缸了……"

正在这时,身后忽然传来了爸爸的声音:"你们俩在干什么?"

常言道"孩子静悄悄,必定在作妖",所以,梁云笺虽然在西厢房工作,但每隔十分钟必定要出门看一眼这两个崽子,以防出意外。

昊昊和景景同时回头,异口同声地回答:"我们在砸核桃。"

两人很默契地隐瞒了砸缸的计划。

梁云笺眉头微蹙,朝着他们俩走了过去:"哪儿来的核桃?"

昊昊诚实地回答:"姥爷的核桃。"

景景点头:"是的,我们帮姥爷砸开了,可以吃了。"

梁云笺看着满地的核桃残骸,简直不知道该摆出什么表情——

据他所知,他老丈人的这两颗核桃,至少盘了十五年了……

他深深地吸了一口气,难以置信地看着自己的两个崽子,不死心地问:"确定是姥爷的核桃?不是别人的?"

两个小家伙丝毫没有感受到他爸爸的震惊与错愕,同时点头,同时回答:"是的,是姥爷的。"

半分钟后,梁云笺一手拎着一个小崽子的后衣领,把他们拎到了一进院,拎到了他老丈人面前。

陆师父正在打拳,看到此景后,停下了动作,奇怪地问:"这是怎么了?"

梁云笺也不知道该怎么和他老丈人交代,把两个崽子放到了地上,严肃命令:"自己跟姥爷说!"

昊昊和景景同时伸出了小胳膊,张开了白白胖胖的小手手,向姥爷展示摊在手心里的核桃碎屑。

昊昊和妈妈一样,无论以后改不改,一旦被抓包,认错态度极其良好:"姥爷对不起,我们把你的核桃砸了。"

景景也跟着认错:"我们真的知道错了,再也不敢了,求求你原谅我们。"

这时,梁云笺才发现了一件事:"你们俩的手镯呢?"

既然已经被发现,昊昊也不再狡辩:"扔水缸里啦。"

梁云笺:"为什么要扔水缸里?"

景景:"因为我们想砸缸。"

梁云笺:……所以砸核桃只是热身运动?

有预感爸爸要批评他们了,两个小家伙立即看向了姥爷,还皱着眉毛瘪着小嘴,一副可怜巴巴的样子。

陆林虽然心疼核桃,但更心疼自己的宝贝外孙和宝贝外孙女,根本说不出谴责的话,还安慰起他们俩了:"没事没事,不就是两颗核桃嘛,砸就砸了,没事啊,姥爷不生气!手镯也没事,捞出来就行了!"

昊昊立即说道:"姥爷你真好!"

景景也说:"姥爷最最最好了!"

昊昊:"我们最爱你了!"

景景:"姥爷最喜欢我们啦!"

陆林心花怒放:"哈哈,知道姥爷对你们好就行了。"又一挥大手,"好了,没事了,去玩吧!"

昊昊、景景转头就跑。

梁云笺对这两个崽子又气又无奈,而且他也不好意思就这么算了,想了想,对老丈人说了句:"爸,你这一对核桃多少钱?我赔你。"

其实核桃本身不值钱,就是盘的年头长了,所以陆林本来没打算让他赔,但既然他主动提了……这来私房钱的方法不比卖废品快?

他打量着自己女婿，试探着问："你能赔多少钱啊？"

梁云笺实话实说："两千，再多我就要请示我老婆了。"

陆林震惊："你一个月零花钱挺多啊！"比他高了不知道多少倍！

梁云笺隐隐有种不好的预感："还行。"

陆林思量片刻："要不这样，你分期付款吧，一个月六百，分十二期，我不收你利息。"

梁云笺顿住。

陆林："切记，不要让你妈知道！"

虽遭讹诈，但梁云笺只能回答："嗯……"

番外二
/ 辅导作业，鸡飞狗跳

昊昊、景景五岁时，在幼儿园上了大班，平时都是姥姥姥爷或者爸爸妈妈去接他们放学回家，但是到了周五，就换成了爷爷和奶奶。

五点半放学，两个小家伙穿着幼儿园统一发放的浅蓝色校服，背着黄色的小书包，在老师的带领下，一走出幼儿园的大门，就看到了奶奶，立即朝着奶奶跑了过去。

跑到奶奶身边后，昊昊先说了句："奶奶，我好想你呀！"

景景不甘示弱："我也可想你啦！"

"哎哟，奶奶也想你们俩了。"宋瓷女士的心都快化了，一边一个牵起了两个小家伙的左右手，然后问，"有没有想要的东西呀？奶奶带你们去买。"

景景摇头，乖乖巧巧地说："没有哒。"

昊昊没有立即回答问题，而是先问了句："爸爸妈妈呢？还有爷爷呢？爷爷今天怎么没有来？"

"爷爷在家给你们做好吃的呢。"宋瓷温声回答，"爸爸加班，妈妈去接爸爸了。"

昊昊的小眉毛立即皱了起来："妈妈每次都是先去接爸爸，不来接我们。"

景景也说："就是，妈妈太偏心了，只喜欢爸爸。"

宋瓷被逗笑了，也没忘了替儿媳妇说句话："妈妈也喜欢你们呀，妈妈还给你们买了巧克力呢。"

昊昊和景景的眼睛立即亮了起来，小奶音异口同声："真的吗？"

"当然是真的呀。"宋瓷牵着两个小家伙的手，"你们要是没有想要的东西，咱们就回家吃巧克力。"

两个小家伙同时开口——

景景："没有哒。"

昊昊："有哒！"

景景皱起了小眉毛，对自己哥哥很是无奈："昊昊，我都跟你说了，那个东西一点用都没有！"

昊昊坚持己见，理直气壮地说："怎么会一点用都没有呢？它是自动的呀！"

宋瓷听得一脸蒙，询问自己的孙子："你想要什么东西呀？"

昊昊："自动橡皮擦和吸尘器。"

景景抬起了白白胖胖的右手，捂住了额头，长叹一口气。

宋瓷更蒙了："什么？什么东西？橡皮擦还有自动的呢？"

昊昊点点头，很是详细地和奶奶介绍："它长得像是一支笔，但是比铅笔粗一些，笔尖的地方就是橡皮，白色的，小小的圆柱体，笔身上有一个按钮，按下去橡皮就会自动转起来，擦错字的时候就不用自己动手了。"

昊昊的语文表达能力随了妈妈，虽然年纪小，但是形容东西的时候形容得很贴切，宋瓷女士瞬间就想象出了自动橡皮擦的样子："哦，是这样啊。"又奇怪地问，"那吸尘器是什么呀？写东西还用得上吸尘器？"

昊昊："就是吸橡皮屑的东西呀，这样擦掉的橡皮屑就不会弄得哪里都是了。"

宋瓷女士恍然大悟，不禁发出了一声感慨："现在的文具可真高级呀。"

昊昊点头："是的，就是很高级，很方便哒！"

景景反驳道："不是的，那个东西真的一点用都没有，还特别浪费时间，你有用自动橡皮擦和吸尘器的时间还不如多背两首唐诗呢。"

看着孙女一本正经发表言论时的样子，宋瓷忍俊不禁，因为她真是像极了梁云笺小时候。

昊昊："背唐诗又不会让我感到快乐，但是自动橡皮擦可以。"

景景又急又无奈："昊昊，你已经有很多橡皮了，妈妈都说你能去摆摊卖橡皮了。"

昊昊好没面子："我才没呢！"

景景不给她哥面子："你明明就有！"

昊昊："那你还有好多发卡和裙子呢！迪士尼公主的裙子你看见一条就

让爸爸给你买一条！"

　　景景："女孩子都是这样的！"

　　眼瞧着两个小家伙要吵起来了，宋瓷赶忙当和事佬："哎哟，哎哟，不要吵架呀。要不这样吧，奶奶给你们俩一人买两件东西，想买什么买什么，好不好？"

　　昊昊点头："好！"

　　景景惆怅："可是我没有什么想买的呀。"

　　昊昊当机立断："那你可以把你的两样东西让给我吗？"

　　他有好多好多想要的东西呢！

　　景景毫不留情："哼，你想得美！"又迅速做出了决定，"我要故事书和绘画本！"

　　宋瓷笑着说："好，咱们现在就去买！"

　　买完东西后，宋瓷带着两个小家伙上了车，司机送他们回家。

　　祖孙三人前脚刚进家门，陆云檀和梁云笺就回来了，梁顾还在厨房做饭，距离开饭还有一段时间，于是乎大家一致决定先让两个调皮捣蛋的小家伙上楼搞一搞精神文明建设——通过珠心算这种老少皆宜的开发智力的方式耗一耗他俩旺盛的精力。

　　此项目的主要负责人，是梁云笺。

　　陆云檀留在了一楼的客厅陪婆婆聊天。

　　来到二楼书房后，两个小家伙乖乖巧巧地坐到了自己的学习桌前。

　　昊昊的学习桌和椅子是蓝色的，景景则是粉色的。

　　景景动作麻利地从自己干净整洁的桌洞里拿出了儿童专用小算盘、文具盒和习题本，干脆利落地放到了桌子上；昊昊却像是开了0.5倍速一样，慢悠悠地拉书包拉链，慢悠悠地从桌洞里拿东西，慢悠悠地往桌面上放。

　　每当看到昊昊学习时的样子，梁书生都像是看到了十几年前的檀女侠——让她学习比登天还难——又是无奈又是想笑。

　　梁云笺轻叹口气，不厌其烦地催促："昊昊，快一点，景景已经开始了。"

　　昊昊还没拿出自己心爱的自动橡皮擦和吸尘器呢，景景已经娴熟地打起了小算盘，写完一道题了。

　　昊昊看了一眼积极上进的妹妹，不为所动，然后，对爸爸说："爸爸，我要给你展示个宝贝。"

景景抬头，扭头看着哥哥，一脸嫌弃："昊昊，你还是快开始写习题吧！"

梁云笺不能再赞同女儿的话："景景说得对，有什么事情先写完习题再说。"

昊昊依旧是不为所动，完美继承了其母身上的那份资深落后分子的精髓，开开心心地从书包里拿出自己心爱的文具，还自己配了个音："当当！精彩亮相！"

梁云笺心累不已："行了，我看完了，快写练习题。"

景景也说："昊昊，你要是再不写练习题就不能吃饭啦。"

无人捧场，昊昊倍感无趣，一边从文具盒里拿铅笔，一边叹息着说："你们好没有意思呀，我等会儿要拿给妈妈看，妈妈肯定觉得有意思。"

还挺了解你妈——梁云笺特别想笑，但为了维持威严，他忍住了，板着脸说了句："你要是再不开始打算盘，妈妈就要上来揍你了。"

昊昊终于偃旗息鼓，老老实实地练习起珠心算，但也没有绝对老实，为了多用几次自己的自动橡皮擦和吸尘器，故意把题目的答案写错，几乎一道题一擦。

总共只有十道题目，他才刚擦完第四道题，景景已经把所有的题目全给写完了。

梁云笺看着自己儿子，头都是大的，完全不敢想象他上了小学之后又会变成什么样，但他也很了解自己儿子，知道他现在正沉浸在橡皮擦带来的新鲜感中，所以出口阻拦是没有用的，他不会听，况且过不了几天他自己就腻了，索性不管他了，先给景景改错题。

十道题景景只错了一道，那是一道练习心算的不需要敲算盘的直观算术题：$8-3=?$

为了让女儿更好地理解题目，梁云笺给她举了个例子："我给你八颗糖，给昊昊三颗糖，那么你比昊昊多几颗糖？"

景景刚要开口回答，旁边的昊昊忽然抬起了小脑袋，一脸委屈地看着爸爸："为什么景景比我多五颗糖？爸爸你不爱我了吗？"越说越委屈，说到最后眼圈都红了。

他几乎没有任何思考，就得出了结果：景景比他多了五颗糖。

正儿八经学习的时候得不出正确答案，一遇到关乎吃喝玩乐的事儿，脑子转得比谁都快。

梁云笺哭笑不得,认真地给儿子解释:"我是在假如。"

昊昊还是好委屈:"'假如'是谁?'假如'让你多给景景五颗糖吗?'假如'为什么这么做?我都不认识'假如',他为什么不喜欢我?"说完,哇的一声,放声大哭。

梁云笺无言以对。

景景都无奈了:"'假如'不是一个人,是打比方的意思。"

昊昊哭着问:"打比方?'比方'又是谁?'假如'为什么要打他?'假如'真的好过分啊!"

梁云笺和景景双双哑口无言。

这时,书房的门忽然被推开了,宋瓷女士端着一盘切好的水果走了进来。昊昊立即起身,哭着朝奶奶跑了过去,号啕大喊:"奶奶!"

宋瓷一愣:"怎么回事呀?昊昊怎么哭了?"

昊昊无助地抱住了奶奶的腿,哭成了泪人:"爸爸……爸爸说'假如'不喜欢我。"

宋瓷怒,瞪着自己儿子,说:"你怎么能这么跟孩子假如呢?多伤孩子的心呀!"

梁云笺百口莫辩:"我没有!"

景景替爸爸说话:"爸爸真的没有,爸爸是在打比方,比方给我八颗糖,给昊昊三颗。"

昊昊更难过了:"爸爸为什么不给我八颗糖,爸爸就是不爱我了!"

宋瓷:"就是啊,你要一碗水端平呀!"

梁云笺头都开始疼了。

看孙子哭得如此难过,宋瓷先把水果盘放在了孙女的面前,让她吃点水果休息一下,然后把孙子抱走了,准备好好地安抚一下他受伤的小心灵。

书房里仅剩下了父女俩。

景景开开心心地吃着双人份的水果,梁云笺心累地叹了口气。

景景嚼着苹果,粉嘟嘟的腮帮子一鼓一鼓,安慰爸爸:"爸爸,你不要难过呀,还有我呢。"

还是女儿贴心呀。

梁云笺的心情顿时好了许多,眉宇间浮现出了慈爱笑意:"嗯,谢谢景景。"

　　景景看着爸爸，眼睛亮闪闪："所以你真的会给我八颗糖吗？"
　　梁云笺，无语凝噎。

- 全文完 -